HISTOIRES EXTRAORDINAIRES

LIRE ET VOIR LES CLASSIQUES

collection dirigée par Claude AZIZA

EDGAR ALLAN POE

HISTOIRES EXTRAORDINAIRES

Traduction de Charles BAUDELAIRE
Préface et commentaires par
Emmanuel MARTIN et Daniel MORTIER

Le dossier iconographique a été réalisé par
Sylvie MARCOVITCH

© Pour la préface, les commentaires et le dossier iconographique, Pocket, 1989

ISBN : 2 - 266 - 03080 - 9

PRÉFACE

LIRE POE AUJOURD'HUI

> « L'ivresse de l'Art est plus apte que toute autre à voiler les terreurs du gouffre. »
>
> Baudelaire, *Une mort héroïque*.

> « J'aime passionnément le mystère parce que j'ai toujours l'espoir de le débrouiller. »
>
> Baudelaire, *Mademoiselle Bistouri*.

Les paradoxes de la réception de Poe

« Nul n'est prophète en son pays. » Peu d'écrivains auront autant justifié le dicton que l'Américain Edgar Allan Poe. Tenu en piètre estime, sinon ignoré, aux États-Unis et dans les pays de langue anglaise, il a reçu au contraire en France un accueil fervent, qui laisse encore perplexes bien des critiques et des écrivains anglo-saxons. De son vivant, Poe avait connu quelques moments de gloire (avec *Le Scarabée d'or*, par exemple, ou son poème *Le Corbeau*), mais fugitifs, plus proches du « coup » médiatique que d'une réelle reconnaissance par la communauté littéraire américaine. Quand il meurt, à quarante ans, en 1849, il a échoué à se faire une fortune et un nom. La légende

noire qui sera diffusée par son faux ami, le critique
R.W. Griswold, qu'il a choisi comme exécuteur testamentaire et éditeur de ses œuvres, n'arrangera rien à
sa réputation.

Dans son approche de l'homme, Baudelaire — bien
d'autres après lui — sera victime des calomnies et fal-
sifications de Griswold, mais victime complaisante, si
l'on peut dire, car il s'en servira pour brosser son
portrait en pied, devenu cliché, d'Edgar Poe en *poète
maudit*. Il lui suffit d'inverser les valeurs : le débauché alcoolique vilipendé par le tartuffe américain est
métamorphosé par l'auteur des *Fleurs du Mal* en
archange de la Révolte. Mais le plus important, c'est
le choc de l'œuvre et de la pensée de Poe sur Baudelaire. Il découvre en lui un frère, un double : « La première fois que j'ai ouvert un de ses livres, j'ai vu avec
épouvante et ravissement non seulement des sujets que
j'avais rêvés, mais des *phrases* entières écrites par moi,
et imitées par lui, vingt ans auparavant. » Poe sera pour
lui un maître de modernité, à la fois artiste lucide, philosophe et moraliste profond, théoricien de l'écriture
à venir, bref « un des grands héros littéraires » de ce
temps. Il passe des années à traduire ses contes : le premier recueil paraît en 1856 sous le titre, devenu cano-
nique, d'*Histoires extraordinaires*.

Chez Mallarmé, qui trouve Poe dans l'héritage bau-
delairien, l'enthousiasme est, si possible, encore plus
grand. Si on l'en croit, c'est pour mieux le lire et traduire ses poèmes qu'il a choisi la voie du professorat
d'anglais, qu'il traînera comme un boulet jusqu'à une
retraite anticipée. Il voit dans le poète américain, qu'il
défend contre les médisances et l'incompréhension de
ses compatriotes dans son célèbre *Tombeau d'Edgar
Poe*, « le cas littéraire absolu », un « génie, qui fut
peut-être le dieu intellectuel de ce siècle ». Même vénération chez Valéry, qui lit et relit *Eureka*, le grand
poème en prose métaphysique de Poe. Il reconnaît en
cet « esprit complet » le précurseur de sa propre pratique de la littérature, comme exercice suprême, où

l'esprit humain peut accéder à la conscience de son propre fonctionnement. Mallarmé oubliera Baudelaire pour devenir lui-même, comme Valéry oubliera Mallarmé pour devenir Valéry, mais l'un et l'autre, Baudelaire également, resteront fidèles à Edgar Poe jusqu'au bout.

Bien d'autres admirateurs français de Poe pourraient être cités. En revanche, il suffit de traverser l'Atlantique ou la Manche pour entendre un tout autre son de cloche. Sauf exception (l'Irlandais Yeats, par exemple, qui le qualifie de « grand poète lyrique »), aucun jugement positif n'est sans réserve. Pour Stevenson, les contes de son aîné sont « mal écrits ». H. James n'arrive pas à faire la part du « génie » et de la « charlatanerie ». A. Huxley stigmatise la « vulgarité » de l'écriture, etc. En 1948, dans une conférence où il essaie de comprendre le culte français pour Poe, T.S. Eliot constate qu'en Angleterre et en Amérique l'image de l'écrivain se réduit à celle d'un « épigone mineur du mouvement romantique ». En tant que poète, il ne serait que le pâle imitateur de Byron et de Shelley, et pour la fiction, un continuateur sans originalité du roman gothique anglo-saxon ou germanique. Ce constat sévère a en tout cas le mérite de poser très clairement la radicale différence de point de vue entre Français et Anglo-Américains. Car si Baudelaire, le premier — Mallarmé, Valéry ensuite —, a été fasciné par Edgar Poe, c'est que justement il repère en lui l'homme de la *rupture* et non de la *continuité* avec le Romantisme. Ne voir en Poe qu'un romantique tardif, c'est ne pas voir qu'il écrit peut-être *à partir* de l'écriture romantique, mais surtout *contre* elle. D'ailleurs il est manifeste qu'en tant que critique littéraire, aucune des écritures antérieures ou contemporaines, même de ceux qu'il estime, ne le satisfait pleinement. Pour Baudelaire, Poe est d'abord celui qui clôt le règne de l'effusion sentimentale et ouvre celui de la toute-puissance de l'intellect et de la recherche consciente et calculée de l'*effet*.

Une écriture ambiguë : algèbre et parodie

L'un des aspects du malentendu et du malaise suscités par l'écriture de Poe chez le lecteur anglophone est parfaitement illustré par la réception aux États-Unis du *Corbeau*. Lorsqu'il paraît en 1845, le poème connaît un succès immédiat et prodigieux. Mais un an plus tard, quand le poète explique, dans *Genèse d'un poème*, que l'univers halluciné du *Corbeau* ne doit rien à l'« inspiration », mais a été en fait fabriqué mathématiquement à partir du dernier mot, en fonction d'un effet à produire fixé à l'avance, le lecteur ne comprend plus et pense qu'on se moque de lui. Bien sûr, le poème est moins dominé par la seule intelligence que ne le prétend le poète, et sa valeur prête à discussion (Valéry n'est pas enthousiaste). Mais nous touchons du doigt ici le fossé qui sépare l'*attente*, encore « romantique », du lecteur américain de 1845 de celle d'un Baudelaire. Celui-ci n'est pas dupe de la dimension mystificatrice de *Genèse d'un poème*, mais il fait sienne l'ambition de maîtrise intellectuelle de la création littéraire.

En fait, loin d'être un « épigone », Poe serait plutôt un précurseur. En tant que théoricien du récit, par exemple, il annonce les formalistes et l'analyse structurale. Il suffit de lire sa définition de l'intrigue : « Quelque chose où l'on ne peut rien déplacer ni supprimer sans détruire l'ensemble, quelque chose où l'on ne peut établir si un élément de détail est déterminant ou déterminé par rapport à tout autre élément de détail. » Si l'on joint à cette définition son principe de construction rétrograde du récit à partir de l'effet final, on aura l'essentiel de la mathématique narrative de Poe.

Mais si l'on peut apparenter l'esthétique de Poe à une algèbre, il est une autre caractéristique de son écriture qui est au moins aussi importante mais souvent mal perçue : c'est qu'elle est une *écriture au second degré*. Seuls certains articles ou essais critiques sont vraiment écrits au premier degré, « sérieusement » (*Eureka*, par exemple). Sinon l'écriture de Poe fonctionne, fondamentalement, sur le mode de la *parodie*. Parodie, elle l'est d'abord au sens courant, surtout dans ses premiers contes : imitation ludique, satirique d'une écriture (cf. par exemple les *Iliade, Enéide* « travesties » de l'âge classique). En cela rien de neuf. Mais surtout, — là est la modernité et éventuellement l'origine de l'incompréhension par le lecteur —, elle devient chez lui une *écriture originale*. Ainsi, dans ses contes de terreur, Poe ne fait pas que « pasticher » ironiquement le roman gothique, il le récupère, en « dénude » et en exacerbe les procédés et les motifs pour leur faire dire autre chose. *Metzengerstein* est d'abord une « parodie » gothique avouée : Poe s'y moque du bric-à-brac de l'horreur à la Hoffmann ou à la Walpole, de la croyance en la métempsycose, etc. Dans la version de 1836, le récit est mis dans la bouche de M. Horribile Dictu, diplômé de l'université de Göttingen, membre du Club de l'In Folio, dont « les membres sont aussi laids qu'ils sont stupides »... Mais si le conte se limitait à cette charge, depuis longtemps on ne le lirait plus, d'autant plus que les lecteurs du *Château d'Otrante*, l'un des principaux textes parodiés, ne courent pas les rues. Si donc, bien qu'il ne soit pas dans les meilleurs de son auteur, ce conte reste encore « accrocheur », c'est qu'à travers son écriture au second degré, il y a quelque chose qui passe qui appartient *en propre* à Poe. Et il est probable que le malaise des lecteurs qui sont gênés par cette écriture est dû à l'inconfort d'une lecture qui n'arrive pas à se satisfaire du premier degré et ne parvient pas non plus à accéder à son degré second (c'est sans doute le cas de H. James, grand auteur fantastique aussi, mais qui trouve les contes de Poe grossiers).

La modernité de Poe, c'est cette utilisation de la parodie non simplement comme méthode de « destruction » (plaisante ou agressive) par l'ironie de l'écriture d'autrui, mais comme mode de « construction » d'une écriture et d'un univers artistiques originaux. Il est à remarquer que cette démarche est analogue à celle d'un écrivain français — encore un admirateur de Poe ! —

qui ne commencera à être reconnu que cinquante ans
après être mort : Lautréamont. Lui aussi construit son
œuvre en poussant à bout, par la parodie, les techni-
ques et les thèmes traditionnels du Romantisme. C'est
ainsi qu'il affirme, à propos des *Chants de Maldoror*,
qu'il a « chanté le Mal », comme Byron ou Musset,
et il précise, pince-sans-rire : « Naturellement j'ai un
peu exagéré le diapason, pour faire du nouveau... »
Avant les surréalistes, les lecteurs le prendront pour un
fou.

Au-delà de la parodie, ce qu'impliquent la théorie
de Poe comme sa pratique de la littérature, c'est que
celle-ci est au moins, autant qu'imitation du réel,
réécriture des textes antérieurs — modernité là aussi.

Poe et le « rêve américain »

Mais la piètre fortune littéraire d'Edgar Poe dans son
pays natal n'est pas due qu'à des raisons esthétiques.
Il n'a pas été seulement incompris. Il a été aussi très
bien, trop bien compris. Journaliste parfois complaisant, il est le plus souvent, comme dans ses contes, impi-
toyable envers les personnes, les écoles littéraires ou les
systèmes de pensée qu'il n'aime pas. On a vu comment
il traite la mode du récit gothique. Mais, plus globale-
ment, on peut dire que ce sont les idéologies (transcendantalisme, utilitarisme) et les imaginaires dominants
de l'époque aux États-Unis qui lui sont étrangers. Les
valeurs de base de l'Amérique en marche : morale,
démocratie, argent, progrès... seront régulièrement la
cible de sa dérision. Homme des villes, comme Baudelaire, il sera indifférent au mythe si typiquement américain de la conquête de l'Ouest, de la « frontière ».
On peut être sûr qu'il aurait été un parodiste féroce de
la suavité et de la bonne conscience du western classique avec ses Indiens cruels, ses rudes mais braves cow-
boys, ses pures jeunes filles, etc. On peut l'imaginer
aussi écrivant aujourd'hui un « Comment écrire un
article à la Reader's Digest ». En résumé, raison supplé-

mentaire pour que nombre d'Américains ne l'aiment pas, Edgar Poe n'a rien d'un chantre de l'« américanité » ! T.S. Eliot parle joliment de lui comme d'un « Européen déplacé ». Plus brutalement, Cortazar évoque l'« antipathie » qu'il inspire à ses compatriotes.

Poe et la psychanalyse

Depuis les travaux de J.W. Krutch (1926), et surtout la monumentale étude de Marie Bonaparte (1933), le problème de l'intérêt et de la validité de l'interprétation psychanalytique de la vie et de l'œuvre d'Edgar Poe ne peut être contourné. La thèse de M. Bonaparte est connue et, psychanalytiquement, classique : le jeune Edgar, sans père, voit sa mère mourir quand il n'a pas encore trois ans... ; resté inconsciemment fixé à cette mère morte, il passera sa vie à la rechercher dans les autres femmes... et dans son œuvre. Mais désirer sa mère c'est transgresser le tabou de l'inceste, se mettre sous le coup de la Loi du Père. Dans la vie de l'auteur, névrose, alcoolisme (impuissance peut-être) seront l'autopunition du désir interdit. Dans l'œuvre, les contes fantastiques en particulier, les héros ne pourront aimer, sous des masques divers, que la Mère et finiront dans la folie et la mort.

Dès le début, bien sûr, cette lecture psychanalytique n'a pas plu à tout le monde. Dans la critique actuelle, même sans qu'on dénie toujours à la psychanalyse le droit de se pencher sur la littérature et les littérateurs, plusieurs reproches sont faits à la lecture de M. Bonaparte. D'abord, que sa connaissance de la vie de Poe s'appuie plus sur la légende issue de Griswold que sur une enquête biographique sérieuse. C'est indubitable, et il est vrai aussi que la psychanalyste a tendance à privilégier les éléments en accord avec sa thèse. Il n'en demeure pas moins qu'un certain nombre de faits de la vie d'Edgar Poe sont avérés : sa névrose, son alcoolisme (même s'il n'est peut-être pas mort du delirium tremens), sa très curieuse quête-fuite des femmes...

Tous faits qui cadrent en gros avec l'hypothèse de Marie
Bonaparte.

Réserve plus importante, tout spécialement de la part
de ceux qui s'intéressent d'abord à l'œuvre : on ne peut,
comme le fait M. Bonaparte, considérer l'écriture de
Poe comme un simple processus de transfert dans
l'œuvre de l'inconscient de son auteur. L'œuvre d'art
est peut-être *travail* sur le fantasme, elle n'est pas le
fantasme lui-même. Sophocle n'est pas le Roi Œdipe.
Poe n'est pas le héros-narrateur de *Ligeia*.

Mais plutôt que d'épiloguer sans fin sur les rapports
entre la vie et l'œuvre de Poe (même s'ils sont trou-
blants), il est peut-être plus sûr de *mettre entre paren-
thèses* le contenu présumé de l'inconscient de l'auteur
et de se pencher sur l'œuvre avec les yeux de l'ethno-
logue. On constatera alors que les contes « œdipiens »
de Poe évoqués plus haut ne font que s'inscrire dans
la lignée de milliers de contes qui, depuis des millénai-
res sur toute la surface du globe, mettent en scène des
héros confrontés à des femmes séductrices et mortifè-
res (ogresses d'Europe et du Maghreb, sorcières cas-
tratrices d'Alaska, de Sibérie ou du Japon, mères
dévorantes du Mali ou d'ailleurs, etc.). Que ces femmes
soient la représentation symbolique, la plupart du
temps, de la tentation incestueuse que doit surmonter
le garçon avant d'accéder pleinement à l'âge adulte, nul
n'est besoin de Sigmund Freud pour le comprendre !
Dans cette perspective, *Ligeia, Morella, Metzengerstein*
s'apparenteront aux contes d'échec de l'initiation des
jeunes hommes. Que l'inconscient personnel de Poe ait
pu le « sensibiliser » à ce type de scénario et s'y projeter, c'est possible (pour Sophocle nous n'en savons
rien !), mais le plus important est la réélaboration,
consciente-inconsciente, qui aboutit au texte que nous
lisons.

Le rapport de Poe à la psychanalyse n'est d'ailleurs
pas à sens unique. Poe et son œuvre ne sont pas que
des objets (des victimes, diront certains !) à analyser.
Ils sont aussi « sujets », si l'on peut dire. On ne peut

qu'être étonné, par exemple, devant la perspicacité pré-psychanalytique de Poe dans ses meilleurs contes. Que l'on songe à l'analyse minutieuse que fait le narrateur, dans *Ligeia*, de l'« expression » des yeux de sa bien-aimée : parfait repérage, dans le langage du conte, de ce que la psychanalyse plus tard appellera « résistance » et « déplacement ». On pourra lire aussi les contes fondés sur la peur, comme recueil d'études poético-cliniques sur le fonctionnement de la « perversion ». En effet, la plupart des héros de ces contes sont non des névrosés (ou non essentiellement, — donc pas les doubles de leur auteur...), mais des « pervers », au sens psychanalytique du terme. Poursuivis par des représentations terrifiantes, au lieu de les écarter ou de les refouler (dans la névrose par exemple), tout au contraire ils les cultivent, les provoquent, les côtoient sur le mode sado-masochiste... jusqu'à la catastrophe finale. Dans *Histoires extraordinaires*, c'est ce qu'ont en commun les trois héros de *Morella, Ligeia, Metzengerstein* : ils savent qu'ils ne devraient pas faire ce qu'ils font, ils savent qu'à le faire ils seront détruits, c'est pour cela qu'ils le feront.

Autre « contribution », fameuse, de Poe à la psychanalyse : *La Lettre volée*, qui servira à Lacan à illustrer l'un des points fondamentaux de sa doctrine et de celle de Freud (c'est l'ordre symbolique qui constitue le sujet). Mais est-il étonnant que la littérature puisse être productrice de théorie psychanalytique ? Après tout, si Freud n'avait pas été analysé par l'*Œdipe-Roi* de Sophocle, aurait-il inventé la psychanalyse ?

L'invention du roman policier

C'est avec *Double assassinat dans la rue Morgue*, en 1841, que naît le roman policier : Conan Doyle le dit, d'autres après lui le diront, dont Borges. Nouveau type de récit qui implique, entre autres, un nouveau type de héros et une nouvelle manière de raconter. Par bien des aspects, le récit policier sera l'envers du récit fantas-

tique. Ainsi, l'opacité du réel, l'incertitude de la démar-
cation entre rationnel et irrationnel propres au fantastique n'entrent dans l'univers du récit policier que pour
être maîtrisées à la fin. Dès le départ, le lecteur sait que,
si incompréhensible voire surnaturel lui paraisse cet univers, le dénouement le rendra transparent, totalement
lisible et rationnel. C'est un nouveau « contrat de lecture » qui est signé avec le lecteur et qui est à l'opposé
de l'« hésitation fantastique » (Borges a raison de dire
qu'avec le roman policier Poe crée « le lecteur de roman
policier »). Au cœur de la recherche policière il est d'ailleurs un enjeu central : celui de la possibilité même du
récit. Car quel est le problème de l'enquêteur, sinon,
à partir de fragments, matériels (les indices) et narra-
tifs (les témoignages), souvent énigmatiques et contra-
dictoires, reconstituer le récit véridique d'un scénario
caché ? C'est ce que la toute-puissance intellectuelle de
Dupin parvient à réaliser dans *Double assassinat*. Héros
moderne, héritier de l'Œdipe qui résout l'énigme du
Sphinx, il est l'ancêtre glorieux de ce nouveau personnage mythique qu'est le détective privé. Il est aussi
l'envers lumineux du héros sombre des contes de terreur, qui, lui, est l'héritier de l'Œdipe qui se crève les
yeux pour avoir regardé en face la vérité de sa propre
énigme. Pour Dupin, qui triomphe à nouveau dans *La
Lettre volée*, comme pour Legrand dans *Le Scarabée
d'or*, le réel est ordonné, et cet ordre est accessible à
qui s'y applique avec méthode et ténacité.

En 1848, avec la publication d'*Eureka*, Poe-Dupin
aura l'impression d'avoir réussi à déchiffrer ce gigantesque cryptogramme qu'est le Monde. Mais le Poe qui
meurt l'année suivante à l'hôpital de Baltimore semble toujours courir après la solution de l'énigme de sa
vie.

HISTOIRES EXTRAORDINAIRES

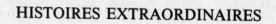

CETTE TRADUCTION EST DÉDIÉE
À
MARIA CLEMM

À LA MÈRE ENTHOUSIASTE
ET DÉVOUÉE
À CELLE POUR QUI
LE POÈTE A ÉCRIT CES VERS

Parce que je sens que, là-haut dans les Cieux,
    Les Anges, quand ils se parlent doucement à l'oreille,
Ne trouvent pas, parmi leurs termes brûlants d'amour,
    D'expression plus fervente que celle *de mère*,
Je vous ai dès longtemps justement appelée de ce grand
                                      [nom,
    Vous qui êtes plus qu'une mère pour moi
Et remplissez le sanctuaire de mon cœur où la Mort
                                 [vous a installée
    En affranchissant l'âme de ma Virginia.
Ma mère, ma propre mère, qui mourut de bonne heure,
    N'était que *ma* mère, à moi ; mais vous,
Vous êtes la mère de celle que j'aimais si tendrement,
    Et ainsi vous m'êtes plus chère que la mère que j'ai
                                   [connue
De tout un infini, — juste comme ma femme
    Était plus chère à mon âme que celle-ci à sa propre
                                 [essence.

C.B.

DOUBLE ASSASSINAT
DANS LA RUE MORGUE

> Quelle chanson chantaient les sirènes ? quel
> nom Achille avait-il pris quand il se cachait
> parmi les femmes ? — Questions embarras-
> santes, il est vrai, mais qui ne sont pas situées
> au delà de toute conjecture.
>
> Sir Thomas Browne.

Les facultés de l'esprit qu'on définit par le terme
analytiques sont en elles-mêmes fort peu susceptibles
d'analyse. Nous ne les apprécions que par leurs résultats. Ce que nous en savons, entre autres choses, c'est
qu'elles sont pour celui qui les possède à un degré extraordinaire une source de jouissances des plus vives. De
même que l'homme fort se réjouit dans son aptitude
physique, se complaît dans les exercices qui provoquent
les muscles à l'action, de même l'analyste prend sa
gloire dans cette activité spirituelle dont la fonction est
de débrouiller. Il tire du plaisir même des plus triviales
occasions qui mettent ses talents en jeu. Il raffole des
énigmes, des rébus, des hiéroglyphes ; il déploie dans
chacune des solutions une puissance de perspicacité qui,
dans l'opinion vulgaire, prend un caractère surnaturel.
Les résultats, habilement déduits par l'âme même et
l'essence de sa méthode, ont réellement tout l'air d'une
intuition.

Cette faculté de *résolution* tire peut-être une grande force de l'étude des mathématiques, et particulièrement de la très haute branche de cette science, qui, fort improprement et simplement en raison de ses opérations rétrogrades, a été nommée l'analyse, comme si elle était l'analyse par excellence. Car, en somme, tout calcul n'est pas en soi une analyse. Un joueur d'échecs, par exemple, fait fort bien l'un sans l'autre. Il suit de là que le jeu d'échecs, dans ses effets sur la nature spirituelle, est fort mal apprécié. Je ne veux pas écrire ici un traité de l'analyse, mais simplement mettre en tête d'un récit passablement singulier quelques observations jetées tout à fait à l'abandon et qui lui serviront de préface.

Je prends donc cette occasion de proclamer que la haute puissance de la réflexion est bien plus activement et plus profitablement exploitée par le modeste jeu de dames que par toute la laborieuse futilité des échecs. Dans ce dernier jeu, où les pièces sont douées de mouvements divers et bizarres, et représentent des valeurs diverses et variées, la complexité est prise — erreur fort commune — pour de la profondeur. L'attention y est puissamment mise en jeu. Si elle se relâche d'un instant, on commet une erreur, d'où il résulte une perte ou une défaite. Comme les mouvements possibles sont non seulement variés, mais inégaux en *puissance*, les chances de pareilles erreurs sont très multipliées ; et, dans neuf cas sur dix, c'est le joueur le plus attentif qui gagne et non pas le plus habile. Dans les dames, au contraire, où le mouvement est simple dans son espèce et ne subit que peu de variations, les probabilités d'inadvertance sont beaucoup moindres, et l'attention n'étant pas absolument et entièrement accaparée, tous les avantages remportés par chacun des joueurs ne peuvent être remportés que par une perspicacité supérieure.

Pour laisser là ces abstractions, supposons un jeu de dames où la totalité des pièces soit réduite à quatre *dames*, et où naturellement il n'y ait pas lieu de s'attendre à des étourderies. Il est évident qu'ici la victoire ne peut être décidée, — les deux parties étant absolument égales, — que par une tactique habile, résultat de quelque puissant effort de l'intellect. Privé des ressources ordinaires, l'analyste entre dans l'esprit de son adversaire, s'identifie avec lui, et souvent découvre d'un seul coup d'œil l'unique moyen — un moyen quelquefois absurdement simple — de l'attirer dans une faute ou de le précipiter dans un faux calcul.

On a longtemps cité le whist pour son action sur la faculté du calcul ; et on a connu des hommes d'une haute intelligence qui semblaient y prendre un plaisir incompréhensible et dédaigner les échecs comme un jeu frivole. En effet, il n'y a aucun jeu analogue qui fasse plus travailler la faculté de l'analyse. Le meilleur joueur d'échecs de la chrétienté ne peut guère être autre chose que le meilleur joueur d'échecs ; mais la force au whist implique la puissance de réussir dans toutes les spéculations bien autrement importantes où l'esprit lutte avec l'esprit.

Quand je dis la force, j'entends cette perfection dans le jeu qui comprend l'intelligence de tous les cas dont on peut légitimement faire son profit. Ils sont non seulement divers, mais complexes, et se dérobent souvent dans des profondeurs de la pensée absolument inaccessibles à une intelligence ordinaire.

Observer attentivement, c'est se rappeler distinctement ; et, à ce point de vue, le joueur d'échecs capable d'une attention très intense jouera fort bien au whist, puisque les règles de Hoyle, basées elles-mêmes sur le simple mécanisme du jeu, sont facilement et généralement intelligibles.

Aussi, avoir une mémoire fidèle et procéder d'après le livre sont des points qui constituent pour le vulgaire le *summum* du bien jouer. Mais c'est dans les cas situés au delà de la règle que le talent de l'analyste se manifeste ; il fait en silence une foule d'observations et de déductions. Ses partenaires en font peut-être autant, et la différence d'étendue dans les renseignements ainsi acquis ne gît pas tant dans la validité de la déduction que dans la qualité de l'observation. L'important, le principal est de savoir ce qu'il faut observer. Notre joueur ne se confine pas dans son jeu, et, bien que ce jeu soit l'objet actuel de son attention, il ne rejette pas pour cela les déductions qui naissent d'objets étrangers au jeu. Il examine la physionomie de son partenaire, il la compare soigneusement avec celle de chacun de ses adversaires. Il considère la manière dont chaque partenaire distribue ses cartes ; il compte souvent, grâce aux regards que laissent échapper les joueurs satisfaits, les atouts et les *honneurs*, un à un. Il note chaque mouvement de la physionomie, à mesure que le jeu marche, et recueille un capital de pensées dans les expressions variées de certitude, de surprise, de triomphe ou de mauvaise humeur. À la manière de ramasser une levée, il devine si la même personne en peut faire une autre dans la suite. Il reconnaît ce qui est joué par feinte à l'air dont c'est jeté sur la table. Une parole accidentelle, involontaire, une carte qui tombe, ou qu'on retourne par hasard, qu'on ramasse avec anxiété ou avec insouciance ; le compte des levées et l'ordre dans lequel elles sont rangées ; l'embarras, l'hésitation, la vivacité, la trépidation, — tout est pour lui symptôme, diagnostic, tout rend compte à cette perception, — intuitive en apparence, — du véritable état des choses. Quand les deux ou trois premiers tours ont été faits, il possède à fond le jeu qui est dans chaque main, et peut dès lors jouer ses cartes en parfaite connaissance de cause, comme si tous les autres joueurs avaient retourné les leurs.

La faculté d'analyse ne doit pas être confondue avec la simple ingéniosité ; car, pendant que l'analyste est nécessairement ingénieux, il arrive souvent que l'homme ingénieux est absolument incapable d'analyse. La faculté de combinaison, ou constructivité, par laquelle se manifeste généralement cette ingéniosité, et à laquelle les phrénologues — ils ont tort, selon moi, — assignent un organe à part, — en supposant qu'elle soit une faculté primordiale, a paru, dans des êtres dont l'intelligence était limitrophe de l'idiotie, assez souvent pour attirer l'attention générale des écrivains psychologistes. Entre l'ingéniosité et l'aptitude analytique, il y a une différence beaucoup plus grande qu'entre l'imaginative et l'imagination, mais d'un caractère rigoureusement analogue. En somme, on verra que l'homme ingénieux est toujours plein d'imaginative, et que l'homme *vraiment* imaginatif n'est jamais autre chose qu'un analyste.

Le récit qui suit sera pour le lecteur un commentaire lumineux des propositions que je viens d'avancer.

Je demeurais à Paris, — pendant le printemps et une partie de l'été de 18.., — et j'y fis la connaissance d'un certain C. Auguste Dupin. Ce jeune gentleman appartenait à une excellente famille, une famille illustre même, mais, par une série d'événements malencontreux, il se trouva réduit à une telle pauvreté que l'énergie de son caractère y succomba et qu'il cessa de se pousser dans le monde et de s'occuper du rétablissement de sa fortune. Grâce à la courtoisie de ses créanciers, il resta en possession d'un petit reliquat de son patrimoine ; et, sur la rente qu'il en tirait, il trouva moyen, par une économie rigoureuse, de subvenir aux nécessités de la vie, sans s'inquiéter autrement des superfluités. Les livres étaient véritablement son seul luxe, et à Paris on se les procure facilement.

Notre première connaissance se fit dans un obscur cabinet de lecture de la rue Montmartre, par ce fait fortuit que nous étions tous deux à la recherche d'un même livre, fort remarquable et fort rare ; cette coïncidence nous rapprocha. Nous nous vîmes toujours de plus en plus. Je fus profondément intéressé par sa petite histoire de famille, qu'il me raconta minutieusement avec cette candeur et cet abandon, — ce sans-façon du *moi*, — qui est le propre de tout Français quand il parle de ses propres affaires.

Je fus aussi fort étonné de la prodigieuse étendue de ses lectures, et par-dessus tout je me sentis l'âme prise

par l'étrange chaleur et la vitale fraîcheur de son imagination. Cherchant dans Paris certains objets qui faisaient mon unique étude, je vis que la société d'un pareil
homme serait pour moi un trésor inappréciable, et dès
lors je me livrai franchement à lui. Nous décidâmes
enfin que nous vivrions ensemble tout le temps de mon
séjour dans cette ville ; et, comme mes affaires étaient
un peu moins embarrassées que les siennes, je me chargeai de louer et de meubler, dans un style approprié
à la mélancolie fantasque de nos deux caractères, une
maisonnette antique et bizarre que des superstitions dont
nous ne daignâmes pas nous enquérir avaient fait déser-
ter, — tombant presque en ruine, et située dans une
partie reculée et solitaire du faubourg Saint-Germain.

Si la routine de notre vie dans ce lieu avait été connue
du monde, nous eussions passé pour deux fous, — peut-
être pour des fous d'un genre inoffensif. Notre reclu-
sion était complète ; nous ne recevions aucune visite.
Le lieu de notre retraite était resté un secret — soigneusement gardé — pour mes anciens camarades ; il y avait
plusieurs années que Dupin avait cessé de voir du
monde et de se répandre dans Paris. Nous ne vivions
qu'entre nous.

Mon ami avait une bizarrerie d'humeur, — car comment définir cela ? — c'était d'aimer la nuit pour
l'amour de la nuit ; la nuit était sa passion ; et je tombai moi-même tranquillement dans cette bizarrerie,
comme dans toutes les autres qui lui étaient propres,
me laissant aller au courant de toutes ses étranges ori-
ginalités avec un parfait abandon. La noire divinité ne
pouvait pas toujours demeurer avec nous ; mais nous
en faisions la contrefaçon. Au premier point du jour,
nous fermions tous les lourds volets de notre masure,
nous allumions une couple de bougies fortement par-
fumées, qui ne jetaient que des rayons très faibles et
très pâles. Au sein de cette débile clarté, nous livrions
chacun notre âme à ses rêves, nous lisions, nous écri-
vions, ou nous causions, jusqu'à ce que la pendule nous
avertît du retour de la véritable obscurité. Alors, nous

nous échappions à travers les rues, bras dessus bras dessous, continuant la conversation du jour, rôdant au hasard jusqu'à une heure très avancée, et cherchant à travers les lumières désordonnées et les ténèbres de la populeuse cité ces innombrables excitations spirituelles que l'étude paisible ne peut pas donner.

Dans ces circonstances, je ne pouvais m'empêcher de remarquer et d'admirer, — quoique la riche idéalité dont il était doué eût dû m'y préparer, — une aptitude analytique particulière chez Dupin. Il semblait prendre un délice âcre à l'exercer, — peut-être même à l'étaler, — et avouait sans façon tout le plaisir qu'il en tirait. Il me disait à moi, avec un petit rire tout épanoui, que bien des hommes avaient pour lui une fenêtre ouverte à l'endroit de leur cœur, et d'habitude il accompagnait une pareille assertion de preuves immédiates et des plus surprenantes, tirées d'une connaissance profonde de ma propre personne.

Dans ces moments-là, ses manières étaient glaciales et distraites ; ses yeux regardaient dans le vide, et sa voix, — une riche voix de ténor, habituellement, — montait jusqu'à la voix de tête ; c'eût été de la pétulance, sans l'absolue délibération de son parler et la parfaite certitude de son accentuation. Je l'observais dans ses allures, et je rêvais souvent à la vieille philosophie de l'*âme double*. — Je m'amusais à l'idée d'un Dupin double, — un Dupin créateur et un Dupin analyste.

Qu'on ne s'imagine pas, d'après ce que je viens de dire, que je vais dévoiler un grand mystère ou écrire un roman. Ce que j'ai remarqué dans ce singulier Français était simplement le résultat d'une intelligence surexcitée, — malade peut-être. Mais un exemple donnera une meilleure idée de la nature de ses observations à l'époque dont il s'agit.

Une nuit, nous flânions dans une longue rue sale, avoisinant le Palais-Royal. Nous étions plongés chacun dans nos propres pensées, en apparence du moins, et, depuis près d'un quart d'heure, nous n'avions pas soufflé une syllabe. Tout à coup Dupin lâcha ces paroles :

— C'est un bien petit garçon, en vérité ; et il serait mieux à sa place au théâtre des Variétés.

— Cela ne fait pas l'ombre d'un doute, répliquai-je sans y penser et sans remarquer d'abord, tant j'étais absorbé, la singulière façon dont l'interrupteur adaptait sa parole à ma propre rêverie.

Une minute après, je revins à moi, et mon étonnement fut profond.

— Dupin, dis-je très gravement, voilà qui passe mon intelligence. Je vous avoue, sans ambages, que j'en suis stupéfié et que j'en peux à peine croire mes sens. Comment a-t-il pu se faire que vous ayez deviné que je pensais à... ?

Mais je m'arrêtai pour m'assurer indubitablement qu'il avait réellement deviné à qui je pensais.

— À Chantilly ? dit-il ; pourquoi vous interrompre ? Vous faisiez en vous-même la remarque que sa petite taille le rendait impropre à la tragédie.

C'était précisément ce qui faisait le sujet de mes réflexions. Chantilly était un ex-savetier de la rue Saint-Denis qui avait la rage du théâtre, et avait abordé le rôle de Xerxès dans la tragédie de Crébillon ; ses prétentions étaient dérisoires : on en faisait des gorges chaudes.

— Dites-moi, pour l'amour de Dieu ! la méthode — si méthode il y a — à l'aide de laquelle vous avez pu pénétrer mon âme, dans le cas actuel !

En réalité, j'étais encore plus étonné que je n'aurais voulu le confesser.

— C'est le fruitier, répliqua mon ami, qui vous a amené à cette conclusion que le raccommodeur de semelles n'était pas de taille à jouer Xerxès et tous les rôles de ce genre.

— Le fruitier ! vous m'étonnez ! je ne connais de fruitier d'aucune espèce.

— L'homme qui s'est jeté contre vous, quand nous sommes entrés dans la rue, il y a peut-être un quart d'heure.

Je me rappelai alors qu'en effet un fruitier, portant

sur sa tête un grand panier de pommes, m'avait presque jeté par terre par maladresse, comme nous passions
de la rue C... dans l'artère principale où nous étions
alors. Mais quel rapport cela avait-il avec Chantilly ?
Il m'était impossible de m'en rendre compte.

Il n'y avait pas un atome de charlatanerie dans mon
ami Dupin.

— Je vais vous expliquer cela, dit-il, et, pour que
vous puissiez comprendre tout très clairement, nous
allons d'abord reprendre la série de vos réflexions,
depuis le moment dont je vous parle jusqu'à la rencontre du fruitier en question. Les anneaux principaux de
la chaîne se suivent ainsi : *Chantilly, Orion, le docteur
Nichols, Épicure, la stéréotomie, les pavés, le fruitier*.

Il est peu de personnes qui ne se soient amusées, à
un moment quelconque de leur vie, à remonter le cours
de leurs idées et à rechercher par quels chemins leur
esprit était arrivé à de certaines conclusions. Souvent
cette occupation est pleine d'intérêt, et celui qui l'essaye
pour la première fois est étonné de l'incohérence et de
la distance, immense en apparence, entre le point de
départ et le point d'arrivée.

Qu'on juge donc de mon étonnement quand j'entendis mon Français parler comme il avait fait, et que je
fus contraint de reconnaître qu'il avait dit la pure vérité.

Il continua :

— Nous causions de chevaux — si ma mémoire ne
me trompe pas — juste avant de quitter la rue C... Ce
fut notre dernier thème de conversation. Comme nous
passions dans cette rue-ci, un fruitier, avec un gros
panier sur la tête, passa précipitamment devant nous,
vous jeta sur un tas de pavés amoncelés dans un endroit
où la voie est en réparation. Vous avez mis le pied sur
une des pierres branlantes ; vous avez glissé, vous vous
êtes légèrement foulé la cheville ; vous avez paru vexé,
grognon ; vous avez marmotté quelques paroles ; vous
vous êtes retourné pour regarder le tas, puis vous avez
continué votre chemin en silence. Je n'étais pas absolument attentif à tout ce que vous faisiez ; mais, pour

moi, l'observation est devenue, de vieille date, une espèce de nécessité.

« Vos yeux sont restés attachés sur le sol, — surveillant avec une espèce d'irritation les trous et les ornières du pavé (de façon que je voyais bien que vous pensiez toujours aux pierres), jusqu'à ce que nous eûmes atteint le petit passage qu'on nomme le passage Lamartine [1]', où l'on vient de faire l'essai du pavé de bois, un système de blocs unis et solidement assemblés. Ici votre physionomie s'est éclaircie, j'ai vu vos lèvres remuer, et j'ai deviné, à n'en pas douter, que vous vous murmuriez le mot *stéréotomie*, un terme appliqué fort prétentieusement à ce genre de pavage. Je savais que vous ne pouviez pas dire stéréotomie sans être induit à penser aux atomes, et de là aux théories d'Épicure ; et, comme dans la discussion que nous eûmes, il n'y a pas longtemps, à ce sujet, je vous avais fait remarquer que les vagues conjectures de l'illustre Grec avaient été confirmées singulièrement, sans que personne y prît garde, par les dernières théories sur les nébuleuses et les récentes découvertes cosmogoniques, je sentis que vous ne pourriez pas empêcher vos yeux de se tourner vers la grande nébuleuse d'Orion ; je m'y attendais certainement. Vous n'y avez pas manqué, et je fus alors certain d'avoir strictement emboîté le pas de votre rêverie. Or, dans cette amère boutade sur Chantilly, qui a paru hier dans *le Musée*, l'écrivain satirique, en faisant des allusions désobligeantes au changement de nom du savetier quand il a chaussé le cothurne, citait un vers latin dont nous avons souvent causé. Je veux parler du vers :

Perdidit antiquum littera prima sonum.

---

* Ai-je besoin d'avertir, à propos de la rue Morgue, du passage Lamartine, etc. qu'Edgar Poe n'est jamais venu à Paris ? (C.B.)

1. *Aux notes de Poe (E.A.P.) et de Baudelaire (C.B.), nous avons ajouté quelques éclaircissements que nous avons jugés utiles pour un lecteur contemporain.*

« Je vous avais dit qu'il avait trait à Orion, qui s'écrivait primitivement Urion ; et, à cause d'une certaine acrimonie mêlée à cette discussion, j'étais sûr que vous ne l'aviez pas oubliée. Il était clair, dès lors, que vous ne pouviez pas manquer d'associer les deux idées d'Orion et de Chantilly. Cette association d'idées, je la vis au *style* du sourire qui traversa vos lèvres. Vous pensiez à l'immolation du pauvre savetier. Jusque-là, vous aviez marché courbé en deux, mais alors je vous vis vous redresser de toute votre hauteur. J'étais bien sûr que vous pensiez à la pauvre petite taille de Chantilly. C'est dans ce moment que j'interrompis vos réflexions pour vous faire remarquer que c'était un pauvre petit avorton que ce Chantilly, et qu'il serait bien mieux à sa place au théâtre des Variétés. »

Peu de temps après cet entretien, nous parcourions l'édition du soir de la *Gazette des tribunaux*, quand les paragraphes suivants attirèrent notre attention :

« DOUBLE ASSASSINAT DES PLUS SINGULIERS. — Ce matin, vers trois heures, les habitants du quartier Saint-Roch furent réveillés par une suite de cris effrayants qui semblaient venir du quatrième étage d'une maison de la rue Morgue, que l'on savait occupée en totalité par une dame l'Espanaye et sa fille, Mlle Camille l'Espanaye. Après quelques retards causés par des efforts infructueux pour se faire ouvrir à l'amiable, la grande porte fut forcée avec une pince, et huit ou dix voisins entrèrent, accompagnés de deux gendarmes.

« Cependant, les cris avaient cessé ; mais, au moment où tout ce monde arrivait pêle-mêle au premier étage, on distingua deux fortes voix, peut-être plus, qui semblaient se disputer violemment et venir de la partie supérieure de la maison. Quand on arriva au second palier, ces bruits avaient également cessé, et tout était parfaitement tranquille. Les voisins se répandirent de chambre en chambre. Arrivés à une vaste pièce située sur le derrière, au quatrième étage, et dont on força la porte qui était fermée, avec la clef en dedans, ils se trouvèrent en face d'un spectacle qui frappa tous les assis-

tants d'une terreur non moins grande que leur étonnement.

« La chambre était dans le plus étrange désordre ;
les meubles brisés et éparpillés dans tous les sens. Il n'y
avait qu'un lit, les matelas en avaient été arrachés et
jetés au milieu du parquet. Sur une chaise, on trouva
un rasoir mouillé de sang ; dans l'âtre, trois longues
et fortes boucles de cheveux gris, qui semblaient avoir
été violemment arrachées avec leurs racines. Sur le parquet gisaient quatre napoléons, une boucle d'oreille
ornée d'une topaze, trois grandes cuillers d'argent, trois
plus petites en métal d'Alger, et deux sacs contenant
environ quatre mille francs en or. Dans un coin, les
tiroirs d'une commode étaient ouverts et avaient sans
doute été mis au pillage, bien qu'on y ait trouvé plusieurs articles intacts. Un petit coffret de fer fut trouvé
sous la literie (non pas sous le bois de lit) ; il était
ouvert, avec la clef dans la serrure. Il ne contenait que
quelques vieilles lettres et d'autres papiers sans importance.

« On ne trouva aucune trace de Mme l'Espanaye ;
mais on remarqua une quantité extraordinaire de suie
dans le foyer ; on fit une recherche dans la cheminée,
et — chose horrible à dire ! — on en tira le corps de
la demoiselle, la tête en bas, qui avait été introduit de
force et poussé par l'étroite ouverture jusqu'à une distance assez considérable. Le corps était tout chaud. En
l'examinant, on découvrit de nombreuses excoriations,
occasionnées sans doute par la violence avec laquelle
il y avait été fourré et qu'il avait fallu employer pour
le dégager. La figure portait quelques fortes égratignures, et la gorge était stigmatisée par des meurtrissures
noires et de profondes traces d'ongles, comme si la mort
avait eu lieu par strangulation.

« Après un examen minutieux de chaque partie de
la maison, qui n'amena aucune découverte nouvelle,
les voisins s'introduisirent dans une petite cour pavée,
située sur le derrière du bâtiment. Là, gisait le cadavre
de la vieille dame, avec la gorge si parfaitement coupée

que, quand on essaya de le relever, la tête se détacha
du tronc. Le corps, aussi bien que la tête, était terriblement mutilé, et celui-ci à ce point qu'il gardait à
peine une apparence humaine.

« Toute cette affaire reste un horrible mystère, et
jusqu'à présent on n'a pas encore découvert, que nous
sachions, le moindre fil conducteur. »

Le numéro suivant portait ces détails additionnels :

« LE DRAME DE LA RUE MORGUE. — Bon nombre
d'individus ont été interrogés relativement à ce terrible et extraordinaire événement, mais rien n'a trans-
piré qui puisse jeter quelque jour sur l'affaire. Nous
donnons ci-dessous les dépositions obtenues :

« Pauline Dubourg, blanchisseuse, dépose qu'elle a
connu les deux victimes pendant trois ans, et qu'elle
a blanchi pour elles pendant tout ce temps. La vieille
dame et sa fille semblaient en bonne intelligence — très
affectueuses l'une envers l'autre. C'étaient de bonnes
payes. Elle ne peut rien dire relativement à leur genre
de vie et à leurs moyens d'existence. Elle croit que
Mᵐᵉ l'Espanaye disait la bonne aventure pour vivre.
Cette dame passait pour avoir de l'argent de côté. Elle
n'a jamais rencontré personne dans la maison quand
elle venait rapporter ou prendre le linge. Elle est sûre
que ces dames n'avaient aucun domestique à leur service. Il lui a semblé qu'il n'y avait de meubles dans
aucune partie de la maison, excepté au quatrième étage.

« Pierre Moreau, marchand de tabac, dépose qu'il
fournissait habituellement Mᵐᵉ l'Espanaye, et lui ven-
dait de petites quantités de tabac, quelquefois en poudre. Il est né dans le quartier et y a toujours demeuré.
La défunte et sa fille occupaient depuis plus de six ans
la maison où l'on a trouvé leurs cadavres. Primitivement elle était habitée par un bijoutier, qui sous-louait
les appartements supérieurs à différentes personnes. La
maison appartenait à Mᵐᵉ l'Espanaye. Elle s'était
montrée très mécontente de son locataire, qui endom-
mageait les lieux ; elle était venue habiter sa propre
maison, refusant d'en louer une seule partie. La bonne

dame était en enfance. Le témoin a vu la fille cinq ou
six fois dans l'intervalle de ces six années. Elles
menaient toutes deux une vie excessivement retirée ;
elles passaient pour avoir de quoi. Il a entendu dire
chez les voisins que Mme l'Espanaye disait la bonne
aventure ; il ne le croit pas. Il n'a jamais vu personne
franchir la porte, excepté la vieille dame et sa fille, un
commissionnaire une ou deux fois, et un médecin huit
ou dix.

« Plusieurs autres personnes du voisinage déposent
dans le même sens. On ne cite personne comme ayant
fréquenté la maison. On ne sait pas si la dame et sa
fille avaient des parents vivants. Les volets des fenêtres de face s'ouvraient rarement. Ceux de derrière
étaient toujours fermés, excepté aux fenêtres de la
grande arrière-pièce du quatrième étage. La maison
était une assez bonne maison, pas trop vieille.

« Isidore Muset, gendarme, dépose qu'il a été mis
en réquisition, vers trois heures du matin, et qu'il a
trouvé à la grande porte vingt ou trente personnes qui
s'efforçaient de pénétrer dans la maison. Il l'a forcée
avec une baïonnette et non pas avec une pince. Il n'a
pas eu grand-peine à l'ouvrir, parce qu'elle était à deux
battants et n'était verrouillée ni par en haut ni par en
bas. Les cris ont continué jusqu'à ce que la porte fût
enfoncée, puis ils ont soudainement cessé. On eût dit
les cris d'une ou de plusieurs personnes en proie aux
plus vives douleurs ; des cris très hauts, très prolongés, — non pas des cris brefs, ni précipités. Le témoin
a grimpé l'escalier. En arrivant au premier palier, il a
entendu deux voix qui se disputaient très haut et très
aigrement ; — l'une, une voix rude, l'autre beaucoup
plus aiguë, une voix très singulière. Il a distingué quelques mots de la première, c'était celle d'un Français.
Il est certain que ce n'est pas une voix de femme. Il
a pu distinguer les mots *sacré* et *diable*. La voix aiguë
était celle d'un étranger. Il ne sait pas précisément si
c'était une voix d'homme ou de femme. Il n'a pu devi-

ner ce qu'elle disait, mais il présume qu'elle parlait espagnol. Ce témoin rend compte de l'état de la chambre et des cadavres dans les mêmes termes que nous l'avons fait hier.

« Henri Duval, un voisin, et orfèvre de son état, dépose qu'il faisait partie du groupe de ceux qui sont entrés les premiers dans la maison. Confirme généralement le témoignage de Muset. Aussitôt qu'ils se sont introduits dans la maison, ils ont refermé la porte pour barrer le passage à la foule qui s'amassait considérablement, malgré l'heure plus que matinale. La voix aiguë, à en croire le témoin, était une voix d'Italien. À coup sûr, ce n'était pas une voix française. Il ne sait pas au juste si c'était une voix de femme ; cependant, cela pourrait bien être. Le témoin n'est pas familiarisé avec la langue italienne ; il n'a pu distinguer les paroles, mais il est convaincu d'après l'intonation que l'individu qui parlait était un Italien. Le témoin a connu Mme l'Espanaye et sa fille. Il a fréquemment causé avec elles. Il est certain que la voix aiguë n'était celle d'aucune des victimes.

« Odenheimer, restaurateur. Ce témoin s'est offert de lui-même. Il ne parle pas français, et on l'a interrogé par le canal d'un interprète. Il est né à Amsterdam. Il passait devant la maison au moment des cris. Ils ont duré quelques minutes, dix minutes peut-être. C'étaient des cris prolongés, très hauts, très effrayants, — des cris navrants. Odenheimer est un de ceux qui ont pénétré dans la maison. Il confirme le témoignage précédent, à l'exception d'un seul point. Il est sûr que la voix aiguë était celle d'un homme, — d'un Français. Il n'a pu distinguer les mots articulés. On parlait haut et vite, — d'un ton inégal, — et qui exprimait la crainte aussi bien que la colère. La voix était âpre, plutôt âpre qu'aiguë. Il ne peut appeler cela précisément une voix aiguë. La grosse voix dit à plusieurs reprises : *Sacré*, — *diable*, — et une fois : *Mon Dieu !*

« Jules Mignaud, banquier, de la maison Mignaud et fils, rue Deloraine. Il est l'aîné des Mignaud. Mme l'Espanaye avait quelque fortune. Il lui avait ouvert un compte dans sa maison, huit ans auparavant, au printemps. Elle a souvent déposé chez lui de petites sommes d'argent. Il ne lui a rien délivré jusqu'au troisième jour avant sa mort, où elle est venue lui demander en personne une somme de quatre mille francs. Cette somme lui a été payée en or, et un commis a été chargé de la lui porter chez elle.

« Adolphe Lebon, commis chez Mignaud et fils, dépose que, le jour en question, vers midi, il a accompagné Mme l'Espanaye à son logis, avec les quatre mille francs, en deux sacs. Quand la porte s'ouvrit, Mlle l'Espanaye parut, et lui prit des mains l'un des deux sacs, pendant que la vieille dame le déchargeait de l'autre. Il les salua et partit. Il n'a vu personne dans la rue en ce moment. C'est une rue borgne, très solitaire.

« William Bird, tailleur, dépose qu'il est un de ceux qui se sont introduits dans la maison. Il est Anglais. Il a vécu deux ans à Paris. Il est un des premiers qui ont monté l'escalier. Il a entendu les voix qui se disputaient. La voix rude était celle d'un Français, il a pu distinguer quelques mots, mais il ne se les rappelle pas. Il a entendu distinctement *sacré* et *mon Dieu*. C'était en ce moment un bruit comme de plusieurs personnes qui se battent, — le tapage d'une lutte et d'objets qu'on brise. La voix aiguë était très forte, plus forte que la voix rude. Il est sûr que ce n'était pas une voix d'Anglais. Elle lui sembla une voix d'Allemand ; peut-être bien une voix de femme. Le témoin ne sait pas l'allemand.

« Quatre des témoins ci-dessus mentionnés ont été assignés de nouveau et ont déposé que la porte de la chambre où fut trouvé le corps de Mlle l'Espanaye était fermée en dedans quand ils y arrivèrent. Tout était parfaitement silencieux ; ni gémissements ni bruits d'aucune espèce. Après avoir forcé la porte, ils ne virent personne.

« Les fenêtres, dans la chambre de derrière et dans celle de face, étaient fermées et solidement assujetties en dedans. Une porte de communications était fermée, mais pas à clef. La porte qui conduit de la chambre du devant au corridor était fermée à clef, et la clef en dedans ; une petite pièce sur le devant de la maison, au quatrième étage, à l'entrée du corridor, ouverte, et la porte entrebâillée ; cette pièce, encombrée de vieux bois de lits, de malles, etc. On a soigneusement dérangé et visité tous ces objets. Il n'y a pas un pouce d'une partie quelconque de la maison qui n'ait été soigneusement visité. On a fait pénétrer des ramoneurs dans les cheminées. La maison est à quatre étages avec des mansardes. Une trappe qui donne sur le toit était condamnée et solidement fermée avec des clous ; elle ne semblait pas avoir été ouverte depuis des années. Les témoins varient sur la durée du temps écoulé entre le moment où l'on a entendu les voix qui se disputaient et celui où l'on a forcé la porte de la chambre. Quelques-uns l'évaluent très court, — deux ou trois minutes, — d'autres, cinq minutes. La porte ne fut ouverte qu'à grand-peine.

« Alfonso Garcio, entrepreneur des pompes funèbres, dépose qu'il demeure rue Morgue. Il est né en Espagne. Il est un de ceux qui ont pénétré dans la maison. Il n'a pas monté l'escalier. Il a les nerfs très délicats, et redoute les conséquences d'une violente agitation nerveuse. Il a entendu les voix qui se disputaient. La grosse voix était celle d'un Français. Il n'a pu distinguer ce qu'elle disait. La voix aiguë était celle d'un Anglais, il en est bien sûr. Le témoin ne sait pas l'anglais, mais il juge d'après l'intonation.

« Alberto Montani, confiseur, dépose qu'il fut des premiers qui montèrent l'escalier. Il a entendu les voix en question. La voix rauque était celle d'un Français. Il a distingué quelques mots. L'individu qui parlait semblait faire des remontrances. Il n'a pas pu deviner ce que disait la voix aiguë. Elle parlait vite et par saccades. Il l'a prise pour la voix d'un Russe. Il confirme en général les témoignages précédents. Il est Italien ; il avoue qu'il n'a jamais causé avec un Russe.

« Quelques témoins, rappelés, certifient que les cheminées dans toutes les chambres, au quatrième étage,
sont trop étroites pour livrer passage à un être humain.
Quand ils ont parlé de ramonage, ils voulaient parler
de ces brosses en forme de cylindres dont on se sert pour
nettoyer les cheminées. On a fait passer ces brosses du
haut en bas dans tous les tuyaux de la maison. Il n'y
a sur le derrière aucun passage qui ait pu favoriser la
fuite d'un assassin, pendant que les témoins montaient
l'escalier. Le corps de Mlle l'Espanaye était si solidement engagé dans la cheminée qu'il a fallu, pour le retirer, que quatre ou cinq des témoins réunissent leurs
forces.

« Paul Dumas, médecin, dépose qu'il a été appelé
au point du jour pour examiner les cadavres. Ils gisaient
tous les deux sur le fond de sangle du lit dans la chambre où avait été trouvée Mlle l'Espanaye. Le corps de
la jeune dame était fortement meurtri et excorié. Ces
particularités s'expliquent suffisamment par le fait de
son introduction dans la cheminée. La gorge était singulièrement écorchée. Il y avait, juste au-dessous du
menton, plusieurs égratignures profondes, avec une
rangée de taches livides, résultant évidemment de la
pression des doigts. La face était affreusement déco-
lorée, et les globes des yeux sortaient de la tête. La
langue était coupée à moitié. Une large meurtrissure
se manifestait au creux de l'estomac, produite, selon
toute apparence, par la pression d'un genou. Dans
l'opinion de M. Dumas, Mlle l'Espanaye avait été
étranglée par un ou plusieurs individus inconnus.

« Le corps de la mère était horriblement mutilé. Tous
les os de la jambe et du bras gauche plus ou moins fra-
cassés ; le tibia gauche brisé en esquilles, ainsi que les
côtes du même côté. Tout le corps affreusement meurtri
et décoloré. Il était impossible de dire comment de
pareils coups avaient été portés. Une lourde massue de
bois ou une large pince de fer, une arme grosse, pesante
et contondante, aurait pu produire de pareils résultats,
et encore, maniée par les mains d'un homme excessi-

vement robuste. Avec n'importe quelle arme, aucune femme n'aurait pu frapper de tels coups. La tête de la défunte, quand le témoin la vit, était entièrement séparée du tronc, et, comme le reste, singulièrement broyée. La gorge évidemment avait été tranchée avec un instrument très affilé, très probablement un rasoir.

« Alexandre Étienne, chirurgien, a été appelé en même temps que M. Dumas pour visiter les cadavres ; il confirme le témoignage et l'opinion de M. Dumas.

« Quoique plusieurs autres personnes aient été interrogées, on n'a pu obtenir aucun autre renseignement d'une valeur quelconque. Jamais assassinat si mystérieux, si embrouillé n'a été commis à Paris, si toutefois il y a eu assassinat.

« La police est absolument déroutée, — cas fort usité dans les affaires de cette nature. Il est vraiment impossible de retrouver le fil de cette affaire. »

L'édition du soir constatait qu'il régnait une agitation permanente dans le quartier Saint-Roch ; que les lieux avaient été l'objet d'un second examen, que les témoins avaient été interrogés de nouveau, mais tout cela sans résultat. Cependant, un post-scriptum annonçait qu'Adolphe Lebon, le commis de la maison de banque, avait été arrêté et incarcéré, bien que rien des faits déjà connus ne parût suffisant pour l'incriminer.

Dupin semblait s'intéresser singulièrement à la marche de cette affaire, autant, du moins, que j'en pouvais juger par ses manières, car il ne faisait aucun commentaire. Ce fut seulement après que le journal eut annoncé l'emprisonnement de Lebon qu'il me demanda quelle opinion j'avais relativement à ce double meurtre.

Je ne pus que lui confesser que j'étais comme tout Paris, et que je le considérais comme un mystère insoluble. Je ne voyais aucun moyen d'attraper la trace du meurtrier.

— Nous ne devons pas juger des moyens possibles, dit Dupin, par une construction embryonnaire. La police parisienne, si vantée pour sa pénétration, est très rusée, rien de plus. Elle procède sans méthode, elle n'a pas d'autre méthode que celle du moment. On fait ici un grand étalage de mesures, mais il arrive souvent qu'elles sont si intempestives et si mal appropriées au but qu'elles font penser à M. Jourdain, qui demandait *sa robe de chambre — pour mieux entendre la musique.* Les résultats obtenus sont quelquefois surprenants, mais ils sont, pour la plus grande partie, simplement dus à la diligence et à l'activité. Dans le cas où ces facultés sont insuffisantes, les plans ratent. Vidocq, par exemple, était bon pour deviner ; c'était un homme de patience ; mais, sa pensée n'étant pas suffisamment éduquée, il faisait continuellement fausse route, par l'ardeur même de ses investigations. Il diminuait la force de sa vision en regardant l'objet de trop près. Il pouvait peut-être voir un ou deux points avec une netteté singulière, mais, par le fait même de son procédé, il perdait l'aspect de l'affaire prise dans son ensemble. Cela peut s'appeler le moyen d'être trop profond. La vérité n'est pas toujours dans un puits. En somme, quant à ce qui regarde les notions qui nous intéressent de plus près, je crois qu'elle est invariablement à la surface. Nous la cherchons dans la profondeur de la vallée : c'est au sommet des montagnes que nous la découvrirons.

« On trouve dans la contemplation des corps célestes des exemples et des échantillons excellents de ce genre d'erreur. Jetez sur une étoile un rapide coup d'œil, regardez-la obliquement, en tournant vers elle la partie latérale de la rétine (beaucoup plus sensible à une lumière faible que la partie centrale), et vous verrez l'étoile distinctement ; vous aurez l'appréciation la plus juste de son éclat, éclat qui s'obscurcit à proportion que vous dirigez votre point de vue en plein sur elle.

« Dans le dernier cas, il tombe sur l'œil un plus grand nombre de rayons ; mais, dans le premier, il y a une réceptibilité plus complète, une susceptibilité beaucoup plus vive. Une profondeur outrée affaiblit la pensée et la rend perplexe ; et il est possible de faire disparaître

Vénus elle-même du firmament par une attention trop soutenue, trop concentrée, trop directe.

« Quant à cet assassinat, faisons nous-mêmes un examen avant de nous former une opinion. Une enquête nous procurera de l'amusement (je trouvai cette expression bizarre, appliquée au cas en question, mais je ne dis mot) ; et, en outre, Lebon m'a rendu un service pour lequel je ne veux pas me montrer ingrat. Nous irons sur les lieux, nous les examinerons de nos propres yeux. Je connais G…, le préfet de police, et nous obtiendrons sans peine l'autorisation nécessaire. »

L'autorisation fut accordée, et nous allâmes tout droit à la rue Morgue. C'est un de ces misérables passages qui relient la rue Richelieu à la rue Saint-Roch. C'était dans l'après-midi, et il était déjà tard quand nous y arrivâmes, car ce quartier est situé à une grande distance de celui que nous habitions. Nous trouvâmes bien vite la maison, car il y avait une multitude de gens qui contemplaient de l'autre côté de la rue les volets fermés avec une curiosité badaude. C'était une maison comme toutes les maisons de Paris, avec une porte cochère, et sur l'un des côtés une niche vitrée avec un carreau mobile, représentant la loge du concierge. Avant d'entrer, nous remontâmes la rue, nous tournâmes dans une allée, et nous passâmes ainsi sur les derrières de la maison. Dupin, pendant ce temps, examinait tous les alentours, aussi bien que la maison, avec une attention minutieuse dont je ne pouvais pas deviner l'objet.

Nous revînmes sur nos pas vers la façade de la maison ; nous sonnâmes, nous montrâmes notre pouvoir, et les agents nous permirent d'entrer. Nous montâmes jusqu'à la chambre où on avait trouvé le corps de Mlle l'Espanaye, et où gisaient encore les deux cadavres. Le désordre de la chambre avait été respecté, comme cela se pratique en pareil cas. Je ne vis rien de plus que ce qu'avait constaté la *Gazette des tribunaux*. Dupin analysait minutieusement toutes choses, sans en excepter les corps des victimes. Nous passâmes ensuite dans les autres chambres, et nous descendîmes dans les cours, toujours accompagnés par un gendarme. Cet examen dura fort longtemps, et il était nuit quand nous quittâmes la maison. En retournant chez nous, mon camarade s'arrêta quelques minutes dans les bureaux d'un journal quotidien.

J'ai dit que mon ami avait toutes sortes de bizarreries, et que *je les ménageais* (car ce mot n'a pas d'équivalent en anglais). Il entrait maintenant dans sa fantaisie de se refuser à toute conversation relativement à l'assassinat, jusqu'au lendemain à midi. Ce fut alors qu'il me demanda brusquement si j'avais remarqué quelque chose de *particulier* sur le théâtre du crime.

Il y eut dans sa manière de prononcer le mot *particulier* un accent qui me donna le frisson sans que je susse pourquoi.

— Non, rien de particulier, dis-je, rien autre, du moins, que ce que nous avons lu tous deux dans le journal.

« La *Gazette*, reprit-il, n'a pas, je le crains, pénétré l'horreur insolite de l'affaire. Mais laissons là les opinions niaises de ce papier. Il me semble que le mystère est considéré comme insoluble, par la raison même qui devrait le faire regarder comme facile à résoudre, — je veux parler du caractère excessif sous lequel il apparaît. Les gens de police sont confondus par l'absence apparente de motifs légitimant, non le meurtre en lui-même, mais l'atrocité du meurtre. Ils se sont embarrassés aussi par l'impossibilité apparente de concilier les voix qui se disputaient avec ce fait qu'on n'a trouvé en haut de l'escalier d'autre personne que Mlle l'Espanaye, assassinée, et qu'il n'y avait aucun moyen de sortir sans être vu des gens qui montaient l'escalier. L'étrange désordre de la chambre, — le corps fourré, la tête en bas, dans la cheminée, — l'effrayante mutilation du corps de la vieille dame, — ces considérations, jointes à celles que j'ai mentionnées et à d'autres dont je n'ai pas besoin de parler, ont suffi pour paralyser l'action des agents du ministère et pour dérouter complètement leur perspicacité si vantée. Ils ont commis la très grosse et très commune faute de confondre l'extraordinaire avec l'abstrus. Mais c'est justement en suivant ces déviations du cours ordinaire de la nature que la raison trouvera son chemin, si la chose est possible, et marchera vers la vérité. Dans des investigations du genre de celle qui nous occupe, il ne faut pas tant se demander comment les choses se sont passées qu'étudier en quoi elles se distinguent de tout ce qui est arrivé jusqu'à présent. Bref, la facilité avec laquelle j'arriverai, — ou je suis déjà arrivé, — à la solution du mystère, est en raison directe de son insolubilité apparente aux yeux de la police.

Je fixai mon homme avec un étonnement muet.

— J'attends maintenant, continua-t-il en jetant un regard sur la porte de notre chambre, j'attends un individu qui, bien qu'il ne soit peut-être pas l'auteur de cette boucherie, doit se trouver en partie impliqué dans sa perpétration. Il est probable qu'il est innocent de la partie atroce du crime. J'espère ne pas me tromper dans cette hypothèse ; car c'est sur cette hypothèse que je fonde l'espérance de déchiffrer l'énigme entière. J'attends l'homme ici, — dans cette chambre, — d'une minute à l'autre. Il est vrai qu'il peut fort bien ne pas venir, mais il y a quelques probabilités pour qu'il vienne. S'il vient, il sera nécessaire de le garder. Voici des pistolets, et nous savons tous deux à quoi ils servent quand l'occasion l'exige.

Je pris les pistolets, sans trop savoir ce que je faisais, pouvant à peine en croire mes oreilles, — pendant que Dupin continuait à peu près comme dans un monologue. J'ai déjà parlé de ses manières distraites, dans ces moments-là. Son discours s'adressait à moi ; mais sa voix, quoique montée à un diapason fort ordinaire, avait cette intonation que l'on prend d'habitude en parlant à quelqu'un placé à une grande distance. Ses yeux, d'une expression vague, ne regardaient que le mur.

— Les voix qui se disputaient, disait-il, les voix entendues par les gens qui montaient l'escalier n'étaient

pas celles de ces malheureuses femmes, — cela est plus
que prouvé par l'évidence. Cela nous débarrasse pleinement de la question de savoir si la vieille dame aurait
assassiné sa fille et se serait ensuite suicidée.

« Je ne parle de ce cas que par amour de la méthode ;
car la force de Mme l'Espanaye eût été absolument
insuffisante pour introduire le corps de sa fille dans la
cheminée de la façon où on l'a découvert ; et la nature
des blessures trouvées sur sa propre personne exclut
entièrement l'idée de suicide. Le meurtre a donc été
commis par des tiers, et les voix de ces tiers sont celles
qu'on a entendues se quereller.

« Permettez-moi maintenant d'appeler votre attention, — non pas sur les dépositions relatives à ces
voix, — mais sur ce qu'il y a de *particulier* dans ces
dépositions. Y avez-vous remarqué quelque chose de
particulier ?

— Je remarquai que, pendant que tous les témoins
s'accordaient à considérer la grosse voix comme étant
celle d'un Français, il y avait un grand désaccord relativement à la voix aiguë, ou, comme l'avait définie un
seul individu, à la voix âpre.

— Cela constitue l'évidence, dit Dupin, mais non la
particularité de l'évidence. Vous n'avez rien observé de
distinctif ; — cependant il y avait *quelque chose* à
observer. Les témoins, remarquez-le bien, sont
d'accord sur la grosse voix ; là-dessus, il y a unanimité.
Mais, relativement à la voix aiguë, il y a une particularité, — elle ne consiste pas dans leur désaccord — mais
en ceci que, quand un Italien, un Anglais, un Espagnol,
un Hollandais essayent de la décrire, chacun en parle
comme d'une voix d'*étranger*, chacun est sûr que ce
n'était pas la voix d'un de ses compatriotes.

« Chacun la compare, non pas à la voix d'un individu dont la langue lui serait familière, mais justement
au contraire. Le Français présume que c'était une voix
d'Espagnol, et *il aurait pu distinguer quelques mots s'il
était familiarisé avec l'espagnol*. Le Hollandais affirme
que c'était la voix d'un Français ; mais il est établi que

le témoin, ne sachant pas le français, a été interrogé par le canal d'un interprète. L'Anglais pense que c'était la voix d'un Allemand, et *il n'entend pas l'allemand*. L'Espagnol est *positivement sûr* que c'était la voix d'un Anglais, mais il en juge uniquement par l'intonation, car *il n'a aucune connaissance de l'anglais*. L'Italien croit à une voix de Russe, mais *il n'a jamais causé avec une personne native de Russie*. Un autre Français, cependant, diffère du premier, et il est certain que c'était une voix d'Italien ; mais, n'ayant pas la connaissance de cette langue, il fait comme l'Espagnol, *il tire sa certitude de l'intonation*. Or, cette voix était donc bien insolite et bien étrange qu'on ne pût obtenir à son égard que de pareils témoignages ? Une voix dans les intonations de laquelle des citoyens des cinq grandes parties de l'Europe n'ont rien pu reconnaître qui leur fût familier ! Vous me direz que c'était peut-être la voix d'un Asiatique ou d'un Africain. Les Africains et les Asiatiques n'abondent pas à Paris ; mais, sans nier la possibilité du cas, j'appellerai simplement votre attention sur trois points.

« Un témoin dépeint la voix ainsi : *plutôt âpre qu'aiguë*. Deux autres en parlent comme d'une voix *brève et saccadée*. Ces témoins n'ont distingué aucune parole, — aucun son ressemblant à des paroles.

« Je ne sais pas, continua Dupin, quelle impression j'ai pu faire sur votre entendement ; mais je n'hésite pas à affirmer qu'on peut tirer des déductions légitimes de cette partie même des dépositions, — la partie relative aux deux voix — la grosse voix et la voix aiguë — très suffisantes en elles-mêmes pour créer un soupçon qui indiquerait la route dans toute investigation ultérieure du mystère.

« J'ai dit : déductions légitimes, mais cette expression ne rend pas complètement ma pensée. Je voulais faire entendre que ces déductions sont les seules convenables, et que ce soupçon en surgit inévitablement comme le seul résultat possible. Cependant, de quelle nature est ce soupçon, je ne vous le dirai pas immédiatement. Je désire simplement vous démontrer que ce soupçon était plus que suffisant pour donner un caractère décidé, une tendance positive à l'enquête que je voulais faire dans la chambre.

« Maintenant, transportons-nous en imagination dans cette chambre. Quel sera le premier objet de notre recherche ? Les moyens d'évasion employés par les meurtriers. Nous pouvons affirmer, — n'est-ce pas, — que nous ne croyons ni l'un ni l'autre aux événements surnaturels ? Mmes l'Espanaye n'ont pas été assassinées par les esprits. Les auteurs du meurtre étaient des êtres matériels, et ils ont fui matériellement.

« Or, comment ? Heureusement, il n'y a qu'une manière de raisonner sur ce point, et cette manière nous conduira à une conclusion positive. Examinons donc un à un les moyens possibles d'évasion. Il est clair que les assassins étaient dans la chambre où l'on a trouvé Mlle l'Espanaye, ou au moins dans la chambre adjacente quand la foule a monté l'escalier. Ce n'est donc que dans ces deux chambres que nous avons à chercher des issues. La police a levé les parquets, ouvert les plafonds, sondé la maçonnerie des murs. Aucune issue secrète n'a pu échapper à sa perspicacité. Mais je ne me suis pas fié à ses yeux, et j'ai examiné avec les miens ; il n'y a réellement pas d'issue secrète. Les deux portes qui conduisent des chambres dans le corridor étaient solidement fermées et les clefs en dedans. Voyons les cheminées. Celles-ci, qui sont d'une largeur ordinaire jusqu'à une distance de huit ou dix pieds au-dessus du foyer, ne livreraient pas au delà un passage suffisant à un gros chat.

« L'impossibilité de la fuite, du moins par les voies ci-dessus indiquées, étant donc absolument établie, nous en sommes réduits aux fenêtres. Personne n'a pu fuir par celles de la chambre du devant sans être vu par la foule du dehors. Il a donc *fallu* que les meurtriers s'échappassent par celles de la chambre de derrière.

« Maintenant, amenés, comme nous le sommes, à cette conclusion par des déductions aussi irréfragables, nous n'avons pas le droit, en tant que raisonneurs, de la rejeter en raison de son apparente impossibilité. Il ne nous reste donc qu'à démontrer que cette impossibilité apparente n'existe pas en réalité.

« Il y a deux fenêtres dans la chambre. L'une des deux n'est pas obstruée par l'ameublement, et est restée entièrement visible. La partie inférieure de l'autre est cachée par le chevet du lit, qui est fort massif et qui est poussé tout contre. On a constaté que la première était solidement assujettie en dedans. Elle a résisté aux efforts les plus violents de ceux qui ont essayé de la lever. On avait percé dans son châssis, à gauche, un grand trou avec une vrille, et on y trouva un gros clou enfoncé presque jusqu'à la tête. En examinant l'autre fenêtre, on y a trouvé fiché un clou semblable ; et un vigoureux effort pour lever le châssis n'a pas eu plus de succès que de l'autre côté. La police était dès lors pleinement convaincue qu'aucune fuite n'avait pu s'effectuer par ce chemin. Il fut donc considéré comme superflu de retirer les clous et d'ouvrir les fenêtres.

« Mon examen fut un peu plus minutieux, et cela par la raison que je vous ai donnée, tout à l'heure. C'était le cas, je le savais, où il *fallait* démontrer que l'impossibilité n'était qu'apparente.

« Je continuai à raisonner ainsi, — a posteriori. — Les meurtriers s'étaient évadés par l'une de ces fenêtres. Cela étant, ils ne pouvaient pas avoir réassujetti les châssis en dedans, comme on les a trouvés ; considération qui, par son évidence, a borné les recherches de la police dans ce sens-là. Cependant, ces châssis étaient bien fermés. Il *faut* donc qu'ils puissent se fermer d'eux-mêmes. Il n'y avait pas moyen d'échapper à cette conclusion. J'allai droit à la fenêtre non bouchée, je retirai le clou avec quelque difficulté, et j'essayai de lever le châssis. Il a résisté à tous mes efforts, comme je m'y attendais. Il y avait donc, j'en étais sûr maintenant, un ressort caché ; et ce fait corroborant mon idée me convainquit au moins de la justesse de mes prémisses, quelque mystérieuses que m'apparussent toujours les circonstances relatives aux clous. Un examen minutieux me fit bientôt découvrir le ressort secret. Je le poussai, et, satisfait de ma découverte, je m'abstins de lever le châssis.

« Je remis alors le clou en place et l'examinai attentivement. Une personne passant par la fenêtre pouvait l'avoir refermée, et le ressort aurait fait son office ; mais le clou n'aurait pas été replacé. Cette conclusion était nette et rétrécissait encore le champ de mes investigations. Il *fallait* que les assassins se fussent enfuis par l'autre fenêtre. En supposant donc que les ressorts des deux croisées fussent semblables, comme il était probable, il *fallait* cependant trouver une différence dans les clous, ou au moins dans la manière dont ils avaient été fixés. Je montai sur le fond de sangle du lit, et je regardai minutieusement l'autre fenêtre par-dessus le chevet du lit. Je passai ma main derrière, je découvris aisément le ressort, et je le fis jouer ; — il était, comme je l'avais deviné, identique au premier. Alors, j'examinai le clou. Il était aussi gros que l'autre, et fixé de la même manière, enfoncé presque jusqu'à la tête.

« Vous direz que j'étais embarrassé ; mais, si vous avez une pareille pensée, c'est que vous vous êtes mépris sur la nature de mes inductions. Pour me servir d'un terme de jeu, je n'avais pas commis une seule faute ; je n'avais pas perdu la piste un seul instant ; il n'y avait pas une lacune d'un anneau à la chaîne. J'avais suivi le secret jusque dans sa dernière phase, et cette phase, c'était le clou. Il ressemblait, dis-je, sous tous les rapports, à son voisin de l'autre fenêtre ; mais ce fait, quelque concluant qu'il fût en apparence, devenait absolument nul, en face de cette considération dominante, à savoir que là, à ce clou, finissait le fil conducteur. Il faut, me dis-je, qu'il y ait dans ce clou quelque chose de défectueux. Je le touchai, et la tête, avec un petit morceau de la tige, un quart de pouce environ, me resta dans les doigts. Le reste de la tige était dans le trou, où elle s'était cassée. Cette fracture était fort ancienne, car les bords étaient incrustés de rouille, et elle avait été opérée par un coup de marteau, qui avait enfoncé en partie la tête du clou dans le fond du châssis. Je rajustai soigneusement la tête avec le morceau qui la continuait, et le tout figura un clou intact ; la fissure était inappréciable. Je pressai le ressort, je levai doucement la croisée de quelques pouces ; la tête du clou vint avec elle, sans bouger de son trou. Je refermai la croisée, et le clou offrit de nouveau le semblant d'un clou complet.

« Jusqu'ici l'énigme était débrouillée. L'assassin avait fui par la fenêtre qui touchait au lit. Qu'elle fût retombée d'elle-même après la fuite ou qu'elle eût été fermée par une main humaine, elle était retenue par le ressort, et la police avait attribué cette résistance au clou ; aussi toute enquête ultérieure avait été jugée superflue.

« La question, maintenant, était celle du mode de descente. Sur ce point, j'avais satisfait mon esprit dans notre promenade autour du bâtiment. À cinq pieds et demi environ de la fenêtre en question court une chaîne de paratonnerre. De cette chaîne, il eût été impossible à n'importe qui d'atteindre la fenêtre, à plus forte raison d'entrer.

« Toutefois, j'ai remarqué que les volets du quatrième étage étaient du genre particulier que les menuisiers parisiens appellent *ferrades*, genre de volets fort peu usité aujourd'hui, mais qu'on rencontre fréquemment dans de vieilles maisons de Lyon et de Bordeaux. Ils sont faits comme une porte ordinaire (porte simple, et non pas à double battant), à l'exception que la partie inférieure est façonnée à jour et treillissée, ce qui donne aux mains une excellente prise.

« Dans le cas en question, ces volets sont larges de trois bons pieds et demi. Quand nous les avons examinés du derrière de la maison, ils étaient tous les deux ouverts à moitié, c'est-à-dire qu'ils faisaient angle droit avec le mur. Il est présumable que la police a examiné comme moi les derrières du bâtiment ; mais, en regar-

dant ces *ferrades* dans le sens de leur largeur (comme
elles les a vues inévitablement), elle n'a sans doute pas
pris garde à cette largeur même, ou du moins elle n'y
a pas attaché l'importance nécessaire. En somme, les
agents, quand il a été démontré pour eux que la fuite
n'avait pu s'effectuer de ce côté, ne leur ont appliqué
qu'un examen succinct.

« Toutefois, il était évident pour moi que le volet
appartenant à la fenêtre située au chevet du lit, si on
le supposait rabattu contre le mur, se trouverait à deux
pieds de la chaîne du paratonnerre. Il était clair aussi
que, par l'effort d'une énergie et d'un courage insolites, on pouvait, à l'aide de la chaîne, avoir opéré une
invasion par la fenêtre. Arrivé à cette distance de deux
pieds et demi (je suppose maintenant le volet complètement ouvert), un voleur aurait pu trouver dans le treillage une prise solide. Il aurait pu dès lors, en lâchant
la chaîne, en assurant bien ses pieds contre le mur et
en s'élançant vivement, tomber dans la chambre, et attirer violemment le volet avec lui de manière à le fermer,
— en supposant, toutefois, la fenêtre ouverte en ce
moment-là.

« Remarquez bien, je vous prie, que j'ai parlé d'une
énergie très peu commune, nécessaire pour réussir dans
une entreprise aussi difficile, aussi hasardeuse. Mon but
est de vous prouver d'abord que la chose a pu se faire,
— en second lieu et, *principalement*, d'attirer votre
attention sur le caractère *très extraordinaire*, presque
surnaturel, de l'agilité nécessaire pour l'accomplir.

« Vous direz sans doute, en vous servant de la langue judiciaire, que, pour donner ma preuve *a fortiori*,
je devrais plutôt *sous-évaluer* l'énergie nécessaire dans
ce cas que réclamer son exacte estimation. C'est peut-
être la pratique des tribunaux, mais cela ne rentre pas
dans les us de la raison. Mon objet final, c'est la vérité.
Mon but actuel, c'est de vous induire à rapprocher cette
énergie tout à fait insolite de cette voix si particulière,
de cette voix aiguë (ou âpre), de cette voix saccadée dont
la nationalité n'a pu être constatée par l'accord de deux

témoins, et dans laquelle personne n'a saisi de mots articulés, de syllabisation. »

À ces mots, une conception vague et embryonnaire de la pensée de Dupin passa dans mon esprit. Il me semblait être sur la limite de la compréhension sans pouvoir comprendre ; comme les gens qui sont quelquefois sur le bord du souvenir, et qui cependant ne parviennent pas à se rappeler. Mon ami continua son argumentation :

« Vous voyez, dit-il, que j'ai transporté la question du mode de sortie au mode d'entrée. Il était dans mon plan de démontrer qu'elles se sont effectuées de la même manière et sur le même point. Retournons maintenant dans l'intérieur de la chambre. Examinons toutes les particularités. Les tiroirs de la commode, dit-on, ont été mis au pillage, et cependant on y a trouvé plusieurs articles de toilette intacts. Cette conclusion est absurde ; c'est une simple conjecture, — une conjecture passablement niaise, et rien de plus. Comment pouvons-nous savoir que les articles trouvés dans les tiroirs ne représentent pas tout ce que les tiroirs contenaient ? Mme l'Espanaye et sa fille menaient une vie excessivement retirée, ne voyaient pas le monde, sortaient rarement, avaient donc peu d'occasions de changer de toilette. Ceux qu'on a trouvés étaient au·moins d'aussi bonne qualité qu'aucun de ceux que possédaient vraisemblablement ces dames. Et si un voleur en avait pris quelques-uns, pourquoi n'aurait-il pas pris les meilleurs, — pourquoi ne les aurait-il pas tous pris ? Bref, pourquoi aurait-il abandonné les quatre mille francs en or pour s'empêtrer d'un paquet de linge ? L'or a été abandonné. La presque totalité de la somme désignée par le banquier Mignaud a été trouvée sur le parquet, dans les sacs. Je tiens donc à écarter de votre pensée l'idée saugrenue d'un *intérêt*, idée engendrée dans le cerveau de la police par les dépositions qui parlent d'argent délivré à la porte même de la maison. Des coïncidences dix fois plus remarquables que celle-ci (la livraison de l'argent et le meurtre commis trois jours après sur le propriétaire) se présentent dans chaque heure de notre vie sans attirer notre attention, même une minute. En général, les coïncidences sont de grosses pierres d'achoppement dans la route de ces pauvres penseurs mal éduqués qui ne savent pas le premier mot de la théorie des probabilités, théorie à laquelle le savoir humain doit ses plus glorieuses conquêtes et ses plus belles découvertes. Dans le cas présent, si l'or avait disparu, le fait qu'il avait été délivré trois jours créerait quelque chose de plus qu'une coïncidence. Cela corroborerait l'idée d'intérêt. Mais, dans les circonstances réelles où nous sommes placés, si nous supposons que l'or a été le mobile de l'attaque, il nous faut supposer ce criminel assez indécis et assez idiot pour oublier à la fois son or et le mobile qui l'a fait agir.

« Mettez donc bien dans votre esprit les points sur lesquels j'ai attiré votre attention, — cette voix particulière, cette agilité sans pareille, et cette absence frappante d'intérêt dans un meurtre aussi singulièrement atroce que celui-ci. — Maintenant, examinons la boucherie en elle-même. Voilà une femme étranglée par la force des mains, et introduite dans une cheminée, la tête en bas. Des assassins ordinaires n'emploient pas de tels procédés pour tuer. Encore moins cachent-ils ainsi les cadavres de leurs victimes. Dans cette façon de fourrer le corps dans la cheminée, vous admettrez qu'il y a quelque chose d'excessif et de bizarre — quelque chose d'absolument inconciliable avec tout ce que nous connaissons en général des actions humaines, même en supposant que les auteurs fussent les plus pervertis des hommes. Songez aussi quelle force prodigieuse il a fallu pour pousser ce corps dans une pareille ouverture, et l'y pousser si puissamment que les efforts réunis de plusieurs personnes furent à peine suffisants pour l'en retirer.

« Portons maintenant notre attention sur d'autres indices de cette vigueur merveilleuse. Dans le foyer, on a trouvé des mèches de cheveux, — des mèches très épaisses de cheveux gris. Ils ont été arrachés avec leurs racines. Vous savez quelle puissante force il faut pour

arracher seulement de la tête vingt ou trente cheveux
à la fois. Vous avez vu les mèches en question aussi
bien que moi. À leurs racines grumelées — affreux
spectacle ! — adhéraient des fragments de cuir chevelu,
— preuve certaine de la prodigieuse puissance qu'il a
fallu déployer pour déraciner peut-être cinq cent mille
cheveux d'un seul coup.

« Non seulement le cou de la vieille dame était coupé,
mais la tête absolument séparée du corps : l'instrument
était un simple rasoir. Je vous prie de remarquer cette
férocité *bestiale*. Je ne parle pas des meurtrissures du
corps de Mme l'Espanaye ; M. Dumas et son honorable confrère, M. Étienne, ont affirmé qu'elles avaient
été produites par un instrument contondant ; et en cela
ces messieurs furent tout à fait dans le vrai. L'instrument contondant a été évidemment le pavé de la cour
sur lequel la victime est tombée de la fenêtre qui donne
sur le lit. Cette idée, quelque simple qu'elle apparaisse
maintenant, a échappé à la police par la même raison
qui l'a empêchée de remarquer la largeur des volets ;
parce que, grâce à la circonstance des clous, sa perception était hermétiquement bouchée à l'idée que les fenêtres eussent jamais pu être ouvertes.

« Si maintenant — subsidiairement — vous avez
convenablement réfléchi au désordre bizarre de la
chambre, nous sommes allés assez avant pour combi-
ner les idées d'une agilité merveilleuse, d'une férocité
bestiale, d'une boucherie sans motif, d'une *grotesquerie*
dans l'horrible absolument étrangère à l'humanité, et
d'une voix dont l'accent est inconnu à l'oreille d'hommes de plusieurs nations, d'une voix dénuée de toute
syllabisation distincte et intelligible. Or, pour vous,
qu'en ressort-il ? Quelle impression ai-je faite sur votre
imagination ? »

Je sentis un frisson courir dans ma chair quand
Dupin me fit cette question.

— Un fou, dis-je, aura commis ce meurtre, — quelque maniaque furieux échappé à une maison de santé
du voisinage.

— Pas trop mal, répliqua-t-il, votre idée est presque applicable. Mais les voix des fous, même dans leurs plus sauvages paroxysmes, ne se sont jamais accordées avec ce qu'on dit de cette singulière voix entendue dans l'escalier. Les fous font partie d'une nation quelconque, et leur langage, pour incohérent qu'il soit dans les paroles, est toujours syllabifié. En outre, le cheveu d'un fou ne ressemble pas à celui que je tiens maintenant dans ma main. J'ai dégagé cette petite touffe des doigts rigides et crispés de Mme l'Espanaye. Dites-moi ce que vous en pensez.

— Dupin ! dis-je, complètement bouleversé, ces cheveux sont bien extraordinaires, — ce ne sont pas là des cheveux *humains !*

— Je n'ai pas affirmé qu'ils fussent tels, dit-il ; mais, avant de nous décider sur ce point, je désire que vous jetiez un coup d'œil sur le petit dessin que j'ai tracé sur ce bout de papier. C'est un *fac-simile* qui représente ce que certaines dépositions définissent les *meurtrissures noirâtres et les profondes marques d'ongles* trouvées sur le cou de Mlle l'Espanaye, et que MM. Dumas et Étienne appellent *une série de taches livides, évidemment causées par l'impression des doigts.*

— Vous voyez, continua mon ami en déployant le papier sur la table, que ce dessin donne l'idée d'une poigne solide et ferme. Il n'y a pas d'apparence que les doigts aient glissé. Chaque doigt a gardé, peut-être jusqu'à la mort de la victime, la terrible prise qu'il s'était faite, et dans laquelle il s'est moulé. Essayez maintenant de placer tous vos doigts, en même temps, chacun dans la marque analogue que vous voyez.

J'essayai, mais inutilement.

— Il est possible, dit Dupin, que nous ne fassions pas cette expérience d'une manière décisive. Le papier est déployé sur une surface plane, et la gorge humaine est cylindrique. Voici un rouleau de bois dont la circonférence est à peu près celle d'un cou. Étalez le dessin tout autour et recommencez l'expérience.

J'obéis ; mais la difficulté fut encore plus évidente que la première fois.

— Ceci, dis-je, n'est pas la trace d'une main humaine.

— Maintenant, dit Dupin, lisez ce passage de Cuvier.

C'était l'histoire minutieuse, anatomique et descriptive du grand orang-outang fauve des îles de l'Inde orientale. Tout le monde connaît suffisamment la gigantesque stature, la force et l'agilité prodigieuses, la férocité sauvage et les facultés d'imitation de ce mammifère. Je compris d'un seul coup tout l'horrible du meurtre.

— La description des doigts, dis-je quand j'eus fini la lecture, s'accorde parfaitement avec le dessin. Je vois qu'aucun animal, — excepté un orang-outang, et de l'espèce en question, — n'aurait pu faire des marques telles que celles que vous avez dessinées. Cette touffe de poils fauves est aussi d'un caractère identique à celui de l'animal de Cuvier. Mais je ne me rends pas facilement compte des détails de cet effroyable mystère. D'ailleurs, on a entendu *deux* voix se disputer, et l'une d'elles était incontestablement la voix d'un Français.

— C'est vrai ; et vous vous rappellerez une expression attribuée unanimement à cette voix, — l'expression *Mon Dieu !* Ces mots, dans les circonstances présentes, ont été caractérisés par l'un des témoins (Montani, le confiseur) comme exprimant un reproche et une remontrance. C'est donc sur ces deux mots que j'ai fondé l'espérance de débrouiller complètement l'énigme. Un Français a eu connaissance du meurtre. Il est possible, — il est même plus que probable qu'il est innocent de toute participation à cette sanglante affaire. L'orang-outang a pu lui échapper. Il est possible qu'il ait suivi sa trace jusqu'à la chambre, mais que, dans les circonstances terribles qui ont suivi, il n'ait pu s'emparer de lui. L'animal est encore libre. Je ne poursuivrai pas ces conjectures, je n'ai pas le droit d'appeler ces idées d'un autre nom, puisque les ombres de réflexions qui leur servent de base sont d'une profondeur à peine suffisante pour être appréciées par ma propre raison, et que je ne prétendrais pas qu'elles fussent appréciables pour une autre intelligence. Nous les nommerons donc des conjectures, et nous ne les prendrons que pour telles. Si le Français en question est, comme je le suppose, innocent de cette atrocité, cette annonce que j'ai laissée hier au soir, pendant que nous retournions au logis, dans les bureaux du journal *le Monde* (feuille consacrée aux intérêts maritimes, et très recherchée par les marins) l'amènera chez nous.

Il me tendit un papier, et je lus :

AVIS. — On a trouvé dans le bois de Boulogne, le matin du... courant (c'était le matin de l'assassinat), de fort bonne heure, un énorme orang-outang, fauve de l'espèce de Bornéo. Le propriétaire (qu'on sait être un marin appartenant à l'équipage d'un navire maltais) peut retrouver l'animal, après en avoir donné un signalement satisfaisant et remboursé quelques frais à la personne qui s'en est emparée et qui l'a gardé. S'adresser rue..., n°..., faubourg Saint-Germain, au troisième.

— Comment avez-vous pu, demandai-je à Dupin, savoir que l'homme était un marin, et qu'il appartenait à un navire maltais ?

— Je ne le sais pas, dit-il, je n'en suis pas sûr. Voici toutefois un petit morceau de ruban qui, j'en juge par sa forme et son aspect graisseux, a évidemment servi à nouer les cheveux en une de ces longues queues qui rendent les marins si fiers et si farauds. En outre, ce nœud est un de ceux que peu de personnes savent faire, excepté les marins et il est particulier aux Maltais. J'ai ramassé le ruban au bas de la chaîne du paratonnerre. Il est impossible qu'il ait appartenu à l'une des deux victimes. Après tout, si je me suis trompé en induisant de ce ruban que le Français est un marin appartenant à un navire maltais, je n'aurai fait de mal à personne avec mon annonce. Si je suis dans l'erreur, il supposera simplement que j'ai été fourvoyé par quelque circonstance dont il ne prendra pas la peine de s'enquérir. Mais, si je suis dans le vrai, il y a un grand point de gagné. Le Français qui a connaissance du meurtre, bien qu'il en soit innocent, hésitera naturellement à répondre à l'annonce, — à réclamer son orang-outang. Il raisonnera ainsi : « Je suis innocent ; je suis pauvre ; mon orang-outang est d'un grand prix ; — c'est presque une fortune dans une situation comme la mienne ; — pourquoi le perdrais-je par quelques niaises appréhensions de danger ? Le voilà, il est sous ma main. On l'a trouvé dans le bois de Boulogne — à une grande distance du théâtre du meurtre. Soupçonnera-t-on jamais qu'une bête brute ait pu faire le coup ? La police est dépistée, — elle n'a pu retrouver le plus petit fil conducteur. Quand même on serait sur la piste de l'animal, il serait impossible de me prouver que j'ai eu connaissance de ce meurtre, ou de m'incriminer en raison de cette connaissance. Enfin, et avant tout, *je suis connu*. Le rédacteur de l'annonce me désigne comme le propriétaire de la bête. Mais je ne sais pas jusqu'à quel point s'étend sa certitude. Si j'évite de réclamer une propriété d'une aussi grosse valeur, qui est connue pour m'appartenir, je puis attirer sur l'animal un dangereux soupçon. Ce serait de ma part une mauvaise politique d'appeler l'attention sur moi ou sur la bête. Je répondrai décidément à l'avis du journal, je reprendrai mon orang-outang, et je l'enfermerai solidement jusqu'à ce que cette affaire soit oubliée. »

En ce moment, nous entendîmes un pas qui montait l'escalier.

— Apprêtez-vous, dit Dupin, prenez vos pistolets, mais ne vous en servez pas, — ne les montrez pas avant un signal de moi.

On avait laissé ouverte la porte cochère, et le visiteur était entré sans sonner et avait gravi plusieurs marches de l'escalier. Mais on eût dit maintenant qu'il hésitait. Nous l'entendions redescendre. Dupin se dirigea vivement vers la porte, quand nous l'entendîmes qui remontait. Cette fois, il ne battit pas en retraite, mais s'avança délibérément et frappa à la porte de notre chambre.

— Entrez, dit Dupin d'une voix gaie et cordiale.

Un homme se présenta. C'était évidemment un marin, — un grand, robuste et musculeux individu, avec une expression d'audace de tous les diables qui n'était pas du tout déplaisante. Sa figure, fortement hâlée, était plus d'à moitié cachée par les favoris et les moustaches. Il portait un gros bâton de chêne, mais ne semblait pas autrement armé. Il nous salua gauchement, et nous souhaita le bonsoir avec un accent français qui, bien que légèrement bâtardé de suisse, rappelait suffisamment une origine parisienne.

— Asseyez-vous, mon ami, dit Dupin ; je suppose que vous venez pour votre orang-outang. Sur ma parole, je vous l'envie presque ; il est remarquablement beau et c'est sans doute une bête d'un grand prix. Quel âge lui donnez-vous bien ?

Le matelot aspira longuement, de l'air d'un homme qui se trouve soulagé d'un poids intolérable, et répliqua d'une voix assurée :

— Je ne saurais trop vous dire ; cependant, il ne peut guère avoir plus de quatre ou cinq ans. Est-ce que vous l'avez ici ?

— Oh ! non ; nous n'avions pas de lieu commode pour l'enfermer. Il est dans une écurie de manège près d'ici, rue Dubourg. Vous pourrez l'avoir demain matin. Ainsi vous êtes en mesure de prouver votre droit de propriété ?

— Oui, monsieur, certainement.

— Je serais vraiment peiné de m'en séparer, dit Dupin.

— Je n'entends pas, dit l'homme, que vous ayez pris tant de peine pour rien ; je n'y ai pas compté. Je payerai volontiers une récompense à la personne qui a retrouvé l'animal, une récompense raisonnable s'entend.

— Fort bien, répliqua mon ami, tout cela est fort juste, en vérité. Voyons, — que donneriez-vous bien ? Ah ! je vais vous le dire. Voici quelle sera ma récompense : vous me raconterez tout ce que vous savez relativement aux assassinats de la rue Morgue.

Dupin prononça ces derniers mots d'une voix très basse et fort tranquillement. Il se dirigea vers la porte avec la même placidité, la ferma, et mit la clef dans sa poche. Il tira alors un pistolet de son sein, et le posa sans le moindre émoi sur la table.

La figure du marin devint pourpre, comme s'il en était aux agonies d'une suffocation. Il se dressa sur ses pieds et saisit son bâton ; mais, une seconde après, il se laissa retomber sur son siège, tremblant violemment et la mort sur le visage. Il ne pouvait articuler une parole. Je le plaignais du plus profond de mon cœur.

— Mon ami, dit Dupin d'une voix pleine de bonté, vous vous alarmez sans motif, — je vous assure. Nous ne voulons vous faire aucun mal. Sur mon honneur de galant homme et de Français, nous n'avons aucun mauvais dessein contre vous. Je sais parfaitement que vous êtes innocent des horreurs de la rue Morgue. Cependant, cela ne veut pas dire que vous n'y soyez pas quelque peu impliqué. Le peu que je vous ai dit doit vous prouver que j'ai sur cette affaire des moyens d'information dont vous ne vous seriez jamais douté. Maintenant, la chose est claire pour nous. Vous n'avez rien fait que vous ayez pu éviter, — rien, à coup sûr, qui vous rende coupable. Vous auriez pu voler impunément ; vous n'avez même pas été coupable de vol. Vous n'avez rien à cacher ; vous n'avez aucune raison de cacher quoi que ce soit. D'un autre côté, vous êtes contraint par tous les principes de l'honneur à confesser tout ce que vous savez. Un homme innocent est actuellement en prison, accusé du crime dont vous pouvez indiquer l'auteur.

Pendant que Dupin prononçait ces mots, le matelot avait recouvré, en grande partie, sa présence d'esprit ; mais toute sa première hardiesse avait disparu.

— Que Dieu me soit en aide ! dit-il après une petite pause, — je vous dirai tout ce que je sais sur cette affaire ; mais je n'espère pas que vous en croyiez la moitié, — je serais vraiment un sot, si je l'espérais !

Cependant, je suis innocent, et je dirai tout ce que j'ai sur le cœur, quand même il m'en coûterait la vie.

Voici en substance ce qu'il nous raconta : il avait fait dernièrement un voyage dans l'archipel indien. Une bande de matelots, dont il faisait partie, débarqua à Bornéo et pénétra dans l'intérieur pour y faire une excursion d'amateurs. Lui et un de ses camarades avaient pris l'orang-outang. Ce camarade mourut, et l'animal devint donc sa propriété exclusive, à lui. Après bien des embarras causés par l'indomptable férocité du captif pendant la traversée, il réussit à la longue à le loger sûrement dans sa propre demeure à Paris, et, pour ne pas attirer sur lui-même l'insupportable curiosité des voisins, il avait soigneusement enfermé l'animal, jusqu'à ce qu'il l'eût guéri d'une blessure au pied qu'il s'était faite à bord avec une esquille. Son projet, finalement, était de le vendre.

Comme il revenait, une nuit, ou plutôt un matin, — le matin du meurtre, — d'une petite orgie de matelots, il trouva la bête installée dans sa chambre à coucher ; elle s'était échappée du cabinet voisin, où il la croyait solidement enfermée. Un rasoir à la main et toute barbouillée de savon, elle était assise devant un miroir, et essayait de se raser, comme sans doute elle l'avait vu faire à son maître en l'épiant par le trou de la serrure. Terrifié en voyant une arme si dangereuse dans les mains d'un animal aussi féroce, parfaitement capable de s'en servir, l'homme, pendant quelques instants, n'avait su quel parti prendre. D'habitude, il avait dompté l'animal, même dans ses accès les plus furieux, par les coups de fouet, et il voulut y recourir cette fois encore. Mais, en voyant le fouet, l'orang-outang bondit à travers la porte de la chambre, dégringola par les escaliers, et, profitant d'une fenêtre ouverte par malheur, il se jeta dans la rue.

Le Français, désespéré, poursuivit le singe ; celui-ci, tenant toujours son rasoir d'une main, s'arrêtait de temps en temps, se retournait, et faisait des grimaces à l'homme qui le poursuivait, jusqu'à ce qu'il se vît près d'être atteint, puis il reprenait sa course. Cette chasse dura ainsi un bout de temps. Les rues étaient profondément tranquilles, et il pouvait être trois heures du matin. En traversant un passage derrière la rue Morgue, l'attention du fugitif fut attirée par une lumière qui partait de la fenêtre de Mme l'Espanaye, au quatrième étage de sa maison. Il se précipita vers le mur, il aperçut la chaîne du paratonnerre, y grimpa avec une inconcevable agilité, saisit le volet, qui était complètement rabattu contre le mur, et, en s'appuyant dessus, il s'élança droit sur le chevet du lit.

Toute cette gymnastique ne dura pas une minute. Le volet avait été repoussé contre le mur par le bond que l'orang-outang avait fait en se jetant dans la chambre.

Cependant, le matelot était à la fois joyeux et inquiet. Il avait donc bonne espérance de ressaisir l'animal, qui pouvait difficilement s'échapper de la trappe où il s'était aventuré, et d'où on pouvait lui barrer la fuite. D'un autre côté, il y avait lieu d'être fort inquiet de ce qu'il pouvait faire dans la maison. Cette dernière réflexion incita l'homme à se remettre à la poursuite de son fugitif. Il n'est pas difficile pour un marin de grimper à une chaîne de paratonnerre ; mais, quand il fut arrivé à la hauteur de la fenêtre, située assez loin sur sa gauche, il se trouva fort empêché ; tout ce qu'il put faire de mieux fut de se dresser de manière à jeter un coup d'œil dans l'intérieur de la chambre. Mais ce qu'il vit lui fit presque lâcher prise dans l'excès de sa terreur. C'était alors que s'élevaient les horribles cris, qui, à travers le silence de la nuit, réveillèrent en sursaut les habitants de la rue Morgue.

Mme l'Espanaye et sa fille, vêtues de leurs toilettes de nuit, étaient sans doute occupées à ranger quelques papiers dans le coffret de fer dont il a été fait mention, et qui avait été traîné au milieu de la chambre. Il était ouvert, et tout son contenu était éparpillé sur le parquet. Les victimes avaient sans doute le dos tourné à la fenêtre ; à en juger par le temps qui s'écoula entre l'invasion de la bête et les premiers cris, il est probable qu'elles ne l'aperçurent pas tout de suite. Le claquement du volet a pu être vraisemblablement attribué au vent.

Quand le matelot regarda dans la chambre, le terrible animal avait empoigné Mme l'Espanaye par ses cheveux qui étaient épars et qu'elle peignait, et il agitait le rasoir autour de sa figure, en imitant les gestes d'un barbier. La fille était par terre, immobile ; elle s'était évanouie. Les cris et les efforts de la vieille dame, pendant lesquels les cheveux lui furent arrachés de la tête, eurent pour effet de changer en fureur les dispositions probablement pacifiques de l'orang-outang. D'un coup rapide de son bras musculeux, il sépara presque la tête du corps. La vue du sang transforma sa fureur en frénésie. Il grinçait des dents, il lançait du feu par les yeux. Il se jeta sur le corps de la jeune personne, il lui ensevelit ses griffes dans la gorge, et les y laissa jusqu'à ce qu'elle fût morte. Ses yeux égarés et sauvages tombèrent en ce moment sur le chevet du lit, au-dessus duquel il put apercevoir la face de son maître, paralysée par l'horreur.

La furie de la bête, qui sans aucun doute se souvenait du terrible fouet, se changea immédiatement en frayeur. Sachant bien qu'elle avait mérité un châtiment, elle semblait vouloir cacher les traces sanglantes de son action, et bondissait à travers la chambre dans un accès d'agitation nerveuse, bousculant et brisant les meubles à chacun de ses mouvements, et arrachant les matelas du lit. Finalement, elle s'empara du corps de la fille, et le poussa dans la cheminée, dans la posture où elle fut trouvée, puis de celui de la vieille dame qu'elle précipita la tête la première à travers la fenêtre.

Comme le singe s'approchait de la fenêtre avec son fardeau tout mutilé, le matelot épouvanté se baissa, et, se laissant couler le long de la chaîne sans précautions, il s'enfuit tout d'un trait jusque chez lui, redoutant les conséquences de cette atroce boucherie, et, dans sa terreur, abandonnant volontiers tout souci de la destinée de son orang-outang. Les voix entendues par les gens de l'escalier étaient ses exclamations d'horreur et d'effroi mêlées aux glapissements diaboliques de la bête.

Je n'ai presque rien à ajouter. L'orang-outang s'était sans doute échappé de la chambre par la chaîne du paratonnerre juste avant que la porte fût enfoncée. En passant par la fenêtre, il l'avait évidemment refermée. Il fut rattrapé plus tard par le propriétaire lui-même, qui le vendit pour un bon prix au Jardin des plantes.

Lebon fut immédiatement relâché, après que nous eûmes raconté toutes les circonstances de l'affaire, assaisonnées de quelques commentaires de Dupin, dans le cabinet même du préfet de police. Ce fonctionnaire, quelque bien disposé qu'il fût envers mon ami, ne pouvait pas absolument déguiser sa mauvaise humeur en voyant l'affaire prendre cette tournure, et se laissa aller à un ou deux sarcasmes sur la manie des personnes qui se mêlaient de ses fonctions.

— Laissez-le parler, dit Dupin, qui n'avait pas jugé à propos de répliquer. Laissez-le jaser, cela allégera sa conscience. Je suis content de l'avoir battu sur son propre terrain. Néanmoins, qu'il n'ait pas pu débrouiller ce mystère, il n'y a nullement lieu de s'en étonner, et cela est moins singulier qu'il ne le croit ; car, en vérité, notre ami le préfet est un peu trop fin pour être profond. Sa science n'a pas de base. Elle est toute en tête et n'a pas de corps, comme les portraits de la déesse Laverna, — ou, si vous aimez mieux, toute en tête et en épaules, comme une morue. Mais, après tout, c'est un brave homme. Je l'adore particulièrement pour un merveilleux genre de *cant* auquel il doit sa réputation de génie. Je veux parler de sa manie *de nier ce qui est et d'expliquer ce qui n'est pas**.

---

* Rousseau, *La Nouvelle Héloïse*. (E.A.P.)

LA LETTRE VOLÉE

Nil sapientiae odiosius acumine nimio.

SÉNÈQUE.

J'étais à Paris en 18... Après une sombre et orageuse soirée d'automne, je jouissais de la double volupté de la méditation et d'une pipe d'écume de mer, en compagnie de mon ami Dupin, dans sa petite bibliothèque ou cabinet d'étude, rue Dunot, n° 33, au troisième, faubourg Saint-Germain. Pendant une bonne heure, nous avions gardé le silence ; chacun de nous, pour le premier observateur venu, aurait paru profondément et exclusivement occupé des tourbillons frisés de fumée qui chargeaient l'atmosphère de la chambre. Pour mon compte, je discutais en moi-même certains points qui avaient été dans la première partie de la soirée l'objet de notre conversation ; je veux parler de l'affaire de la rue Morgue, et du mystère relatif à l'assassinat de Marie Roget. Je rêvais donc à l'espèce d'analogie qui reliait ces deux affaires, quand la porte de notre appartement s'ouvrit et donna passage à notre vieille connaissance, à M. G..., le préfet de police de Paris.

Nous lui souhaitâmes cordialement la bienvenue ; car l'homme avait son côté charmant comme son côté méprisable, et nous ne l'avions pas vu depuis quelques années. Comme nous étions assis dans les ténèbres,

Dupin se leva pour allumer une lampe ; mais il se rassit et n'en fit rien, en entendant G... dire qu'il était venu pour nous consulter, ou plutôt pour demander l'opinion de mon ami relativement à une affaire qui lui avait causé une masse d'embarras.

— Si c'est un cas qui demande de la réflexion, observa Dupin, s'abstenant d'allumer la mèche, nous l'examinerons plus convenablement dans les ténèbres.

— Voilà encore une de vos idées bizarres, dit le préfet, qui avait la manie d'appeler bizarres toutes les choses situées au delà de sa compréhension, et qui vivait ainsi au milieu d'une immense légion de bizarreries.

— C'est, ma foi, vrai ! dit Dupin en présentant une pipe à notre visiteur, et roulant vers lui un excellent fauteuil.

— Et maintenant, quel est le cas embarrassant ? demandai-je ; j'espère bien que ce n'est pas encore dans le genre assassinat.

— Oh ! non. Rien de pareil. Le fait est que l'affaire est vraiment très simple, et je ne doute pas que nous ne puissions nous en tirer fort bien nous-mêmes ; mais j'ai pensé que Dupin ne serait pas fâché d'apprendre les détails de cette affaire, parce qu'elle est excessivement *bizarre*.

— Simple et bizarre, dit Dupin.

— Mais oui ; et cette expression n'est pourtant pas exacte ; l'un ou l'autre, si vous aimez mieux. Le fait est que nous avons été tous là-bas fortement embarrassés par cette affaire ; car, toute simple qu'elle est, elle nous déroute complètement.

— Peut-être est-ce la simplicité même de la chose qui vous induit en erreur, dit mon ami.

— Quel non-sens nous dites-vous là ! répliqua le préfet, en riant de bon cœur.

— Peut-être le mystère est-il un peu *trop* clair, dit Dupin.

— Oh ! bonté du ciel ! qui a jamais ouï parler d'une idée pareille.

— Un peu *trop* évident.

— Ha ! ha ! — ha ! ha ! — oh ! oh ! criait notre hôte, qui se divertissait profondément. Oh ! Dupin, vous me ferez mourir de joie, voyez-vous.

— Et enfin, demandai-je, quelle est la chose en question ?

— Mais, je vous la dirai, répliqua le préfet, en lâchant une longue, solide et contemplative bouffée de fumée et s'établissant dans son fauteuil. Je vous la dirai en peu de mots. Mais, avant de commencer, laissez-moi vous avertir que c'est une affaire qui demande le plus grand secret, et que je perdrais très probablement le poste que j'occupe si l'on savait que je l'ai confiée à qui que ce soit.

— Commencez, dis-je.

— Ou ne commencez pas, dit Dupin.

— C'est bien ; je commence. J'ai été informé personnellement, et en très haut lieu, qu'un certain document de la plus grande importance avait été soustrait dans les appartements royaux. On sait quel est l'individu qui l'a volé ; cela est hors de doute ; on l'a vu s'en emparer. On sait aussi que ce document est toujours en sa possession.

— Comment sait-on cela ? demanda Dupin.

— Cela est clairement déduit de la nature du document et de la non-apparition de certains résultats qui surgiraient immédiatement s'il sortait des mains du voleur ; en d'autres termes, s'il était employé en vue du but que celui-ci doit évidemment se proposer.

— Veuillez être un peu plus clair, dis-je.

— Eh bien, j'irai jusqu'à dire que ce papier confère à son détenteur un certain pouvoir dans un certain lieu où ce pouvoir est d'une valeur inappréciable. — Le préfet raffolait du *cant* diplomatique.

— Je continue à ne rien comprendre, dit Dupin.

— Rien, vraiment ? Allons ! Ce document, révélé à un troisième personnage, dont je tairai le nom, mettrait en question l'honneur d'une personne du plus haut rang ; et voilà ce qui donne au détenteur du document un ascendant sur l'illustre personne dont l'honneur et la sécurité sont ainsi mis en péril.

— Mais cet ascendant, interrompis-je, dépend de ceci : le voleur sait-il que la personne volée connaît son voleur ? Qui oserait ?...

— Le voleur, dit G..., c'est D..., qui ose tout ce qui est indigne d'un homme, aussi bien que ce qui est digne de lui. Le procédé du vol a été aussi ingénieux que hardi. Le document en question, une lettre, pour être franc, a été reçu par la personne volée pendant qu'elle était seule dans le boudoir royal. Pendant qu'elle le lisait, elle fut soudainement interrompue par l'entrée de l'autre illustre personnage à qui elle désirait particulièrement le cacher. Après avoir essayé en vain de le jeter rapidement dans un tiroir, elle fut obligée de le déposer tout ouvert sur une table. La lettre, toutefois, était retournée, la suscription en dessus, et, le contenu étant ainsi caché, elle n'attira pas l'attention. Sur ces entrefaites arriva le ministre D... Son œil de lynx perçoit immédiatement le papier, reconnaît l'écriture de la suscription, remarque l'embarras de la personne à qui elle était adressée et pénètre son secret.

« Après avoir traité quelques affaires, expédiées tambour battant, à sa manière habituelle, il tire de sa poche une lettre à peu près semblable à la lettre en question, l'ouvre, fait semblant de la lire, et la place juste à côté de l'autre. Il se remet à causer, pendant un quart d'heure environ, des affaires publiques. À la longue, il prend congé, et met la main sur la lettre à laquelle il n'a aucun droit. La personne volée le vit, mais, naturellement, n'osa pas attirer l'attention sur ce fait, en présence du troisième personnage qui était à son côté. Le ministre décampa, laissant sur la table sa propre lettre, une lettre sans importance.

— Ainsi, dit Dupin en se tournant à moitié vers moi, voilà précisément le cas demandé pour rendre l'ascendant complet : le voleur sait que la personne volée connaît son voleur.

— Oui, répliqua le préfet, et, depuis quelques mois,

il a été largement usé, dans un but politique, de l'empire conquis par ce stratagème, et jusqu'à un point fort dangereux. La personne volée est de jour en jour plus convaincue de la nécessité de retirer sa lettre. Mais, naturellement, cela ne peut pas se faire ouvertement. Enfin, poussée au désespoir, elle m'a chargé de la commission.

— Il n'était pas possible, je suppose, dit Dupin dans une auréole de fumée, de choisir ou même d'imaginer un agent plus sagace.

— Vous me flattez, répliqua le préfet ; mais il est bien possible qu'on ait conçu de moi quelque opinion de ce genre.

— Il est clair, dis-je, comme vous l'avez remarqué, que la lettre est toujours entre les mains du ministre ; puisque c'est le fait de la possession et non l'usage de la lettre qui crée l'ascendant. Avec l'usage, l'ascendant s'évanouit.

— C'est vrai, dit G..., et c'est d'après cette conviction que j'ai marché. Mon premier soin a été de faire une recherche minutieuse à l'hôtel du ministre ; et, là, mon principal embarras fut de chercher à son insu. Pardessus tout, j'étais en garde contre le danger qu'il y aurait eu à lui donner un motif de soupçonner notre dessein.

— Mais, dis-je, vous êtes tout à fait à votre affaire dans ces espèces d'investigations. La police parisienne a pratiqué la chose plus d'une fois.

— Oh ! sans doute ; — et c'est pourquoi j'avais bonne espérance. Les habitudes du ministre me donnaient d'ailleurs un grand avantage. Il est souvent absent de chez lui toute la nuit. Ses domestiques ne sont pas nombreux. Ils couchent à une certaine distance de l'appartement de leur maître, et, comme ils sont Napolitains avant tout, ils mettent de la bonne volonté à se laisser enivrer. J'ai, comme vous savez, des clefs avec lesquelles je puis ouvrir toutes les chambres et tous les cabinets de Paris. Pendant trois mois, il ne s'est pas passé une nuit dont je n'aie employé la plus grande

partie à fouiller, en personne, l'hôtel D... Mon honneur y est intéressé, et, pour vous confier un grand
secret, la récompense est énorme. Aussi je n'ai abandonné les recherches que lorsque j'ai été pleinement
convaincu que le voleur était encore plus fin que moi.
Je crois que j'ai scruté tous les coins et recoins de la
maison dans lesquels il était possible de cacher un
papier.

— Mais ne serait-il pas possible, insinuai-je, que,
bien que la lettre fût au pouvoir du ministre, — elle
y est indubitablement, — il l'eût cachée ailleurs que
dans sa propre maison ?

— Cela n'est guère possible, dit Dupin. La situation
particulière, actuelle, des affaires de la cour, spécialement la nature de l'intrigue dans laquelle D... a pénétré, comme on sait, font de l'efficacité immédiate du
document, — de la possibilité de le produire à la
minute, — un point d'une importance presque égale
à sa possession.

— La possibilité de le produire ? dis-je.

— Ou, si vous aimez mieux, de l'annihiler, dit
Dupin.

— C'est vrai, remarquai-je. Le papier est donc évidemment dans l'hôtel. Quant au cas où il serait sur la
personne même du ministre, nous le considérons
comme tout à fait hors de la question.

— Absolument, dit le préfet. Je l'ai fait arrêter deux
fois par de faux voleurs, et sa personne a été scrupu-
leusement fouillée sous mes propres yeux.

— Vous auriez pu vous épargner cette peine, dit
Dupin. — D... n'est pas absolument fou, je présume,
et dès lors il a dû prévoir ces guets-apens comme choses naturelles.

— Pas *absolument* fou, c'est vrai, dit G..., — toutefois, c'est un poète, ce qui, je crois, n'en est pas fort
éloigné.

— C'est vrai, dit Dupin, après avoir longuement et
pensivement poussé la fumée de sa pipe d'écume, bien

que je me sois rendu moi-même coupable de certaine rapsodie.

— Voyons, dis-je, racontez-nous les détails précis de votre recherche.

— Le fait est que nous avons pris notre temps, et que nous avons cherché *partout*. J'ai une vieille expérience de ces sortes d'affaires. Nous avons entrepris la maison de chambre en chambre ; nous avons consacré à chacune les nuits de toute une semaine. Nous avons d'abord examiné les meubles de chaque appartement. Nous avons ouvert tous les tiroirs possibles ; et je présume que vous n'ignorez pas que, pour un agent de police bien dressé, un tiroir *secret* est une chose qui n'existe pas. Tout homme qui, dans une perquisition de cette nature, permet à un tiroir secret de lui échapper est une brute. La besogne est si facile ! Il y a dans chaque pièce une certaine quantité de volumes et de surfaces dont on peut se rendre compte. Nous avons pour cela des règles exactes. La cinquième partie d'une ligne ne peut pas nous échapper.

« Après les chambres, nous avons pris les sièges. Les coussins ont été sondés avec ces longues et fines aiguilles que vous m'avez vu employer. Nous avons enlevé les dessus des tables.

— Et pourquoi ?

— Quelquefois le dessus d'une table ou de toute autre pièce d'ameublement analogue est enlevé par une personne qui désire cacher quelque chose ; elle creuse le pied de la table ; l'objet est déposé dans la cavité, et le dessus replacé. On se sert de la même manière des montants d'un lit.

— Mais ne pourrait-on pas deviner la cavité par l'auscultation ? demandai-je.

— Pas le moins du monde, si, en déposant l'objet, on a eu soin de l'entourer d'une bourre de coton suffisante. D'ailleurs, dans notre cas, nous étions obligés de procéder sans bruit.

— Mais vous n'avez pas pu défaire, — vous n'avez pas pu démonter toutes les pièces d'ameublement dans

lesquelles on aurait pu cacher un dépôt de la façon dont
vous parlez. Une lettre peut être roulée en une spirale
très mince, ressemblant beaucoup par sa forme et son
volume à une grosse aiguille à tricoter, et être ainsi insérée dans un bâton de chaise, par exemple. Avez-vous
démonté toutes les chaises ?

— Non certainement, mais nous avons fait mieux,
nous avons examiné les bâtons de toutes les chaises de
l'hôtel, et même les jointures de toutes les pièces de
l'ameublement, à l'aide d'un puissant microscope. S'il
y avait eu la moindre trace d'un désordre récent, nous
l'aurions infailliblement découverte à l'instant. Un seul
grain de poussière causé par la vrille, par exemple, nous
aurait sauté aux yeux comme une pomme. La moindre altération dans la colle, — un simple bâillement
dans les jointures aurait suffi pour révéler la cachette.

— Je présume que vous avez examiné les glaces entre
la glace et le planchéiage, et que vous avez fouillé les
lits et les courtines des lits, aussi bien que les rideaux
et les tapis.

— Naturellement ; et, quand nous eûmes absolument passé en revue tous les articles de ce genre, nous
avons examiné la maison elle-même. Nous avons divisé
la totalité de sa surface en compartiments, que nous
avons numérotés, pour être sûrs de n'en omettre
aucun ; nous avons fait de chaque pouce carré l'objet
d'un nouvel examen au microscope, et nous y avons
compris les deux maisons adjacentes.

— Les deux maisons adjacentes ! m'écriai-je ; vous
avez dû vous donner bien du mal.

— Oui, ma foi ! mais la récompense offerte est
énorme.

— Dans les maisons, comprenez-vous le sol ?

— Le sol est partout pavé de briques. Comparativement, cela ne nous a pas donné grand mal. Nous avons
examiné la mousse entre les briques, elle était intacte.

— Vous avez sans doute visité les papiers de D...,
et les livres de la bibliothèque.

— Certainement ; nous avons ouvert chaque paquet

et chaque article : nous n'avons pas seulement ouvert
les livres, mais nous les avons parcourus feuillet par
feuillet, ne nous contentant pas de les secouer simplement comme font plusieurs de nos officiers de police.
Nous avons aussi mesuré l'épaisseur de chaque reliure
avec la plus exacte minutie, et nous avons appliqué à
chacune la curiosité jalouse du microscope. Si l'on avait
récemment inséré quelque chose dans une des reliures,
il eût été absolument impossible que le fait échappât
à notre observation. Cinq ou six volumes qui sortaient
des mains du relieur ont été soigneusement sondés lon-
gitudinalement avec les aiguilles.

— Vous avez exploré les parquets, sous les tapis.

— Sans doute. Nous avons enlevé chaque tapis, et
nous avons examiné les planches au microscope.

— Et les papiers des murs ?

— Aussi.

— Vous avez visité les caves ?

— Nous avons visité les caves.

— Ainsi, dis-je, vous avez fait fausse route, et la lettre n'est pas dans l'hôtel, comme vous le supposiez.

— Je crains que vous n'ayez raison, dit le préfet. Et
vous maintenant, Dupin, que me conseillez-vous de
faire ?

— Faire une perquisition complète.

— C'est absolument inutile ! répliqua G... Aussi sûr
que je vis, la lettre n'est pas dans l'hôtel !

— Je n'ai pas de meilleur conseil à vous donner, dit
Dupin. Vous avez, sans doute, un signalement exact
de la lettre.

— Oh ! oui.

Et ici, le préfet, tirant un agenda, se mit à nous lire
à haute voix une description minutieuse du document
perdu, de son aspect intérieur, et spécialement de l'extérieur. Peu de temps après avoir fini la lecture de cette
description, cet excellent homme prit congé de nous,
plus accablé et l'esprit plus complètement découragé
que je ne l'avais vu jusqu'alors.

Environ un mois après, il nous fit une seconde visite,

et nous trouva occupés à peu près de la même façon. Il prit une pipe et un siège, et causa de choses et d'autres. À la longue, je lui dis :

— Eh bien, mais, G..., et votre lettre volée ? Je présume qu'à la fin vous vous êtes résigné à comprendre que ce n'est pas une petite besogne que d'enfoncer le ministre ?

— Que le diable l'emporte ! — J'ai pourtant recommencé cette perquisition, comme Dupin me l'avait conseillé ; mais comme je m'en doutais, ç'a été peine perdue.

— De combien est la récompense offerte ? vous nous avez dit... demanda Dupin.

— Mais... elle est très forte..., une récompense vraiment magnifique, — je ne veux pas vous dire au juste combien ; mais une chose que je vous dirai, c'est que je m'engagerais bien à payer de ma bourse cinquante mille francs à celui qui pourrait me trouver cette lettre. Le fait est que la chose devient de jour en jour plus urgente, et la récompense a été doublée récemment. Mais, en vérité, on la triplerait que je ne pourrais faire mon devoir mieux que je l'ai fait.

— Mais... oui..., dit Dupin en traînant ses paroles au milieu des bouffées de sa pipe, je crois... réellement, G..., que vous n'avez pas fait... tout votre possible... vous n'êtes pas allé au fond de la question. Vous pourriez faire... un peu plus, je pense du moins, hein ?

— Comment ? dans quel sens ?

— Mais... (une bouffée de fumée) vous pourriez... (bouffée sur bouffée) — prendre conseil en cette matière, hein ? — (Trois bouffées de fumée.) — Vous rappelez-vous l'histoire qu'on raconte d'Abernethy* ?

— Non ! au diable votre Abernethy !

— Assurément ! au diable, si cela vous amuse ! — Or donc, une fois, un certain riche, fort avare, conçut le dessein de soutirer à Abernethy une consultation médicale. Dans ce but, il entama avec lui, au

* Médecin très célèbre et très excentrique. (C.B.)

milieu d'une société, une conversation ordinaire, à travers laquelle il insinua au médecin son propre cas, comme celui d'un individu imaginaire.

— Nous supposerons, dit l'avare, que les symptômes sont tels et tels ; maintenant, docteur, que lui conseilleriez-vous de prendre ?

— Que prendre ? dit Abernethy, mais prendre conseil, à coup sûr.

— Mais, dit le préfet, un peu décontenancé, je suis tout disposé à prendre conseil, et à payer pour cela. Je donnerais *vraiment* cinquante mille francs à quiconque me tirerait d'affaire...

— Dans ce cas, répliqua Dupin, ouvrant un tiroir et en tirant un livre de mandats, vous pouvez aussi bien me faire un bon pour la somme susdite. Quand vous l'aurez signé, je vous remettrai votre lettre.

Je fus stupéfié. Quant au préfet, il semblait absolument foudroyé. Pendant quelques minutes, il resta muet et immobile, regardant mon ami, la bouche béante, avec un air incrédule et des yeux qui semblaient lui sortir de la tête ; enfin, il parut revenir un peu à lui, il saisit une plume, et, après quelques hésitations, le regard ébahi et vide, il remplit et signa un bon de cinquante mille francs, et le tendit à Dupin par-dessus la table. Ce dernier l'examina soigneusement et le serra dans son portefeuille : puis, ouvrant un pupitre, il en tira une lettre et la donna au préfet. Notre fonctionnaire l'agrippa dans une parfaite agonie de joie, l'ouvrit d'une main tremblante, jeta un coup d'œil sur son contenu, puis, attrapant précipitamment la porte, se rua sans plus de cérémonie hors de la chambre et de la maison, sans avoir prononcé une syllabe depuis le moment où Dupin l'avait prié de remplir le mandat.

Quand il fut parti, mon ami entra dans quelques explications.

— La police parisienne, dit-il, est excessivement habile dans son métier. Ses agents sont persévérants, ingénieux, rusés, et possèdent à fond toutes les connaissances que requièrent spécialement leurs fonctions.

Aussi, quand G... nous détaillait son mode de perquisition dans l'hôtel D..., j'avais une entière confiance dans ses talents, et j'étais sûr qu'il avait fait une investigation pleinement suffisante, dans le cercle de sa spécialité.

— Dans le cercle de sa spécialité ? dis-je.

— Oui, dit Dupin ; les mesures adoptées n'étaient pas seulement les meilleures dans l'espèce, elles furent aussi poussées à une absolue perfection. Si la lettre avait été cachée dans le rayon de leur investigation, ces gaillards l'auraient trouvée, cela ne fait pas pour moi l'ombre d'un doute.

Je me contentai de rire ; mais Dupin semblait avoir dit cela fort sérieusement.

— Donc, les mesures, continua-t-il, étaient bonnes dans l'espèce et admirablement exécutées ; elles avaient pour défaut d'être inapplicables au cas et à l'homme en question. Il y a tout un ordre de moyens singulièrement ingénieux qui sont pour le préfet une sorte de lit de Procuste, sur lequel il adapte et garrotte tous ses plans. Mais il erre sans cesse par trop de profondeur ou par trop de superficialité pour le cas en question, et plus d'un écolier raisonnerait mieux que lui.

« J'ai connu un enfant de huit ans, dont l'infaillibilité au jeu de pair ou impair faisait l'admiration universelle. Ce jeu est simple, on y joue avec des billes. L'un des joueurs tient dans sa main un certain nombre de ses billes, et demande à l'autre : « Pair ou non ? » Si celui-ci devine juste, il gagne une bille ; s'il se trompe, il en perd une. L'enfant dont je parle gagnait toutes les billes de l'école. Naturellement, il avait un mode de divination, lequel consistait dans la simple observation et dans l'appréciation de la finesse de ses adversaires. Supposons que son adversaire soit un parfait nigaud et, levant sa main fermée, lui demande : « Pair ou impair ? » Notre écolier répond : « Impair ! » et il a perdu. Mais à la seconde épreuve, il gagne, car il se dit en lui-même : « Le niais avait mis pair la première fois, et toute sa ruse ne va qu'à lui faire

mettre impair à la seconde ; je dirai donc : « Impair ! »
Il dit : « Impair », et il gagne.

« Maintenant, avec un adversaire un peu moins simple, il aurait raisonné ainsi : « Ce garçon voit que, dans
le premier cas, j'ai dit impair, et que, dans le second,
il se proposera, — c'est la première idée qui se présen-
tera à lui, — une simple variation de pair à impair
comme a fait le premier bêta ; mais une seconde
réflexion lui dira que c'est là un changement trop simple, et finalement il se décidera à mettre pair comme
la première fois. — Je dirai donc : « Pair ! » Il dit pair
et gagne. Maintenant, ce mode de raisonnement de
notre écolier, que ses camarades appellent la chance,
— en dernière analyse, qu'est-ce que c'est ?

— C'est simplement, dis-je, une identification de
l'intellect de notre raisonneur avec celui de son adversaire.

— C'est cela même, dit Dupin ; et, quand je demandai à ce petit garçon par quel moyen il effectuait cette
parfaite identification qui faisait tout son succès, il me
fit la réponse suivante :

« — Quand je veux savoir jusqu'à quel point
quelqu'un est circonspect ou stupide, jusqu'à quel point
il est bon ou méchant, ou quelles sont actuellement ses
pensées, je compose mon visage d'après le sien, aussi
exactement que possible, et j'attends alors pour savoir
quels pensers ou quels sentiments naîtront dans mon
esprit ou dans mon cœur, comme pour s'appareiller
et correspondre avec ma physionomie. »

« Cette réponse de l'écolier enfonce de beaucoup
toute la profondeur sophistique attribuée à La Roche-
foucauld, à La Bruyère, à Machiavel et à Campanella.

— Et l'identification de l'intellect du raisonneur avec
celui de son adversaire dépend, si je vous comprends
bien, de l'exactitude avec laquelle l'intellect de l'adversaire est apprécié.

— Pour la valeur pratique, c'est en effet la condition, répliqua Dupin, et, si le préfet et toute sa bande
se sont trompés si souvent, c'est, d'abord, faute de cette

identification, en second lieu, par une appréciation inexacte, ou plutôt par la non-appréciation de l'intelligence avec laquelle ils se mesurent. Ils ne voient que leurs propres idées ingénieuses ; et, quand ils cherchent quelque chose de caché, ils ne pensent qu'aux moyens dont ils se seraient servis pour le cacher. Ils ont fortement raison en cela que leur propre ingéniosité est une représentation fidèle de celle de la foule ; mais, quand il se trouve un malfaiteur particulier dont la finesse diffère, en espèce, de la leur, ce malfaiteur, naturellement, les *roule*.

« Cela ne manque jamais quand son astuce est au-dessus de la leur, et cela arrive très fréquemment même quand elle est au-dessous. Ils ne varient pas leur système d'investigation ; tout au plus, quand ils sont incités par quelque cas insolite, — par quelque récompense extraordinaire, — ils exagèrent et poussent à outrance leurs vieilles routines ; mais ils ne changent rien à leurs principes.

« Dans le cas de D..., par exemple, qu'a-t-on fait pour changer le système d'opération ? Qu'est-ce que c'est que toutes ces perforations, ces fouilles, ces sondes, cet examen au microscope, cette division des surfaces en pouces carrés numérotés ? — qu'est-ce que tout cela, si ce n'est pas l'exagération, dans son application, d'un des principes ou de plusieurs principes d'investigation, qui sont basés sur un ordre d'idées relatif à l'ingéniosité humaine, et dont le préfet a pris l'habitude dans la longue routine de ses fonctions ?

« Ne voyez-vous pas qu'il considère comme chose démontrée que *tous* les hommes qui veulent cacher une lettre se servent, — si ce n'est précisément d'un trou fait à la vrille dans le pied d'une chaise, — au moins de quelque trou, de quelque coin tout à fait singulier dont ils ont puisé l'invention dans le même registre d'idées que le trou fait avec une vrille ?

« Et ne voyez-vous pas aussi que des cachettes aussi *originales* ne sont employées que dans des occasions ordinaires, et ne sont adoptées que par des intelligences ordinaires ; car, dans tous les cas d'objets cachés, cette manière ambitieuse et torturée de cacher l'objet est, dans le principe, présumable et présumée ; ainsi, la découverte ne dépend nullement de la perspicacité, mais simplement du soin, de la patience et de la résolution des chercheurs. Mais, quand le cas est important, ou, ce qui revient au même aux yeux de la police, quand la récompense est considérable, on voit toutes ces belles qualités échouer infailliblement. Vous comprenez maintenant ce que je voulais dire en affirmant que, si la lettre volée avait été cachée dans le rayon de la per- quisition de notre préfet, — en d'autres termes, si le principe inspirateur de la cachette avait été compris dans les principes du préfet, — il l'eût infailliblement découverte. Cependant, ce fonctionnaire a été complè- tement mystifié ; et la cause première, originelle de sa défaite gît dans la supposition que le ministre est un fou, parce qu'il s'est fait une réputation de poète. Tous les fous sont poètes, — c'est la manière de voir du pré- fet, — et il n'est coupable que d'une fausse distribu- tion du terme moyen, en inférant de là que tous les poètes sont fous.

— Mais est-ce vraiment le poète ? demandai-je. Je sais qu'ils sont deux frères, et ils se sont fait tous deux une réputation dans les lettres. Le ministre, je crois, a écrit un livre fort remarquable sur le calcul différen- tiel et intégral. Il est le mathématicien, et non pas le poète.

— Vous vous trompez ; je le connais fort bien ; il est poète et mathématicien. Comme poète *et* mathéma- ticien, il a dû raisonner juste ; comme simple mathé- maticien, il n'aurait pas raisonné du tout, et se serait ainsi mis à la merci du préfet.

— Une pareille opinion, dis-je, est faite pour m'éton- ner ; elle est démentie par la voix du monde entier. Vous n'avez pas l'intention de mettre à néant l'idée mûrie par plusieurs siècles. La raison mathématique est depuis longtemps regardée comme la raison *par excel- lence*.

— *Il y a à parier,* répliqua Dupin, en citant Chamfort, *que toute idée publique, toute convention reçue est une sottise, car elle a convenu au plus grand nombre.* Les mathématiciens, — je vous accorde cela, — ont fait de leur mieux pour propager l'erreur populaire dont vous parlez, et qui, bien qu'elle ait été propagée comme vérité, n'en est pas moins une parfaite erreur. Par exemple, ils nous ont, avec un art digne d'une meilleure cause, accoutumés à appliquer le terme *analyse* aux opérations algébriques. Les Français sont les premiers coupables de cette tricherie scientifique ; mais, si l'on reconnaît que les termes de la langue ont une réelle importance, — si les mots tirent leur valeur de leur application, — oh ! alors, je concède qu'*analyse* traduit *algèbre*, à peu près comme en latin *ambitus* signifie *ambition* ; *religio,* religion ; ou *homines honesti*, la classe des gens honorables.

— Je vois, dis-je, que vous allez vous faire une querelle avec un bon nombre d'algébristes de Paris ; — mais continuez.

— Je conteste la validité, et conséquemment les résultats d'une raison cultivée par tout procédé spécial autre que la logique abstraite. Je conteste particulièrement le raisonnement tiré de l'étude des mathématiques. Les mathématiques sont la science des formes et des quantités ; le raisonnement mathématique n'est autre que la simple logique appliquée à la forme et à la quantité. La grande erreur consiste à supposer que les vérités qu'on nomme *purement* algébriques sont des vérités abstraites ou générales. Et cette erreur est si énorme que je suis émerveillé de l'unanimité avec laquelle elle est accueillie. Les axiomes mathématiques ne sont pas des axiomes d'une vérité générale. Ce qui est vrai d'un rapport de forme ou de quantité est souvent une grosse erreur relativement à la morale, par exemple. Dans cette dernière science, il est très communément faux que la somme des fractions soit égale au tout. De même en chimie, l'axiome a tort. Dans l'appréciation d'une force motrice, il a également tort ; car deux moteurs, chacun

étant d'une puissance donnée, n'ont pas, nécessairement, quand ils sont associés, une puissance égale à la
somme de leurs puissances prises séparément. Il y a une
foule d'autres vérités mathématiques qui ne sont des
vérités que dans des limites de *rapport*. Mais le mathématicien argumente incorrigiblement d'après ses *vérités finies*, comme si elles étaient d'une application générale et absolue, — valeur que d'ailleurs le monde leur
attribue. Bryant, dans sa très remarquable *Mytholo-
gie*, mentionne une source analogue d'erreurs quand
il dit que, bien que personne ne croie aux fables du
paganisme, cependant nous nous oublions nous-mêmes
sans cesse au point d'en tirer des déductions, comme
si elles étaient des réalités vivantes. Il y a d'ailleurs, chez
nos algébristes, qui sont eux-mêmes des païens, de certaines fables païennes auxquelles on ajoute foi, et dont
on a tiré des conséquences, non pas tant par une
absence de mémoire que par un incompréhensible trouble du cerveau. Bref je n'ai jamais rencontré de pur
mathématicien en qui on pût avoir confiance en dehors
de ses racines et de ses équations ; je n'en ai pas connu
un seul qui ne tînt pas clandestinement pour article de
foi que $x^2 + px$ est absolument et inconditionnellement
égal à q. Dites à l'un de ces messieurs, en matière
d'expérience, si cela vous amuse, que vous croyez à la
possibilité de cas où $x^2 + px$ ne serait pas absolument
égal à q ; et, quand vous lui aurez fait comprendre ce
que vous voulez dire, mettez-vous hors de sa portée et
le plus lestement possible, car, sans aucun doute, il
essayera de vous assommer.

« Je veux dire, continua Dupin, pendant que je me
contentais de rire de ses dernières observations, que,
si le ministre n'avait été qu'un mathématicien, le préfet n'aurait pas été dans la nécessité de me souscrire
ce billet. Je le connaissais pour un mathématicien et
un poète, et j'avais pris mes mesures en raison de sa
capacité, et en tenant compte des circonstances où il
se trouvait placé. Je savais que c'était un homme de
cour et un intrigant déterminé. Je réfléchis qu'un pareil

homme devait indubitablement être au courant des pratiques de la police. Évidemment, il devait avoir prévu — et l'événement l'a prouvé — les guets-apens qui lui ont été préparés. Je me dis qu'il avait prévu les perquisitions secrètes dans son hôtel. Ces fréquentes absences nocturnes que notre bon préfet avait saluées comme des adjuvants positifs de son futur succès, je les regardais simplement comme des ruses pour faciliter les libres recherches de la police et lui persuader plus facilement que la lettre n'était pas dans l'hôtel. Je sentais aussi que toute la série d'idées relatives aux principes invariables de l'action policière dans le cas de perquisition, — idées que je vous expliquai tout à l'heure, non sans quelque peine, — je sentais, dis-je, que toute cette série d'idées avait dû nécessairement se dérouler dans l'esprit du ministre.

« Cela devait impérativement le conduire à dédaigner toutes les cachettes vulgaires. Cet homme-là ne pouvait pas être assez faible pour ne pas deviner que la cachette la plus compliquée, la plus profonde de son hôtel serait aussi peu secrète qu'une antichambre ou une armoire pour les yeux, les sondes, les vrilles et les microscopes du préfet. Enfin je voyais qu'il avait dû viser nécessairement à la simplicité, s'il n'y avait pas été induit par un goût naturel. Vous vous rappelez sans doute avec quels éclats de rire le préfet accueillit l'idée que j'exprimai dans notre première entrevue, à savoir que si le mystère l'embarrassait si fort, c'était peut-être en raison de son absolue simplicité.

— Oui, dis-je, je me rappelle parfaitement son hilarité. Je croyais vraiment qu'il allait tomber dans des attaques de nerfs.

— Le monde matériel, continua Dupin, est plein d'analogies exactes avec l'immatériel, et c'est ce qui donne une couleur de vérité à ce dogme de rhétorique qu'une métaphore ou une comparaison peut fortifier un argument aussi bien qu'embellir une description.

« Le principe de la force d'inertie, par exemple, semble identique dans les deux natures, physique et métaphysique ; un gros corps est plus difficilement mis en mouvement qu'un petit, et sa quantité de mouvement est en proportion de cette difficulté ; voilà qui est aussi positif que cette proposition analogue : les intellects d'une vaste capacité, qui sont en même temps plus impétueux, plus constants et plus accidentés dans leur mouvement que ceux d'un degré inférieur, sont ceux qui se meuvent le moins aisément, et qui sont les plus embarrassés d'hésitation quand ils se mettent en marche. Autre exemple : avez-vous jamais remarqué quelles sont les enseignes de boutique qui attirent le plus l'attention ?

— Je n'ai jamais songé à cela, dis-je.

— Il existe, reprit Dupin, un jeu de divination qu'on joue avec une carte géographique. Un des joueurs prie quelqu'un de deviner un mot donné, — un nom de ville, de rivière, d'État ou d'empire, — enfin un mot quelconque compris dans l'étendue bigarrée et embrouillée de la carte. Une personne novice dans le jeu cherche en général à embarrasser ses adversaires en leur donnant à deviner des noms écrits en caractères imperceptibles ; mais les adeptes du jeu choisissent des mots en gros caractères qui s'étendent d'un bout de la carte à l'autre. Ces mots-là, comme les enseignes et les affiches à lettres énormes, échappent à l'observateur par le fait même de leur excessive évidence ; et, ici, l'oubli matériel est précisément analogue à l'inattention morale d'un esprit qui laisse échapper les considérations trop palpables, évidentes jusqu'à la banalité et l'importunité. Mais c'est là un cas, à ce qu'il semble, un peu au-dessus ou au-dessous de l'intelligence du préfet. Il n'a jamais cru probable ou possible que le ministre eût déposé sa lettre juste sous le nez du monde entier, comme pour mieux empêcher un individu quelconque de l'apercevoir.

« Mais plus je réfléchissais à l'audacieux, au distinctif et brillant esprit de D..., — à ce fait qu'il avait dû toujours avoir le document sous la main, pour en faire immédiatement usage, si besoin était, — et à cet autre

fait que, d'après la démonstration décisive fournie par
le préfet, ce document n'était pas caché dans les limites d'une perquisition ordinaire et en règle, — plus je
me sentais convaincu que le ministre, pour cacher sa
lettre, avait eu recours à l'expédient le plus ingénieux
du monde, le plus large, qui était de ne pas même
essayer de la cacher.

« Pénétré de ces idées, j'ajustai sur mes yeux une
paire de lunettes vertes, et je me présentai un beau
matin, comme par hasard, à l'hôtel du ministre. Je
trouve D... chez lui, bâillant, flânant, musant, et se pré-
tendant accablé d'un suprême ennui. D... est peut-être
l'homme le plus réellement énergique qui soit
aujourd'hui, mais c'est seulement quand il est sûr de
n'être vu de personne.

« Pour n'être pas en reste avec lui, je me plaignais
de la faiblesse de mes yeux et de la nécessité de porter
des lunettes. Mais, derrière ces lunettes, j'inspectais soigneusement et minutieusement tout l'appartement, en
faisant semblant d'être tout à la conversation de mon
hôte.

« Je donnai une attention spéciale à un vaste bureau
auprès duquel il était assis, et sur lequel gisaient pêle-
mêle des lettres diverses et d'autres papiers, avec un ou
deux instruments de musique et quelques livres. Après
un long examen, fait à loisir, je n'y vis rien qui pût exciter particulièrement mes soupçons.

« À la longue, mes yeux, en faisant le tour de la
chambre, tombèrent sur un misérable porte-cartes, orné
de clinquant, et suspendu par un ruban bleu crasseux
à un petit bouton de cuivre au-dessus du manteau de
la cheminée. Ce porte-cartes, qui avait trois ou quatre
compartiments, contenait cinq ou six cartes de visite
et une lettre unique. Cette dernière était fortement salie
et chiffonnée. Elle était presque déchirée en deux par
le milieu, comme si on avait eu d'abord l'intention de
la déchirer entièrement, ainsi qu'on fait d'un objet sans
valeur ; mais on avait vraisemblablement changé
d'idée. Elle portait un large sceau noir avec le chiffre

de D... très en évidence, et était adressée au ministre lui-même. La suscription était d'une écriture de femme très fine. On l'avait jetée négligemment, et même, à ce qu'il semblait, assez dédaigneusement dans l'un des compartiments supérieurs du porte-cartes.

« À peine eus-je jeté un coup d'œil sur cette lettre que je conclus que c'était celle dont j'étais en quête. Évidemment elle était, par son aspect, absolument différente de celle dont le préfet nous avait lu une description si minutieuse. Ici, le sceau était large et noir avec le chiffre de D... ; dans l'autre, il était petit et rouge, avec les armes ducales de la famille S... Ici, la suscription était d'une écriture menue et féminine ; dans l'autre, l'adresse, portant le nom d'une personne royale, était d'une écriture hardie, décidée et caractérisée ; les deux lettres ne se ressemblaient qu'en un point, la dimension. Mais le caractère excessif de ces différences, fondamentales en somme, la saleté, l'état déplorable du papier, fripé et déchiré, qui contredisaient les véritables habitudes de D..., si méthodique, et qui dénonçaient l'intention de dérouter un indiscret en lui offrant toutes les apparences d'un document sans valeur, — tout cela, en y ajoutant la situation impudente du document mis en plein sous les yeux de tous les visiteurs et concordant ainsi exactement avec mes conclusions antérieures, — tout cela, dis-je, était fait pour corroborer décidément les soupçons de quelqu'un venu avec le parti pris du soupçon.

« Je prolongeai ma visite aussi longtemps que possible, et, tout en soutenant une discussion très vive avec le ministre sur un point que je savais être pour lui d'un intérêt toujours nouveau, je gardais invariablement mon attention braquée sur la lettre. Tout en faisant cet examen, je réfléchissais sur son aspect extérieur et sur la manière dont elle était arrangée dans le porte-cartes, et à la longue je tombai sur une découverte qui mit à néant le léger doute qui pouvait me rester encore. En analysant les bords du papier, je remarquai qu'ils

étaient plus éraillés que *nature*. Ils présentaient l'aspect
cassé d'un papier dur, qui, ayant été plié et foulé par
le couteau à papier, a été replié dans le sens inverse,
mais dans les mêmes plis qui constituaient sa forme première. Cette découverte me suffisait. Il était clair pour
moi que la lettre avait été retournée comme un gant,
repliée et recachetée. Je souhaitai le bonjour au ministre, et je pris soudainement congé de lui, en oubliant
une tabatière en or sur son bureau.

« Le matin suivant, je vins pour chercher ma tabatière, et nous reprîmes très vivement la conversation
de la veille. Mais, pendant que la discussion s'engageait,
une détonation très forte, comme un coup de pistolet,
se fit entendre sous les fenêtres de l'hôtel, et fut suivie
des cris et des vociférations d'une foule épouvantée.
D... se précipita vers une fenêtre, l'ouvrit, et regarda
dans la rue. En même temps, j'allai droit au porte-
cartes, je pris la lettre, je la mis dans ma poche, et je
la remplaçai par une autre, une espèce de *fac-simile*
(quant à l'extérieur), que j'avais soigneusement préparé
chez moi, — en contrefaisant le chiffre D... à l'aide
d'un sceau de mie de pain.

« Le tumulte de la rue avait été causé par le caprice
insensé d'un homme armé d'un fusil. Il avait déchargé
son arme au milieu d'une foule de femmes et d'enfants.
Mais, comme elle n'était pas chargée à balle, on prit
ce drôle pour un lunatique ou un ivrogne, et on lui permit de continuer son chemin. Quand il fut parti, D...
se retira de la fenêtre, où je l'avais suivi immédiatement après m'être assuré de la précieuse lettre. Peu
d'instants après, je lui dis adieu. Le prétendu fou était
un homme payé par moi.

— Mais quel était votre but, demandai-je à mon ami,
en remplaçant la lettre par une contrefaçon ? N'eût-il
pas été plus simple, dès votre première visite, de vous
en emparer, sans autres précautions, et de vous en
aller ?

— D..., répliqua Dupin, est capable de tout, et, de

plus, c'est un homme solide. D'ailleurs, il a dans son hôtel des serviteurs à sa dévotion. Si j'avais fait l'extravagante tentative dont vous parlez, je ne serais pas sorti vivant de chez lui. Le bon peuple de Paris n'aurait plus entendu parler de moi. Mais, à part ces considérations, j'avais un but particulier. Vous connaissez mes sympathies politiques. Dans cette affaire, j'agis comme partisan de la dame en question. Voilà dix-huit mois que le ministre la tient en son pouvoir. C'est elle maintenant qui le tient, puisqu'il ignore que la lettre n'est plus chez lui, et qu'il va vouloir procéder à son chantage habituel. Il va donc infailliblement opérer lui-même et du premier coup sa ruine politique. Sa chute ne sera pas moins précipitée que ridicule. On parle fort lestement du *facilis descensus Averni* ; mais, en matière d'escalades, on peut dire ce que la Catalani disait du chant : il est plus facile de monter que de descendre. Dans le cas présent, je n'ai aucune sympathie, pas même de pitié pour celui qui va descendre. D..., c'est le vrai *monstrum horrendum,* — un homme de génie sans principes. Je vous avoue, cependant, que je ne serais pas fâché de connaître le caractère exact de ses pensées, quand, mis au défi par celle que le préfet appelle *une certaine personne*, il sera réduit à ouvrir la lettre que j'ai laissée pour lui dans son porte-cartes.

— Comment ! est-ce que vous y avez mis quelque chose de particulier ?

— Eh mais ! il ne m'a pas semblé tout à fait convenable de laisser l'intérieur en blanc, — cela aurait eu l'air d'une insulte. Une fois, à Vienne, D... m'a joué un vilain tour, et je lui dis d'un ton tout à fait gai que je m'en souviendrais. Aussi, comme je savais qu'il éprouverait une certaine curiosité relativement à la personne par qui il se trouvait joué, je pensai que ce serait vraiment dommage de ne pas lui laisser un indice quelconque. Il connaît fort bien mon écriture, et j'ai copié tout au beau milieu de la page blanche ces mots :

> ... Un dessein si funeste,
> S'il n'est digne d'Atrée, est digne de Thyeste.

Vous trouverez cela dans *l'Atrée* de Crébillon [1].

---

1. Il s'agit en fait de l'*Atrée et Thyeste* de Crébillon (1707). Le distique complet est :

> « Quel qu'en soit le forfait, un dessein si funeste,
> S'il n'est digne d'Atrée, est digne de Thyeste. »

(acte V, scène 5)

LE SCARABÉE D'OR

Oh ! oh ! qu'est-ce que cela ? Ce garçon a
une folie dans les jambes ? Il a été mordu par
la tarentule.

(Tout de travers.)

Il y a quelques années, je me liai intimement avec
un M. William Legrand. Il était d'une ancienne famille
protestante, et jadis il avait été riche ; mais une série
de malheurs l'avait réduit à la misère. Pour éviter
l'humiliation de ses désastres, il quitta la Nouvelle-
Orléans, la ville de ses aïeux, et établit sa demeure dans
l'île de Sullivan, près Charleston, dans la Caroline du
Sud.

Cette île est des plus singulières. Elle n'est guère composée que de sable de mer et a environ trois milles de
long. En largeur, elle n'a jamais plus d'un quart de
mille. Elle est séparée du continent par une crique à
peine visible, qui filtre à travers une masse de roseaux
et de vase, rendez-vous habituel des poules d'eau. La
végétation, comme on peut le supposer, est pauvre, ou,
pour ainsi dire, naine. On n'y trouve pas d'arbres d'une
certaine dimension. Vers l'extrémité occidentale, à
l'endroit où s'élèvent le fort Moultrie et quelques misérables bâtisses de bois habitées pendant l'été par les gens
qui fuient les poussières et les fièvres de Charleston,
on rencontre, il est vrai, le palmier nain sétigère ; mais

toute l'île, à l'exception de ce point occidental et d'un espace triste et blanchâtre qui borde la mer, est couverte d'épaisses broussailles de myrte odoriférant, si estimé par les horticulteurs anglais. L'arbuste y monte souvent à une hauteur de quinze ou vingt pieds ; il y forme un taillis presque impénétrable et charge l'atmosphère de ses parfums.

Au plus profond de ce taillis, non loin de l'extrémité orientale de l'île, c'est-à-dire de la plus éloignée, Legrand s'était bâti lui-même une petite hutte, qu'il occupait quand, pour la première fois et par hasard, je fis sa connaissance. Cette connaissance mûrit bien vite en amitié, — car il y avait, certes, dans le cher reclus de quoi exciter l'intérêt et l'estime. Je vis qu'il avait reçu une forte éducation, heureusement servie par des facultés spirituelles peu communes, mais qu'il était infecté de misanthropie et sujet à de malheureuses alternatives d'enthousiasme et de mélancolie. Bien qu'il eût chez lui beaucoup de livres, il s'en servait rarement. Ses principaux amusements consistaient à chasser et à pêcher, ou à flâner sur la plage et à travers les myrtes, en quête de coquillages et d'échantillons entomologiques ; — sa collection aurait pu faire envie à un Swammerdam [1]. Dans ces excursions, il était ordinairement accompagné par un vieux nègre nommé Jupiter, qui avait été affranchi avant les revers de la famille, mais qu'on n'avait pu décider, ni par menaces ni par promesses, à abandonner son jeune *massa Will* ; il considérait comme son droit de le suivre partout. Il n'est pas improbable que les parents de Legrand, jugeant que celui-ci avait la tête un peu dérangée, se soient appliqués à confirmer Jupiter dans son obstination, dans le but de mettre une espèce de gardien et de surveillant auprès du fugitif.

Sous la latitude de l'île de Sullivan, les hivers sont rarement rigoureux, et c'est un événement quand, au

---

1. Jan Swammerdam (1637-1680) était un naturaliste hollandais, spécialiste des insectes.

déclin de l'année, le feu devient indispensable. Cependant, vers le milieu d'octobre 18.., il y eut une journée d'un froid remarquable. Juste avant le coucher du soleil, je me frayais un chemin à travers les taillis vers la hutte de mon ami, que je n'avais pas vu depuis quelques semaines ; je demeurais alors à Charleston, à une distance de neuf milles de l'île, et les facilités pour aller et revenir étaient bien moins grandes qu'aujourd'hui. En arrivant à la hutte, je frappai selon mon habitude, et, ne recevant pas de réponse, je cherchai la clef où je savais qu'elle était cachée, j'ouvris la porte et j'entrai. Un beau feu flambait dans le foyer. C'était une surprise, et, à coup sûr, une des plus agréables. Je me débarrassai de mon paletot, je traînai un fauteuil auprès des bûches pétillantes, et j'attendis patiemment l'arrivée de mes hôtes.

Peu après la tombée de la nuit, ils arrivèrent et me firent un accueil tout à fait cordial. Jupiter, tout en riant d'une oreille à l'autre, se donnait du mouvement et préparait quelques poules d'eau pour le souper. Legrand était dans une de ses *crises* d'enthousiasme ; — car de quel autre nom appeler cela ? Il avait trouvé un bivalve [1] inconnu, formant un genre nouveau, et, mieux encore, il avait chassé et attrapé, avec l'assistance de Jupiter, un scarabée qu'il croyait tout à fait nouveau et sur lequel il désirait avoir mon opinion le lendemain matin.

— Et pourquoi pas ce soir ? demandai-je en me frottant les mains devant la flamme, et envoyant mentalement au diable toute la race des scarabées.

— Ah ! si j'avais seulement su que vous étiez ici ! dit Legrand ; mais il y a si longtemps que je ne vous ai vu ! Et comment pouvais-je deviner que vous me rendriez visite justement cette nuit ? En revenant au logis, j'ai rencontré le lieutenant G..., du fort, et très étourdiment je lui ai prêté le scarabée ; de sorte qu'il

---

1. Un *bivalve* est un mollusque dont la coquille est formée de deux valves.

vous sera impossible de le voir avant demain matin. Restez ici cette nuit, et j'enverrai Jupiter le chercher au lever du soleil. C'est bien la plus ravissante chose de la création !

— Quoi ? le lever du soleil ?

— Eh non ! que diable ! — le scarabée. Il est d'une brillante couleur d'or, — gros à peu près comme une grosse noix, avec deux taches d'un noir de jais à une extrémité du dos, et une troisième, un peu plus allongée, à l'autre. Les antennes sont...

— Il n'y a pas du tout d'étain sur lui*, massa Will, je vous le parie, interrompit Jupiter ; le scarabée est un scarabée d'or, d'or massif, d'un bout à l'autre, dedans et partout, excepté les ailes ; — je n'ai jamais vu de ma vie un scarabée à moitié aussi lourd.

— C'est bien, mettons que vous ayez raison, Jup, répliqua Legrand un peu plus vivement, à ce qu'il me sembla, que ne le comportait la situation, est-ce une raison pour laisser brûler les poules ? La couleur de l'insecte, — et il se tourna vers moi, — suffirait en vérité à rendre plausible l'idée de Jupiter. Vous n'avez jamais vu un éclat métallique plus brillant que celui de ses élytres ; mais vous ne pourrez en juger que demain matin. En attendant, j'essayerai de vous donner une idée de sa forme.

Tout en parlant, il s'assit à une petite table sur laquelle il y avait une plume et de l'encre, mais pas de papier. Il chercha dans un tiroir, mais n'en trouva pas.

— N'importe, dit-il à la fin, cela suffira.

Et il tira de la poche de son gilet quelque chose qui me fit l'effet d'un morceau de vieux vélin fort sale, et

---

* La prononciation du mot *antennae* fait commettre une méprise au nègre, qui croit qu'il est question d'étain : *Dey aint no tin in him*. Calembour intraduisible. Le nègre parlera toujours dans une espèce de patois anglais, que le patois nègre français n'imiterait pas mieux que le bas-normand ou le breton ne traduirait l'irlandais. En se rappelant les orthographes figuratives de Balzac, on se fera une idée de ce que ce moyen un peu *physique* peut ajouter de pittoresque et de comique, mais j'ai dû renoncer à m'en servir faute d'équivalent. (C.B.)

il fit dessus une espèce de croquis à la plume. Pendant ce temps, j'avais gardé ma place auprès du feu, car j'avais toujours très froid. Quand son dessin fut achevé, il me le passa, sans se lever. Comme je le recevais de sa main, un fort grognement se fit entendre, suivi d'un grattement à la porte. Jupiter ouvrit, et un énorme terre-neuve, appartenant à Legrand, se précipita dans la chambre, sauta sur mes épaules et m'accabla de caresses ; car je m'étais fort occupé de lui dans mes visites précédentes. Quand il eut fini ses gambades, je regardai le papier, et pour dire la vérité, je me trouvai passablement intrigué par le dessin de mon ami.

— Oui ! dis-je après l'avoir contemplé quelques minutes, c'est là un étrange scarabée, je le confesse ; il est nouveau pour moi ; je n'ai jamais rien vu d'approchant, à moins que ce ne soit un crâne ou une tête de mort, à quoi il ressemble plus qu'aucune autre chose qu'il m'ait jamais été donné d'examiner.

— Une tête de mort ! répéta Legrand. Ah ! oui, il y a un peu de cela sur le papier, je comprends. Les deux taches noires supérieures font les yeux, et la plus longue qui est plus bas figure une bouche, n'est-ce pas ? D'ailleurs, la forme générale est ovale.

— C'est peut-être cela, dis-je ; mais je crains, Legrand, que vous ne soyez pas très artiste. J'attendrai que j'aie vu la bête elle-même pour me faire une idée quelconque de sa physionomie.

— Fort bien ! Je ne sais comment cela se fait, dit-il, un peu piqué, je dessine assez joliment, ou du moins, je le devrais, — car j'ai eu de bons maîtres, et je me flatte de n'être pas tout à fait une brute.

— Mais alors, mon cher camarade, dis-je, vous plaisantez ; ceci est un crâne fort passable, je puis même dire que c'est un crâne parfait, d'après toutes les idées reçues relativement à cette partie de l'ostéologie[1], et votre scarabée serait le plus étrange de tous les scarabées du monde, s'il ressemblait à ceci. Nous pourrions

1. L'*ostéologie* est la partie de l'anatomie qui traite des os.

établir là-dessus quelque petite superstition naissante.
Je présume que vous nommerez votre insecte *scara-
baeus caput hominis*[1], ou quelque chose d'approchant ; il y a dans les livres d'histoire naturelle beaucoup d'appellations de ce genre. — Mais où sont les
antennes dont vous parliez ?

— Les antennes ! dit Legrand, qui s'échauffait inexplicablement ; vous devez voir les antennes, j'en suis
sûr. Je les ai faites aussi distinctes qu'elles le sont dans
l'original, et je présume que cela est bien suffisant.

— À la bonne heure, dis-je ; mettons que vous les
ayez faites ; toujours est-il vrai que je ne les vois pas.

Et je lui tendis le papier, sans ajouter aucune remarque, ne voulant pas le pousser à bout ; mais j'étais fort
étonné de la tournure que l'affaire avait prise ; sa mauvaise humeur m'intriguait, — et, quant au croquis de
l'insecte, il n'y avait positivement pas d'antennes visibles, et l'ensemble ressemblait, à s'y méprendre, à
l'image ordinaire d'une tête de mort.

Il reprit son papier d'un air maussade, et il était au
moment de le froisser, sans doute pour le jeter dans
le feu, quand, son regard étant tombé par hasard sur
le dessin, toute son attention y parut enchaînée. En un
instant, son visage devint d'un rouge intense, puis
excessivement pâle. Pendant quelques minutes, sans
bouger de sa place, il continua à examiner minutieusement le dessin. À la longue, il se leva, prit une chandelle sur la table, et alla s'asseoir sur un coffre, à l'autre
extrémité de la chambre. Là, il recommença à examiner curieusement le papier, le tournant dans tous les
sens. Néanmoins, il ne dit rien, et sa conduite me causait un étonnement extrême ; mais je jugeai prudent
de n'exaspérer par aucun commentaire sa mauvaise
humeur croissante. Enfin, il tira de la poche de son
habit un portefeuille, y serra soigneusement le papier,
et déposa le tout dans un pupitre qu'il ferma à clef.
Il revint dès lors à des allures plus calmes, mais son

1. En latin : scarabée-tête-d'homme.

.premier enthousiasme avait totalement disparu. Il avait l'air plutôt concentré que bouddeur. À mesure que la soirée s'avançait, il s'absorbait de plus en plus dans sa rêverie, et aucune de mes saillies ne put l'en arracher. Primitivement, j'avais eu l'intention de passer la nuit dans la cabane, comme j'avais déjà fait plus d'une fois ; mais, en voyant l'humeur de mon hôte, je jugeai plus convenable de prendre congé. Il ne fit aucun effort pour me retenir ; mais, quand je partis, il me serra la main avec une cordialité encore plus vive que de coutume.

Un mois environ après cette aventure, — et durant cet intervalle je n'avais pas entendu parler de Legrand, — je reçus à Charleston une visite de son serviteur Jupiter. Je n'avais jamais vu le bon vieux nègre si complètement abattu, et je fus pris de la crainte qu'il ne fût arrivé à mon ami quelque sérieux malheur.

— Eh bien, Jup, dis-je, quoi de neuf ? Comment va ton maître ?

— Dame ! pour dire la vérité, massa, il ne va pas aussi bien qu'il devrait.

— Pas bien ! vraiment, je suis navré d'apprendre cela. Mais de quoi se plaint-il ?

— Ah ! voilà la question ! il ne se plaint jamais de rien, mais il est tout de même bien malade.

— Bien malade, Jupiter ! — Eh ! que ne disais-tu cela tout de suite ? Est-il au lit ?

— Non, non, il n'est pas au lit ! Il n'est bien nulle part ; — voilà justement où le soulier me blesse ; — j'ai l'esprit très inquiet au sujet du pauvre massa Will.

— Jupiter, je voudrais bien comprendre quelque chose à tout ce que tu me racontes là. Tu dis que ton maître est malade. Ne t'a-t-il pas dit de quoi il souffre ?

— Oh ! massa, c'est bien inutile de se creuser la tête. Massa Will dit qu'il n'a absolument rien ; — mais, alors, pourquoi donc s'en va-t-il, deçà et delà, tout pensif, les regards sur son chemin, la tête basse, les épaules voûtées, et pâle comme une oie ? Et pourquoi donc fait-il toujours et toujours des chiffres ?

— Il fait quoi, Jupiter ?

— Il fait des chiffres avec des signes sur une ardoise, — les signes les plus bizarres que j'aie jamais vus. Je commence à avoir peur, tout de même. Il faut que j'aie toujours un œil braqué sur lui, rien que sur lui. L'autre jour, il m'a échappé avant le lever du soleil, et il a décampé pour toute la sainte journée. J'avais coupé un bon bâton exprès pour lui administrer une correction de tous les diables quand il reviendrait : mais je suis si bête que je n'en ai pas eu le courage ; il a l'air si malheureux !

— Ah ! vraiment ! — Eh bien, après tout, je crois que tu as mieux fait d'être indulgent pour le pauvre garçon. Il ne faut pas lui donner le fouet, Jupiter — il n'est peut-être pas en état de le supporter. — Mais ne peux-tu pas te faire une idée de ce qui a occasionné cette maladie, ou plutôt ce changement de conduite ? Lui est-il arrivé quelque chose de fâcheux depuis que je vous ai vus ?

— Non, massa, il n'est rien arrivé de fâcheux *depuis* lors, — mais *avant* cela, — oui, — j'en ai peur, — c'était le jour même que vous étiez là-bas.

— Comment ? que veux-tu dire ?

— Eh ! massa, je veux parler du scarabée, voilà tout.

— Du quoi ?

— Du scarabée... — Je suis sûr que massa Will a été mordu quelque part à la tête par ce scarabée d'or.

— Et quelle raison as-tu, Jupiter, pour faire une pareille supposition ?

— Il a bien assez de pinces pour cela, massa, et une bouche aussi. Je n'ai jamais vu un scarabée aussi endiablé ; — il attrape et il mord tout ce qui l'approche. Massa Will l'avait d'abord attrapé, mais il l'a bien vite lâché, je vous assure ; — c'est alors, sans doute, qu'il a été mordu. La mine de ce scarabée et sa bouche ne me plaisaient guère, certes ; — aussi je ne voulus pas le prendre avec mes doigts ; mais je pris un morceau de papier, et j'empoignai le scarabée dans le papier ; je l'enveloppai donc dans le papier, avec un petit morceau de papier dans la bouche ; — voilà comment je m'y pris.

— Et tu penses donc que ton maître a été réellement mordu par le scarabée, et que cette morsure l'a rendu malade ?

— Je ne pense rien du tout, — je le sais*. Pourquoi donc rêve-t-il toujours d'or, si ce n'est parce qu'il a été mordu par le scarabée d'or ? J'en ai déjà entendu parler, de ces scarabées d'or.

— Mais comment sais-tu qu'il rêve d'or ?

— Comment je le sais ? parce qu'il en parle, même en dormant ; — voilà comment je le sais.

— Au fait, Jupiter, tu as peut-être raison ; mais à quelle bienheureuse circonstance dois-je l'honneur de ta visite aujourd'hui ?

— Que voulez-vous dire, massa ?

— M'apportes-tu un message de M. Legrand ?

— Non, massa, je vous apporte une lettre que voici.

Et Jupiter me tendit un papier où je lus :

« Mon cher,

« Pourquoi donc ne vous ai-je pas vu depuis si long-temps ? J'espère que vous n'avez pas été assez enfant pour vous formaliser d'une petite brusquerie de ma part ; mais non, — cela est par trop improbable.

« Depuis que je vous ai vu, j'ai eu un grand sujet d'inquiétude. J'ai quelque chose à vous dire, mais à peine sais-je comment vous le dire. Sais-je même si je vous le dirai ?

« Je n'ai pas été tout à fait bien depuis quelques jours, et le pauvre vieux Jupiter m'ennuie insupportablement par toutes ses bonnes intentions et attentions. Le croiriez-vous ? Il avait, l'autre jour, préparé un gros bâton à l'effet de me châtier, pour lui avoir échappé et avoir passé la journée seul, au milieu des collines,

* Calembour. *I nose* pour *I know*. — *Je le sens* pour *Je le sais*. (C.B.)

sur le continent. Je crois vraiment que ma mauvaise mine m'a seule sauvé de la bastonnade.

« Je n'ai rien ajouté à ma collection depuis que nous nous sommes vus.

« Revenez avec Jupiter si vous le pouvez sans trop d'inconvénients. *Venez, venez.* Je désire vous voir ce soir pour affaire grave. Je vous assure que c'est de *la plus haute importance.*

« Votre tout dévoué,
« WILLIAM LEGRAND. »

Il y avait dans le ton de cette lettre quelque chose qui me causa une forte inquiétude. Ce style différait absolument du style habituel de Legrand. À quoi diable rêvait-il ? Quelle nouvelle lubie avait pris possession de sa trop excitable cervelle ? Quelle affaire de *si haute importance* pouvait-il avoir à accomplir ? Le rapport de Jupiter ne présageait rien de bon ; je tremblais que la pression continue de l'infortune n'eût, à la longue, singulièrement dérangé la raison de mon ami. Sans hésiter un instant, je me préparai donc à accompagner le nègre.

En arrivant au quai, je remarquai une faux et trois bêches, toutes également neuves, qui gisaient au fond du bateau dans lequel nous allions nous embarquer.

— Qu'est-ce que tout cela signifie, Jupiter ? demandai-je.

— Ça, c'est une faux, massa, et des bêches.

— Je le vois bien ; mais qu'est-ce que tout cela fait ici ?

— Massa Will m'a dit d'acheter pour lui cette faux et ces bêches à la ville, et je les ai payées bien cher ; cela nous coûte un argent de tous les diables.

— Mais au nom de tout ce qu'il y a de mystérieux, qu'est-ce que ton massa Will a à faire de faux et de bêches ?

— Vous m'en demandez plus que je ne sais ; lui-même, massa, n'en sait pas davantage ; le diable m'emporte si je n'en suis pas convaincu. Mais tout cela vient du scarabée.

Voyant que je ne pouvais tirer aucun éclaircissement de Jupiter dont tout l'entendement paraissait absorbé par le scarabée, je descendis dans le bateau et je déployai la voile. Une belle et forte brise nous poussa bien vite dans la petite anse au nord du fort Moultrie, et, après une promenade de deux milles environ, nous arrivâmes à la hutte. Il était à peu près trois heures de l'après-midi. Legrand nous attendait avec une vive impatience. Il me serra la main avec un empressement nerveux qui m'alarma et renforça mes soupçons naissants. Son visage était d'une pâleur spectrale, et ses yeux, naturellement fort enfoncés, brillaient d'un éclat surnaturel. Après quelques questions relatives à sa santé, je lui demandai, ne trouvant rien de mieux à dire, si le lieutenant G... lui avait enfin rendu son scarabée.

— Oh ! oui, répliqua-t-il en rougissant beaucoup ; je le lui ai repris le lendemain matin. Pour rien au monde je ne me séparerais de ce scarabée. Savez-vous bien que Jupiter a tout à fait raison à son égard ?

— En quoi ? demandai-je avec un triste pressentiment dans le cœur.

— En supposant que c'est un scarabée d'or véritable.

Il dit cela avec un sérieux profond, qui me fit indiciblement mal.

— Ce scarabée est destiné à faire ma fortune, continua-t-il avec un sourire de triomphe, à me réintégrer dans mes possessions de famille. Est-il donc étonnant que je le tienne en si haut prix ? Puisque la Fortune a jugé bon de me l'octroyer, je n'ai qu'à en user convenablement et j'arriverai jusqu'à l'or dont il est l'indice. Jupiter, apporte-le-moi.

— Quoi ? le scarabée, massa ? J'aime mieux n'avoir rien à démêler avec le scarabée ; vous saurez bien le prendre vous-même.

Là-dessus, Legrand se leva avec un air grave et imposant, et alla me chercher l'insecte sous un globe de verre où il était déposé. C'était un superbe scarabée, inconnu à cette époque aux naturalistes, et qui devait avoir un grand prix au point de vue scientifique. Il portait à l'une des extrémités du dos deux taches noires et rondes, et à l'autre une tache de forme allongée. Les élytres étaient excessivement dures et luisantes et avaient positivement l'aspect de l'or bruni. L'insecte était remarquablement lourd, et, tout bien considéré, je ne pouvais pas trop blâmer Jupiter de son opinion ; mais que Legrand s'entendît avec lui sur ce sujet, voilà ce qu'il m'était impossible de comprendre, et, quand il se serait agi de ma vie, je n'aurais pas trouvé le mot de l'énigme.

— Je vous ai envoyé chercher, dit-il d'un ton magnifique, quand j'eus achevé d'examiner l'insecte, je vous ai envoyé chercher pour vous demander conseil et assistance dans l'accomplissement des vues de la Destinée et du scarabée...

— Mon cher Legrand, m'écriai-je en l'interrompant, vous n'êtes certainement pas bien, et vous feriez beaucoup mieux de prendre quelques précautions. Vous allez vous mettre au lit, et je resterai auprès de vous quelques jours, jusqu'à ce que vous soyez rétabli. Vous avez la fièvre, et...

— Tâtez mon pouls, dit-il.

Je le tâtai, et, pour dire la vérité, je ne trouvai pas le plus léger symptôme de fièvre.

— Mais vous pourriez bien être malade sans avoir la fièvre. Permettez-moi, pour cette fois seulement, de faire le médecin avec vous. Avant toute chose, allez vous mettre au lit. Ensuite...

— Vous vous trompez, interrompit-il ; je suis aussi bien que je puis espérer de l'être dans l'état d'excitation que j'endure. Si réellement vous voulez me voir tout à fait bien, vous soulagerez cette excitation.

— Et que faut-il faire pour cela ?

— C'est très facile. Jupiter et moi nous partons pour une expédition dans les collines, sur le continent, et nous avons besoin de l'aide d'une personne en qui nous puissions absolument nous fier. Vous êtes cette personne unique. Que notre entreprise échoue ou réussisse, l'excitation que vous voyez en moi maintenant sera également apaisée.

— J'ai le vif désir de vous servir en toute chose, répliquai-je ; mais prétendez-vous dire que cet infernal scarabée ait quelque rapport avec votre expédition dans les collines ?

— Oui, certes.

— Alors, Legrand, il m'est impossible de coopérer à une entreprise aussi parfaitement absurde.

— J'en suis fâché, — très fâché, — car il nous faudra tenter l'affaire à nous seuls.

— À vous seuls ! Ah ! le malheureux est fou, à coup sûr ! — Mais, voyons, combien de temps durera votre absence ?

— Probablement toute la nuit. Nous allons partir immédiatement, et, dans tous les cas, nous serons de retour au lever du soleil.

— Et vous me promettez, sur votre honneur, que ce caprice passé, et l'affaire du scarabée — bon Dieu ! — vidée à votre satisfaction, vous rentrerez au logis, et que vous y suivrez exactement mes prescriptions, comme celles de votre médecin ?

— Oui, je vous le promets ; et maintenant partons, car nous n'avons pas de temps à perdre.

J'accompagnai mon ami, le cœur gros. À quatre heures, nous nous mîmes en route, Legrand, Jupiter, le chien et moi. Jupiter prit la faux et les bêches ; il insista pour s'en charger, plutôt, à ce qu'il me parut, par crainte de laisser un de ces instruments dans la main de son maître que par excès de zèle et de complaisance. Il était d'ailleurs d'une humeur de chien, et ces mots : *Damné scarabée !* furent les seuls qui lui échappèrent tout le long du voyage. J'avais, pour ma part, la charge de deux lanternes sourdes ; quant à Legrand, il s'était contenté du scarabée, qu'il portait attaché au bout d'un morceau de ficelle, et qu'il faisait tourner autour de lui, tout en marchant, avec des airs de magicien. Quand j'observais ce symptôme suprême de démence dans mon pauvre ami, je pouvais à peine retenir mes larmes. Je

pensai toutefois qu'il valait mieux épouser sa fantaisie, au moins pour le moment, ou jusqu'à ce que je
pusse prendre quelques mesures énergiques avec chance
de succès. Cependant, j'essayais, mais fort inutilement,
de le sonder relativement au but de l'expédition. Il avait
réussi à me persuader de l'accompagner, et semblait
désormais peu disposé à lier conversation sur un sujet
d'une si maigre importance. À toutes mes questions,
il ne daignait répondre que par un « Nous verrons
bien ! ».

Nous traversâmes dans un esquif la crique à la pointe
de l'île, et, grimpant sur les terrains montueux de la
rive opposée, nous nous dirigeâmes vers le nord-ouest,
à travers un pays horriblement sauvage et désolé, où
il était impossible de découvrir la trace d'un pied
humain. Legrand suivait sa route avec décision, s'arrê-
tant seulement de temps en temps pour consulter certaines indications qu'il paraissait avoir laissées lui-
même dans une occasion précédente.

Nous marchâmes ainsi deux heures environ, et le
soleil était au moment de se coucher quand nous entrâ-
mes dans une région infiniment plus sinistre que tout
ce que nous avions vu jusqu'alors. C'était une espèce
de plateau près du sommet d'une montagne affreusement escarpée, couverte de bois de la base au sommet,
et semée d'énormes blocs de pierre qui semblaient éparpillés pêle-mêle sur le sol, et dont plusieurs se seraient
infailliblement précipités dans les vallées inférieures
sans le secours des arbres contre lesquels ils
s'appuyaient. De profondes ravines irradiaient dans
diverses directions et donnaient à la scène un caractère
de solennité plus lugubre.

La plate-forme naturelle sur laquelle nous étions
grimpés était si profondément encombrée de ronces que
nous vîmes bien que, sans la faux, il nous eût été impossible de nous frayer un passage. Jupiter, d'après les
ordres de son maître, commença à nous éclaircir un
chemin jusqu'au pied d'un tulipier gigantesque qui se
dressait, en compagnie de huit ou dix chênes, sur la

plate-forme, et les surpassait tous, ainsi que tous les arbres que j'avais vus jusqu'alors, par la beauté de sa forme et de son feuillage, par l'immense développement de son branchage et par la majesté générale de son aspect. Quand nous eûmes atteint cet arbre, Legrand se tourna vers Jupiter, et lui demanda s'il se croyait capable d'y grimper. Le pauvre vieux parut légèrement étourdi par cette question, et resta quelques instants sans répondre. Cependant, il s'approcha de l'énorme tronc, en fit lentement le tour et l'examina avec une attention minutieuse. Quand il eut achevé son examen, il dit simplement :

— Oui, massa ; Jup n'a pas vu d'arbre où il ne puisse grimper.

— Alors, monte ; allons, allons ! et rondement ! car il fera bientôt trop noir pour voir ce que nous faisons.

— Jusqu'où faut-il monter, massa ? demanda Jupiter.

— Grimpe d'abord sur le tronc, et puis je te dirai quel chemin tu dois suivre. — Ah ! un instant ! — prends ce scarabée avec toi.

— Le scarabée, massa Will ! — le scarabée d'or ! cria le nègre reculant de frayeur ; pourquoi donc faut-il que je porte avec moi ce scarabée sur l'arbre ? Que je sois damné si je le fais !

— Jup, si vous avez peur, vous, un grand nègre, un gros et fort nègre, de toucher à un petit insecte mort et inoffensif, eh bien, vous pouvez l'emporter avec cette ficelle ; — mais, si vous ne l'emportez pas avec vous d'une manière ou d'une autre, je serai dans la cruelle nécessité de vous fendre la tête avec cette bêche.

— Mon Dieu ! qu'est-ce qu'il y a donc, massa ? dit Jup, que la honte rendait évidemment plus complaisant ; il faut toujours que vous cherchiez noise à votre vieux nègre. C'est une farce, voilà tout. Moi, avoir peur du scarabée ! je m'en soucie bien, du scarabée !

Et il prit avec précaution l'extrême bout de la corde, et, maintenant l'insecte aussi loin de sa personne que les circonstances le permettaient, il se mit en devoir de grimper à l'arbre.

Dans sa jeunesse, le tulipier, ou *liriodendron tulipi-ferum*, le plus magnifique des forestiers américains, a un tronc singulièrement lisse et s'élève souvent à une grande hauteur sans pousser de branches latérales ; mais, quand il arrive à sa maturité, l'écorce devient rugueuse et inégale, et de petits rudiments de branches se manifestent en grand nombre sur le tronc. Aussi l'escalade, dans le cas actuel, était beaucoup plus difficile en apparence qu'en réalité. Embrassant de son mieux l'énorme cylindre avec ses bras et ses genoux, empoignant avec les mains quelques-unes des pousses, appuyant ses pieds nus sur les autres, Jupiter, après avoir failli tomber une ou deux fois, se hissa à la longue jusqu'à la première grande fourche, et sembla dès lors regarder la besogne comme virtuellement accomplie. En effet, le risque principal de l'entreprise avait disparu, bien que le brave nègre se trouvât à soixante ou soixante-dix pieds du sol.

— De quel côté faut-il que j'aille maintenant, massa Will ? demanda-t-il.

— Suis toujours la plus grosse branche, celle de ce côté, dit Legrand.

Le nègre lui obéit promptement, et apparemment sans trop de peine ; il monta, monta toujours plus haut, de sorte qu'à la fin sa personne rampante et ramassée disparut dans l'épaisseur du feuillage ; il était tout à fait invisible. Alors, sa voix lointaine se fit entendre ; il criait :

— Jusqu'où faut-il monter encore ?

— À quelle hauteur es-tu ? demanda Legrand.

— Si haut, si haut, répliqua le nègre, que je peux voir le ciel à travers le sommet de l'arbre.

— Ne t'occupe pas du ciel, mais fais attention à ce que je te dis. Regarde le tronc, et compte les branches au-dessous de toi, de ce côté. Combien de branches as-tu passées ?

— Une, deux, trois, quatre, cinq ; — j'ai passé cinq grosses branches, massa, de ce côté-ci.

— Alors, monte encore d'une branche.

Au bout de quelques minutes, sa voix se fit entendre de nouveau. Il annonçait qu'il avait atteint la septième branche.

— Maintenant, Jup, cria Legrand, en proie à une agitation manifeste, il faut que tu trouves le moyen de t'avancer sur cette branche aussi loin que tu pourras. Si tu vois quelque chose de singulier, tu me le diras.

Dès lors, les quelques doutes que j'avais essayé de conserver relativement à la démence de mon pauvre ami disparurent complètement. Je ne pouvais plus ne pas le considérer comme frappé d'aliénation mentale, et je commençai à m'inquiéter sérieusement des moyens de le ramener au logis. Pendant que je méditais sur ce que j'avais de mieux à faire, la voix de Jupiter se fit entendre de nouveau.

— J'ai bien peur de m'aventurer un peu loin sur cette branche ; — c'est une branche morte presque dans toute sa longueur.

— Tu dis bien que c'est une branche morte, Jupiter ? cria Legrand d'une voix tremblante d'émotion.

— Oui, massa, morte comme un vieux clou de porte, c'est une affaire faite, — elle est bien morte, tout à fait sans vie.

— Au nom du ciel, que faire ? demanda Legrand qui semblait en proie à un vrai désespoir.

— Que faire ? dis-je, heureux de saisir l'occasion pour placer un mot raisonnable : retourner au logis et nous aller coucher. Allons, venez ! — Soyez gentil, mon camarade. — Il se fait tard, et puis souvenez-vous de votre promesse.

— Jupiter, criait-il, sans m'écouter le moins du monde, m'entends-tu ?

— Oui, massa Will, je vous entends parfaitement.

— Entame donc le bois avec ton couteau, et dis-moi si tu le trouves bien pourri.

— Pourri, massa, assez pourri, répliqua bientôt le nègre, mais pas aussi pourri qu'il pourrait l'être. Je pourrais m'aventurer un peu plus sur la branche, mais moi seul.

— Toi seul ! — qu'est-ce que tu veux dire ?

— Je veux parler du scarabée. Il est bien lourd, le scarabée. Si je le lâchais d'abord, la branche porterait bien, sans casser, le poids d'un nègre tout seul.

— Infernal coquin ! cria Legrand, qui avait l'air fort soulagé, quelles sottises me chantes-tu là ? Si tu laisses tomber l'insecte, je te tords le cou. Fais-y attention, Jupiter ; — tu m'entends, n'est-ce pas ?

— Oui, massa, ce n'est pas la peine de traiter comme ça un pauvre nègre.

— Eh bien, écoute-moi, maintenant ! Si tu te hasardes sur la branche aussi loin que tu pourras le faire sans danger et sans lâcher le scarabée, je te ferai cadeau d'un dollar d'argent aussitôt que tu seras descendu.

— J'y vais, massa Will, — m'y voilà, répliqua lestement le nègre, je suis presque au bout.

— Au bout ! cria Legrand, très radouci. Veux-tu dire que tu es au bout de cette branche ?

— Je suis bientôt au bout, massa ; — oh ! oh ! oh ! Seigneur Dieu ! miséricorde ! qu'y a-t-il sur l'arbre ?

— Eh bien, cria Legrand, au comble de la joie, qu'est-ce qu'il y a ?

— Eh ! ce n'est rien qu'un crâne ; — quelqu'un a laissé sa tête sur l'arbre, et les corbeaux ont becqueté toute la viande.

— Un crâne, dis-tu ? — Très bien ! — Comment est-il attaché à la branche ? — qu'est-ce qui le retient ?

— Oh ! il tient bien — mais il faut voir. — Ah ! c'est une drôle de chose, sur ma parole ; — il y a un gros clou dans le crâne, qui le retient à l'arbre.

— Bien ! maintenant, Jupiter, fais exactement ce que je vais te dire ! — tu m'entends ?

— Oui, massa.

— Fais bien attention ! — trouve l'œil gauche du crâne.

— Oh ! oh ! voilà qui est drôle ! il n'y a pas d'œil gauche du tout.

— Maudite stupidité ! Sais-tu distinguer ta main droite de ta main gauche ?

— Oui, je sais, — je sais tout cela ; ma main gauche est celle avec laquelle je fends le bois.

— Sans doute, tu es gaucher ; et ton œil gauche est du même côté que ta main gauche. Maintenant, je suppose, tu peux trouver l'œil gauche du crâne, ou la place où était l'œil gauche. As-tu trouvé ?

Il y eut ici une longue pause. Enfin le nègre demanda :

— L'œil gauche du crâne est aussi du même côté que la main gauche du crâne ? — Mais le crâne n'a pas de mains du tout ! — Cela ne fait rien ! j'ai trouvé l'œil gauche, — voilà l'œil gauche ! Que faut-il faire, maintenant ?

— Laisser filer le scarabée à travers, aussi loin que la ficelle peut aller ; mais prends bien garde de lâcher le bout de la corde.

— Voilà qui est fait, massa Will ; c'était chose facile de faire passer le scarabée par le trou ; — tenez, voyez-le descendre.

Pendant tout ce dialogue, la personne de Jupiter était restée invisible ; mais l'insecte qu'il laissait filer apparaissait maintenant au bout de la ficelle, et brillait comme une boule d'or brunie aux derniers rayons du soleil couchant, dont quelques-uns éclairaient encore faiblement l'éminence où nous étions placés. Le scarabée en descendant émergeait des branches, et, si Jupiter l'avait laissé tomber, il serait tombé à nos pieds. Legrand prit immédiatement la faux et éclaircit un espace circulaire de trois ou quatre yards de diamètre, juste au-dessous de l'insecte, et, ayant achevé cette besogne, ordonna à Jupiter de lâcher la corde et de descendre de l'arbre.

Avec un soin scrupuleux, mon ami enfonça dans la terre une cheville, à l'endroit précis où le scarabée était tombé et tira de sa poche un ruban à mesurer. Il l'attacha par un bout à l'endroit du tronc de l'arbre qui était le plus près de la cheville, le déroula jusqu'à la cheville, et continua ainsi à le dérouler dans la direction donnée par ces deux points, — la cheville et le tronc, —

jusqu'à la distance de cinquante pieds. Pendant ce
temps, Jupiter nettoyait les ronces avec la faux. Au
point ainsi trouvé, il enfonça une seconde cheville, qu'il
prit comme centre, et autour duquel il décrivit grossièrement un cercle de quatre pieds de diamètre environ.
Il s'empara alors d'une bêche, en donna une à Jupiter, une à moi, et nous pria de creuser aussi vivement
que possible.

Pour parler franchement, je n'avais jamais eu beaucoup de goût pour un pareil amusement, et, dans le cas
présent, je m'en serais bien volontiers passé ; car la nuit
s'avançait, et je me sentais passablement fatigué de
l'exercice que j'avais déjà pris ; mais je ne voyais aucun
moyen de m'y soustraire, et je tremblais de troubler
par un refus la prodigieuse sérénité de mon pauvre ami.
Si j'avais pu compter sur l'aide de Jupiter, je n'aurais
pas hésité à ramener par la force notre fou chez lui ;
mais je connaissais trop bien le caractère du vieux nègre
pour espérer son assistance, dans le cas d'une lutte personnelle avec son maître et dans n'importe quelle circonstance. Je ne doutais pas que Legrand n'eût le
cerveau infecté de quelqu'une des innombrables superstitions du Sud relatives aux trésors enfouis, et que cette
imagination n'eût été confirmée par la trouvaille du scarabée, ou peut-être même par l'obstination de Jupiter
à soutenir que c'était un scarabée d'or véritable. Un
esprit tourné à la folie pouvait bien se laisser entraîner
par de pareilles suggestions, surtout quand elles s'accordaient avec ses idées favorites préconçues ; puis je me
rappelais le discours du pauvre garçon relativement au
scarabée, *indice de sa fortune !* Par-dessus tout j'étais
cruellement tourmenté et embarrassé ; mais enfin je
résolus de faire contre fortune bon cœur et de bêcher
de bonne volonté, pour convaincre mon visionnaire le
plus tôt possible, par une démonstration oculaire, de
l'inanité de ses rêveries.

Nous allumâmes les lanternes, et nous attaquâmes
notre besogne avec un ensemble et un zèle dignes d'une
cause plus rationnelle ; et, comme la lumière tombait

sur nos personnes et nos outils, je ne pus m'empêcher
de songer que nous composions un groupe vraiment
pittoresque, et que, si quelque intrus était tombé par
hasard au milieu de nous, nous lui aurions apparu
comme faisant une besogne bien étrange et bien
suspecte.

Nous creusâmes ferme deux heures durant. Nous
parlions peu. Notre principal embarras était causé par
les aboiements du chien, qui prenait un intérêt excessif à nos travaux. À la longue, il devint tellement tur-
bulent que nous craignîmes qu'il ne donnât l'alarme
à quelques rôdeurs du voisinage, — ou, plutôt, c'était
la grande appréhension de Legrand, — car, pour mon
compte, je me serais réjoui de toute interruption qui
m'aurait permis de ramener mon vagabond à la maison. À la fin, le vacarme fut étouffé grâce à Jupiter,
qui, s'élançant hors du trou avec un air furieusement
décidé, musela la gueule de l'animal avec une de ses
bretelles et puis retourna à sa tâche avec un petit rire
de triomphe très grave.

Les deux heures écoulées, nous avions atteint une
profondeur de cinq pieds, et aucun indice de trésor ne
se montrait. Nous fîmes une pause générale, et je commençais à espérer que la farce touchait à sa fin. Cependant Legrand, quoique évidemment très déconcerté,
s'essuya le front d'un air pensif et reprit sa bêche. Notre
trou occupait déjà toute l'étendue du cercle de quatre
pieds de diamètre ; nous entamâmes légèrement cette
limite, et nous creusâmes encore de deux pieds. Rien
n'apparut. Mon chercheur d'or, dont j'avais sérieusement pitié, sauta enfin du trou avec le plus affreux
désappointement écrit sur le visage, et se décida, lentement et comme à regret, à reprendre son habit qu'il
avait ôté avant de se mettre à l'ouvrage. Pour moi, je
me gardai bien de faire aucune remarque. Jupiter, à
un signal de son maître, commença à rassembler les
outils. Cela fait, et le chien étant démuselé, nous reprîmes notre chemin dans un profond silence.

Nous avions peut-être fait une douzaine de pas,

quand Legrand, poussant un terrible juron, sauta sur Jupiter et l'empoigna au collet. Le nègre stupéfait ouvrit les yeux et la bouche dans toute leur ampleur, lâcha les bêches et tomba sur les genoux.

— Scélérat ! criait Legrand en faisant siffler les syllabes entre ses dents, infernal noir ! gredin de noir ! — parle, te dis-je ! — réponds-moi à l'instant, et surtout ne prévarique pas ! — Quel est, quel est ton œil gauche ?

— Ah ! miséricorde, massa Will ! n'est-ce pas, pour sûr, mon œil gauche ? rugissait Jupiter épouvanté, plaçant sa main sur l'organe *droit* de la vision, et l'y maintenant avec l'opiniâtreté du désespoir, comme s'il eût craint que son maître ne voulût le lui arracher.

— Je m'en doutais ! — je le savais bien ! hourra ! vociféra Legrand, en lâchant le nègre et en exécutant une série de gambades et de cabrioles, au grand étonnement de son domestique, qui, en se relevant, promenait, sans mot dire, ses regards de son maître à moi et de moi à son maître.

— Allons, il nous faut retourner, dit celui-ci ; la partie n'est pas perdue.

Et il reprit son chemin vers le tulipier.

— Jupiter, dit-il quand nous fûmes arrivés au pied de l'arbre, viens ici ! Le crâne est-il cloué à la branche avec la face tournée à l'extérieur ou tournée contre la branche ?

— La face est tournée à l'extérieur, massa, de sorte que les corbeaux ont pu manger les yeux sans aucune peine.

— Bien. Alors, est-ce par cet œil-ci ou par celui-là que tu as fait couler le scarabée ?

Et Legrand touchait alternativement les deux yeux de Jupiter.

— Par cet œil-ci, massa, — par l'œil gauche, — juste comme vous me l'aviez dit.

Et c'était encore son œil droit qu'indiquait le pauvre nègre !

— Allons, allons ! il nous faut recommencer.

Alors, mon ami, dans la folie duquel je voyais maintenant, ou croyais voir certains indices de méthode, reporta la cheville qui marquait l'endroit où le scarabée était tombé, à trois pouces vers l'ouest de sa première position. Étalant de nouveau son cordeau du point le plus rapproché du tronc jusqu'à la cheville, comme il avait déjà fait, et continuant à l'étendre en ligne droite à une distance de cinquante pieds, il marqua un nouveau point éloigné de plusieurs yards de l'endroit où nous avions précédemment creusé.

Autour de ce nouveau centre, un cercle fut tracé, un peu plus large que le premier, et nous nous mîmes derechef à jouer de la bêche. J'étais effroyablement fatigué ; mais, sans me rendre compte de ce qui occasionnait un changement dans ma pensée, je ne sentais plus une aussi grande aversion pour le labeur qui m'était imposé. Je m'y intéressais inexplicablement ; je dirai plus, je me sentais excité. Peut-être y avait-il dans toute l'extravagante conduite de Legrand un certain air délibéré, une certaine allure prophétique qui m'impressionnaient moi-même. Je bêchais ardemment et de temps à autre je me surprenais cherchant, pour ainsi dire, des yeux, avec un sentiment qui ressemblait à de l'attente, ce trésor imaginaire dont la vision avait affolé mon infortuné camarade. Dans un de ces moments où ces rêvasseries s'étaient plus singulièrement emparées de moi, et comme nous avions déjà travaillé une heure et demie à peu près, nous fûmes de nouveau interrompus par les violents hurlements du chien. Son inquiétude, dans le premier cas, n'était évidemment que le résultat d'un caprice ou d'une gaieté folle ; mais, cette fois, elle prenait un ton plus violent et plus caractérisé. Comme Jupiter s'efforçait de nouveau de le museler, il fit une résistance furieuse, et, bondissant dans le trou, il se mit à gratter frénétiquement la terre avec ses griffes. En quelques secondes, il avait découvert une masse d'ossements humains formant deux squelettes complets et mêlés de plusieurs boutons de métal, avec quelque chose qui nous parut être de la

vieille laine pourrie et émiettée. Un ou deux coups de
bêche firent sauter la lame d'un grand couteau espagnol ; nous creusâmes encore, et trois ou quatre pièces
de monnaie d'or et d'argent apparurent éparpillées.

À cette vue, Jupiter put à peine contenir sa joie, mais
la physionomie de son maître exprima un affreux
désappointement. Il nous supplia toutefois de continuer
nos efforts, et à peine avait-il fini de parler que je tré-
buchai et tombai en avant ; la pointe de ma botte s'était
engagée dans un gros anneau de fer qui gisait à moitié
enseveli sous un amas de terre fraîche.

Nous nous remîmes au travail avec une ardeur nouvelle ; jamais je n'ai passé dix minutes dans une aussi
vive exaltation. Durant cet intervalle, nous déterrâmes
complètement un coffre de forme oblongue, qui, à en
juger par sa parfaite conservation et son étonnante
dureté, avait été évidemment soumis à quelque procédé
de minéralisation, — peut-être au bichlorure de mercure. Ce coffre avait trois pieds et demi de long, trois
de large et deux et demi de profondeur. Il était solidement maintenu par des lames de fer forgé, rivées et formant tout autour une espèce de treillage. De chaque
côté du coffre, près du couvercle, étaient trois anneaux
de fer, six en tout, au moyen desquels six personnes
pouvaient s'en emparer. Tous nos efforts réunis ne
réussirent qu'à le déranger légèrement de son lit. Nous
vîmes tout de suite l'impossibilité d'emporter un si
énorme poids. Par bonheur, le couvercle n'était retenu
que par deux verrous que nous fîmes glisser, — tremblants et pantelants d'anxiété. En un instant, un trésor d'une valeur incalculable s'épanouit, étincelant,
devant nous. Les rayons des lanternes tombaient dans
la fosse, et faisaient jaillir d'un amas confus d'or et
de bijoux des éclairs et des splendeurs qui nous écla-
boussaient positivement les yeux.

Je n'essayerai pas de décrire les sentiments avec
lesquels je contemplais ce trésor. La stupéfaction,
comme on peut le supposer, dominait tous les autres.
Legrand paraissait épuisé par son excitation même,

et ne prononça que quelques paroles. Quant à Jupiter, sa figure devint aussi mortellement pâle que cela est possible à une figure de nègre. Il semblait stupéfié, foudroyé. Bientôt, il tomba sur ses genoux dans la fosse, et plongeant ses bras nus dans l'or jusqu'au coude, il les y laissa longtemps, comme s'il jouissait des voluptés d'un bain. Enfin, il s'écria avec un profond soupir, comme se parlant à lui-même :

— Et tout cela vient du scarabée d'or ? Le joli scarabée d'or ! le pauvre petit scarabée d'or que j'injuriais, que je calomniais ! N'as-tu pas honte de toi, vilain nègre ? — hein, qu'as-tu à répondre ?

Il fallut que je réveillasse, pour ainsi dire, le maître et le valet, et que je leur fisse comprendre qu'il y avait urgence à emporter le trésor. Il se faisait tard, et il nous fallait déployer quelque activité si nous voulions que tout fût en sûreté chez nous avant le jour. Nous ne savions quel parti prendre, et nous perdions beaucoup de temps en délibérations, tant nous avions les idées en désordre. Finalement, nous allégeâmes le coffre en enlevant les deux tiers de son contenu, et nous pûmes enfin, mais non sans peine encore, l'arracher de son trou. Les objets que nous en avions tirés furent déposés parmi les ronces, et confiés à la garde du chien, à qui Jupiter enjoignit strictement de ne bouger sous aucun prétexte, et de ne pas même ouvrir la bouche jusqu'à notre retour. Alors, nous nous mîmes précipitamment en route avec le coffre ; nous atteignîmes la hutte sans accident, mais après une fatigue effroyable et à une heure du matin. Épuisés comme nous l'étions, nous ne pouvions immédiatement nous remettre à la besogne, c'eût été dépasser les forces de la nature. Nous nous reposâmes jusqu'à deux heures, puis nous soupâmes ; enfin, nous nous remîmes en route pour les montagnes, munis de trois gros sacs que nous trouvâmes par bonheur dans la hutte. Nous arrivâmes un peu avant quatre heures à notre fosse, nous nous partageâmes aussi également que possible le reste du butin, et, sans nous donner la peine de combler le trou, nous nous remîmes en marche vers notre case, où nous déposâmes pour la seconde fois nos précieux fardeaux, juste comme les premières bandes de l'aube apparaissaient à l'est, au-dessus de la cime des arbres.

Nous étions absolument brisés ; mais la profonde excitation actuelle nous refusa le repos. Après un sommeil inquiet de trois ou quatre heures, nous nous levâmes, comme si nous nous étions concertés, pour procéder à l'examen du trésor.

Le coffre avait été rempli jusqu'aux bords, et nous passâmes toute la journée et la plus grande partie de la nuit suivante à inventorier son contenu. On n'y avait mis aucune espèce d'ordre ni d'arrangement ; tout y avait été empilé pêle-mêle. Quand nous eûmes fait soigneusement un classement général, nous nous trouvâmes en possession d'une fortune qui dépassait tout ce que nous avions supposé. Il y avait en espèces plus de 450 000 dollars, — en estimant la valeur des pièces aussi rigoureusement que possible d'après les tables de l'époque. Dans tout cela, pas une parcelle d'argent. Tout était en or de vieille date et d'une grande variété : monnaies française, espagnole et allemande, quelques guinées anglaises, et quelques jetons dont nous n'avions jamais vu aucun modèle. Il y avait plusieurs pièces de monnaie, très grandes et très lourdes, mais si usées qu'il nous fut impossible de déchiffrer les inscriptions. Aucune monnaie américaine. Quant à l'estimation des bijoux, ce fut une affaire un peu plus difficile. Nous trouvâmes des diamants, dont quelques-uns très beaux et d'une grosseur singulière, — en tout, cent dix, dont pas un n'était petit ; dix-huit rubis d'un éclat remarquable ; trois cent dix émeraudes, toutes très belles ; vingt et un saphirs et une opale. Toutes ces pierres avaient été arrachées de leurs montures et jetées pêle-mêle dans le coffre. Quant aux montures elles-mêmes, dont nous fîmes une catégorie distincte de l'autre or, elles paraissaient avoir été broyées à coups de marteau comme pour rendre toute reconnaissance impossible. Outre tout cela, il y avait une énorme quantité d'ornements en or massif ; — près de deux cents bagues ou boucles d'oreilles massives ; de belles chaînes, au nombre de trente, si j'ai bonne mémoire ; quatre-vingt-trois crucifix très grands et très lourds ; cinq encensoirs d'or d'un grand prix ; un gigantesque bol à punch en or, orné de feuilles de vigne et de figures de bacchantes largement ciselées ; deux poignées d'épée merveilleusement travaillées, et une foule d'autres articles plus petits et dont j'ai perdu le souvenir. Le poids de toutes ces valeurs dépassait 350 livres ; et dans cette estimation j'ai omis cent quatre-vingt-dix-sept montres d'or superbes, dont trois valaient chacune cinq cents dollars. Plusieurs étaient très vieilles, et sans aucune valeur comme pièces d'horlogerie, les mouvements ayant plus ou moins souffert de l'action corrosive de la terre ; mais toutes étaient magnifiquement ornées de pierreries, et les boîtes étaient d'un grand prix. Nous évaluâmes cette nuit le contenu total du coffre à un million et demi de dollars ; et, lorsque plus tard nous disposâmes des bijoux et des pierreries, — après en avoir gardé quelques-uns pour notre usage personnel, — nous trouvâmes que nous avions singulièrement sous-évalué le trésor.

Lorsque nous eûmes enfin terminé notre inventaire et que notre terrible exaltation fut en grande partie apaisée, Legrand, qui voyait que je mourais d'impatience de posséder la solution de cette prodigieuse énigme, entra dans un détail complet de toutes les circonstances qui s'y rapportaient.

— Vous vous rappelez, dit-il, le soir où je vous fis passer la grossière esquisse que j'avais faite du scarabée. Vous vous souvenez aussi que je fus passablement choqué de votre insistance à me soutenir que mon dessin ressemblait à une tête de mort. La première fois que vous lâchâtes cette assertion, je crus que vous plaisantiez ; ensuite je me rappelai les taches particulières sur le dos de l'insecte, et je reconnus en moi-même que votre remarque avait en somme quelque fondement. Toutefois, votre ironie à l'endroit de mes facultés graphiques m'irritait, car on me regarde comme un artiste

fort passable ; aussi, quand vous me tendîtes le morceau de parchemin, j'étais au moment de le froisser avec
humeur et de le jeter dans le feu.

— Vous voulez parler du morceau de *papier*, dis-je.

— Non ; cela avait toute l'apparence du papier, et,
moi-même, j'avais d'abord supposé que c'en était ;
mais, quand je voulus dessiner dessus, je découvris tout
de suite que c'était un morceau de parchemin très
mince. Il était fort sale, vous vous le rappelez. Au
moment même où j'allais le chiffonner, mes yeux
tombèrent sur le dessin que vous aviez regardé et vous
pouvez concevoir quel fut mon étonnement quand
j'aperçus l'image positive d'une tête de mort à l'endroit
même où j'avais cru dessiner un scarabée. Pendant un
moment, je me sentis trop étourdi pour penser avec
rectitude. Je savais que mon croquis différait de ce nouveau dessin par tous ses détails, bien qu'il y eût une
certaine analogie dans le contour général. Je pris alors
une chandelle, et, m'asseyant à l'autre bout de la
chambre, je procédai à une analyse plus attentive du
parchemin. En le retournant, je vis ma propre esquisse
sur le revers, juste comme je l'avais faite. Ma première
impression fut simplement de la surprise ; il y avait une
analogie réellement remarquable dans le contour, et
c'était une coïncidence singulière que ce fait de l'image
d'un crâne, inconnue à moi, occupant l'autre côté du
parchemin immédiatement au-dessous de mon dessin
du scarabée, — et d'un crâne qui ressemblait si exactement à mon dessin, non seulement par le contour,
mais aussi par la dimension. Je dis que la singularité
de cette coïncidence me stupéfia positivement pour un
instant. C'est l'effet ordinaire de ces sortes de coïncidences. L'esprit s'efforce d'établir un rapport, une liai-
son de cause à effet, — et, se trouvant impuissant à
y réussir, subit une espèce de paralysie momentanée.
Mais, quand je revins de cette stupeur, je sentis luire
en moi par degrés une conviction qui me frappa bien
autrement encore que cette coïncidence. Je commençai à me rappeler dictinctement, positivement qu'il n'y

avait aucun dessin sur le parchemin quand j'y fis mon croquis du scarabée. J'en acquis la parfaite certitude ; car je me souvins de l'avoir tourné et retourné en cherchant l'endroit le plus propre. Si le crâne avait été visible, je l'aurais infailliblement remarqué. Il y avait réellement là un mystère que je me sentais incapable de débrouiller ; mais, dès ce moment même, il me sembla voir prématurément poindre une faible lueur dans les régions les plus profondes et les plus secrètes de mon entendement, une espèce de ver luisant intellectuel, une conception embryonnaire de la vérité, dont notre aventure de l'autre nuit nous a fourni une si splendide démonstration. Je me levai décidément, et, serrant soigneusement le parchemin, je renvoyai toute réflexion ultérieure jusqu'au moment où je pourrais être seul.

« Quand vous fûtes parti et quand Jupiter fut bien endormi, je me livrai à une investigation un peu plus méthodique de la chose. Et d'abord je voulus comprendre de quelle manière ce parchemin était tombé dans mes mains. L'endroit où nous découvrîmes le scarabée était sur la côte du continent, à un mille environ à l'est de l'île, mais à une petite distance au-dessus du niveau de la marée haute. Quand je m'en emparai, il me mordit cruellement, et je le lâchai. Jupiter, avec sa prudence accoutumée, avant de prendre l'insecte, qui s'était envolé de son côté, chercha autour de lui une feuille ou quelque chose d'analogue avec quoi il pût s'en emparer. Ce fut en ce moment que ses yeux et les miens tombèrent sur le morceau de parchemin, que je pris alors pour du papier. Il était à moitié enfoncé dans le sable, avec un coin en l'air. Près de l'endroit où nous le trouvâmes, j'observai les restes d'une coque de grande embarcation, autant du moins que j'en pus juger. Ces débris de naufrage étaient là probablement depuis bien longtemps, car à peine pouvait-on y trouver la physionomie d'une charpente de bateau.

« Jupiter ramassa donc le parchemin, enveloppa l'insecte et me le donna. Peu de temps après, nous reprîmes le chemin de la hutte, et nous rencontrâmes le lieu-

tenant G... Je lui montrai l'insecte, et il me pria de lui
permettre de l'emporter au fort. J'y consentis, et il le
fourra dans la poche de son gilet sans le parchemin qui
lui servait d'enveloppe, et que je tenais toujours à la
main pendant qu'il examinait le scarabée. Peut-être eut-
il peur que je ne changeasse d'avis, et jugea-t-il prudent de s'assurer d'abord de sa prise ; vous savez qu'il
est fou d'histoire naturelle et de tout ce qui s'y ratta-
che. Il est évident qu'alors, sans y penser, j'ai remis
le parchemin dans ma poche.

« Vous vous rappelez que, lorsque je m'assis à la
table pour faire un croquis du scarabée, je ne trouvai
pas de papier à l'endroit où on le met ordinairement.
Je regardai dans le tiroir, il n'y en avait point. Je
cherchais dans mes poches, espérant trouver une vieille
lettre, quand mes doigts rencontrèrent le parchemin.
Je vous détaille minutieusement toute la série de circonstances qui l'ont jeté dans mes mains ; car toutes
ces circonstances ont singulièrement frappé mon esprit.

« Sans aucun doute, vous me considérerez comme
un rêveur, — mais j'avais déjà établi une espèce de
connexion. J'avais uni deux anneaux d'une grande
chaîne. Un bateau échoué à la côte, et non loin de ce
bateau un parchemin, — non *pas un papier*, — portant l'image d'un crâne. Vous allez naturellement me
demander où est le rapport ? Je répondrai que le crâne
ou la tête de mort est l'emblème bien connu des pirates. Ils ont toujours, dans tous leurs engagements, hissé
le pavillon à tête de mort.

« Je vous ai dit que c'était un morceau de parchemin et non pas de papier. Le parchemin est une chose
durable, presque impérissable. On confie rarement au
parchemin des documents d'une minime importance,
puisqu'il répond beaucoup moins bien que le papier aux
besoins ordinaires de l'écriture et du dessin. Cette
réflexion m'induisit à penser qu'il devait y avoir dans
la tête de mort quelque rapport, quelque sens singulier. Je ne faillis pas non plus à remarquer la forme du
parchemin. Bien que l'un des coins eût été détruit par

quelque accident, on voyait bien que la forme primitive était oblongue. C'était donc une de ces bandes qu'on choisit pour écrire, pour consigner un document important, une note qu'on veut conserver longtemps et soigneusement.

— Mais, interrompis-je, vous dites que le crâne n'était pas sur le parchemin quand vous y dessinâtes le scarabée. Comment donc pouvez-vous établir un rapport entre le bateau et le crâne, — puisque ce dernier, d'après votre propre aveu, a dû être dessiné — Dieu sait comment ou par qui ! — postérieusement à votre dessin du scarabée ?

— Ah ! c'est là-dessus que roule tout le mystère ; bien que j'aie eu comparativement peu de peine à résoudre ce point de l'énigme. Ma marche était sûre, et ne pouvait me conduire qu'à un seul résultat. Je raisonnais ainsi, par exemple : quand je dessinai mon scarabée, il n'y avait pas trace de crâne sur le parchemin ; quand j'eus fini mon dessin, je vous le fis passer, et je ne vous perdis pas de vue que vous ne me l'eussiez rendu. Conséquemment ce n'était pas vous qui aviez dessiné le crâne, et il n'y avait là aucune autre personne pour le faire. Il n'avait donc pas été créé par l'action humaine ; et cependant, il était là, sous mes yeux !

« Arrivé à ce point de mes réflexions, je m'appliquai à me rappeler et je me rappelai en effet, et avec une parfaite exactitude, tous les incidents survenus dans l'intervalle en question. La température était froide, — oh ! l'heureux, le rare accident ! — et un bon feu flambait dans la cheminée. J'étais suffisamment réchauffé par l'exercice, et je m'assis près de la table. Vous, cependant, vous aviez tourné votre chaise tout près de la cheminée. Juste au moment où je vous mis le parchemin dans la main, et comme vous alliez l'examiner, Wolf, mon terre-neuve, entra et vous sauta sur les épaules. Vous le caressiez avec la main gauche, et vous cherchiez à l'écarter, en laissant tomber nonchalamment votre main droite, celle qui tenait le parchemin, entre vos genoux et tout près du feu. Je crus un moment que la flamme allait l'atteindre, et j'allais vous dire de prendre garde ; mais, avant que j'eusse parlé, vous l'aviez retiré, et vous vous étiez mis à l'examiner. Quand j'eus bien considéré toutes ces circonstances, je ne doutai pas un instant que la chaleur n'eût été l'agent qui avait fait apparaître sur le parchemin le crâne dont je voyais l'image. Vous savez bien qu'il y a — il y en a eu de tout temps — des préparations chimiques, au moyen desquelles on peut écrire sur du papier ou sur du vélin des caractères qui ne deviennent visibles que lorsqu'ils sont soumis à l'action du feu. On emploie quelquefois le safre, digéré dans l'eau régale [1] et délayé dans quatre fois son poids d'eau ; il en résulte une teinte verte. Le régule de cobalt dissous dans l'esprit de nitre donne une couleur rouge. Ces couleurs disparaissent plus ou moins longtemps après que la substance sur laquelle on a écrit s'est refroidie, mais reparaissent à volonté par une application nouvelle de la chaleur.

« J'examinai alors la tête de mort avec le plus grand soin. Les contours extérieurs, c'est-à-dire les plus rapprochés du bord du vélin, étaient beaucoup plus distincts que les autres. Évidemment l'action du calorique avait été imparfaite ou inégale. J'allumai immédiatement du feu, et je soumis chaque partie du parchemin à une chaleur brûlante. D'abord, cela n'eut d'autre effet que de renforcer les lignes un peu pâles du crâne ; mais, en continuant l'expérience, je vis apparaître, dans un coin de la bande, au coin diagonalement opposé à celui où était tracée la tête de mort, une figure que je supposai d'abord être celle d'une chèvre. Mais un examen plus attentif me convainquit qu'on avait voulu représenter un chevreau.

— Ah ! ah ! dis-je, je n'ai certes pas le droit de me moquer de vous ! — un million et demi de dollars ! c'est chose trop sérieuse pour qu'on en plaisante !

1. Le *safre* est de l'oxyde bleu de cobalt ; l'*eau régale* est un mélange d'acide chlorhydrique et d'acide nitrique, utilisé pour dissoudre l'or et le platine.

— mais vous n'allez pas ajouter un troisième anneau à votre chaîne ; vous ne trouverez aucun rapport spécial entre vos pirates et une chèvre ; — les pirates, vous le savez, n'ont rien à faire avec les chèvres. — Cela regarde les fermiers.

— Mais je viens de vous dire que l'image n'était pas celle d'une chèvre.

— Bon ! va pour un chevreau ; c'est presque la même chose.

— Presque, mais pas tout à fait, dit Legrand. — Vous avez entendu parler peut-être d'un certain capitaine Kidd. Je considérai tout de suite la figure de cet animal comme une espèce de signature logogriphique ou hiéroglyphique (*kid*, chevreau). Je dis signature, parce que la place qu'elle occupait sur le vélin suggérait naturellement cette idée. Quant à la tête de mort placée au coin diagonalement opposé, elle avait l'air d'un sceau, d'une estampille. Mais je fus cruellement déconcerté par l'absence du reste, — du corps même de mon document rêvé, — du texte de mon contexte.

— Je présume que vous espériez trouver une lettre entre le timbre et la signature.

— Quelque chose comme cela. Le fait est que je me sentais comme irrésistiblement pénétré du pressentiment d'une immense bonne fortune imminente. Pourquoi ? Je ne saurais trop le dire. Après tout, peut-être était-ce plutôt un désir qu'une croyance positive ; — mais croiriez-vous que le dire absurde de Jupiter que le scarabée était en or massif a eu une influence remarquable sur mon imagination ? Et puis cette série d'accidents et de coïncidences était vraiment si extraordinaire ! Avez-vous remarqué tout ce qu'il y a de fortuit là-dedans ? Il a fallu que tous ces événements arrivassent le seul jour de toute l'année où il a pu faire assez froid pour nécessiter du feu ; et, sans ce feu et sans l'intervention du chien au moment précis où il a paru, je n'aurais jamais eu connaissance de la tête de mort et n'aurais jamais possédé ce trésor.

— Allez, allez, je suis sur des charbons.

— Eh bien, vous avez donc connaissance d'une foule d'histoires qui courent, de mille rumeurs vagues relatives aux trésors enfouis quelque part sur la côte de l'Atlantique, par Kidd et ses associés ? En somme, tous ces bruits devaient avoir quelque fondement. Et si ces bruits duraient depuis si longtemps et avec tant de persistance, cela ne pouvait, selon moi, tenir qu'à un fait, c'est que le trésor enfoui était resté enfoui. Si Kidd avait caché son butin pendant un certain temps et l'avait ensuite repris, ces rumeurs ne seraient pas sans doute venues jusqu'à nous sous leur forme actuelle et invariable. Remarquez que les histoires en question roulent toujours sur des chercheurs et jamais sur des trouveurs de trésors. Si le pirate avait repris son argent, l'affaire en serait restée là. Il me semblait que quelque accident, par exemple la perte de la note qui indiquait l'endroit précis, avait dû le priver des moyens de le recouvrer. Je supposais que cet accident était arrivé à la connaissance de ses compagnons, qui autrement n'auraient jamais su qu'un trésor avait été enfoui, et qui, par leurs recherches infructueuses sans guide et sans notes positives, avaient donné naissance à cette rumeur universelle et à ces légendes aujourd'hui si communes. Avez-vous jamais entendu parler d'un trésor important qu'on aurait déterré sur la côte ?

— Jamais.

— Or, il est notoire que Kidd avait accumulé d'immenses richesses. Je considérais donc comme chose sûre que la terre les gardait encore ; et vous ne vous étonnerez pas trop quand je vous dirai que je sentais en moi une espérance, — une espérance qui montait presque à la certitude ; — c'est que le parchemin, si singulièrement trouvé, contiendrait l'indication disparue du lieu où avait été fait le dépôt.

— Mais comment avez-vous procédé ?

— J'exposai de nouveau le vélin au feu, après avoir augmenté la chaleur ; mais rien ne parut. Je pensai que la couche de crasse pouvait bien être pour quelque chose dans cet insuccès ; aussi je nettoyai soigneusement le

parchemin en versant de l'eau chaude dessus, puis je
le plaçai dans une casserole de fer-blanc, le crâne en
dessous, et je posai la casserole sur un réchaud de charbons allumés. Au bout de quelques minutes, la casserole étant parfaitement chauffée, je retirai la bande de
vélin, et je m'aperçus, avec une joie inexprimable,
qu'elle était mouchetée en plusieurs endroits de signes
qui ressemblaient à des chiffres rangés en lignes. Je
replaçai la chose dans la casserole, je l'y laissai encore
une minute, et, quand je l'en retirai, elle était juste
comme vous allez la voir.

Ici, Legrand, ayant de nouveau chauffé le vélin, le
soumit à mon examen. Les caractères suivants apparaissaient en rouge, grossièrement tracés entre la tête
de mort et le chevreau :

53 ‡ ‡ + 305))6*; 4826)4 ‡ .)4 ‡); 806*; 48 +
8q 60))85 ; 1 ‡ (;: ‡ *8 + 83(88)5* + ; 46(;88*96* ?
;8)* ‡ (;485);5* + 2:* ‡ (;4956*2(5* − 4)8q8*;4069285)
;)6 + 8)4 ‡ ‡ ;1(‡9;48081;8:8‡1;48 + 85;4)485 +
528806*81 (‡9;48;(88;4(‡ ?34;48)4 ‡ ; 161 ; : 188;
‡ ?;

— Mais, dis-je, en lui rendant la bande de vélin, je
n'y vois pas plus clair. Si tous les trésors de Golconde[1] devaient être pour moi le prix de la solution de
cette énigme, je serais parfaitement sûr de ne pas les
gagner.

— Et cependant, dit Legrand, la solution n'est certainement pas aussi difficile qu'on se l'imaginerait au
premier coup d'œil. Ces caractères, comme chacun
pourrait le deviner facilement, forment un chiffre, c'est-
à-dire qu'ils présentent un sens ; mais, d'après ce que
nous savons de Kidd, je ne devais pas le supposer capable de fabriquer un échantillon de cryptographie bien
abstruse. Je jugeai donc tout d'abord que celui-ci était
d'une espèce simple, — tel cependant qu'à l'intelligence

---

1. Golconde était une ancienne capitale de l'Inde, célèbre pour
ses trésors légendaires, et ruinée en 1687.

grossière du marin il dût paraître absolument insoluble sans la clef.

— Et vous l'avez résolu, vraiment ?

— Très aisément ; j'en ai résolu d'autres dix mille fois plus compliqués. Les circonstances et une certaine inclination d'esprit m'ont amené à prendre intérêt à ces sortes d'énigmes et il est vraiment douteux que l'ingéniosité humaine puisse créer une énigme de ce genre dont l'ingéniosité humaine ne vienne à bout par une application suffisante. Aussi, une fois que j'eus réussi à établir une série de caractères lisibles, je daignai à peine songer à la difficulté d'en dégager la signification.

« Dans le cas actuel, — et, en somme, dans tous les cas d'écriture secrète, — la première question à vider, c'est la *langue* du chiffre : car les principes de solution, particulièrement quand il s'agit des chiffres les plus simples, dépendent du génie de chaque idiome, et peuvent être modifiés. En général, il n'y a pas d'autre moyen que d'essayer successivement, en se dirigeant suivant les probabilités, toutes les langues qui vous sont connues, jusqu'à ce que vous ayez trouvé la bonne. Mais dans le chiffre qui nous occupe, toute difficulté à cet égard était résolue par la signature. Le rébus sur le mot *Kidd* n'est possible que dans la langue anglaise. Sans cette circonstance, j'aurais commencé mes essais par l'espagnol et le français, comme étant les langues dans lesquelles un pirate des mers espagnoles avait dû le plus naturellement enfermer un secret de cette nature. Mais, dans le cas actuel, je présumai que le cryptogramme était anglais.

« Vous remarquez qu'il n'y a pas d'espaces entre les mots. S'il y avait eu des espaces, la tâche eût été singulièrement plus facile. Dans ce cas, j'aurais commencé par faire une collation et une analyse des mots les plus courts, et, si j'avais trouvé, comme cela est toujours probable, un mot d'une seule lettre, *a* ou *I* (un, je) par exemple, j'aurais considéré la solution comme assurée. Mais, puisqu'il n'y avait pas d'espaces, mon premier devoir était de relever les lettres prédominantes, ainsi que celles qui se rencontraient le plus rarement. Je les comptai toutes, et je dressai la table que voici :

Le caractère 8 se trouve 33 fois.

»		;	»	26	»
»		4	»	19	»
»	‡ et	)	»	16	»
»		*	»	13	»
»		5	»	12	»
»		6	»	11	»
»	+ et	1	»	8	»
»		0	»	6	»
»	9 et	2	»	5	»
»	: et	3	»	4	»
»		?	»	3	»
»		q	»	2	»
»	— et	.	»	1	»

« Or, la lettre qui se rencontre le plus fréquemment en anglais est *e*. Les autres lettres se succèdent dans cet ordre : *a o i d h n r s t u y c f g l m w b k p q x z*. *E* prédomine si singulièrement qu'il est très rare de trouver une phrase d'une certaine longueur dont il ne soit pas le caractère principal.

« Nous avons donc, tout en commençant, une base d'opérations qui donne quelque chose de mieux qu'une conjecture. L'usage général qu'on peut faire de cette table est évident ; mais, pour ce chiffre particulier, nous ne nous en servirons que très médiocrement. Puisque notre caractère dominant est 8, nous commencerons par le prendre pour l'*e* de l'alphabet naturel. Pour vérifier cette supposition, voyons si le 8 se rencontre souvent double ; car l'*e* se redouble très fréquemment en anglais, comme par exemple dans les mots : *meet, fleet, speed, seen, been, agree,* etc. Or, dans le cas présent, nous voyons qu'il n'est pas redoublé moins de cinq fois, bien que le cryptogramme soit très court.

« Donc 8 représentera *e*. Maintenant, de tous les mots de la langue, *the* est le plus utilisé ; conséquemment, il nous faut voir si nous ne trouverons pas répé-

tée plusieurs fois la même combinaison de trois caractères, ce 8 étant le dernier des trois. Si nous trouvons
des répétitions de ce genre, elles représenteront très probablement le mot *the*. Vérification faite, nous n'en
trouvons pas moins de 7 ; et les caractères sont ; 48.
Nous pouvons donc supposer que ; représente *t,* que
4 représente *h*, et que 8 représente *e*, — la valeur du
dernier se trouvant ainsi confirmée de nouveau. Il y a
maintenant un grand pas de fait.

« Nous n'avons déterminé qu'un mot, mais ce seul
mot nous permet d'établir un point beaucoup plus
important, c'est-à-dire les commencements et les
terminaisons d'autres mots. Voyons, par exemple,
l'avant-dernier cas où se présente la combinaison ; 48,
presque à la fin du chiffre. Nous savons que le ; qui
vient immédiatement après est le commencement d'un
mot, et des six caractères qui suivent ces *the*, nous n'en
connaissons pas moins de cinq. Remplaçons donc ces
caractères par les lettres qu'ils représentent, en laissant
un espace pour l'inconnu :

                    t eeth.

« Nous devons tout d'abord écarter le *th* comme ne
pouvant pas faire partie du mot qui commence par le
premier *t*, puisque nous voyons, en essayant successivement toutes les lettres de l'alphabet pour combler la
lacune, qu'il est impossible de former un mot dont ce
th puisse faire partie. Réduisons donc nos caractères à

                    t ee,

et reprenant de nouveau tout l'alphabet, s'il le faut,
nous concluons au mot *tree* (arbre) comme à la seule
version possible. Nous gagnons ainsi une nouvelle lettre, *r* représentée par (, plus deux mots juxtaposés, *the
tree* (l'arbre).

« Un peu plus loin, nous retrouvons la combinaison
;48, et nous nous en servons comme de terminaison à
ce qui précède immédiatement. Cela nous donne
l'arrangement suivant :

> the tree ; 4(∓ ?34 the,

ou, en substituant les lettres naturelles aux caractères que nous connaissons,

> the tree thr ∓ ?3h the.

Maintenant, si aux caractères inconnus nous substituons des blancs ou des points, nous aurons :

> the tree thr... h the,

et le mot *through* (par, à travers) se dégage pour ainsi dire de lui-même. Mais cette découverte nous donne trois lettres de plus, *o, u,* et *g,* représentées par ∓ ,? et 3.

« Maintenant, cherchons attentivement dans le cryptogramme des combinaisons de caractères connus, et nous trouverons, non loin du commencement, l'arrangement suivant :

> 83(88, ou *egree,*

qui est évidemment la terminaison du mot *degree* (degré), et qui nous livre encore une lettre *d* représentée par +.

« Quatre lettres plus loin que ce mot *degree,* nous trouvons la combinaison

> ;46(;88,

dont nous traduisons les caractères connus et représentons l'inconnu par un point ; cela nous donne :

> th.rtee,

arrangement qui nous suggère immédiatement le mot *thirteen* (treize), et nous fournit deux lettres nouvelles, *i* et *n* représentées par 6 et *.

« Reportons-nous maintenant au commencement du cryptogramme, nous trouvons la combinaison

> 53 ∓ ∓ +.

« Traduisant comme nous avons déjà fait, nous obtenons

.*good,*

ce qui nous montre que la première lettre est un *a*, et que les deux premiers mots sont *a good* (un bon, une bonne).

« Il serait temps maintenant, pour éviter toute confusion, de disposer toutes nos découvertes sous forme de table. Cela nous fera un commencement de clef :

5	représente	*a*
+	»	*d*
8	»	*e*
3	»	*g*
4	»	*h*
6	»	*i*
*	»	*n*
∓	»	*o*
(	»	*r*
;	»	*t*
?	»	*u*

Ainsi, nous n'avons pas moins de onze des lettres les plus importantes, et il est inutile que nous poursuivions la solution à travers tous ses détails. Je vous en ai dit assez pour vous convaincre que des chiffres de cette nature sont faciles à résoudre, et pour vous donner un aperçu de l'analyse raisonnée qui sert à les débrouiller. Mais tenez pour certain que le spécimen que nous avons sous les yeux appartient à la catégorie la plus simple de la cryptographie. Il ne me reste plus qu'à vous donner la traduction complète du document, comme si nous avions déchiffré successivement tous les caractères. La voici :

A good glass in the bishop's hostel in the devil's seat forty-one degrees and thirteen minutes north-east and by north main branch seventh limb east side shoot from the left eye of the death's-head a bee line from the tree through the shot fifty feet out.

(Un bon verre dans l'hostel de l'évêque dans la chaise du diable quarante et un degrés et treize minutes nord-est quart de nord principale tige septième branche côté est lâchez de l'œil gauche de la tête de mort une ligne d'abeille de l'arbre à travers la balle cinquante pieds au large.)

— Mais, dis-je, l'énigme me paraît d'une qualité tout aussi désagréable qu'auparavant. Comment peut-on tirer un sens quelconque de tout ce jargon de *chaise du diable,* de *tête de mort* et d'*hostel de l'évêque ?*

— Je conviens, répliqua Legrand, que l'affaire a l'air encore passablement sérieux, quand on y jette un simple coup d'œil. Mon premier soin fut d'essayer de retrouver dans la phrase des divisions naturelles qui étaient dans l'esprit de celui qui l'écrivit.

— De la ponctuer, voulez-vous dire ?

— Quelque chose comme cela.

— Mais comment diable avez-vous fait ?

— Je réfléchis que l'écrivain s'était fait une loi d'assembler les mots sans aucune division, espérant rendre ainsi la solution plus difficile. Or, un homme qui n'est pas excessivement fin sera presque toujours enclin, dans une pareille tentative, à dépasser la mesure. Quand, dans le cours de sa composition, il arrive à une interruption de sens qui demanderait naturellement une pause ou un point, il est fatalement porté à serrer les caractères plus que d'habitude. Examinez ce manuscrit, et vous découvrirez facilement cinq endroits de ce genre où il y a pour ainsi dire encombrement de caractères. En me dirigeant d'après cet indice j'établis la division suivante :

A good glass in the bishop's hostel in the devil's seat — forty-one degrees and thirteen minutes — north-east and by north — main branch seventh limb east side — shoot from the left eye of the death's-head — a bee line from the tree through the shot fifty feet out.

(Un bon verre dans l'hostel de l'évêque dans la chaise du diable — quarante et un degrés et treize minutes — nord-est quart de nord — principale tige septième branche côté est — lâchez de l'œil gauche de la tête de mort — une ligne d'abeille de l'arbre à travers la balle cinquante pieds au large.)

— Malgré votre division, dis-je, je reste toujours dans les ténèbres.

— J'y restai moi-même pendant quelques jours, répliqua Legrand. Pendant ce temps, je fis force recherches dans le voisinage de l'île de Sullivan sur un bâtiment qui devait s'appeler *l'Hôtel de l'Évêque,* car je ne m'inquiétai pas de la vieille orthographe du mot *hostel.* N'ayant trouvé aucun renseignement à ce sujet, j'étais sur le point d'étendre la sphère de mes recherches et de procéder d'une manière plus systématique, quand, un matin, je m'avisai tout à coup que ce *Bishop's hostel* pouvait bien avoir rapport à une vieille famille du nom de Bessop, qui, de temps immémorial, était en possession d'un ancien manoir à quatre milles environ au nord de l'île. J'allai donc à la plantation, et je recommençai mes questions parmi les plus vieux nègres de l'endroit. Enfin, une des femmes les plus âgées me dit qu'elle avait entendu parler d'un endroit comme *Bessop's castle* (château de Bessop), et qu'elle croyait bien pouvoir m'y conduire, mais que ce n'était ni un château ni une auberge, mais un grand rocher.

« Je lui offris de la bien payer pour sa peine et, après quelque hésitation, elle consentit à m'accompagner jusqu'à l'endroit précis. Nous le découvrîmes sans trop de difficulté, je la congédiai, et commençai à examiner la localité. Le *château* consistait en un assemblage irrégulier de pics et de rochers, dont l'un était aussi remarquable par sa hauteur que par son isolement et sa configuration quasi artificielle. Je grimpai au sommet, et, là, je me sentis fort embarrassé de ce que j'avais désormais à faire.

« Pendant que j'y rêvais, mes yeux tombèrent sur

une étroite saillie dans la face orientale du rocher, à un yard environ au-dessus de la pointe où j'étais placé. Cette saillie se projetait de dix-huit pouces à peu près, et n'avait guère plus d'un pied de large ; une niche creusée dans le pic juste au-dessus lui donnait une grossière ressemblance avec les chaises à dos concave dont se servaient nos ancêtres. Je ne doutai pas que ce ne fût la *chaise du Diable* dont il était fait mention dans le manuscrit, et il me sembla que je tenais désormais tout le secret de l'énigme.

« Le *bon verre*, je le savais, ne pouvait pas signifier autre chose qu'une longue vue ; car nos marins emploient rarement le mot *glass* dans un autre sens. Je compris tout de suite qu'il fallait ici se servir d'une longue-vue, en se plaçant à un point de vue défini et *n'admettant aucune variation*. Or, les phrases : *quarante et un degrés et treize minutes,* et *nord-est quart de nord,* — je n'hésitai pas un instant à le croire, — devaient donner la direction pour pointer la longue-vue. Fortement remué par toutes ces découvertes, je me précipitai chez moi, je me procurai une longue-vue, et je retournai au rocher.

« Je me laissai glisser sur la corniche, et je m'aperçus qu'on ne pouvait s'y tenir assis que dans une certaine position. Ce fait confirma ma conjecture. Je pensai alors à me servir de la longue-vue. Naturellement, les *quarante et un degrés et treize minutes* ne pouvaient avoir trait qu'à l'élévation au-dessus de l'horizon sensible, puisque la direction horizontale était clairement indiquée par les mots *nord-est quart de nord*. J'établis cette direction au moyen d'une boussole de poche ; puis, pointant, aussi juste que possible par approximation, ma longue-vue à un angle de quarante et un degrés d'élévation, je la fis mouvoir avec précaution de haut en bas et de bas en haut, jusqu'à ce que mon attention fût arrêtée par une espèce de trou circulaire ou de lucarne dans le feuillage d'un grand arbre qui dominait tous ses voisins dans l'étendue visible. Au centre de ce trou, j'aperçus un point blanc, mais je ne pus pas tout d'abord distinguer ce que c'était. Après avoir ajusté le foyer de ma longue-vue, je regardai de nouveau, et je m'assurai enfin que c'était un crâne humain.

« Après cette découverte qui me combla de confiance, je considérai l'énigme comme résolue ; car la phrase : *principale tige, septième branche, côté est*, ne pouvait avoir trait qu'à la position du crâne sur l'arbre, et celle-ci : *lâchez de l'œil gauche de la tête de mort*, n'admettait aussi qu'une interprétation, puisqu'il s'agissait de la recherche d'un trésor enfoui. Je compris qu'il fallait laisser tomber une balle de l'œil gauche du crâne, et qu'une ligne d'abeille, ou, en d'autres termes, une ligne droite, partant du point le plus rapproché du tronc, et s'étendant, *à travers la balle*, c'est-à-dire à travers le point où tomberait la balle, indiquerait l'endroit précis, — et sous cet endroit je jugeai qu'il était pour le moins possible qu'un dépôt précieux fût encore enfoui.

— Tout cela, dis-je, est excessivement clair, et tout à la fois ingénieux, simple et explicite. Et, quand vous eûtes quitté l'*hôtel de l'Évêque*, que fîtes-vous ?

— Mais, ayant soigneusement noté mon arbre, sa forme et sa position, je retournai chez moi. À peine eus-je quitté *la chaise du Diable* que le trou circulaire disparut, et, de quelque côté que je me tournasse, il me fut désormais impossible de l'apercevoir. Ce qui me paraît le chef-d'œuvre de l'ingéniosité dans toute cette affaire, c'est ce fait (car j'ai répété l'expérience et me suis convaincu que c'est un fait) que l'ouverture circulaire en question n'est visible que d'un seul point, et cet unique point de vue, c'est l'étroite corniche sur le flanc du rocher.

« Dans cette expédition à l'*hôtel de l'Évêque* j'avais été suivi par Jupiter, qui observait sans doute depuis quelques semaines mon air préoccupé, et mettait un soin particulier à ne pas me laisser seul. Mais, le jour suivant, je me levai de très grand matin, je réussis à lui échapper, et je courus dans les montagnes à la

recherche de mon arbre. J'eus beaucoup de peine à le
trouver. Quand je revins chez moi à la nuit, mon
domestique se disposait à me donner la bastonnade.
Quant au reste de l'aventure, vous êtes, je présume,
aussi bien renseigné que moi.

— Je suppose, dis-je, que, lors de nos premières
fouilles, vous aviez manqué l'endroit par suite de la
bêtise de Jupiter, qui laissa tomber le scarabée par l'œil
droit du crâne au lieu de le laisser filer par l'œil gauche.

— Précisément. Cette méprise faisait une différence
de deux pouces et demi environ relativement à *la balle*,
c'est-à-dire à la position de la cheville près de l'arbre ;
si le trésor avait été sous l'endroit marqué par *la balle*,
cette erreur eût été sans importance ; mais *la balle* et
le point le plus rapproché de l'arbre étaient deux points
ne servant qu'à établir une ligne de direction ; naturellement, l'erreur, fort minime au commencement,
augmentait en proportion de la longueur de la ligne,
et, quand nous fûmes arrivés à une distance de cinquante pieds, elle nous avait totalement dévoyés. Sans
l'idée fixe dont j'étais possédé qu'il y avait positivement là, quelque part, un trésor enfoui, nous aurions
peut-être bien perdu toutes nos peines.

— Mais votre emphase, vos attitudes solennelles, en
balançant le scarabée ! — quelles bizarreries ! Je vous
croyais positivement fou. Et pourquoi avez-vous absolument voulu laisser tomber du crâne votre insecte au
lieu d'une balle ?

— Ma foi ! pour être franc, je vous avouerai que je
me sentais quelque peu vexé par vos soupçons relativement à l'état de mon esprit, et je résolus de vous punir
tranquillement, à ma manière, par un petit brin de
mystification froide. Voilà pourquoi je balançais le scarabée, et voilà pourquoi je voulus le faire tomber du
haut de l'arbre. Une observation que vous fîtes sur son
poids singulier me suggéra cette dernière idée.

— Oui, je comprends ; et maintenant il n'y a plus
qu'un point qui m'embarrasse. Que dirons-nous des
squelettes trouvés dans le trou ?

— Ah ! c'est une question à laquelle je ne saurais pas mieux répondre que vous. Je ne vois qu'une manière plausible de l'expliquer, — et mon hypothèse implique une atrocité telle que cela est horrible à croire. Il est clair que Kidd, — si c'est bien Kidd qui a enfoui le trésor, ce dont je ne doute pas, pour mon compte, — il est clair que Kidd a dû se faire aider dans son travail. Mais, la besogne finie, il a pu juger convenable de faire disparaître tous ceux qui possédaient son secret. Deux bons coups de pioche ont peut-être suffi, pendant que ses aides étaient encore occupés dans la fosse ; il en a peut-être fallu une douzaine. — Qui nous le dira ?

LE CANARD AU BALLON [1]

ÉTONNANTES NOUVELLES PAR EXPRÈS, *VIA* NORFOLK ! — L'ATLANTIQUE TRAVERSÉ EN TROIS JOURS ! — TRIOMPHE SIGNALÉ DE LA MACHINE VOLANTE DE M. MONCK MASSON ! — ARRIVÉE À L'ÎLE DE SULLIVAN, PRÈS CHARLESTON, S. C., DE MM. MASON, ROBERT HOLLAND, HENSON, HARRISON AINSWORTH, ET DE QUATRE AUTRES PERSONNES, PAR LE BALLON DIRIGEABLE VICTORIA, APRÈS UNE TRAVERSÉE DE SOIXANTE-CINQ HEURES D'UN CONTINENT À L'AUTRE ! — DÉTAILS CIRCONSTANCIÉS DU VOYAGE !

Le jeu d'esprit ci-dessous, avec l'en-tête qui précède en magnifiques capitales, soigneusement émaillé de points d'admiration, fut publié primitivement, comme un fait positif, dans le *New York Sun*, feuille périodique, et y remplit complètement le but de fournir un aliment indigeste aux insatiables badauds durant les quelques heures d'intervalle entre deux courriers de Charleston. La cohue qui se fit pour se disputer *le seul journal qui eût les nouvelles* fut quelque chose qui dépasse même le prodige ; et, en somme, si, comme quelques-uns l'affirment, le VICTORIA n'a pas absolument accompli la traversée en question, il serait difficile de trouver une raison quelconque qui l'eût empêché de l'accomplir.

Le grand problème est à la fin résolu ! L'air, aussi bien que la terre et l'Océan, a été conquis par la science,

---

1. *Canard (hoax)* est à comprendre au sens de *mystification*, de *canular*. On pourrait préférer « Le canard du ballon ». Ce texte avait été publié dans *The Sun* comme évoquant une aventure réelle.

et deviendra pour l'humanité une grande voie commune et commode. L'Atlantique vient d'être traversé en ballon ! et cela, sans trop de difficultés, — sans grand danger apparent, — avec une machine dont on est absolument maître, — et dans l'espace inconcevablement court de soixante-cinq heures d'un continent à l'autre ! Grâce à l'activité d'un correspondant de Charleston, nous sommes en mesure de donner les premiers au public un récit détaillé de cet extraordinaire voyage, qui a été accompli, — du samedi 6 du courant, à quatre heures du matin, au mardi 9 du courant, à deux heures de l'après-midi, — par sir Everard Bringhurst, M. Osborne, un neveu de lord Bentinck, MM. Monck Mason et Robert Holland, les célèbres aéronautes, M. Harrison Ainsworth [1], auteur de *Jack Sheppard*, etc., M. Henson, inventeur du malheureux projet de la dernière machine volante, — et deux marins de Woolwich, — en tout huit personnes. Les détails fournis ci-dessous peuvent être considérés comme parfaitement authentiques et exacts sous tous les rapports, puisqu'ils sont, à une légère exception près, copiés mot à mot d'après les journaux réunis de MM. Monck Mason et Harrison Ainsworth, à la politesse desquels notre agent doit également bon nombre d'explications verbales relativement au ballon lui-même, à sa construction, et à d'autres matières d'un haut intérêt. La seule altération dans le manuscrit communiqué a été faite dans le but de donner au récif hâtif de notre agent, M. Forsyth, une forme suivie et intelligible.

LE BALLON

Deux insuccès notoires et récents — ceux de M. Henson et de sir George Cayley — avaient beaucoup amorti

---

1. Harrison Ainsworth (1805-1882) était un célèbre auteur de romans d'aventures, pleins d'invraisemblables péripéties. Monck Mason, Robert Holland et Charles Green, cités par ailleurs, étaient, eux, d'authentiques aéronautes, rendus célèbres par un voyage en ballon en 1836.

l'intérêt du public relativement à la navigation aérienne.
Le plan de M. Henson (qui fut d'abord considéré
comme très praticable, même par les hommes de
science) était fondé sur le principe d'un plan incliné,
lancé d'une hauteur par une force intrinsèque créée et
continuée par la rotation de palettes semblables, en
forme et en nombre, aux ailes d'un moulin à vent.
Mais, dans toutes les expériences qui furent faites avec
des modèles à l'*Adelaïde-Gallery*, il se trouva que l'opération de ces ailes, non seulement ne faisait pas avancer la machine, mais empêchait positivement son vol.

La seule force propulsive qu'elle ait jamais montrée
fut le simple mouvement acquis par la descente du plan
incliné ; et ce mouvement portait la machine plus loin
quand les palettes étaient au repos que quand elles fonc-
tionnaient, — fait qui démontrait suffisamment leur
inutilité ; et, en l'absence du propulseur, qui lui servait en même temps d'appui, toute la machine devait
nécessairement descendre vers le sol. Cette considération induisit sir George Cayley à ajuster un propulseur
à une machine qui aurait en elle-même la force de se
soutenir, — en un mot, à un ballon. L'idée, néanmoins,
n'était nouvelle ou originale, chez sir George, qu'en ce
qui regardait le mode d'application pratique. Il exhiba
un modèle de son invention à l'Institution polytechni-
que. La force motrice, ou principe propulseur, était,
ici encore, attribuée à des surfaces non continues ou
ailes tournantes. Ces ailes étaient au nombre de quatre ;
mais il se trouva qu'elles étaient totalement impuissan-
tes à mouvoir le ballon ou à aider sa force ascensionnelle. Tout le projet, dès lors, n'était plus qu'un *four*
complet.

Ce fut dans cette conjoncture que M. Monck Mason
(dont le voyage de Douvres à Weilburg sur le ballon
le Nassau excita un si grand intérêt en 1837) eut l'idée
d'appliquer le principe de la vis d'Archimède au projet de la navigation aérienne, attribuant judicieusement
l'insuccès des plans de M. Henson et de sir George Cayley à la non-continuité des surfaces dans l'appareil des

roues. Il fit sa première expérience publique à *Willis's Rooms,* puis plus tard porta son modèle à l'*Adelaïde-Gallery*.

Comme le ballon de sir George Cayley, le sien était un ellipsoïde. Sa longueur était de treize pieds six pouces, sa hauteur de six pieds huit pouces. Il contenait environ trois cent vingt pieds cubes de gaz, qui, si c'était de l'hydrogène pur, pouvaient supporter vingt et une livres aussitôt après qu'il était enflé, avant que le gaz n'eût eu le temps de se détériorer ou de fuir. Le poids de toute la machine et de l'appareil était de dix-sept livres, — donnant ainsi une économie de quatre livres environ. Au centre du ballon, en dessous, était une charpente de bois fort léger, longue d'environ neuf pieds, et attachée au ballon par un réseau de l'espèce ordinaire. À cette charpente était suspendue une corbeille ou nacelle d'osier.

La vis consiste en un axe formé d'un tube de cuivre creux, long de six pouces, à travers lequel, sur une spirale inclinée à un angle de quinze degrés, passe une série de rayons de fil d'acier, longs de deux pieds et se projetant d'un pied de chaque côté. Ces rayons sont réunis à leurs extrémités externes par deux lames de fil métallique aplati, — le tout formant ainsi la charpente de la vis, qui est complétée par un tissu de soie huilée, coupée en pointes et tendue de manière à présenter une surface passablement lisse. Aux deux bouts de son axe, cette vis est surmontée par des montants cylindriques de cuivre descendant du cerceau. Aux bouts inférieurs de ces tubes sont des trous dans lesquels tournent les pivots de l'axe. Du bout de l'axe qui est le plus près de la nacelle part une flèche d'acier qui relie la vis à une machine à levier fixée à la nacelle. Par l'opération de ce ressort, la vis est forcée et tournée avec une grande rapidité, communiquant à l'ensemble un mouvement de progression.

Au moyen du gouvernail, la machine pouvait aisément s'orienter dans toutes les directions. Le levier était d'une grande puissance, comparativement à sa dimen-

sion, pouvant soulever un poids de quarante-cinq livres
sur un cylindre de quatre pouces de diamètre après le
premier tour, et davantage à mesure qu'il fonctionnait.
Il pesait en tout huit livres six onces. Le gouvernail était
une légère charpente de roseau recouverte de soie,
façonnée à peu près comme une raquette, de trois pieds
de long à peu près et d'un pied dans sa plus grande largeur. Son poids était de deux onces environ. Il pouvait se tourner à plat et se diriger en haut et en bas,
aussi bien qu'à droite et à gauche, et donner à l'aéronaute la faculté de transporter la résistance de l'air,
qu'il devait, dans une position inclinée, créer sur son
passage, du côté sur lequel il désirait agir, déterminant
ainsi pour le ballon la direction opposée.

Ce modèle (que, faute de temps, nous avons nécessairement décrit d'une manière imparfaite) fut mis en
mouvement dans l'*Adelaïde-Gallery*, où il donna une
vélocité de cinq milles à l'heure ; et, chose étrange à
dire, il n'excita qu'un mince intérêt en comparaison de
la précédente machine compliquée de M. Henson, —
tant le monde est décidé à mépriser toute chose qui se
présente avec un air de simplicité ! Pour accomplir le
grand *desideratum* de la navigation aérienne, on supposait généralement l'application singulièrement compliquée de quelque principe extraordinairement profond de dynamique.

Toutefois, M. Mason était tellement satisfait du
récent succès de son invention qu'il résolut de construire
immédiatement, s'il était possible, un ballon d'une
capacité suffisante pour vérifier le problème par un
voyage de quelque étendue ; — son projet primitif était
de traverser la Manche comme il avait déjà fait avec
le ballon *le Nassau*. Pour favoriser ses vues, il sollicita
et obtint le patronage de sir Everard Bringhurst et de
M. Osborne, deux gentlemen bien connus par leurs
lumières scientifiques et spécialement pour l'intérêt
qu'ils ont manifesté pour les progrès de l'aérostation.
Le projet, selon le désir de M. Osborne, fut soigneusement caché au public ; — les seules personnes aux-

quelles il fut confié furent les personnes engagées dans la construction de la machine, qui fut établie sous la surveillance de MM. Mason, Holland, de sir Everard Bringhurst et de M. Osborne, dans l'habitation de ce dernier, près de Penstruthal, dans le pays de Galles.

M. Henson, accompagné de son ami M. Ainsworth, fut admis à examiner le ballon samedi dernier, — après les derniers arrangements pris par ces messieurs pour être admis à la participation de l'entreprise. Nous ne savons pas pour quelle raison les deux marins firent aussi partie de l'expédition, — mais dans un délai d'un ou deux jours nous mettrons le lecteur en possession des plus minutieux détails concernant cet extraordinaire voyage.

Le ballon est fait de soie recouverte d'un vernis de caoutchouc. Il est conçu dans de grandes proportions et contient plus de 40 000 pieds cubes de gaz ; mais, comme le gaz de houille a été employé préférablement à l'hydrogène, dont la trop grande force d'expansion a des inconvénients, la puissance de l'appareil, quand il est parfaitement gonflé et aussitôt après son gonflement, n'enlève pas plus de 2 500 livres environ. Non seulement le gaz de houille est moins coûteux, mais on peut se le procurer et le gouverner plus aisément.

L'introduction de ce gaz dans les procédés usuels de l'aérostation est due à M. Charles Green. Avant sa découverte, le procédé du gonflement était non seulement excessivement dispendieux, mais peu sûr. On a souvent perdu deux ou même trois jours en efforts futiles pour se procurer la quantité suffisante d'hydrogène pour un ballon d'où il avait toujours une tendance à fuir, grâce à son excessive subtilité et à son affinité pour l'atmosphère ambiante. Un ballon assez bien fait pour tenir sa contenance de gaz de houille intacte, en qualité et en quantité, pendant six mois, ne pourrait pas conserver six semaines la même quantité d'hydrogène dans une égale intégrité.

La force du support étant estimée à 2 500 livres, et les poids réunis de cinq individus seulement à 1 200 environ, il restait un surplus de 1 300, dont 1 200 étaient prises par le lest, réparti en différents sacs, dont le poids était marqué sur chacun, — par les cordages, les baromètres, les télescopes, les barils contenant des provisions pour une quinzaine, les barils d'eau, les portemanteaux, les sacs de nuits et divers autres objets indispensables, y compris une cafetière à faire bouillir le café à la chaux, pour se dispenser totalement de feu, si cela était jugé prudent. Tous ces articles, à l'exception du lest et de quelques bagatelles, étaient appendus au cerceau. La nacelle est plus légère et plus petite à proportion que celle qui la représente dans le modèle. Elle est faite d'un osier fort léger, et singulièrement forte pour une machine qui a l'air si fragile. Elle a environ quatre pieds de profondeur. Le gouvernail diffère aussi de celui du modèle en ce qu'il est beaucoup plus large, et que la vis est considérablement plus petite. Le ballon est en outre muni d'un grappin et d'un *guide-rope*, ce dernier étant de la plus indispensable utilité. Quelques mots d'explication seront nécessaires ici pour ceux de nos lecteurs qui ne sont pas versés dans les détails de l'aérostation.

Aussitôt que le ballon quitte la terre, il est sujet à l'influence de mille circonstances qui tendent à créer une différence dans son poids, augmentant ou diminuant sa force ascensionnelle. Par exemple, il y a parfois sur la soie une masse de rosée qui peut aller à quelques centaines de livres ; il faut alors jeter du lest, sinon l'aérostat descendra. Ce lest jeté, et un bon soleil vaporisant la rosée et augmentant la force d'expansion du gaz dans la soie, le tout montera de nouveau très rapidement. Pour modérer notre ascension, le seul moyen est (ou plutôt était jusqu'au *guide-rope* inventé par M. Charles Green) la faculté de faire échapper du gaz par une soupape ; mais la perte du gaz impliquait une déperdition proportionnelle de la force d'ascension ; si bien que, dans un laps de temps comparativement très bref, le ballon le mieux construit devait nécessairement épuiser toutes ses ressources et s'abattre sur le sol. C'était là le grand obstacle aux voyages un peu longs.

Le *guide-rope* remédie à la difficulté de la manière la plus simple du monde. C'est simplement une très longue corde qu'on laisse traîner hors de la nacelle, et dont l'effet est d'empêcher le ballon de changer de niveau à un degré sensible. Si, par exemple, la soie est chargée d'humidité, et si conséquemment la machine commence à descendre, il n'y a pas de nécessité de jeter du lest pour compenser l'augmentation du poids, car on y remédie ou on la neutralise, dans une proportion exacte, en déposant à terre autant de longueur de corde qu'il est nécessaire. Si, au contraire, quelques circonstances amènent une légèreté excessive et une ascension précipitée, cette légèreté sera immédiatement neutralisée par le poids additionnel de la corde qu'on ramène de terre.

Ainsi le ballon ne peut monter ou descendre que dans des proportions très petites, et ses ressources en gaz et en lest restent à peu près intactes. Quand on passe au-dessus d'une étendue d'eau, il devient nécessaire d'employer de petits barils de cuivre ou de bois remplis d'un lest liquide plus léger que l'eau. Ils flottent et remplissent l'office d'une corde sur la terre. Un autre office très important du *guide-rope* est de marquer la direction du ballon. La corde *drague* pour ainsi dire, soit sur terre, soit sur mer, quand le ballon est libre ; ce dernier conséquemment, toutes les fois qu'il marche, est en avance ; ainsi, une appréciation faite, au compas, des positions des deux objets, indiquera toujours la direction. De la même façon, l'angle formé par la corde avec l'axe vertical de la machine indique la vitesse. Quand il n'y a pas d'angle, — en d'autres termes, quand la corde descend perpendiculairement, c'est que la machine est stationnaire ; mais plus l'angle est ouvert, c'est-à-dire plus le ballon est en avance sur le bout de la corde, plus grande est la vitesse ; — et réciproquement.

Comme le projet des voyageurs, dans le principe,

était de traverser le canal de la Manche, et de descendre aussi près de Paris qu'il serait possible, ils avaient pris la précaution de se munir de passeports visés pour toutes les parties du continent, spécifiant la nature de l'expédition comme dans le cas du voyage sur *le Nassau*, et assurant aux courageux aventuriers une dispense des formalités usuelles de bureaux ; mais des événements inattendus rendirent les passeports superflus. L'opération du gonflement commença fort tranquillement samedi matin, 6 du courant, au point du jour, dans la grande cour de Weal-Vor-House, résidence de M. Osborne, à un mille environ de Penstruthal, dans la Galles du Nord ; et, à onze heures sept minutes, tout étant prêt pour le départ, le ballon fut lâché et s'éleva doucement, mais constamment, dans une direction presque sud. On ne fit point usage, pendant la première demi-heure, de la vis ni du gouvernail.

Nous nous servons maintenant du journal, tel qu'il a été transcrit par M. Forsyth d'après les manuscrits réunis de MM. Monck, Mason et Ainsworth. Le corps du journal, tel que nous le donnons, est de la main de M. Mason, et il a été ajouté un post-scriptum ou appendice de M. Ainsworth, qui a en préparation et donnera très prochainement au public un compte rendu plus minutieux du voyage, et, sans aucun doute, d'un intérêt saisissant.

LE JOURNAL

Samedi, 6 avril. — Tous les préparatifs qui pouvaient nous embarrasser ont été finis cette nuit ; nous avons commencé le gonflement ce matin au point du jour ; mais, par suite d'un brouillard épais qui chargeait d'eau les plis de la soie et la rendait peu maniable, nous ne nous sommes pas élevés avant onze heures à peu près. Alors, nous fîmes tout larguer, dans un grand enthousiasme, et nous nous élevâmes doucement, mais sans interruption, par une jolie brise du nord, qui nous porta dans la direction du canal de la Manche. Nous trouvâmes la force ascensionnelle plus forte que nous ne l'avions espéré, et, comme nous montions assez haut pour dominer toutes les falaises et nous trouver soumis à l'action plus prochaine des rayons du soleil, notre ascension devenait de plus en plus rapide. Cependant je désirais ne pas perdre de gaz dès le commencement de notre tentative, et je résolus qu'il fallait monter pour le moment présent. Nous retirâmes bien vite à nous notre *guide-rope* ; mais, même après l'avoir absolument enlevé de terre, nous continuâmes à monter très rapidement. Le ballon marchait avec une assurance singulière et avait un aspect magnifique. Dix minutes environ après notre départ, le baromètre indiquait une hauteur de 15 000 pieds.

Le temps était remarquablement beau, et l'aspect de la campagne placée sous nos pieds, — un des plus romantiques à tous les points de vue, — était alors particulièrement sublime. Les gorges nombreuses et profondes présentaient l'apparence de lacs, en raison des épaisses vapeurs dont elles étaient remplies, et les hauteurs et les rochers situés au sud-est, empilés dans un inextricable chaos, ressemblaient absolument aux cités géantes de la fable orientale. Nous approchions rapidement des montagnes vers le sud ; mais notre élévation était plus que suffisante pour nous permettre de les dépasser en toute sûreté. En quelques minutes, nous planâmes au-dessus magnifiquement, et M. Ainsworth ainsi que les marins furent frappés de leur apparence peu élevée, vue ainsi de la nacelle ; une grande élévation en ballon ayant pour résultat de réduire les inégalités de la surface située au-dessous à un niveau presque uni. À onze heures et demie, nous dirigeant toujours vers le sud, ou à peu près, nous aperçûmes pour la première fois le canal de Bristol ; et, quinze minutes après, la ligne des brisants de la côte apparut brusquement au-dessous de nous, et nous marchâmes rondement au-dessus de la mer. Nous résolûmes alors de lâcher assez de gaz pour laisser notre *guide-rope* traîner dans l'eau avec les bouées attenantes. Cela fut fait à la minute, et nous commençâmes à descendre graduellement. Au bout de vingt minutes environ, notre première bouée toucha, et, au plongeon de la seconde, nous restâmes à une élévation fixe. Nous étions tous très inquiets de vérifier l'efficacité du gouvernail et de la vis, et nous les mîmes immédiatement en réquisition dans le but de déterminer davantage notre route vers l'est et de *mettre le cap* sur Paris.

Au moyen du gouvernail, nous effectuâmes à l'instant le changement nécessaire de direction, et notre route se trouva presque à angle droit avec le vent ; puis nous mîmes en mouvement le ressort de la vis, et nous fûmes ravis de voir qu'elle nous portait docilement dans le sens voulu. Là-dessus, nous poussâmes neuf fois un fort vivat, et nous jetâmes à la mer une bouteille qui contenait une bande de parchemin avec le bref compte rendu du principe de l'invention. Toutefois, nous en avions à peine fini avec nos manifestations de triomphe qu'il survint un accident imprévu qui n'était pas peu propre à nous décourager.

La verge d'acier qui reliait le levier au propulseur fut soudainement jetée hors de sa place par le bout qui confinait à la nacelle (ce fut l'effet de l'inclinaison de la nacelle par suite de quelque mouvement de l'un des marins que nous avions pris avec nous), et, en un instant, se trouva suspendue et dansante hors de notre portée, loin du pivot de l'axe de la vis. Pendant que nous nous efforcions de la rattraper, et que toute notre attention y était absorbée, nous fûmes enveloppés dans un violent courant d'air de l'est qui nous porta avec une force rapide et croissante du côté de l'Atlantique.

Nous nous trouvâmes chassés en mer par une vitesse qui n'était certainement pas moins de cinquante ou de soixante milles à l'heure, si bien que nous atteignîmes le cap Clear, à quarante milles vers notre nord, avant d'avoir pu assurer la verge d'acier et d'avoir eu le temps de penser à virer de bord. Ce fut alors que M. Ainsworth fit une proposition extraordinaire, mais qui, dans mon opinion, n'était nullement déraisonnable ni chimérique, dans laquelle il fut immédiatement encouragé par M. Holland, — à savoir, que nous pourrions profiter de la forte brise qui nous emportait, et tenter, au lieu de rabattre sur Paris, d'atteindre la côte du Nord-Amérique.

Après une légère réflexion, je donnai de bon gré mon assentiment à cette violente proposition, qui, chose étrange à dire, ne trouva d'objections que dans les deux marins.

Toutefois, comme nous étions la majorité, nous maîtrisâmes leurs appréhensions, et nous maintînmes résolument notre route. Nous gouvernâmes droit à l'ouest ; mais, comme le traînage des bouées faisait un obstacle matériel à notre marche, et que nous étions suffisamment maîtres du ballon, soit pour monter, soit pour descendre, nous jetâmes tout d'abord cinquante livres de lest, et nous ramenâmes, au moyen d'une manivelle, toute la corde hors de la mer. Nous constatâmes immédiatement l'effet de cette manœuvre par un prodigieux accroissement de vitesse ; et, comme la brise fraîchissait, nous filâmes avec une vélocité presque inconcevable ; le *guide-rope* s'allongeait derrière la nacelle comme un sillage de navire. Il est superflu de dire qu'il nous suffit d'un très court espace de temps pour perdre la côte de vue. Nous passâmes au-dessus d'innombrables navires de toute espèce, dont quelques-uns louvoyaient avec peine, mais dont la plupart restaient en panne. Nous causâmes à leur bord le plus grand enthousiasme, — enthousiasme fortement savouré par nous-mêmes, et particulièrement par nos deux hommes, qui, maintenant, sous l'influence de quelques petits verres de genièvre, semblaient résolus à jeter au vent toutes craintes et tous scrupules. Plusieurs navires tirèrent le canon de signal ; et tous nous saluèrent par de grands vivats que nous entendions avec une netteté surprenante, et par l'agitation des chapeaux et des mouchoirs. Nous marchâmes ainsi tout le jour, sans incident matériel, et, comme les premières ombres se formaient autour de nous, nous fîmes une estimation approxi-

mative de la distance parcourue. Elle ne pouvait pas
être de moins de cinq cents milles, probablement davantage. Pendant tout ce temps le propulseur fonctionna
et, sans aucun doute, aida positivement notre marche.
Quand le soleil se coucha, la brise fraîchit et se transforma en une vraie tempête. Au-dessous de nous,
l'Océan était parfaitement visible en raison de sa phosphorescence. Le vent souffla de l'est toute la nuit, et
nous donna les plus brillants présages de succès. Nous
ne souffrîmes pas peu du froid, et l'humidité de
l'atmosphère nous était fort pénible ; mais la place libre
dans la nacelle était assez vaste pour nous permettre
de nous coucher, et au moyen de nos manteaux et de
quelques couvertures nous nous tirâmes passablement
d'affaire.

Post-scriptum (par M. Ainsworth). — Ces neuf dernières heures ont été incontestablement les plus enflammées de ma vie. Je ne peux rien concevoir de plus
enthousiasmant que l'étrange péril et la nouveauté
d'une pareille aventure. Dieu veuille nous donner le succès ! Je ne demande pas le succès pour le simple salut
de mon insignifiante personne, mais pour l'amour de
la science humaine et pour l'immensité du triomphe.
Et cependant l'exploit est si évidemment faisable que
mon seul étonnement est que les hommes aient reculé
jusqu'à présent devant la tentative. Qu'une simple brise
comme celle qui nous favorise maintenant, — qu'une
pareille rafale pousse un ballon pendant quatre ou cinq
jours (ces brises durent quelquefois plus longtemps),
et le voyageur sera facilement porté, dans ce laps de
temps, d'une rive à l'autre. Avec une pareille brise, le
vaste Atlantique n'est plus qu'un lac.

Je suis plus frappé, au moment où j'écris, du silence
suprême qui règne sur la mer, malgré son agitation, que
d'aucun autre phénomène. Les eaux ne jettent pas de
voix vers les cieux. L'immense Océan flamboyant au-
dessous de nous se tord et se tourmente sans pousser
une plainte. Les houles montagneuses donnent l'idée
d'innombrables démons, gigantesques et muets, qui se

tordaient dans une impuissante agonie. Dans une nuit telle qu'est pour moi celle-ci, un homme *vit*, — il vit un siècle de vie ordinaire, — et je ne donnerais pas ce délice ravissant pour ce siècle d'existence vulgaire.

Dimanche, 7 (manuscrit de M. Mason). — Ce matin, vers dix heures, la tempête n'était plus qu'une brise de huit ou neuf nœuds (pour un navire en mer), et elle nous fait parcourir peut-être trente milles à l'heure, peut-être davantage. Néanmoins, elle a tourné ferme vers le nord ; et, maintenant, au coucher du soleil, nous nous dirigeons droit à l'ouest, grâce surtout à la vis et au gouvernail, qui fonctionnent admirablement. Je regarde l'entreprise comme entièrement réussie, et la navigation aérienne dans toutes les directions (si ce n'est peut-être avec le vent absolument debout) comme un problème résolu. Nous n'aurions pas pu faire tête à la rude brise d'hier ; mais, en montant, nous aurions pu sortir du champ de son action, si nous en avions eu besoin. Je suis convaincu qu'avec notre propulseur, nous pourrions marcher contre une jolie brise carabinée. Aujourd'hui, à midi, nous nous sommes élevés à une hauteur de 25.000 pieds, en jetant du lest. Nous avons agi ainsi pour chercher un courant plus direct, mais nous n'en avons pas trouvé de plus favorable que celui dans lequel nous sommes à présent. Nous avons surabondamment de gaz pour traverser ce petit lac, dût le voyage durer trois semaines. Je n'ai pas la plus légère crainte relativement à l'issue de notre entreprise. Les difficultés ont été étrangement exagérées et incomprises. Je puis choisir mon courant, et, eussé-je contre moi *tous* les courants, je puis faire passablement ma route avec mon propulseur. Nous n'avons pas eu d'incidents notables. La nuit s'annonce bien.

Post-scriptum (par M. Ainsworth). — J'ai peu de chose à noter, excepté le fait (fort surprenant pour moi) qu'à une élévation égale à celle du Cotopaxi, je n'ai éprouvé ni froid trop intense, ni migraine, ni difficulté de respiration ; M. Mason, M. Holland, sir Everard n'ont pas plus souffert que moi, je crois. M. Osborne s'est plaint d'une constriction de la poitrine, — mais cela a disparu assez vite. Nous avons filé avec une grande vitesse toute la journée, et nous devons être à plus de moitié chemin de l'Atlantique. Nous avons passé au-dessus de vingt ou trente navires de toute sorte, et tous semblaient délicieusement étonnés. Traverser l'Océan en ballon n'est pas une affaire si difficile après tout ! *Omne ignotum pro magnifico.*

Nota. — À une hauteur de 25 000 pieds, le ciel apparaît presque noir, et les étoiles se voient distinctement ; pendant que la mer, au lieu de paraître convexe, comme on pourrait le supposer, semble absolument et entièrement concave*.

Lundi, 8 (manuscrit de M. Mason). — Ce matin, nous avons encore eu quelque embarras avec la tige du propulseur, qui devra être entièrement modifiée, de crainte de sérieux accidents ; — je parle de la tige d'acier et non pas des palettes ; ces dernières ne laissaient rien à désirer. Le vent a soufflé tout le jour du nord-est, roide et sans interruption, tant la fortune semble résolue à nous favoriser. Juste avant le jour, nous fûmes tous un peu alarmés par quelques bruits singuliers et quelques secousses dans le ballon, accompagnés

---

* M. Ainsworth n'a pas essayé de se rendre compte de ce phénomène, dont l'explication est cependant bien simple. Une ligne abaissée perpendiculairement sur la surface de la terre (ou de la mer) d'une hauteur de 25 000 pieds formerait la perpendiculaire d'un triangle rectangle, dont la base s'étendrait de l'angle droit à l'horizon, et l'hypoténuse de l'horizon au ballon. Mais les 25 000 pieds de hauteur sont peu de chose ou presque rien relativement à l'étendue de la perspective. En d'autres termes, la base et l'hypoténuse du triangle supposé seraient si longues, comparées avec la perpendiculaire, qu'elles pourraient être regardées comme presque parallèles. De cette façon, l'horizon de l'aéronaute devait lui apparaître de niveau avec la nacelle. Mais, comme le point situé immédiatement au-dessous de lui paraît et est en effet à grande distance, il lui semble naturellement à une grande distance au-dessous de l'horizon. De là l'impression de *concavité*, et cette impression durera jusqu'à ce que l'élévation se trouve dans une telle proportion avec l'étendue de l'horizon que le parallélisme apparent de la base et de l'hypoténuse disparaisse, — alors la réelle convexité de la terre deviendra sensible. (E.A.P.)

de la soudaine interruption du jeu de la machine. Ces phénomènes étaient occasionnés par l'expansion du gaz, résultant d'une augmentation de chaleur dans l'atmosphère, et la débâcle naturelle des particules de glace dont le filet s'était incrusté pendant la nuit. Nous avons jeté quelques bouteilles aux navires que nous avons aperçus. L'une d'elles a été recueillie par un grand navire, vraisemblablement un des paquebots qui font le service de New York. Nous avons essayé de déchiffrer son nom, mais nous ne sommes pas sûrs d'y avoir réussi. Le télescope de M. Osborne nous a laissé lire quelque chose comme *l'Atalante*. Il est maintenant minuit, et nous marchons toujours à peu près vers l'ouest d'une allure rapide. La mer est singulièrement phosphorescente.

Post-scriptum (par M. Ainsworth). — Il est maintenant deux heures du matin, et il fait presque calme, autant du moins que j'en peux juger ; — mais c'est un point qu'il est fort difficile d'apprécier, depuis que nous nous mouvons si complètement avec et dans l'air. Je n'ai point dormi depuis que j'ai quitté Weal-Vor, mais je ne peux plus y tenir, et je vais faire un somme. Nous ne pouvons pas être loin de la côte d'Amérique.

Mardi, 9 (manuscrit de M. Ainsworth). — *Une heure de l'après-midi*. — Nous sommes en vue de la côte basse de la Caroline du Sud ! Le grand problème est résolu. Nous avons traversé l'Atlantique, — nous l'avons traversé en ballon, facilement, rondement ! Dieu soit loué ! Qui osera dire maintenant qu'il y a quelque chose d'impossible ?

Ici finit le journal. Quelques détails sur la descente ont été communiqués toutefois par M. Ainsworth à M. Forsyth. Il faisait presque un *calme plat* quand les voyageurs arrivèrent en vue de la côte, qui fut immédiatement reconnue par les deux marins et par M. Osborne. Ce gentleman ayant des connaissances au fort Moultrie, on résolut immédiatement de descendre dans le voisinage.

Le ballon fut porté vers la plage ; la marée était basse, le sable ferme, uni, admirablement approprié à une descente, et le grappin mordit du premier coup et tint bon. Les habitants de l'île et du fort se pressaient naturellement pour voir le ballon ; mais ce n'était qu'avec difficulté qu'on ajoutait foi au voyage accompli, — *la traversée de l'Atlantique !* L'ancre mordait à deux heures de l'après-midi ; ainsi le voyage entier avait duré soixante-quinze heures ; ou plutôt un peu moins, si on compte simplement le trajet d'un rivage à l'autre. Il n'était arrivé aucun accident sérieux. On n'avait eu à craindre aucun danger réel. Le ballon fut dégonflé et serré sans peine ; et ces messieurs étaient encore au fort Moultrie, quand les manuscrits d'où ce récit est tiré partaient par le courrier de Charleston. On ne sait rien de positif sur leurs intentions ultérieures ; mais nous pouvons promettre en toute sûreté à nos lecteurs quelques informations supplémentaires, soit pour lundi, soit pour le jour suivant au plus tard.

Voilà certainement l'entreprise la plus prodigieuse, la plus intéressante, la plus importante qui ait jamais été accomplie ou même tentée par un homme. Quels magnifiques résultats on en peut tirer, n'est-il pas superflu maintenant de le déterminer ?

AVENTURE SANS PAREILLE
D'UN CERTAIN HANS PFAALL

> Avec un cœur plein de fantaisies délirantes
> Dont je suis le capitaine,
> Avec une lance de feu et *un cheval d'air*,
> À travers l'immensité je voyage.
>
> Chanson de Tom O'Bedlam [1].

D'après les nouvelles les plus récentes de Rotterdam, il paraît que cette ville est dans un singulier état d'effervescence philosophique. En réalité, il s'y est produit des phénomènes d'un genre si complètement inattendu, si entièrement nouveau, si absolument en contradiction avec toutes les opinions reçues que je ne doute pas qu'avant peu toute l'Europe ne soit sens dessus dessous, toute la physique en fermentation, et que la raison et l'astronomie ne se prennent aux cheveux.

Il paraît que le... du mois de... (je ne me rappelle pas positivement la date), une foule immense était rassemblée, dans un but qui n'est pas spécifié, sur la grande place de la Bourse de la confortable ville de Rotterdam. La journée était singulièrement chaude pour la saison, il y avait à peine un souffle d'air, et la foule n'était pas trop fâchée de se trouver de temps à autre aspergée d'une ondée amicale de quelques minutes, qui

---

1. Bedlam est un asile de fous, l'équivalent de Charenton donc.

s'épanchait des vastes masses de nuages blancs abon-
damment éparpillés à travers la voûte bleue du firmament.

Toutefois, vers midi, il se manifesta dans l'assemblée une légère mais remarquable agitation, suivie du
brouhaha de dix mille langues ; une minute après, dix
mille visages se tournèrent vers le ciel, dix mille pipes
descendirent simultanément du coin de dix mille bouches, et un cri, qui ne peut être comparé qu'au rugissement du Niagara, retentit longuement, hautement,
furieusement, à travers toute la cité et tous les environs
de Rotterdam.

L'origine de ce vacarme devint bientôt suffisamment
manifeste. On vit déboucher et entrer dans une des lacu-
nes de l'étendue azurée, du fond d'une de ces vastes
masses de nuages, aux contours vigoureusement définis, un être étrange, hétérogène, d'une apparence
solide, si singulièrement configuré, si fantastiquement
organisé que la foule de ces gros bourgeois qui le regardaient d'en bas, bouche béante, ne pouvait absolument
y rien comprendre ni se lasser de l'admirer.

Qu'est-ce que cela pouvait être ? Au nom de tous les
diables de Rotterdam, qu'est-ce que cela pouvait pré-
sager ? Personne ne le savait, personne ne pouvait le
deviner ; personne, — pas même le bourgmestre
Mynheer Superbus Von Underduk, — ne possédait la
plus légère donnée pour éclaircir ce mystère ; en sorte
que, n'ayant rien de mieux à faire, tous les Rotterda-
mois, à un homme près, remirent sérieusement leurs
pipes dans le coin de leurs bouches, et gardant toujours
un œil braqué sur le phénomène, se mirent à pousser
leur fumée, firent une pause, se dandinèrent de droite
à gauche, et grognèrent significativement, — puis se
dandinèrent de gauche à droite, grognèrent, firent une
pause, et finalement, se remirent à pousser leur fumée.

Cependant, on voyait descendre, toujours plus bas
vers la béate ville de Rotterdam, l'objet d'une si grande
curiosité et la cause d'une si grosse fumée. En quelques
minutes, la chose arriva assez près pour qu'on pût la

distinguer exactement. Cela semblait être, — oui ! *c'était* indubitablement une espèce de ballon, mais jusqu'alors, à coup sûr, Rotterdam n'avait pas vu de pareil ballon. Car qui — je vous le demande — a jamais entendu parler d'un ballon entièrement fabriqué avec des journaux crasseux ? Personne en Hollande, certainement ; et cependant, là, sous le nez même du peuple ou plutôt à quelque distance au-dessus de son nez, apparaissait la chose en question, la chose elle-même, faite — j'ai de bonnes autorités pour l'affirmer — avec cette même matière à laquelle personne n'avait jamais pensé pour un pareil dessein. C'était une énorme insulte au bon sens des bourgeois de Rotterdam.

Quant à la forme du phénomène, elle était encore plus répréhensible, — ce n'était guère qu'un gigantesque bonnet de fou tourné sens dessus dessous. Et cette similitude fut loin d'être amoindrie, quand, en l'inspectant de plus près, la foule vit un énorme gland pendu à la pointe, et autour du bord supérieur ou de la base du cône un rang de petits instruments qui ressemblaient à des clochettes de brebis et tintinnabulaient incessamment sur l'air de Betty Martin.

Mais voilà qui était encore plus violent : — suspendu par des rubans bleus au bout de la fantastique machine, se balançait, en manière de nacelle, un immense chapeau de castor gris américain, à bords superlativement larges, à calotte hémisphérique, avec un ruban noir et une boucle d'argent. Chose assez remarquable toutefois, maint citoyen de Rotterdam aurait juré qu'il connaissait déjà ce chapeau, et, en vérité, toute l'assemblée le regardait presque avec des yeux familiers ; pendant que dame Grettel Pfaall poussait en le voyant une exclamation de joie et de surprise, et déclarait que c'était positivement le chapeau de son cher homme lui-même. Or, c'était une circonstance d'autant plus importante à noter que Pfaall, avec ses trois compagnons, avait disparu de Rotterdam, depuis cinq ans environ, d'une manière soudaine et inexplicable, et, jusqu'au moment où commence ce récit, tous les efforts pour

obtenir des renseignements sur eux avaient échoué. Il
est vrai qu'on avait découvert récemment, dans une
partie retirée de la ville, à l'est, quelques ossements
humains, mêlés à un amas de décombres d'un aspect
bizarre ; et quelques profanes avaient été jusqu'à supposer qu'un hideux meurtre avait dû être commis en
cet endroit, et que Hans Pfaall et ses camarades en
avaient été très probablement les victimes. Mais reve-
nons à notre récit.

Le ballon (car c'en était un, décidément) était maintenant descendu à cent pieds du sol, et montrait distinctement à la foule le personnage qui l'habitait. Un
singulier individu, en vérité. Il ne pouvait guère avoir
plus de deux pieds de haut. Mais sa taille, toute petite
qu'elle était, ne l'aurait pas empêché de perdre l'équi-
libre, et de passer par-dessus le bord de sa toute petite
nacelle, sans l'intervention d'un rebord circulaire qui
lui montait jusqu'à la poitrine, et se rattachait aux
cordes du ballon. Le corps du petit homme était volu-
mineux au delà de toute proportion, et donnait à
l'ensemble de son individu une apparence de rotondité
singulièrement absurde. De ses pieds, naturellement,
on n'en pouvait rien voir. Ses mains étaient monstrueu-
sement grosses, ses cheveux, gris et rassemblés par derrière en une queue ; son nez, prodigieusement long,
crochu et empourpré ; ses yeux bien fendus, brillants
et perçants, son menton et ses joues, — quoique ridées
par la vieillesse, — larges, boursouflés, doubles ; mais,
sur les deux côtés de sa tête, il était impossible d'apercevoir le semblant d'une oreille.

Ce drôle de petit monsieur était habillé d'un paletot-
sac de satin bleu de ciel et de culottes collantes assor-
ties, serrées aux genoux par une boucle d'argent. Son
gilet était d'une étoffe jaune et brillante ; un bonnet
de taffetas blanc était gentiment posé sur le côté de sa
tête ; et, pour compléter cet accoutrement, un foulard
écarlate entourait son cou, et, contourné en un nœud
superlatif, laissait traîner sur sa poitrine ses bouts prétentieusement longs.

Étant descendu, comme je l'ai dit, à cent pieds environ du sol, le vieux petit monsieur fut soudainement saisi d'une agitation nerveuse, et parut peu soucieux de s'approcher davantage de la *terre ferme*. Il jeta donc une quantité de sable d'un sac de toile qu'il souleva à grand-peine, et resta stationnaire pendant un instant. Il s'appliqua alors à extraire de la poche de son paletot, d'une manière agitée et précipitée, un grand portefeuille de maroquin. Il le pesa soupçonneusement dans sa main, l'examina avec un air d'extrême surprise, comme évidemment étonné de son poids. Enfin, il l'ouvrit, en tira une énorme lettre scellée de cire rouge et soigneusement entortillée de fil de même couleur, et la laissa tomber juste aux pieds du bourgmestre Superbus Von Underduk.

Son Excellence se baissa pour la ramasser. Mais l'aéronaute, toujours fort inquiet, et n'ayant apparemment pas d'autres affaires qui le retinssent à Rotterdam, commençait déjà à faire précipitamment ses préparatifs de départ ; et, comme il fallait décharger une portion de son lest pour pouvoir s'élever de nouveau, une demi-douzaine de sacs qu'il jeta l'un après l'autre, sans se donner la peine de les vider, tombèrent coup sur coup sur le dos de l'infortuné bourgmestre, et le culbutèrent juste une demi-douzaine de fois à la face de tout Rotterdam.

Il ne faut pas supposer toutefois que le grand Underduk ait laissé passer impunément cette impertinence de la part du vieux petit bonhomme. On dit, au contraire, qu'à chacune de ses six culbutes il ne poussa pas moins de six bouffées, distinctes et furieuses, de sa chère pipe qu'il retenait pendant tout ce temps et de toutes ses forces, et qu'il se propose de tenir ainsi — si Dieu le permet — jusqu'au jour de sa mort.

Cependant, le ballon s'élevait comme une alouette, et, planant au-dessus de la cité, finit par disparaître tranquillement derrière un nuage semblable à celui d'où il avait si singulièrement émergé, et fut ainsi perdu pour les yeux éblouis des bons citoyens de Rotterdam.

Toute l'attention se porta alors sur la lettre, dont la transmission avec les accidents qui la suivirent avait failli être si fatale à la personne et à la dignité de Son Excellence Von Underduk. Toutefois, ce fonctionnaire n'avait pas oublié durant ses mouvements giratoires de mettre en sûreté l'objet important, — la lettre, — qui, d'après la suscription, était tombée dans des mains légitimes, puisqu'elle était adressée à lui d'abord, et au professeur Rudabub, en leurs qualités respectives de président et de vice-président du Collège astronomique de Rotterdam. Elle fut donc ouverte sur-le-champ par ces dignitaires, et ils y trouvèrent la communication suivante, très extraordinaire, et, ma foi, très sérieuse :

À Leurs Excellences Von Underduk et Rudabub, président et vice-président du Collège national astronomique de la ville de Rotterdam.

Vos Excellences se souviendront peut-être d'un humble artisan, du nom de Hans Pfaall, raccommodeur de soufflets de son métier, qui disparut de Rotterdam, il y a environ cinq ans, avec trois individus et d'une manière qui a dû être regardée comme inexplicable. C'est moi, Hans Pfaall lui-même — n'en déplaise à Vos Excellences — qui suis l'auteur de cette communication. Il est de notoriété parmi la plupart de mes concitoyens que j'ai occupé, quatre ans durant, la petite maison de briques placée à l'entrée de la ruelle dite *Sauerkraut*, et que j'y demeurais encore au moment de ma disparition. Mes aïeux y ont toujours résidé, de temps immémorial, et ils y ont invariablement exercé comme moi-même la très respectable et très lucrative profession de raccommodeurs de soufflets ; car, pour dire la vérité, jusqu'à ces dernières années, où toutes les têtes de la population ont été mises en feu par la politique, jamais plus fructueuse industrie n'avait été exercée par un honnête citoyen de Rotterdam, et personne n'en était plus digne que moi. Le crédit était bon, la pratique donnait ferme, on ne manquait ni d'argent ni de bonne volonté. Mais, comme je l'ai dit, nous ressentîmes bientôt les effets de la liberté, des grands discours, du radicalisme et de toutes les drogues de cette espèce. Les gens qui jusque-là avaient été les meilleures pratiques du monde n'avaient plus un moment pour penser à nous. Ils en avaient à peine assez pour apprendre l'histoire des révolutions et pour surveiller dans sa marche l'intelligence et l'idée du siècle. S'ils avaient besoin de souffler leur feu, ils se faisaient un soufflet avec un journal. À mesure que le gouvernement devenait plus faible, j'acquérais la conviction que le cuir et le fer devenaient de plus en plus indestructibles ; et bientôt il n'y eut pas dans tout Rotterdam un seul soufflet qui eût besoin d'être repiqué, ou qui réclamât l'assistance du marteau. C'était un état de choses impossible. Je fus bientôt aussi gueux qu'un rat, et, comme j'avais une femme et des enfants à nourrir, mes charges devinrent à la longue intolérables, et je passai toutes mes heures à réfléchir sur le mode le plus convenable pour me débarrasser de la vie.

Cependant, mes chiens de créanciers me laissaient peu de loisir pour la méditation. Ma maison était littéralement assiégée du matin au soir. Il y avait particulièrement trois gaillards qui me tourmentaient au delà du possible, montant continuellement la garde devant ma porte, et me menaçant toujours de la loi. Je me promis de tirer de ces trois êtres une vengeance amère, si jamais j'étais assez heureux pour les tenir dans mes griffes ; et je crois que cette espérance ravissante fut la seule chose qui m'empêcha de mettre immédiatement à exécution mon plan de suicide, qui était de me faire sauter la cervelle d'un coup d'espingole. Toutefois, je jugeai qu'il valait mieux dissimuler ma rage, et les bourrer de promesses et de belles paroles, jusqu'à ce que, par un caprice heureux de la destinée, l'occasion de la vengeance vînt s'offrir à moi.

Un jour que j'étais parvenu à leur échapper, et que je me sentais encore plus abattu que d'habitude, je continuai à errer pendant longtemps encore et sans but à travers les rues les plus obscures, jusqu'à ce qu'enfin

je butai contre le coin d'une échoppe de bouquiniste.
Trouvant sous ma main un fauteuil à l'usage des pratiques, je m'y jetai de mauvaise humeur, et, sans savoir
pourquoi, j'ouvris le premier volume qui me tomba
sous la main. Il se trouva que c'était une petite bro-
chure traitant de l'astronomie spéculative, et écrite, soit
par le professeur Encke, de Berlin, soit par un Français dont le nom ressemblait beaucoup au sien. J'avais
une légère teinture de cette science, et je fus bientôt tellement absorbé par la lecture de ce livre que je le lus
deux fois d'un bout à l'autre avant de revenir au sentiment de ce qui se passait autour de moi.

Cependant, il commençait à faire nuit, et je repris
le chemin de mon logis. Mais la lecture de ce petit traité
(coïncidant avec une découverte pneumatique [1] qui
m'avait été récemment communiquée par un cousin de
Nantes, comme un secret d'une haute importance) avait
fait sur mon esprit une impression indélébile ; et, tout
en flânant à travers les rues crépusculeuses, je repassais
minutieusement dans ma mémoire les raisonnements
étranges, et quelquefois inintelligibles, de l'écrivain. Il
y avait quelques passages qui avaient affecté mon imagination d'une manière extraordinaire.

Plus j'y rêvais, plus intense devenait l'intérêt qu'ils
avaient excité en moi. Mon éducation, généralement
fort limitée, mon ignorance spéciale des sujets relatifs
à la philosophie naturelle, loin de m'ôter toute
confiance dans mon aptitude à comprendre ce que
j'avais lu, ou de m'induire à mettre en suspicion les
notions confuses et vagues qui avaient surgi naturellement de ma lecture, devenaient simplement un aiguil-
lon plus puissant pour mon imagination ; et j'étais assez
vain, ou peut-être assez raisonnable, pour me demander si ces idées indigestes qui surgissent dans les esprits
mal réglés ne contiennent pas souvent en elles — comme
elles en ont la parfaite apparence — toute la force, toute

---

1. *Pneumatique*, c'est-à-dire se rapportant aux gaz.

la réalité, et toutes les autres propriétés inhérentes à l'instinct et à l'intuition.

Il était tard quand j'arrivai à la maison, et je me mis immédiatement au lit. Mais mon esprit était trop préoccupé pour que je pusse dormir, et je passai la nuit entière en méditations. Je me levai de grand matin, et je courus vivement à l'échoppe du bouquiniste, où j'employai tout le peu d'argent qui me restait à l'acquisition de quelques volumes de mécanique et d'astronomie pratiques. Je les transportai chez moi comme un trésor, et je consacrai à les lire tous mes instants de loisir. Je fis ainsi assez de progrès dans mes nouvelles études pour mettre à exécution certain projet qui m'avait été inspiré par le diable ou par mon bon génie.

Pendant tout ce temps, je fis tous mes efforts pour me concilier les trois créanciers qui m'avaient causé tant de tourments. Finalement, j'y réussis, tant en vendant une assez grande partie de mon mobilier pour satisfaire à moitié leurs réclamations qu'en leur faisant la promesse de solder la différence après la réalisation d'un petit projet qui me trottait dans la tête, et pour l'accomplissement duquel je réclamais leurs services. Grâce à ces moyens (car c'étaient des gens fort ignorants), je n'eus pas grand-peine à les faire entrer dans mes vues.

Les choses ainsi arrangées, je m'appliquai, avec l'aide de ma femme, avec les plus grandes précautions et dans le plus parfait secret, à disposer du bien qui me restait, et à réaliser par de petits emprunts, et sous différents prétextes, une assez bonne quantité d'argent comptant, sans m'inquiéter le moins du monde, je l'avoue à ma honte, des moyens de remboursement.

Grâce à cet accroissement de ressources, je me procurai, en diverses fois, plusieurs pièces de très belle batiste, de douze yards chacune, — de la ficelle, — une provision de vernis de caoutchouc, — un vaste et profond panier d'osier, fait sur commande, — et quelques autres articles nécessaires à la construction et à l'équipement d'un ballon d'une dimension extraordinaire. Je chargeai ma femme de le confectionner le plus rapide-

ment possible, et je lui donnai toutes les instructions
nécessaires pour la manière de procéder.

En même temps, je fabriquais avec de la ficelle un
filet d'une dimension suffisante, j'y adaptais un cerceau et des cordes, et je faisais l'emplette des nombreux
instruments et des matières nécessaires pour faire des
expériences dans les plus hautes régions de l'atmosphère. Une nuit, je transportai prudemment dans un
endroit retiré de Rotterdam, à l'est, cinq barriques cer-
clées de fer, qui pouvaient contenir chacune environ
cinquante gallons, et une sixième d'une dimension plus
vaste ; six tubes en fer-blanc, de trois pouces de diamètre et de quatre pieds de long, façonnés *ad hoc* ; une
bonne quantité d'*une certaine substance métallique ou
demi-métal,* que je ne nommerai pas, et une douzaine
de dames-jeannes remplies d'un acide très commun. Le
gaz qui devait résulter de cette combinaison est un gaz
qui n'a jamais été, jusqu'à présent, fabriqué que par
moi, ou du moins qui n'a jamais été appliqué à un
pareil objet. Tout ce que je puis dire, c'est qu'il est *une
des parties constituantes de l'azote*, qui a été si longtemps regardé comme irréductible, et que sa densité est
moindre que celle de l'hydrogène d'environ trente-sept
fois et quatre dixièmes. Il est sans saveur, mais non sans
odeur ; il brûle, quand il est pur, avec une flamme ver-
dâtre ; il attaque instantanément la vie animale. Je ne
ferais aucune difficulté d'en livrer tout le secret, mais
il appartient de droit, comme je l'ai déjà fait entendre,
à un citoyen de Nantes, en France, par qui il m'a été
communiqué sous condition.

Le même individu m'a confié, sans être le moins du
monde au fait de mes intentions, un procédé pour fabriquer les ballons avec un certain tissu animal, qui rend
la fuite du gaz chose presque impossible ; mais je trouvai ce moyen beaucoup trop dispendieux, et, d'ailleurs,
il se pouvait que la batiste, revêtue d'une couche de
caoutchouc, fût tout aussi bonne. Je ne mentionne cette
circonstance que parce que je crois probable que l'individu en question tentera, un de ces jours, une ascen-

sion avec le nouveau gaz et la matière dont j'ai parlé, et que je ne veux pas le priver de l'honneur d'une invention très originale.

À chacune des places qui devaient être occupées par l'un des petits tonneaux, je creusai secrètement un petit trou ; les trous formant de cette façon un cercle de vingt-cinq pieds de diamètre. Au centre du cercle, qui était la place désignée pour la plus grande barrique, je creusai un trou plus profond. Dans chacun des cinq petits trous, je disposai une boîte de fer-blanc, contenant cinquante livres de poudre à canon, et dans le plus grand un baril qui en tenait cent cinquante. Je reliai convenablement le baril et les cinq boîtes par des traînées couvertes, et, ayant fourré dans l'une des boîtes le bout d'une mèche longue de quatre pieds environ, je comblai le trou et plaçai la barrique par-dessus, laissant dépasser l'autre bout de la mèche d'un pouce à peu près au delà de la barrique, et d'une manière presque invisible. Je comblai successivement les autres trous, et disposai chaque barrique à la place qui lui était destinée.

Outre les articles que j'ai énumérés, je transportai à mon dépôt général et j'y cachai un des appareils perfectionnés de Grimm pour la condensation de l'air atmosphérique. Toutefois, je découvris que cette machine avait besoin de singulières modifications pour devenir propre à l'emploi auquel je la destinais. Mais, grâce à un travail entêté et à une incessante persévérance, j'arrivai à des résultats excellents dans tous mes préparatifs. Mon ballon fut bientôt parachevé. Il pouvait contenir plus de quarante mille pieds cubes de gaz ; il pouvait facilement m'enlever, selon mes calculs, moi et tout mon attirail, et même, en le gouvernant convenablement, cent soixante-quinze livres de lest par-dessus le marché. Il avait reçu trois couches de vernis, et je vis que la batiste remplissait parfaitement l'office de la soie ; elle était également solide et coûtait beaucoup moins cher.

Tout étant prêt, j'exigeai de ma femme qu'elle me

jurât le secret sur toutes mes actions depuis le jour de
ma première visite à l'échoppe du bouquiniste, et je lui
promis de mon côté de revenir aussitôt que les circonstances me le permettraient. Je lui donnai le peu d'argent
qui me restait et je lui fis mes adieux. En réalité, je
n'avais pas d'inquiétude sur son compte. Elle était ce
que les gens appellent une maîtresse femme, et pouvait
très bien faire ses affaires sans mon assistance. Je crois
même, pour tout dire, qu'elle m'avait toujours regardé
comme un triste fainéant, — un simple complément de
poids, — un remplissage, — une espèce d'homme bon
pour bâtir des châteaux en l'air, et rien de plus, — et
qu'elle n'était pas fâchée d'être débarrassée de moi. Il
faisait nuit sombre quand je lui fis mes adieux, et, prenant avec moi, en manière d'aides de camp, les trois
créanciers qui m'avaient causé tant de souci, nous por-
tâmes le ballon avec sa nacelle et tous ses accessoires
par une route détournée, à l'endroit où j'avais déposé
les autres articles. Nous les y trouvâmes parfaitement
intacts, et je me mis immédiatement à la besogne.

Nous étions au 1er avril. La nuit, comme je l'ai dit,
était sombre ; on ne pouvait pas apercevoir une étoile ;
et une bruine épaisse, qui tombait par intervalles, nous
incommodait fort. Mais ma grande inquiétude, c'était
le ballon, qui, en dépit du vernis qui le protégeait, commençait à s'alourdir par l'humidité ; la poudre aussi
pouvait s'avarier. Je fis donc travailler rudement mes
trois gredins, je leur fis piler de la glace autour de la
barrique centrale et agiter l'acide dans les autres.
Cependant, ils ne cessaient de m'importuner de questions pour savoir ce que je voulais faire avec tout cet
attirail, et exprimaient un vif mécontentement de la
terrible besogne à laquelle je les condamnais. Ils ne
comprenaient pas — disaient-ils — ce qu'il pouvait
résulter de bon à leur faire ainsi se mouiller la peau uniquement pour les rendre complices d'une aussi abominable incantation. Je commençais à être un peu inquiet,
et j'avançais l'ouvrage de toute ma force ; car, en
vérité, ces idiots s'étaient figuré, j'imagine, que j'avais

fait un pacte avec le diable, et que dans tout ce que je faisais maintenant il n'y avait rien de bien rassurant. J'avais donc une très grande crainte de les voir me planter là. Toutefois, je m'efforçai de les apaiser en leur promettant de les payer jusqu'au dernier sou, aussitôt que j'aurais mené à bonne fin la besogne en préparation. Naturellement ils interprétèrent ces beaux discours comme ils voulurent, s'imaginant sans doute que de toute manière j'allais me rendre maître d'une immense quantité d'argent comptant ; et, pourvu que je leur payasse ma dette, et un petit brin en plus, en considération de leurs services, j'ose affirmer qu'ils s'inquiétaient fort peu de ce qui pouvait advenir de mon âme ou de ma carcasse.

Au bout de quatre heures et demie environ, le ballon me parut suffisamment gonflé. J'y suspendis donc la nacelle, et j'y plaçai tous mes bagages, un télescope, un baromètre avec quelques modifications importantes, un thermomètre, un électromètre, un compas, une boussole, une montre à secondes, une cloche, un porte-voix, etc., etc., ainsi qu'un globe de verre où j'avais fait le vide, et hermétiquement bouché, sans oublier l'appareil condensateur, de la chaux vive, un bâton de cire à cacheter, une abondante provision d'eau, et des vivres en quantité, tels que le *pemmican* [1], qui contient une énorme matière nutritive comparativement à son petit volume. J'installai aussi dans ma nacelle un couple de pigeons et une chatte.

Nous étions presque au point du jour, et je pensai qu'il était grandement temps d'effectuer mon départ. Je laissai donc tomber par terre, comme par accident, un cierge allumé et, en me baissant pour le ramasser, j'eus soin de mettre sournoisement le feu à la mèche, dont le bout, comme je l'ai dit, dépassait un peu le bord inférieur d'un des petits tonneaux.

J'exécutai cette manœuvre sans être vu le moins du monde par mes trois bourreaux ; je sautai dans la

1. Le *pemmican* est de la viande desséchée.

nacelle, je coupai immédiatement l'unique corde qui me retenait à la terre, et je m'aperçus avec bonheur que j'étais enlevé avec une inconcevable rapidité ; le ballon emportait très facilement ses cent soixante-quinze livres de lest de plomb ; il aurait pu en porter le double. Quand je quittai la terre, le baromètre marquait trente pouces, et le thermomètre centigrade 19 degrés.

Cependant, j'étais à peine monté à une hauteur de cinquante yards, quand arriva derrière moi, avec un rugissement et un grondement épouvantables, une si épaisse trombe de feu et de gravier, de bois et de métal enflammés, mêlés à des membres humains déchirés, que je sentis mon cœur défaillir, et que je me jetai tout au fond de ma nacelle tremblant de terreur.

Alors, je compris que j'avais horriblement chargé la mine, et que j'avais encore à subir les principales conséquences de la secousse. En effet, en moins d'une seconde, je sentis tout mon sang refluer vers mes tempes, et immédiatement, inopinément, une commotion que je n'oublierai jamais éclata à travers les ténèbres et sembla déchirer en deux le firmament lui-même. Plus tard, quand j'eus le temps de la réflexion, je ne manquai pas d'attribuer l'extrême violence de l'explosion, relativement à moi, à sa véritable cause, — c'est-à-dire à ma position, directement au-dessus de la mine et dans la ligne de son action la plus puissante. Mais, en ce moment, je ne songeais qu'à sauver ma vie. D'abord, le ballon s'affaissa, puis il se dilata furieusement, puis il se mit à pirouetter avec une vélocité vertigineuse, et finalement, vacillant et roulant comme un homme ivre, il me jeta par-dessus le bord de la nacelle, et me laissa accroché à une épouvantable hauteur, la tête en bas par un bout de corde fort mince, haut de trois pieds de long environ, qui pendait par hasard à travers une crevasse, près du fond du panier d'osier, et dans lequel, au milieu de ma chute, mon pied gauche s'engagea providentiellement. Il est impossible, absolument impossible, de se faire une idée juste de l'horreur de ma situation. J'ouvrais convulsivement la bouche pour respirer, —

un frisson ressemblant à un accès de fièvre secouait tous les nerfs et tous les muscles de mon être, — je sentais mes yeux jaillir de leurs orbites, une horrible nausée m'envahit, — enfin je m'évanouis et perdis toute conscience.

Combien de temps restai-je dans cet état, il m'est impossible de le dire. Il s'écoula toutefois un assez long temps, car, lorsque je recouvrai en partie l'usage de mes sens, je vis le jour qui se levait ; — le ballon se trouvait à une prodigieuse hauteur au-dessus de l'immensité de l'Océan, et dans les limites de ce vaste horizon, aussi loin que pouvait s'étendre ma vue, je n'apercevais pas trace de terre. Cependant, mes sensations, quand je revins à moi, n'étaient pas aussi étrangement douloureuses que j'aurais dû m'y attendre. En réalité, il y avait beaucoup de folie dans la contemplation placide avec laquelle j'examinai d'abord ma situation. Je portai mes deux mains devant mes yeux, l'une après l'autre, et me demandai avec étonnement quel accident pouvait avoir gonflé mes veines et noirci si horriblement mes ongles. Puis j'examinai soigneusement ma tête, je la secouai à plusieurs reprises, et la tâtai avec une attention minutieuse, jusqu'à ce que je me fusse heureusement assuré qu'elle n'était pas, ainsi que j'en avais eu l'horrible idée, plus grosse que mon ballon. Puis, avec l'habitude d'un homme qui sait où sont ses poches, je tâtai les deux poches de ma culotte, et, m'apercevant que j'avais perdu mon calepin et mon étui à cure-dent, je m'efforçai de me rendre compte de leur disparition, et, ne pouvant y réussir, j'en ressentis un inexprimable chagrin. Il me sembla alors que j'éprouvais une vive douleur à la cheville de mon pied gauche, et une obscure conscience de ma situation commença à poindre dans mon esprit.

Mais — chose étrange ! — je n'éprouvai ni étonnement ni horreur. Si je ressentis une émotion quelconque, ce fut une espèce de satisfaction ou d'épanouissement en pensant à l'adresse qu'il me faudrait déployer pour me tirer de cette singulière alternative ; et je ne fis pas de mon salut définitif l'objet d'un doute d'une seconde. Pendant quelques minutes, je restai plongé dans la plus profonde méditation. Je me rappelle distinctement que j'ai souvent serré les lèvres, que j'ai appliqué mon index sur le côté de mon nez, et j'ai pratiqué les gesticulations et grimaces habituelles aux gens qui, installés tout à leur aise dans leur fauteuil, méditent sur des matières embrouillées ou importantes.

Quand je crus avoir suffisamment rassemblé mes idées, je portai avec la plus grande précaution, la plus parfaite délibération, mes mains derrière mon dos, et je détachai la grosse boucle de fer qui terminait la ceinture de mon pantalon. Cette boucle avait trois dents qui, étant un peu rouillées, tournaient difficilement sur leur axe. Cependant, avec beaucoup de patience, je les amenai à angle droit avec le corps de la boucle et m'aperçus avec joie qu'elles restaient fermes dans cette position. Tenant entre mes dents cette espèce d'instrument, je m'appliquai à dénouer le nœud de ma cravate. Je fus obligé de me reposer plus d'une fois avant d'avoir accompli cette manœuvre ; mais, à la longue, j'y réussis. À l'un des bouts de la cravate, j'assujettis la boucle, et, pour plus de sécurité, je nouai étroitement l'autre bout autour de mon poing. Soulevant alors mon corps par un déploiement prodigieux de force musculaire, je réussis du premier coup à jeter la boucle par-dessus la nacelle et à l'accrocher, comme je l'avais espéré, dans le rebord circulaire de l'osier.

Mon corps faisait alors avec la paroi de la nacelle un angle de quarante-cinq degrés environ ; mais il ne faut pas entendre que je fusse à quarante-cinq degrés au-dessous de la perpendiculaire ; bien loin de là, j'étais toujours placé dans un plan presque parallèle au niveau de l'horizon ; car la nouvelle position que j'avais conquise avait eu pour effet de chasser d'autant le fond de la nacelle, et conséquemment ma position était des plus périlleuses.

Mais qu'on suppose que, dans le principe, lorsque je tombai de la nacelle, je fusse tombé la face tournée

vers le ballon au lieu de l'avoir tournée du côté opposé,
comme elle était maintenant, — ou, en second lieu, que
la corde par laquelle j'étais accroché eût pendu par
hasard du rebord supérieur, au lieu de passer par une
crevasse du fond, — on concevra facilement que, dans
ces deux hypothèses, il m'eût été impossible d'accomplir un pareil miracle, — et les présentes révélations eussent été entièrement perdues pour la postérité. J'avais
donc toutes les raisons de bénir le hasard ; mais, en
somme, j'étais tellement stupéfié que je me sentais incapable de rien faire, et que je restai suspendu, pendant
un quart d'heure peut-être, dans cette extraordinaire
situation, sans tenter de nouveau le plus léger effort,
perdu dans un singulier calme et dans une béatitude
idiote. Mais cette disposition de mon être s'évanouit
bien vite et fit place à un sentiment d'horreur, d'effroi,
d'absolue désespérance et de destruction. En réalité,
le sang si longtemps accumulé dans les vaisseaux de la
tête et de la gorge, et qui avait jusque-là créé en moi
un délire salutaire dont l'action suppléait à l'énergie,
commençait maintenant à refluer et à reprendre son
niveau ; et la clairvoyance qui me revenait, augmentant la perception du danger, ne servait qu'à me priver
du sang-froid et du courage nécessaires pour l'affronter. Mais, par bonheur pour moi, cette faiblesse ne fut
pas de longue durée. L'énergie du désespoir me revint
à propos, et, avec des cris et des efforts frénétiques,
je m'élançai convulsivement et à plusieurs reprises par
une secousse générale, jusqu'à ce qu'enfin, m'accrochant au bord si désiré avec des griffes plus serrées
qu'un étau, je tortillai mon corps par-dessus et tombai la tête la première et tout pantelant dans le fond
de la nacelle.

Ce ne fut qu'après un certain laps de temps que je
fus assez maître de moi pour m'occuper de mon ballon.
Mais alors je l'examinai avec attention et découvris,
à ma grande joie, qu'il n'avait subi aucune avarie. Tous
mes instruments étaient sains et saufs, et, très heureusement, je n'avais perdu ni lest ni provisions. À la

vérité, je les avais si bien assujettis à leur place qu'un
pareil accident était chose tout à fait improbable. Je
regardai à ma montre, elle marquait six heures. Je
continuais à monter rapidement, et le baromètre me
donnait alors une hauteur de trois milles trois quarts.
Juste au-dessous de moi apparaissait dans l'Océan un
petit objet noir, d'une forme légèrement allongée, à peu
près de la dimension d'un domino, et ressemblant fortement, à tous égards, à l'un de ces petits joujoux. Je
dirigeai mon télescope sur lui, et je vis distinctement
que c'était un vaisseau anglais de quatre-vingt-quatorze
canons tanguant lourdement dans la mer, au plus près
du vent, et le cap à l'ouest-sud-ouest. À l'exception de
ce navire, je ne vis rien que l'Océan et le ciel, et le soleil
qui était levé depuis longtemps.

Il est grandement temps que j'explique à Vos Excellences l'objet de mon voyage. Vos Excellences se sou-
viennent que ma situation déplorable à Rotterdam
m'avait à la longue poussé à la résolution du suicide.
Ce n'était pas cependant que j'eusse un dégoût positif
de la vie elle-même, mais j'étais harassé, à n'en pouvoir plus, par les misères accidentelles de ma position.
Dans cette disposition d'esprit, désirant vivre encore,
et cependant fatigué de la vie, le traité que je lus à
l'échoppe du bouquiniste, appuyé par l'opportune
découverte de mon cousin de Nantes, ouvrit une res-
source à mon imagination. Je pris enfin un parti déci-
sif. Je résolus de partir, mais de vivre, — de quitter
le monde, mais de continuer mon existence ; — bref,
et pour couper court aux énigmes, je résolus, sans
m'inquiéter du reste, de me frayer, si je pouvais, un
passage *jusqu'à la lune*.

Maintenant, pour qu'on ne me croie pas plus fou que
je ne le suis, je vais exposer en détail, et le mieux que
je pourrai, les considérations qui m'induisirent à croire
qu'une entreprise de cette nature, quoique difficile sans
doute et pleine de dangers, n'était pas absolument, pour
un esprit audacieux, située au delà des limites du possible.

La première chose à considérer était la distance positive de la lune à la terre. Or, la distance moyenne ou approximative entre les centres de ces deux planètes est de cinquante-neuf fois, plus une fraction, le rayon équatorial de la terre, ou environ 237 000 milles. Je dis la distance moyenne ou approximative, mais il est facile de concevoir que, la forme de l'orbite lunaire étant une ellipse d'une excentricité qui n'est pas de moins de 0,05484 de son demi-grand axe, et le centre de la terre occupant le foyer de cette ellipse, si je pouvais réussir d'une manière quelconque à rencontrer la lune à son périgée, la distance ci-dessus évaluée se trouverait sensiblement diminuée. Mais, pour laisser de côté cette hypothèse, il était positif qu'en tout cas j'avais à déduire des 237 000 milles le rayon de la terre, c'est-à-dire 4 000, et le rayon de la lune, c'est-à-dire 1 080, en tout 5 080, et qu'il ne me resterait ainsi à franchir qu'une distance approximative de 231 920 milles. Cet espace, pensais-je, n'était pas vraiment extraordinaire. On a fait nombre de fois sur cette terre des voyages d'une vitesse de 60 milles par heure, et, en réalité, il y a tout lieu de croire qu'on arrivera à une plus grande vélocité ; mais, même en me contentant de la vitesse dont je parlais, il ne me faudrait pas plus de cent soixante et un jours pour atteindre la surface de la lune.

Il y avait toutefois de nombreuses circonstances qui m'induisaient à croire que la vitesse approximative de mon voyage dépasserait de beaucoup celle de soixante milles à l'heure ; et, comme ces considérations produisirent sur moi une impression profonde, je les expliquerai plus amplement par la suite.

Le second point à examiner était d'une bien autre importance. D'après les indications fournies par le baromètre, nous savons que, lorsqu'on s'élève, au-dessus de la surface de la terre, à une hauteur de 1 000 pieds, on laisse au-dessous de soi environ un trentième de la masse atmosphérique ; qu'à 10 000 pieds, nous arrivons à peu près à un tiers ; et qu'à 18 000 pieds, ce qui est presque la hauteur du Cotopaxi, nous avons dépassé la moitié de la masse fluide, ou, en tout cas, la moitié de la partie pondérable de l'air qui enveloppe notre globe. On a aussi calculé qu'à une hauteur qui n'excède pas la centième partie du diamètre terrestre, — c'est-à-dire 80 milles, — la raréfaction devait être telle que la vie animale ne pouvait en aucune façon s'y maintenir ; et, de plus, que les moyens les plus subtils que nous ayons de constater la présence de l'atmosphère devenaient alors totalement insuffisants. Mais je ne manquai pas d'observer que ces derniers calculs étaient uniquement basés sur notre connaissance expérimentale des propriétés de l'air et des lois mécaniques qui régissent sa dilatation et sa compression dans ce qu'on peut appeler, comparativement parlant, la proximité immédiate de la terre. Et, en même temps, on regarde comme chose positive qu'à une distance quelconque donnée, mais inaccessible, de sa surface, la vie animale est et doit être essentiellement incapable de modification. Maintenant, tout raisonnement de ce genre, et d'après de pareilles données, doit évidemment être purement analogique. La plus grande hauteur où l'homme soit jamais parvenu est de 25 000 pieds ; je parle de l'expédition aéronautique de MM. Gay-Lussac et Biot. C'est une hauteur assez médiocre, même quand on la compare aux 80 milles en question ; et je ne pouvais m'empêcher de penser que la question laissait une place au doute et une grande latitude aux conjectures.

Mais, en fait, en supposant une ascension opérée à une hauteur donnée quelconque, la quantité d'air pondérable traversée dans toute période ultérieure de l'ascension n'est nullement en proportion avec la hauteur additionnelle acquise, comme on peut le voir d'après ce qui a été énoncé précédemment, mais dans une raison constamment décroissante. Il est donc évident que, nous élevant aussi haut que possible, nous ne pouvons pas, littéralement parlant, arriver à une limite au delà de laquelle l'atmosphère cesse absolument d'exister. Elle *doit exister*, concluais-je, quoiqu'elle *puisse*, il est vrai, exister à un état de raréfaction infinie.

D'un autre côté, je savais que les arguments ne manquent pas pour prouver qu'il existe une limite réelle et déterminée de l'atmosphère, au delà de laquelle il n'y a absolument plus d'air respirable. Mais une circonstance a été omise par ceux qui opinent pour cette limite, qui semblait, non pas une réfutation péremptoire de leur doctrine, mais un point digne d'une sérieuse investigation. Comparons les intervalles entre les retours successifs de la comète d'Encke à son périhélie, en tenant compte de toutes les perturbations dues à l'attraction planétaire, et nous verrons que les périodes diminuent graduellement, c'est-à-dire que le grand axe de l'ellipse de la comète va toujours se raccourcissant dans une proportion lente, mais parfaitement régulière. Or, c'est précisément le cas qui doit avoir lieu, si nous supposons que la comète subisse une résistance par le fait d'*un milieu éthéré excessivement rare* qui pénètre les régions de son orbite. Car il est évident qu'un pareil milieu doit, en retardant la vitesse de la comète, accroître sa force centripète et affaiblir sa force centrifuge. En d'autres termes, l'attraction du soleil deviendrait de plus en plus puissante, et la comète s'en rapprocherait davantage à chaque révolution. Véritablement, il n'y a pas d'autre moyen de se rendre compte de la variation en question.

Mais voici un autre fait : on observe que le diamètre réel de la partie nébuleuse de cette comète se contracte rapidement à mesure qu'elle approche du soleil, et se dilate avec la même rapidité quand elle repart vers son aphélie. N'avais-je pas quelque raison de supposer avec M. Valz que cette apparente condensation de volume prenait son origine dans la compression de ce milieu éthéré dont je parlais tout à l'heure, et dont la densité est en proportion de la proximité du soleil ? Le phénomène qui affecte la forme lenticulaire et qu'on appelle la lumière zodiacale était aussi un point digne d'attention. Cette lumière si visible sous les tropiques, et qu'il est impossible de prendre pour une lumière météorique quelconque, s'élève obliquement de l'horizon et suit généralement la ligne de l'équateur du soleil. Elle me semblait évidemment provenir d'une atmosphère rare qui s'étendrait depuis le soleil jusque par delà l'orbite de Vénus au moins, et même, selon moi, indéfiniment plus loin. Je ne pouvais pas supposer que ce milieu fût limité par la ligne du parcours de la comète, ou fût confiné dans le voisinage immédiat du soleil. Il était si simple d'imaginer au contraire qu'il envahissait toutes les régions de notre système planétaire, condensé autour des planètes en ce que nous appelons atmosphère, et peut-être modifié chez quelques-unes par des circonstances purement géologiques, c'est-à-dire modifié ou varié dans ses proportions ou dans sa nature essentielle par les matières volatilisées émanant de leurs globes respectifs.

Ayant pris la question sous ce point de vue, je n'avais plus guère à hésiter. En supposant que dans mon passage je trouvasse une atmosphère *essentiellement* semblable à celle qui enveloppe la surface de la terre, je réfléchis qu'au moyen du très ingénieux appareil de M. Grimm je pourrais facilement la condenser en suffisante quantité pour les besoins de la respiration. Voilà qui écartait le principal obstacle à un voyage à la lune. J'avais donc dépensé quelque argent et beaucoup de peine pour adapter l'appareil au but que je me proposais, et j'avais pleine confiance dans son application, pourvu que je pusse accomplir le voyage dans un espace de temps suffisamment court. Ceci me ramène à la question de la vitesse possible.

Tout le monde sait que les ballons, dans la première période de leur ascension, s'élèvent avec une vélocité comparativement modérée. Or la force d'ascension consiste uniquement dans la pesanteur de l'air ambiant relativement au gaz du ballon ; et, à première vue, il ne paraît pas du tout probable ni vraisemblable que le ballon, à mesure qu'il gagne en élévation et arrive successivement dans des couches atmosphériques d'une densité décroissante, puisse gagner en vitesse et accélérer sa vélocité primitive. D'un autre côté, je n'avais pas souvenir que, dans un compte rendu quelconque d'une expérience antérieure, l'on eût jamais constaté une diminution apparente dans la vitesse absolue de l'ascension, quoique tel eût pu être le cas, en raison de la fuite du gaz à travers un aérostat mal confectionné et généralement revêtu d'un vernis insuffisant, ou pour toute autre cause. Il me semblait donc que l'effet de cette déperdition pouvait seulement contre-balancer l'accélération acquise par le ballon à mesure qu'il s'éloignait du centre de gravitation. Or, je considérai que, pourvu que dans ma traversée je trouvasse *le milieu* que j'avais imaginé, et pourvu qu'il fût de même essence que ce que nous appelons l'air atmosphérique, il importait relativement assez peu que je le trouvasse à tel ou tel degré de raréfaction, c'est-à-dire relativement à ma force ascensionnelle ; car non seulement le gaz du ballon serait soumis à la même raréfaction (et, dans cette occurrence, je n'avais qu'à lâcher une quantité proportionnelle de gaz, suffisante pour prévenir une explosion), mais, par la nature de ses parties intégrantes, il devait, en tout cas, être toujours spécifiquement plus léger qu'un composé quelconque de pur azote et d'oxygène. Il y avait donc une chance, — et même, en somme, une forte probabilité, *pour qu'à aucune période de mon ascension je n'arrivasse à un point où les différentes pesanteurs réunies de mon immense ballon, du gaz inconcevablement rare qu'il renfermait, de sa nacelle et de son contenu pussent égaler la pesanteur de la masse d'atmosphère ambiante déplacée ;* et l'on conçoit facilement que c'était là l'unique condition qui pût arrêter ma fuite ascensionnelle. Mais encore, si jamais j'atteignais ce point imaginaire, il me restait la faculté d'user de mon lest et d'autres poids montant à peu près à un total de 300 livres.

En même temps, la force centripète devait toujours décroître en raison du carré des distances, et ainsi je devais, avec une vélocité prodigieusement accélérée, arriver à la longue dans ces lointaines régions où la force d'attraction de la lune serait substituée à celle de la terre.

Il y avait une autre difficulté qui ne laissait pas de me causer quelque inquiétude. On a observé que dans les ascensions poussées à une hauteur considérable, outre la gêne de la respiration, on éprouvait dans la tête et dans tout le corps un immense malaise, souvent accompagné de saignements de nez et d'autres symptômes passablement alarmants, et qui devenait de plus en plus insupportable à mesure qu'on s'élevait*. C'était là une considération passablement effrayante. N'était-il pas probable que ces symptômes augmenteraient jusqu'à ce qu'ils se terminassent par la mort elle-même ? Après mûre réflexion, je conclus que non. Il fallait en chercher l'origine dans la disparition progressive de la pression atmosphérique, à laquelle est accoutumée la surface de notre corps, et dans la distension inévitable des vaisseaux sanguins superficiels, — et non dans une désorganisation positive du sytème animal, comme dans le cas de difficulté de respiration, où la densité atmosphérique est chimiquement insuffisante pour la rénovation régulière du sang dans un ventricule du cœur. Excepté dans le cas où cette rénovation ferait défaut, je ne voyais pas de raison pour que la vie ne se maintînt pas, même dans le vide ; car l'expansion et la compression de la poitrine, qu'on appelle communément respiration, est une action purement musculaire ; elle est la cause et non l'effet de la respiration. En un mot, je concevais que, le corps s'habituant à l'absence de pression atmosphérique, ces sensations douloureuses devaient diminuer graduellement ; et, pour les supporter tant qu'elles dureraient, j'avais toute confiance dans la solidité de fer de ma constitution.

* Depuis la première publication de *Hans Pfaall*, j'apprends que M. Green, le célèbre aéronaute du ballon *le Nassau*, et d'autres expérimentateurs contestent à cet égard les assertions de M. de Humboldt, et parlent au contraire d'une incommodité toujours *décroissante*, ce qui s'accorde précisément avec la théorie présentée ici. (E.A.P.)

J'ai donc exposé quelques-unes des considérations — non pas toutes certainement — qui m'induisirent à former le projet d'un voyage à la lune. Je vais maintenant, s'il plaît à Vos Excellences, vous exposer le résultat d'une tentative dont la conception paraît si audacieuse, et qui, dans tous les cas, n'a pas sa pareille dans les annales de l'humanité.

Ayant atteint la hauteur dont il a été parlé ci-dessus, c'est-à-dire trois milles trois quarts [1], je jetai hors de la nacelle une quantité de plumes, et je vis que je montais toujours avec une rapidité suffisante ; il n'y avait donc pas nécessité de jeter du lest. J'en fus très aise, car je désirais garder avec moi autant de lest que j'en pourrais porter, par la raison bien simple que je n'avais aucune donnée positive sur la puissance d'attraction et sur la densité atmosphérique. Je ne souffrais jusqu'à présent d'aucun malaise physique, je respirais avec une parfaite liberté et n'éprouvais aucune douleur dans la tête. La chatte était couchée fort solennellement sur mon habit, que j'avais ôté, et regardait les pigeons avec un air de nonchaloir. Ces derniers, que j'avais attachés par la patte, pour les empêcher de s'envoler, étaient fort occupés à piquer quelques grains de riz éparpillés pour eux au fond de la nacelle.

À six heures vingt minutes, le baromètre donnait une élévation de 26 400 pieds, ou cinq milles, à une fraction près. La perspective semblait sans bornes. Rien de plus facile d'ailleurs que de calculer à l'aide de la trigonométrie sphérique l'étendue de surface terrestre qu'embrassait mon regard. La surface convexe d'un segment de sphère est à la surface entière de la sphère comme le sinus verse du segment est au diamètre de la sphère. Or, dans mon cas, le sinus verse — c'est-à-dire l'épaisseur du segment situé au-dessous de moi — était à peu près égal à mon élévation, ou à l'élévation du point de vue au-dessus de la surface. La proportion

1. Un *mille (mile)* = 1 609 m ; donc, trois milles trois quarts = 6 033 m.

de cinq milles à huit milles exprimerait donc l'étendue de la surface que j'embrassais, c'est-à-dire que j'apercevais la seize centième partie de la surface totale du globe. La mer apparaissait polie comme un miroir, bien qu'à l'aide du télescope je découvrisse qu'elle était dans un état de violente agitation. Le navire n'était plus visible, il avait sans doute dérivé vers l'est. Je commençai dès lors à ressentir par intervalles une forte douleur à la tête, bien que je continuasse à respirer à peu près librement. La chatte et les pigeons semblaient n'éprouver aucune incommodité.

À sept heures moins vingt, le ballon entra dans la région d'un grand et épais nuage qui me causa beaucoup d'ennui ; mon appareil condensateur en fut endommagé, et je fus trempé jusqu'aux os. C'est, à coup sûr, une singulière rencontre, car je n'aurais pas supposé qu'un nuage de cette nature pût se soutenir à une si grande élévation. Je pensai faire pour le mieux en jetant deux morceaux de lest de cinq livres chaque, ce qui me laissait encore cent soixante-cinq livres de lest. Grâce à cette opération, je traversai bien vite l'obstacle, et je m'aperçus immédiatement que j'avais gagné prodigieusement en vitesse. Quelques secondes après que j'eus quitté le nuage, un éclair éblouissant le traversa d'un bout à l'autre et l'incendia dans toute son étendue, lui donnant l'aspect d'une masse de charbon en ignition. Qu'on se rappelle que ceci se passait en plein jour. Aucune pensée ne pourrait rendre la sublimité d'un pareil phénomène se déployant dans les ténèbres de la nuit. L'enfer lui-même aurait trouvé son image exacte. Tel que je le vis, ce spectacle me fit dresser les cheveux. Cependant, je dardais au loin mon regard dans les abîmes béants ; je laissais mon imagination plonger et se promener sous d'étranges et immenses voûtes dans des gouffres empourprés, dans les abîmes rouges et sinistres d'un feu effrayant et insondable. Je l'avais échappé belle. Si le ballon était resté une minute de plus dans le nuage, — c'est-à-dire si l'incommodité dont je souffrais ne m'avait pas déterminé à jeter du lest, — ma destruction pouvait en être et en eût très probablement été la conséquence. De pareils dangers, quoiqu'on y fasse peu d'attention, sont les plus grands peut-être qu'on puisse courir en ballon. J'avais pendant ce temps atteint une hauteur assez grande pour n'avoir aucune inquiétude à ce sujet.

Je m'élevais alors très rapidement, et à sept heures le baromètre donnait une hauteur qui n'était pas moindre de neuf milles et demi. Je commençais à éprouver une grande difficulté de respiration. Ma tête aussi me faisait excessivement souffrir ; et, ayant senti depuis quelque temps de l'humidité sur mes joues, je découvris à la fin que c'était du sang qui suintait continuellement du tympan de mes oreilles. Mes yeux me donnaient aussi beaucoup d'inquiétude. En passant ma main dessus, il me sembla qu'ils étaient poussés hors de leurs orbites, et à un degré assez considérable ; et tous les objets contenus dans la nacelle et le ballon lui-même se présentaient à ma vision sous une forme monstrueuse et faussée. Ces symptômes dépassaient ceux auxquels je m'attendais, et me causaient quelque alarme. Dans cette conjoncture, très imprudemment et sans réflexion, je jetai hors de la nacelle trois morceaux de lest de cinq livres chaque. La vitesse dès lors accélérée de mon ascension m'emporta, trop rapidement et sans gradation suffisante, dans une couche d'atmosphère singulièrement raréfiée, ce qui faillit amener un résultat fatal pour mon expédition et pour moi-même. Je fus soudainement pris par un spasme qui dura plus de cinq minutes, et, même quand il eut en partie cessé, il se trouva que je ne pouvais plus aspirer qu'à de longs intervalles et d'une manière convulsive, saignant copieusement pendant tout ce temps par le nez, par les oreilles, et même légèrement par les yeux. Les pigeons semblaient en proie à une excessive angoisse et se débattaient pour s'échapper, pendant que la chatte miaulait lamentablement, chancelant çà et là à travers la nacelle comme sous l'influence d'un poison.

Je découvris alors trop tard l'immense imprudence

que j'avais commise en jetant du lest, et mon trouble devint extrême. Je n'attendais pas moins que la mort, et la mort dans quelques minutes. La souffrance physique que j'éprouvais contribuait aussi à me rendre presque incapable d'un effort quelconque pour sauver ma vie. Il me restait à peine la faculté de réfléchir, et la violence de mon mal de tête semblait augmenter de minute en minute. Je m'aperçus alors que mes sens allaient bientôt m'abandonner tout à fait, et j'avais déjà empoigné une des cordes de la soupape, quand le souvenir du mauvais tour que j'avais joué aux trois créanciers et la crainte des conséquences qui pouvaient m'accueillir à mon retour m'effrayèrent et m'arrêtèrent pour le moment. Je me couchai au fond de la nacelle et m'efforçai de rassembler mes facultés. J'y réussis un peu, et je résolus de tenter l'expérience d'une saignée.

Mais, comme je n'avais pas de lancette, je fus obligé de procéder à cette opération tant bien que mal, et finalement j'y réussis en m'ouvrant une veine au bras gauche avec la lame de mon canif. Le sang avait à peine commencé à couler que j'éprouvais un soulagement notable, et, lorsque j'en eus perdu à peu près la valeur d'une demi-cuvette de dimension ordinaire, les plus dangereux symptômes avaient pour la plupart entièrement disparu. Cependant, je ne jugeai pas prudent d'essayer de me remettre immédiatement sur mes pieds ; mais, ayant bandé mon bras du mieux que je pus, je restai immobile pendant un quart d'heure environ. Au bout de ce temps je me levai et me sentis plus libre, plus dégagé de toute espèce de malaise que je ne l'avais été depuis une heure un quart.

Cependant la difficulté de respiration n'avait que fort peu diminué, et je pensai qu'il y aurait bientôt nécessité urgente à faire usage du condensateur. En même temps, je jetai les yeux sur ma chatte qui s'était commodément réinstallée sur mon habit, et, à ma grande surprise, je découvris qu'elle avait jugé à propos, pendant mon indisposition, de mettre au jour une ventrée de cinq petits chats. Certes, je ne m'attendais pas le moins du monde à ce supplément de passagers, mais, en somme, l'aventure me fit plaisir. Elle me fournissait l'occasion de vérifier une conjecture qui, plus qu'aucune autre, m'avait décidé à tenter cette ascension.

J'avais imaginé que l'*habitude* de la pression atmosphérique à la surface de la terre était en grande partie la cause des douleurs qui attaquaient la vie animale à une certaine distance au-dessus de cette surface. Si les petits chats éprouvaient du malaise *au même degré que leur mère*, je devais considérer ma théorie comme fausse, mais je pouvais regarder le cas contraire comme une excellente confirmation de mon idée.

À huit heures, j'avais atteint une élévation de dix-sept milles. Ainsi il me parut évident que ma vitesse ascensionnelle non seulement augmentait, mais que cette augmentation eût été légèrement sensible, même dans le cas où je n'aurais pas jeté de lest, comme je l'avais fait. Les douleurs de tête et d'oreilles revenaient par intervalles avec violence, et, de temps à autre, j'étais repris par mes saignements de nez ; mais, en somme, je souffrais beaucoup moins que je ne m'y étais attendu. Cependant, de minute en minute, ma respiration devenait plus difficile, et chaque inhalation était suivie d'un mouvement spasmodique de la poitrine des plus fatigants. Je déployai alors l'appareil condensateur, de manière à le faire fonctionner immédiatement.

L'aspect de la terre, à cette période de mon ascension, était vraiment magnifique. À l'ouest, au nord et au sud, aussi loin que pénétrait mon regard, s'étendait une nappe illimitée de mer en apparence immobile, qui, de seconde en seconde, prenait une teinte bleue plus profonde. À une vaste distance vers l'est, s'allongeaient très distinctement les îles Britanniques, les côtes occidentales de la France et de l'Espagne, ainsi qu'une petite portion de la partie nord du continent africain. Il était impossible de découvrir une trace des édifices particuliers, et les plus orgueilleuses cités de l'huma-

nité avaient absolument disparu de la surface de la
terre.

Ce qui m'étonna particulièrement dans l'aspect des
choses situées au-dessous de moi, ce fut la concavité
apparente de la surface du globe. Je m'attendais, assez
sottement, à voir sa convexité réelle se manifester plus
distinctement à proportion que je m'élèverais ; mais
quelques secondes de réflexion me suffirent pour expliquer cette contradiction. Une ligne abaissée perpendiculairement sur la terre du point où je me trouvais
aurait formé la perpendiculaire d'un triangle rectangle dont la base se serait étendue de l'angle droit à
l'horizon, et l'hypoténuse de l'horizon au point occupé
par mon ballon. Mais l'élévation où j'étais placé n'était
rien ou presque rien comparativement à l'étendue
embrassée par mon regard ; en d'autres termes, la base
et l'hypoténuse du triangle supposé étaient si longues,
comparées à la perpendiculaire, qu'elles pouvaient être
considérées comme deux lignes presque parallèles. De
cette façon l'horizon de l'aéronaute lui apparaît toujours au niveau de sa nacelle. Mais, comme le point
situé immédiatement au-dessous de lui lui apparaît et
est, en effet, à une immense distance, naturellement il
lui paraît aussi à une immense distance au-dessous de
l'horizon. De là, l'impression de concavité ; et cette
impression durera jusqu'à ce que l'élévation se trouve
relativement à l'étendue de la perspective dans une proportion telle que le parallélisme apparent de la base et
de l'hypoténuse disparaisse.

Cependant, comme les pigeons semblaient souffrir
horriblement, je résolus de leur donner la liberté. Je
déliai d'abord l'un d'eux, un superbe pigeon gris sau-
moné, et le plaçai sur le bord de la nacelle. Il semblait
excessivement mal à son aise, regardait anxieusement
autour de lui, battait des ailes, faisait entendre un rou-
coulement très accentué, mais ne pouvait pas se décider à s'élancer hors de la nacelle. À la fin, je le pris
et le jetai à six yards environ du ballon. Cependant,
bien loin de descendre, comme je m'y attendais, il fit

des efforts véhéments pour rejoindre le ballon, poussant en même temps des cris très aigus et très perçants. Enfin, il réussit à rattraper sa première position sur le bord du panier ; mais à peine s'y était-il posé qu'il pencha sa tête sur sa gorge et tomba mort au fond de la nacelle. L'autre n'eut pas un sort aussi déplorable. Pour l'empêcher de suivre l'exemple de son camarade et d'effectuer un retour vers le ballon, je le précipitai vers la terre de toute ma force, et vis avec plaisir qu'il continuait à descendre avec une grande vélocité, faisant usage de ses ailes très facilement et d'une manière parfaitement naturelle. En très peu de temps, il fut hors de vue, et je ne doute pas qu'il ne soit arrivé à bon port. Quant à la minette, qui semblait en grande partie remise de sa crise, elle se faisait maintenant un joyeux régal de l'oiseau mort, et finit par s'endormir avec toutes les apparences du contentement. Les petits chats étaient parfaitement vivants et ne manifestaient pas le plus léger symptôme de malaise.

À huit heures un quart, ne pouvant pas respirer plus longtemps sans une douleur intolérable, je commençai immédiatement à ajuster autour de la nacelle l'appareil attenant au condensateur. Cet appareil demande quelques explications, et Vos Excellences voudront bien se rappeler que mon but, en premier lieu, était de m'enfermer entièrement, moi et ma nacelle, et de me barricader contre l'atmosphère singulièrement raréfiée au sein de laquelle j'existais, et enfin d'introduire à l'intérieur, à l'aide de mon condensateur, une quantité de cette même atmosphère suffisamment condensée pour les besoins de la respiration.

Dans ce but, j'avais préparé un vaste sac de caoutchouc très flexible, très solide, absolument imperméable. La nacelle tout entière se trouvait en quelque sorte placée dans ce sac dont les dimensions avaient été calculées pour cet objet, c'est-à-dire qu'il passait sous le fond de la nacelle, s'étendait sur ses bords, et montait extérieurement le long des cordes jusqu'au cerceau où le filet était attaché. Ayant ainsi déployé le sac et fait hermétiquement la clôture de tous les côtés, il fallait maintenant assujettir le haut ou l'ouverture du sac en faisant passer le tissu de caoutchouc au-dessus du cerceau, en d'autres termes, entre le filet et le cerceau. Mais, si je détachais le filet du cerceau pour opérer ce passage, comment la nacelle pourrait-elle se soutenir ? Or le filet n'était pas ajusté au cerceau d'une manière permanente, mais attaché par une série de brides mobiles ou de nœuds coulants. Je ne défis donc qu'un petit nombre de ces brides à la fois, laissant la nacelle suspendue par les autres. Ayant fait passer ce que je pus de la partie supérieure du sac, je rattachai les brides, — non pas au cerceau, car l'interposition de l'enveloppe de caoutchouc rendait cela impossible, — mais à une série de gros boutons fixés à l'enveloppe elle-même, à trois pieds environ au-dessous de l'ouverture du sac, les intervalles des boutons correspondant aux intervalles des brides. Cela fait, je détachai du cerceau quelques autres brides, j'introduisis une nouvelle portion de l'enveloppe, et les brides dénouées furent à leur tour assujetties à leurs boutons respectifs. Par ce procédé, je pouvais faire passer toute la partie supérieure du sac entre le filet et le cerceau.

Il est évident que le cerceau devait dès lors tomber dans la nacelle, tout le poids de la nacelle et de son contenu n'étant plus supporté que par la force des boutons. À première vue, ce système pouvait ne pas offrir une garantie suffisante ; mais il n'y avait aucune raison de s'en défier, car non seulement les boutons étaient solides par eux-mêmes, mais, de plus, ils étaient si rapprochés que chacun ne supportait en réalité qu'une très légère partie du poids total. La nacelle et son contenu auraient pesé trois fois plus que je n'en aurais pas été inquiet le moins du monde. Je relevai alors le cerceau le long de l'enveloppe de caoutchouc et je l'étayai sur trois perches légères préparées pour cet objet. Cela avait pour but de tenir le sac convenablement distendu par le haut, et de maintenir la partie inférieure du filet dans la position voulue. Tout ce qui me restait à faire main-

tenant était de nouer l'ouverture du sac, — ce que
j'opérai facilement en rassemblant les plis du caoutchouc, et en les tordant étroitement ensemble au moyen
d'une espèce de tourniquet à demeure.

Sur les côtés de l'enveloppe ainsi déployée autour de
la nacelle, j'avais fait adapter trois carreaux de verre
ronds, très épais, mais très clairs, au travers desquels
je pouvais voir facilement autour de moi dans toutes
les directions horizontales. Dans la partie du sac qui
formait le fond était une quatrième fenêtre analogue,
correspondant à une petite ouverture pratiquée dans
le fond de la nacelle elle-même. Celle-ci me permettait
de regarder perpendiculairement au-dessous de moi.
Mais il m'avait été impossible d'ajuster une invention
du même genre au-dessus de ma tête, en raison de la
manière particulière dont j'étais obligé de fermer
l'ouverture et des plis nombreux qui en résultaient ;
j'avais donc renoncé à voir les objets situés dans mon
zénith. Mais c'était là une chose de peu d'importance ;
car, lors même que j'aurais pu placer une fenêtre au-
dessus de moi, le ballon aurait fait obstacle à ma vue
et m'aurait empêché d'en faire usage.

À un pied environ au-dessous d'une des fenêtres latérales était une ouverture circulaire de trois pouces de
diamètre, avec un rebord de cuivre façonné intérieurement pour s'adapter à la spirale d'une vis. Dans ce
rebord se vissait le large tube du condensateur, le corps
de la machine étant naturellement placé dans la chambre de caoutchouc. En faisant le vide dans le corps de
la machine, on attirait dans ce tube une masse d'atmosphère ambiante raréfiée, qui de là était déversée à l'état
condensé et mêlée à l'air subtil déjà contenu dans la
chambre. Cette opération, répétée plusieurs fois, remplissait à la longue la chambre d'une atmosphère suffisant aux besoins de la respiration. Mais, dans un
espace aussi étroit que celui-ci, elle devait nécessairement, au bout d'un temps très court, se vicier et devenir impropre à la vie par son contact répété avec les
poumons. Elle était alors rejetée par une petite soupape

placée au fond de la nacelle, l'air dense se précipitant promptement dans l'atmosphère raréfiée. Pour éviter à un certain moment l'inconvénient d'un vide total dans la chambre, cette purification ne devait jamais être effectuée en une seule fois, mais graduellement, la soupape n'étant ouverte que pour quelques secondes, puis refermée, jusqu'à ce qu'un ou deux coups de pompe du condensateur eussent fourni de quoi remplacer l'atmosphère expulsée. Par amour des expériences, j'avais placé la chatte et ses petits dans un petit panier, et les avais suspendus en dehors de la nacelle par un bouton placé près du fond, tout auprès de la soupape, à travers laquelle je pouvais leur faire passer de la nourriture quand besoin était.

J'accomplis cette manœuvre avant de fermer l'ouverture de la chambre, et non sans quelque difficulté, car il me fallut, pour atteindre le dessous de la nacelle, me servir d'une des perches dont j'ai parlé, à laquelle était fixé un crochet. Aussitôt que l'air condensé eut pénétré dans la chambre, le cerceau et les perches devinrent inutiles : l'expansion de l'atmosphère incluse distendit puissamment le caoutchouc.

Quand j'eus fini tous ces arrangements et rempli la chambre d'air condensé, il était neuf heures moins dix. Pendant tout le temps qu'avaient duré ces opérations, j'avais horriblement souffert de la difficulté de respiration, et je me repentais amèrement de la négligence ou plutôt de l'incroyable imprudence dont je m'étais rendu coupable en remettant au dernier moment une affaire d'une si haute importance.

Mais enfin, lorsque j'eus fini, je commençai à recueillir, et promptement, les bénéfices de mon invention. Je respirai de nouveau avec une aisance et une liberté parfaites ; et vraiment, pourquoi n'en eût-il pas été ainsi ? Je fus aussi très agréablement surpris de me trouver en grande partie soulagé des vives douleurs qui m'avaient affligé jusqu'alors. Un léger mal de tête accompagné d'une sensation de plénitude ou de distension dans les poignets, les chevilles et la gorge était à peu près tout ce dont j'avais à me plaindre maintenant. Ainsi, il était positif qu'une grande partie du malaise provenant de la disparition de la pression atmosphérique s'était absolument évanouie, et que presque toutes les douleurs que j'avais endurées pendant les deux dernières heures devaient être attribuées uniquement aux effets d'une respiration insuffisante.

À neuf heures moins vingt — c'est-à-dire peu de temps après avoir fermé l'ouverture de ma chambre — le mercure avait atteint son extrême limite et était retombé dans la cuvette du baromètre, qui, comme je l'ai dit, était d'une vaste dimension. Il me donnait alors une hauteur de 132 000 pieds ou de 25 milles, et conséquemment mon regard en ce moment n'embrassait pas moins de la 320e partie de la superficie totale de la terre. À neuf heures, j'avais de nouveau perdu de vue la terre dans l'est, mais pas avant de m'être aperçu que le ballon dérivait rapidement vers le nord-nord-ouest. L'Océan, au-dessous de moi, gardait toujours son apparence de concavité ; mais sa vue était souvent interceptée par des masses de nuées qui flottaient çà et là.

À neuf heures et demie, je recommençai l'expérience des plumes, j'en jetai une poignée à travers la soupape. Elles ne voltigèrent pas, comme je m'y attendais, mais tombèrent perpendiculairement, en masse, comme un boulet et avec une telle vélocité que je les perdis de vue en quelques secondes. Je ne savais d'abord que penser de cet extraordinaire phénomène ; je ne pouvais croire que ma vitesse ascensionnelle se fût si soudainement et si prodigieusement accélérée. Mais je réfléchis bientôt que l'atmosphère était maintenant trop raréfiée pour soutenir même des plumes, — qu'elles tombaient réellement, ainsi qu'il m'avait semblé, avec une excessive rapidité, — et que j'avais été simplement surpris par les vitesses combinées de leur chute et de mon ascension.

À dix heures, il se trouva que je n'avais plus grand-chose à faire et que rien ne réclamait mon attention immédiate. Mes affaires allaient donc comme sur des roulettes, et j'étais persuadé que le ballon montait avec une vitesse incessamment croissante, quoique je n'eusse plus aucun moyen d'apprécier cette progression de vitesse. Je n'éprouvais de peine ni de malaise d'aucune espèce ; je jouissais même d'un bien-être que je n'avais pas encore connu depuis mon départ de Rotterdam. Je m'occupais tantôt à vérifier l'état de tous mes instruments, tantôt à renouveler l'atmosphère de la chambre. Quant à ce dernier point, je résolus de m'en occuper à des intervalles réguliers de quarante minutes, plutôt pour garantir complètement ma santé que par une absolue nécessité. Cependant, je ne pouvais pas m'empêcher de faire des rêves et des conjectures. Ma pensée s'ébattait dans les étranges et chimériques régions de la lune. Mon imagination, se sentant une bonne fois délivrée de toute entrave, errait à son gré parmi les merveilles multiformes d'une planète ténébreuse et changeante. Tantôt c'étaient des forêts chenues et vénérables, des précipices rocailleux et des cascades retentissantes s'écroulant dans des gouffres sans fond. Tantôt j'arrivais tout à coup dans de calmes solitudes inondées d'un soleil de midi, où ne s'introduisait jamais aucun vent du ciel, et où s'étalaient à perte de vue de vastes prairies de pavots et de longues fleurs élancées semblables à des lis, toutes silencieuses et immobiles pour l'éternité. Puis je voyageais longtemps, et je pénétrais dans une contrée qui n'était tout entière qu'un lac ténébreux et vague, avec une frontière de nuages. Mais ces images n'étaient pas les seules qui prissent possession de mon cerveau. Parfois des horreurs d'une nature plus noire, plus effrayante s'introduisaient dans mon esprit, et ébranlaient les dernières profondeurs de mon âme par la simple hypothèse de leur possibilité. Cependant, je ne pouvais permettre à ma pensée de s'appesantir trop longtemps sur ces dernières contemplations ; je pensais judicieusement que les dangers réels et palpables de mon voyage suffisaient largement pour absorber toute mon attention.

À cinq heures de l'après-midi, comme j'étais occupé

à renouveler l'atmosphère de la chambre, je pris cette occasion pour observer la chatte et ses petits à travers la soupape. La chatte semblait de nouveau souffrir beaucoup, et je ne doutai pas qu'il ne fallût attribuer particulièrement son malaise à la difficulté de respirer ; mais mon expérience relativement aux petits avait eu un résultat des plus étranges. Naturellement je m'attendais à les voir manifester une sensation de peine, quoique à un degré moindre que leur mère, et cela eût été suffisant pour confirmer mon opinion touchant l'habitude de la pression atmosphérique. Mais je n'espérais pas les trouver, après un examen scrupuleux, jouissant d'une parfaite santé et ne laissant pas voir le plus léger signe de malaise. Je ne pouvais me rendre compte de cela qu'en élargissant ma théorie, et en supposant que l'atmosphère ambiante hautement raréfiée pouvait bien, contrairement à l'opinion que j'avais d'abord adoptée comme positive, n'être pas chimiquement insuffisante pour les fonctions vitales, et qu'une personne née dans un pareil milieu pourrait peut-être ne s'apercevoir d'aucune incommodité de respiration, tandis que, ramenée vers les couches plus denses avoisinant la terre, elle souffrirait vraisemblablement des douleurs analogues à celles que j'avais endurées tout à l'heure. Ç'a été pour moi, depuis lors, l'occasion d'un profond regret qu'un accident malheureux m'ait privé de ma petite famille de chats et m'ait enlevé le moyen d'approfondir cette question par une expérience continue. En passant ma main à travers la soupape avec une tasse pleine d'eau pour la vieille minette, la manche de ma chemise s'accrocha à la boucle qui supportait le panier, et du coup la détacha du bouton. Quand même tout le panier se fût absolument évaporé dans l'air, il n'aurait pas été escamoté à ma vue d'une manière plus abrupte et plus instantanée. Positivement, il ne s'écoula pas la dixième partie d'une seconde entre le moment où le panier se décrocha et celui où il disparut complètement avec tout ce qu'il contenait. Mes souhaits les plus heureux l'accompagnèrent vers la terre, mais, naturellement, je n'espérais guère que la chatte et ses petits survécussent pour raconter leur odyssée.

À six heures, je m'aperçus qu'une grande partie de la surface visible de la terre, vers l'est, était plongée dans une ombre épaisse, qui s'avançait incessamment avec une grande rapidité ; enfin, à sept heures moins cinq, toute la surface visible fut enveloppée dans les ténèbres de la nuit. Ce ne fut toutefois que quelques instants plus tard que les rayons du soleil couchant cessèrent d'illuminer le ballon ; et cette circonstance, à laquelle je m'attendais parfaitement, ne manqua pas de me causer un immense plaisir. Il était évident qu'au matin je contemplerais le corps lumineux à son lever plusieurs heures au moins avant les citoyens de Rotterdam, bien qu'ils fussent situés beaucoup plus loin que moi dans l'est, et qu'ainsi, de jour en jour, à mesure que je serais placé plus haut dans l'atmosphère, je jouirais de la lumière solaire pendant une période de plus en plus longue. Je résolus alors de rédiger un journal de mon voyage en comptant les jours de vingt-quatre heures consécutives, sans avoir égard aux intervalles de ténèbres.

À dix heures, sentant venir le sommeil, je résolus de me coucher pour le reste de la nuit ; mais ici se présenta une difficulté qui, quoique de nature à sauter aux yeux, avait échappé à mon attention jusqu'au dernier moment. Si je me mettais à dormir, comme j'en avais l'intention, comment renouveler l'air de la chambre pendant cet intervalle ? Respirer cette atmosphère plus d'une heure, au maximum, était une chose absolument impossible ; et, en supposant ce terme poussé jusqu'à une heure un quart, les plus déplorables conséquences pouvaient en résulter. Cette cruelle alternative ne me causa pas d'inquiétude ; et l'on croira à peine qu'après les dangers que j'avais essuyés je pris la chose tellement au sérieux que je désespérais d'accomplir mon dessein, et que finalement je me résignai à la nécessité d'une descente.

Mais cette hésitation ne fut que momentanée. Je

réfléchis que l'homme est le plus parfait esclave de l'habitude, et que mille cas de la routine de son existence sont considérés comme essentiellement importants, qui ne sont tels que parce qu'il en fait des nécessités de routine. Il était positif que je ne pouvais pas ne pas dormir ; mais je pouvais facilement m'accoutumer à me réveiller sans inconvénient d'heure en heure durant tout le temps consacré à mon repos. Il ne me fallait pas plus de cinq minutes au plus pour renouveler complètement l'atmosphère ; et la seule difficulté réelle était d'inventer un procédé pour m'éveiller au moment nécessaire. Mais c'était là un problème dont la solution, je le confesse, ne me causait pas peu d'embarras.

J'avais certainement entendu parler de l'étudiant qui, pour s'empêcher de tomber de sommeil sur ses livres, tenait dans une main une boule de cuivre, dont la chute retentissante dans un bassin de même métal placé par terre, à côté de sa chaise, servait à le réveiller en sursaut si quelquefois il se laissait aller à l'engourdissement. Mon cas, toutefois, était fort différent du sien et ne livrait pas de place à une pareille idée ; car je ne désirais pas rester éveillé, mais me réveiller à des intervalles réguliers. Enfin, j'imaginai l'expédient suivant qui, quelque simple qu'il paraisse, fut salué par moi, au moment de ma découverte, comme une invention absolument comparable à celle du télescope, des machines à vapeur, et même de l'imprimerie.

Il est nécessaire de remarquer d'abord que le ballon, à la hauteur où j'étais parvenu, continuait à monter en ligne droite avec une régularité parfaite, et que la nacelle le suivait conséquemment sans éprouver la plus légère oscillation. Cette circonstance me favorisa grandement dans l'exécution du plan que j'avais adopté. Ma provision d'eau avait été embarquée dans des barils qui contenaient chacun cinq gallons et étaient solidement arrimés dans l'intérieur de la nacelle. Je détachai l'un de ces barils et, prenant deux cordes, je les attachai étroitement au rebord d'osier, de manière qu'elles traversaient la nacelle, parallèlement, et à une distance d'un pied l'une de l'autre ; elles formaient ainsi une sorte de tablette, sur laquelle je plaçai le baril et l'assujettis dans une position horizontale.

À huit pouces environ au-dessous de ces cordes et à quatre pieds du fond de la nacelle, je fixai une autre tablette, mais faite d'une planche mince, la seule de cette nature qui fût à ma disposition. Sur cette dernière, et juste au-dessous d'un des bords du baril, je déposai une petite cruche de terre.

Je perçai alors un trou dans le fond du baril, au-dessus de la cruche, et j'y fichai une cheville de bois taillée en cône, ou en forme de bougie. J'enfonçai et je retirai cette cheville, plus ou moins, jusqu'à ce qu'elle s'adaptât, après plusieurs tâtonnements, juste assez pour que l'eau filtrant par le trou et tombant dans la cruche la remplît jusqu'au bord dans un intervalle de soixante minutes. Quant à ceci, il me fut facile de m'en assurer en peu de temps ; je n'eus qu'à observer jusqu'à quel point la cruche se remplissait dans un temps donné. Tout cela dûment arrangé, le reste se devine.

Mon lit était disposé sur le fond de la nacelle de manière que ma tête, quand j'étais couché, se trouvait immédiatement au-dessous de la gueule de la cruche. Il était évident qu'au bout d'une heure la cruche remplie devait déborder, et le trop-plein s'écouler par la gueule qui était un peu au-dessous du niveau du bord. Il était également certain que l'eau tombant ainsi d'une hauteur de plus de quatre pieds ne pouvait pas ne pas tomber sur ma face, et que le résultat devait être un réveil instantané, quand même j'aurais dormi du plus profond sommeil.

Il était au moins onze heures quand j'eus fini toute cette installation, et je me mis immédiatement au lit, plein de confiance dans l'efficacité de mon invention. Et je ne fus pas désappointé dans mes espérances. De soixante en soixante minutes, je fus ponctuellement éveillé par mon fidèle chronomètre ; je vidais le contenu de la cruche par le trou de bonde du baril, je faisais fonctionner le condensateur, et je me remettais au lit. Ces interruptions régulières dans mon sommeil me causèrent même moins de fatigue que je ne m'y étais attendu ; et, quand enfin je me levai pour tout de bon, il était sept heures, et le soleil avait atteint déjà quelques degrés au-dessus de la ligne de mon horizon.

3 avril. — Je trouvai que mon ballon était arrivé à une immense hauteur, et que la convexité de la terre se manifestait enfin d'une manière frappante. Au-dessous de moi, dans l'Océan, se montrait un semis de points noirs qui devaient être indubitablement des îles. Au-dessus de ma tête, le ciel était d'un noir de jais, et les étoiles visibles et scintillantes ; en réalité, elles m'avaient toujours apparu ainsi depuis le premier jour de mon ascension. Bien loin vers le nord, j'apercevais au bord de l'horizon une ligne ou une bande mince, blanche et excessivement brillante, et je supposai immédiatement que ce devait être la limite sud de la mer de glaces polaires. Ma curiosité fut grandement excitée, car j'avais l'espoir de m'avancer beaucoup plus vers le nord, et peut-être, à un certain moment, de me trouver directement au-dessus du pôle lui-même. Je déplorai alors que l'énorme hauteur où j'étais placé m'empêchât d'en faire un examen aussi positif que je l'aurais désiré. Toutefois, il y avait encore quelques bonnes observations à faire.

Il ne m'arriva d'ailleurs rien d'extraordinaire durant cette journée. Mon appareil fonctionnait toujours très régulièrement, et le ballon montait toujours sans aucune vacillation apparente. Le froid était intense et m'obligeait de m'envelopper soigneusement d'un paletot. Quand les ténèbres couvrirent la terre, je me mis au lit, quoique je dusse être pour plusieurs heures encore enveloppé de la lumière du plein jour. Mon horloge hydraulique accomplit ponctuellement son devoir, et je dormis profondément jusqu'au matin suivant, sauf les interruptions périodiques.

4 avril. — Je me suis levé en bonne santé et en joyeuse humeur, et j'ai été fort étonné du singulier changement survenu dans l'aspect de la mer. Elle avait perdu, en grande partie, la teinte de bleu profond qu'elle avait revêtue jusqu'à présent ; elle était d'un blanc grisâtre et d'un éclat qui éblouissait l'œil. La convexité de l'Océan était devenue si évidente que la masse entière de ses eaux lointaines semblait s'écrouler précipitamment dans l'abîme de l'horizon, et je me surpris prêtant l'oreille et cherchant les échos de la puissante cataracte.

Les îles n'étaient plus visibles, soit qu'elles eussent passé derrière l'horizon vers le sud-est, soit que mon élévation croissante les eût chassées au delà de la portée de ma vue ; c'est ce qu'il m'est impossible de dire. Toutefois j'inclinais vers cette dernière opinion. La bande de glace, au nord, devenait de plus en plus apparente. Le froid avait beaucoup perdu de son intensité. Il ne m'arriva rien d'important, et je passai tout le jour à lire, car je n'avais pas oublié de faire une provision de livres.

5 avril. — J'ai contemplé le singulier phénomène du soleil levant pendant que presque toute la surface visible de la terre restait enveloppée dans les ténèbres. Toutefois, la lumière commença à se répandre sur toutes choses, et je revis la ligne de glaces au nord. Elle était maintenant très distincte, et paraissait d'un ton plus foncé que les eaux de l'Océan. Évidemment, je m'en rapprochais, et avec une grande rapidité. Je m'imaginai que je distinguais encore une bande de terre vers l'est, et une autre vers l'ouest, mais il me fut impossible de m'en assurer. Température modérée. Rien d'important ne m'arriva ce jour-là. Je me mis au lit de fort bonne heure.

6 avril. — J'ai été fort surpris de trouver la bande de glace à une distance assez modérée, et un immense champ de glaces s'étendant à l'horizon vers le nord. Il était évident que, si le ballon gardait sa direction actuelle, il devait arriver bientôt au-dessus de l'Océan boréal, et maintenant j'avais une forte espérance de voir

L'édition de 1856 des traductions de Baudelaire et une photo de tournage de "Phantom of the Rue Morgue" de Roy del Ruth (1954).

De Baudelaire au cinéma, des histoires qui paraissent toujours aussi extraordinaires.

*Elizabeth Hopkins Poe
et Edgar Poe.*

LIGEIA
"L'expression des yeux de Ligeia [...] Ces yeux ! Ces larges, ces brillantes, ces divines prunelles ! elles étaient
devenues pour moi les étoiles jumelles de Léda, et moi
j'étais pour elles le plus fervent des astrologues" (p. 298).

Il a un an quand son père disparaît et deux ans
quand sa mère meurt de tuberculose.

*France et John Allan,
l'ont élevé
sans l'adopter.*

*Il épousa en 1836 sa cousine Virginia
Clemm, qui mourut onze ans plus tard.*

Une vue de Boston où il est né en 1809 et ne revint qu'en 1827.

Né au nord des Etats-Unis, Poe passa son enfance
dans le Sud jusqu'à l'âge de dix-huit ans.

MANUSCRIT TROUVÉ DANS UNE BOUTEILLE

"Je continuerai ce journal de temps en temps [...] Au dernier moment j'enfermerai le manuscrit dans une bouteille et je jetterai le tout à la mer [...] La curiosité de pénétrer les mystères de ces effroyables régions surplombe encore mon désespoir et suffit à me réconcilier avec le plus hideux aspect de la mort" (pp. 217 et 222).

Baudelaire, par Emile Denby (détail).

Le conteur allemand E.T.A. Hoffmann (1776-1822), qui a inspiré Poe.

Le thème du vaisseau fantôme, que l'on retrou dans "Manuscrit trouvé dans une bouteille".

La vie mouvementée de Poe a fasciné Baudelaire et a permis longtemps de ranger Poe parmi les conteurs fous.

Alexandre von Humboldt (1769-1859), explorateur et géographe célèbre.

"Le grand problème est à la fin résolu !" ("Le Canard au ballon", p. 133).

Comme la plupart des grands conteurs fantastiques,
Poe utilise les découvertes scientifiques récentes.

MAURICE LEBLANC

ES EXTRAORDINAIRES D'ARSÈNE LUPIN

"813"

ILLUSTRATIONS DE M. LECOULTRE

ONS PIERRE LAFITTE
90, AVENUE DES CHAMPS-ÉLYSÉES, 90
P A R I S

*"J'allai droit au porte-cartes, je pris la lettre, je la mis dans ma poche
et je la remplaçai par une autre" ("La Lettre volée", p. 84).
De Dupin, le héros de Poe, à Lupin il n'y a qu'une lettre d'écart.*

On peut à juste titre considérer Poe comme
l'inventeur de la littérature policière.

6

DOUBLE ASSASSINAT DANS LA RUE MORGUE

"Quant à cet assassinat, faisons nous-mêmes un examen avant de nous former une opinion. Une enquête nous procurera de l'amusement (je trouvai cette expression bizarre, appliquée au cas en question, mais je ne dis mot) [...] nous irons sur les lieux, nous les examinerons de nos propres yeux" (p. 39).

Sir Arthur Conan Doyle, auteur des "Aventures de Sherlock Holmes" (1892).

Peter Cushing jouant le rôle de Sherlock Holmes dans "Le Chien des Baskerville" de Terence Fisher (1959).

Dupin : la raison mène l'enquête.

"J'avais gardé ma place auprès du feu..." (p. 91).

*"Ce coffre avait trois pieds et demi
de long, trois de large et deux et demi
de profondeur..." (p. 110).*

Journaliste de génie, Poe emmena ses lecteurs
à la chasse au trésor : "Le Scarabée d'or".

LE SCARABÉE D'OR

"L'insecte qu'il laissait filer apparaissait maintenant au bout de la ficelle, et brillait comme une boule d'or brunie aux derniers rayons du soleil couchant, dont quelques-uns éclairaient encore faiblement l'éminence où nous étions placés" (p. 105).

Et les critiques modernes à leur tour, comme le héros du conte, décryptent les messages cachés par Poe.

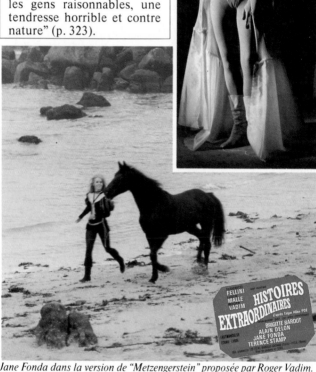

METZENGERSTEIN

"En réalité, l'attachement pervers du baron pour sa monture de récente acquisition, – attachement qui semblait prendre une nouvelle force dans chaque nouvel exemple que l'animal donnait de ses féroces et démoniaques intentions, – devint à la longue, aux yeux de tous les gens raisonnables, une tendresse horrible et contre nature" (p. 323).

Jane Fonda dans la version de "Metzengerstein" proposée par Roger Vadim.

Fellini, Malle et Vadim ont, en 1968, réalisé une adaptation de trois contes de Poe.

Images de "Morella", dans "Tales of Terror", de Roger William Corman, avec Vincent Price et Debra Paget (1962).

Pour ses "Tales of Terror", Roger Corman s'inspira de trois autres contes, dont "Morella".

MORT ET VIVANT !

"Pour l'amour de Dieu !
- vite ! - vite ! - faites-moi
dormir, - ou bien, vite !
éveillez-moi ! - vite ! *je
vous dis que je suis mort !*"
(*"La Vérité sur le cas de
M. Valdemar"*, p. 258).

*Autre conte adapté par Roger Corman dans ses "Tales of Terror":
"La Vérité sur le cas de M. Valdemar", avec Vincent Price et Basil Rathbone.*

"La chose était prodigieuse et n'avait jamais jusqu'alors
été imprimée dans un livre" (Poe, "Marginalia").

"[...] Celle qui fut mon amie et ma fiancée, qui devint mon compagnon d'études, et enfin l'épouse de mon cœur" ("Ligeia" (p. 296).

Autre conte adapté, en 1965 cette fois, par Roger Corman : "Ligeia", joué par V. Price.

DOUBLE ASSASSINAT DANS LA RUE MORGUE

"C'était l'histoire minutieuse, anatomique et descriptive, du grand orang-outang fauve des îles de l'Inde orientale. Tout le monde connaît suffisamment la gigantesque stature, la force et l'agilité prodigieuses, la férocité sauvage, et les facultés d'imitation de ce mammifère" (p. 53).

Une adaptation de "Double assassinat dans la rue Morgue" (film de R. Florey avec Bela Lugosi, 1932).

Le même conte inspira Gordon Hessler (1971, avec
Jason Robards) et Roy Del Ruth (1954).

Images du "Double crime de la rue Morgue", réalisé pour la télévision en 1971 par Jacques Nahum, avec Georges Descrières et Daniel Gélin.

le pôle. Durant tout le jour, je continuai à me rapprocher des glaces.

Vers la nuit, les limites de mon horizon s'agrandirent très soudainement et très sensiblement, ce que je devais sans aucun doute à la forme de notre planète qui est celle d'un sphéroïde écrasé, et parce que j'arrivais au-dessus des régions aplaties qui avoisinent le cercle arctique. À la longue, quand les ténèbres m'envahirent, je me mis au lit dans une grande anxiété, tremblant de passer au-dessus de l'objet d'une si grande curiosité sans pouvoir l'observer à loisir.

7 avril. — Je me levai de bonne heure et, à ma grande joie, je contemplai ce que je n'hésitai pas à considérer comme le pôle lui-même. Il était là, sans aucun doute, et directement sous mes pieds ; mais, hélas ! j'étais maintenant placé à une si grande hauteur que je ne pouvais rien distinguer avec netteté. En réalité, à en juger d'après la progression des chiffres indiquant mes diverses hauteurs à différents moments, depuis le 2 avril à six heures du matin jusqu'à neuf heures moins vingt de la même matinée (moment où le mercure retomba dans la cuvette du baromètre), il y avait vraisemblablement lieu de supposer que le ballon devait maintenant — 7 avril, quatre heures du matin — avoir atteint une hauteur qui était au moins de 7 254 milles au-dessus du niveau de la mer. Cette élévation peut paraître énorme ; mais l'estime sur laquelle elle était basée donnait très probablement un résultat bien inférieur à la réalité. En tout cas, j'avais indubitablement sous les yeux la totalité du plus grand diamètre terrestre ; tout l'hémisphère nord s'étendait au-dessous de moi comme une carte en projection orthographique ; et le grand cercle même de l'équateur formait la ligne frontière de mon horizon. Vos Excellences, toutefois, concevront facilement que les régions inexplorées jusqu'à présent et confinées dans les limites du cercle arctique, quoique situées directement au-dessous de moi, et conséquemment aperçues sans aucune apparence de raccourci, étaient trop rapetissées et placées à une trop grande distance du point d'observation pour admettre un examen quelque peu minutieux.

Néanmoins, ce que j'en voyais était d'une nature singulière et intéressante. Au nord de cette immense bordure dont j'ai parlé, et que l'on peut définir, sauf une légère restriction, la limite de l'exploration humaine dans ces régions, continue de s'étendre sans interruption ou presque sans interruption une nappe de glace. Dès son commencement, la surface de cette mer de glace s'affaisse sensiblement ; plus loin, elle est déprimée jusqu'à paraître plane, et finalement elle devient singulièrement concave, et se termine au pôle lui-même en une cavité centrale circulaire dont les bords sont nettement définis, et dont le diamètre apparent sous-tendait alors, relativement à mon ballon, un angle de soixante-cinq secondes environ ; quant à la couleur, elle était obscure, variant d'intensité, toujours plus sombre qu'aucun point de l'hémisphère visible, et s'approfondissant quelquefois jusqu'au noir parfait. Au delà, il était difficile de distinguer quelque chose. À midi, la circonférence de ce trou central avait sensiblement décru, et, à sept heures de l'après-midi, je l'avais entièrement perdu de vue ; le ballon passait vers le bord ouest des glaces et filait rapidement dans la direction de l'équateur.

8 avril. — J'ai remarqué une sensible diminution dans le diamètre apparent de la terre, sans parler d'une altération positive dans sa couleur et son aspect général. Toute la surface visible participait alors, à différents degrés, de la teinte jaune pâle, et dans certaines parties elle avait revêtu un éclat presque douloureux pour l'œil. Ma vue était singulièrement gênée par la densité de l'atmosphère et les amas de nuages qui avoisinaient cette surface ; c'est à peine si entre ces masses je pouvais de temps à autre apercevoir la planète. Depuis les dernières quarante-huit heures, ma vue avait été plus ou moins empêchée par ces obstacles ; mais mon élévation actuelle, qui était excessive, rapprochait et confondait ces masses flottantes de vapeur, et l'inconvénient devenait de plus en plus sensible à mesure que je montais. Néanmoins, je percevais facilement que le ballon planait maintenant au-dessus du groupe des grands lacs du Nord-Amérique et courait droit vers le sud, ce qui devait m'amener bientôt vers les tropiques.

Cette circonstance ne manqua pas de me causer la plus sensible satisfaction, et je la saluai comme un heureux présage de mon succès final. En réalité, la direction que j'avais prise jusqu'alors m'avait rempli d'inquiétude ; car il était évident que, si je l'avais suivie longtemps encore, je n'aurais jamais pu arriver à la lune, dont l'orbite n'est inclinée sur l'écliptique que d'un petit angle de 5 degrés 8 minutes 48 secondes. Quelque étrange que cela puisse paraître, ce ne fut qu'à cette période tardive que je commençai à comprendre la grande faute que j'avais commise en n'effectuant pas mon départ de quelque point terrestre situé dans le plan de l'ellipse lunaire.

9 avril. — Aujourd'hui, le diamètre de la terre est grandement diminué, et la surface prend d'heure en heure une teinte jaune plus prononcée. Le ballon a toujours filé droit vers le sud, et est arrivé à neuf heures de l'après-midi au-dessus de la côte nord du golfe du Mexique.

10 avril. — J'ai été soudainement tiré de mon sommeil vers cinq heures du matin par un grand bruit, un craquement terrible, dont je n'ai pu en aucune façon me rendre compte. Il a été de courte durée ; mais, tant qu'il a duré, il ne ressemblait à aucun bruit terrestre dont j'eusse gardé la sensation. Il est inutile de dire que je fus excessivement alarmé, car j'attribuai d'abord ce bruit à une déchirure du ballon. Cependant, j'examinai tout mon appareil avec une grande attention et je n'y pus découvrir aucune avarie. J'ai passé la plus grande partie du jour à méditer sur un accident aussi extraordinaire, mais je n'ai absolument rien trouvé de satisfaisant. Je me suis mis au lit fort mécontent et dans un état d'agitation et d'anxiété excessives.

11 avril. — J'ai trouvé une diminution sensible dans

le diamètre apparent de la terre et un accroissement considérable, observable pour la première fois, dans celui de la lune, qui n'était qu'à quelques jours de son plein. Ce fut alors pour moi un très long et très pénible labeur de condenser dans la chambre une quantité d'air atmosphérique suffisante pour l'entretien de la vie.

12 avril. — Un singulier changement a eu lieu dans la direction du ballon, qui, bien que je m'y attendisse parfaitement, m'a causé le plus sensible plaisir. Il était parvenu dans sa direction première au vingtième parallèle de latitude sud, et il a tourné brusquement vers l'est, à angle aigu, et a suivi cette route tout le jour, en se tenant à peu près, sinon absolument, dans le plan exact de l'ellipse lunaire. Ce qui était digne de remarque, c'est que ce changement de direction occasionnait une oscillation très sensible de la nacelle, — oscillation qui a duré plusieurs heures à un degré plus ou moins vif.

13 avril. — J'ai été de nouveau très alarmé par la répétition de ce grand bruit de craquement qui m'avait terrifié le 10. J'ai longtemps médité sur ce sujet, mais il m'a été impossible d'arriver à une conclusion satisfaisante. Grand décroissement dans le diamètre apparent de la terre. Il ne sous-tendait plus, relativement au ballon, qu'un angle d'un peu plus de 25 degrés. Quant à la lune, il m'était impossible de la voir, elle était presque dans mon zénith. Je marchais toujours dans le plan de l'ellipse, mais je faisais peu de progrès vers l'est.

14 avril. — Diminution excessivement rapide dans le diamètre de la terre. Aujourd'hui, j'ai été fortement impressionné de l'idée que le ballon courait maintenant sur la ligne des apsides en remontant vers le périgée, — en d'autres termes, qu'il suivait directement la route qui devait le conduire à la lune dans cette partie de son orbite qui est la plus rapprochée de la terre. La lune était juste au-dessus de ma tête, et conséquemment cachée à ma vue. Toujours ce grand et long travail indispensable pour la condensation de l'atmosphère.

15 avril. — Je ne pouvais même plus distinguer nettement sur la planète les contours des continents et des mers. Vers midi, je fus frappé pour la troisième fois de ce bruit effrayant qui m'avait déjà si fort étonné. Cette fois-ci, cependant, il dura quelques moments et prit de l'intensité. À la longue, stupéfié, frappé de terreur, j'attendais anxieusement je ne sais quelle épouvantable destruction, lorsque la nacelle oscilla avec une violence excessive, et une masse de matière que je n'eus pas le temps de distinguer passa à côté du ballon, gigantesque et enflammée, retentissante et rugissante comme la voix de mille tonnerres. Quand mes terreurs et mon étonnement furent un peu diminués, je supposai naturellement que ce devait être quelque énorme fragment volcanique vomi par ce monde dont j'approchais si rapidement, et, selon toute probabilité, un morceau de ces substances singulières qu'on ramasse quelquefois sur la terre, et qu'on nomme aérolithes, faute d'une appellation plus précise.

16 avril. — Aujourd'hui, en regardant au-dessous de moi, aussi bien que je pouvais, par chacune des deux fenêtres latérales alternativement, j'aperçus, à ma grande satisfaction, une très petite portion du disque lunaire qui s'avançait, pour ainsi dire de tous les côtés, au delà de la vaste circonférence de mon ballon. Mon agitation devint extrême, car maintenant je ne doutais guère que je n'atteignisse bientôt le but de mon périlleux voyage.

En vérité, le labeur qu'exigeait alors le condensateur s'était accru jusqu'à devenir obsédant, et ne laissait presque pas de répit à mes efforts. De sommeil, il n'en était, pour ainsi dire, plus question. Je devenais réellement malade, et tout mon être tremblait d'épuisement. La nature humaine ne pouvait pas supporter plus longtemps une pareille intensité dans la souffrance. Durant l'intervalle des ténèbres, bien court maintenant, une pierre météorique passa de nouveau dans mon voisinage, et la fréquence de ces phénomènes commença à me donner de fortes inquiétudes.

17 avril. — Cette matinée a fait époque dans mon voyage. On se rappellera que, le 13, la terre sous-tendait relativement à moi un angle de 25 degrés. Le 14, cet angle avait fortement diminué ; le 15, j'observai une diminution encore plus rapide ; et, le 16, avant de me coucher, j'avais estimé que l'angle n'était plus que de 7 degrés et 15 minutes. Qu'on se figure donc quelle dut être ma stupéfaction, quand, en m'éveillant ce matin, 17, et sortant d'un sommeil court et troublé, je m'aperçus que la surface planétaire placée au-dessous de moi avait si inopinément et si effroyablement *augmenté* de volume que son diamètre apparent sous-tendait un angle qui ne mesurait pas moins de 39 degrés ! J'étais foudroyé ! Aucune parole ne peut donner une idée exacte de l'horreur extrême, absolue, et de la stupeur dont je fus saisi, possédé, écrasé. Mes genoux vacillèrent sous moi, — mes dents claquèrent — mon poil se dressa sur ma tête. — Le ballon a donc fait explosion ? — Telles furent les premières idées qui se précipitèrent tumultueusement dans mon esprit. Positivement, le ballon a crevé ! — Je tombe, — je tombe avec la plus impétueuse, la plus incomparable vitesse ! À en juger par l'immense espace déjà si rapidement parcouru, je dois rencontrer la surface de la terre dans dix minutes au plus ; — dans dix minutes, je serai précipité, anéanti !

Mais, à la longue, la réflexion vint à mon secours. Je fis une pause, je méditai et je commençai à douter. La chose était impossible. Je ne pouvais en aucune façon être descendu aussi rapidement. En outre, bien que je me rapprochasse évidemment de la surface située au-dessous de moi, ma vitesse réelle n'était nullement en rapport avec l'épouvantable vélocité que j'avais d'abord imaginée.

Cette considération calma efficacement la perturbation de mes idées, et je réussis finalement à envisager le phénomène sous son vrai point de vue. Il fallait que ma stupéfaction m'eût privé de l'exercice de mes sens pour que je n'eusse pas vu quelle immense différence il y avait entre l'aspect de cette surface placée au-

dessous de moi et celui de ma planète natale. Cette dernière était donc au-dessus de ma tête et complètement
cachée par le ballon, tandis que la lune, — la lune elle-
même dans toute sa gloire, — s'étendait au-dessous de
moi ; — je l'avais sous mes pieds !

L'étonnement et la stupeur produits dans mon esprit
par cet extraordinaire changement dans la situation des
choses étaient peut-être, après tout, ce qu'il y avait de
plus étonnant et de moins explicable dans mon aventure. Car ce *bouleversement* en lui-même était non seulement naturel et inévitable, mais depuis longtemps
même je l'avais positivement prévu comme une circonstance toute simple, comme une conséquence qui devait
se produire quand j'arriverais au point exact de mon
parcours où l'attraction de la planète serait remplacée
par l'attraction du satellite, — ou, en termes plus précis,
quand la gravitation du ballon vers la terre serait moins
puissante que sa gravitation vers la lune.

Il est vrai que je sortais d'un profond sommeil, que
tous mes sens étaient encore brouillés, quand je me
trouvai soudainement en face d'un phénomène des plus
surprenants, — d'un phénomène que j'attendais, mais
que je n'attendais pas en ce moment.

La révolution elle-même devait avoir eu lieu naturellement, de la façon la plus douce et la plus graduée,
et il n'est pas le moins du monde certain que, lors même
que j'eusse été éveillé au moment où elle s'opéra, j'eusse
eu la conscience du sens dessus dessous, — que j'eusse
perçu un symptôme *intérieur* quelconque de l'inversion,
— c'est-à-dire une incommodité, un dérangement quelconque, soit dans ma personne, soit dans mon appareil.

Il est presque inutile de dire qu'en revenant au sentiment juste de ma situation, et émergeant de la terreur
qui avait absorbé toutes les facultés de mon âme, mon
attention s'appliqua d'abord uniquement à la contemplation de l'aspect général de la lune. Elle se développait
au-dessous de moi comme une carte, — et, quoique je
jugeasse qu'elle était encore à une distance assez considérable, les aspérités de sa surface se dessinaient à mes

yeux avec une netteté très singulière dont je ne pouvais absolument pas me rendre compte. L'absence complète d'océan, de mer, et même de tout lac et de toute
rivière, me frappa, au premier coup d'œil, comme le
signe le plus extraordinaire de sa condition géologique.

Cependant, chose étrange à dire, je voyais de vastes
régions planes, d'un caractère positivement alluvial,
quoique la plus grande partie de l'hémisphère visible
fût couverte d'innombrables montagnes volcaniques en
forme de cônes, et qui avaient plutôt l'aspect d'émi-
nences façonnées par l'art que de saillies naturelles. La
plus haute d'entre elles n'excédait pas trois milles trois
quarts en élévation perpendiculaire ; — d'ailleurs, une
carte des régions volcaniques des *Campi Phlegrœi* don-
nerait à Vos Excellences une meilleure idée de leur surface générale que toute description, toujours insuffisante, que j'essayerais d'en faire. — La plupart de ces
montagnes étaient évidemment en état d'éruption, et
me donnaient une idée terrible de leur furie et de leur
puissance par les fulminations multipliées des pierres
improprement dites météoriques qui maintenant partaient d'en bas et filaient à côté du ballon avec une fréquence de plus en plus effrayante.

18 avril. — Aujourd'hui, j'ai trouvé un accroissement énorme dans le volume apparent de la lune, —
et la vitesse évidemment accélérée de ma descente a
commencé à me remplir d'alarmes. On se rappellera
que dans le principe, quand je commençai à appliquer
mes rêveries à la possibilité d'un passage vers la lune,
l'hypothèse d'une atmosphère ambiante dont la densité devait être proportionnée au volume de la planète
avait pris une large part dans mes calculs ; et cela, en
dépit de mainte théorie adverse, et même, je l'avoue,
en dépit du préjugé universel contraire à l'existence
d'une atmosphère lunaire quelconque. Mais outre les
idées que j'ai déjà émises relativement à la comète
d'Encke et à la lumière zodiacale, ce qui me fortifiait
dans mon opinion, c'étaient certaines observations de
M. Schrœter, de Lilienthal. Il a observé la lune, âgée

de deux jours et demi, le soir, peu de temps après le coucher du soleil, avant que la partie obscure fût visible, et il continua à la surveiller jusqu'à ce que cette partie fût devenue visible. Les deux cornes semblaient s'affiler en une sorte de prolongement très aigu, dont l'extrémité était faiblement éclairée par les rayons solaires, alors qu'aucune partie de l'hémisphère obscur n'était visible. Peu de temps après, tout le bord sombre s'éclaira. Je pensai que ce prolongement des cornes au delà du demi-cercle prenait sa cause dans la réfraction des rayons du soleil par l'atmosphère de la lune. Je calculai aussi que la hauteur de cette atmosphère (qui pouvait réfracter assez de lumière dans son hémisphère obscur pour produire un crépuscule plus lumineux que la lumière réfléchie par la terre quand la lune est environ à 32 degrés de sa conjonction) devait être de 1 356 pieds de roi ; d'après cela, je supposai que la plus grande hauteur capable de réfracter le rayon solaire était de 5 376 pieds. Mes idées sur ce sujet se trouvaient également confirmées par un passage du quatre-vingt-deuxième volume des *Transactions philosophiques*, dans lequel il est dit que, lors d'une occultation des satellites de Jupiter, le troisième disparut après avoir été indistinct pendant une ou deux secondes, et que le quatrième devint indiscernable en approchant du limbe*.

---

* Helvétius écrit qu'il a quelquefois observé dans des cieux parfaitement clairs, où des étoiles même de sixième et de septième grandeur brillaient visiblement, que — supposés la même hauteur de la lune, la même élongation de la terre, le même télescope, excellent, bien entendu, — la lune et ses taches ne nous apparaissaient pas toujours aussi lumineuses. Ces circonstances données, il est évident que la cause du phénomène n'est ni dans notre atmosphère, ni dans le télescope, ni dans la lune, ni dans l'œil de l'observateur, mais qu'elle doit être cherchée dans quelque chose (une atmosphère ?) existant autour de la lune.

Cassini a constamment observé que Saturne, Jupiter et les étoiles fixes, au moment d'être occultés par la lune, changeaient leur forme circulaire en une forme ovale ; et dans d'autres occultations il n'a saisi aucun changement de forme. On pourrait donc en inférer que, dans quelques cas, mais pas toujours, la lune est enveloppée d'une matière dense où sont réfractés les rayons des étoiles. (E.A.P.)

C'était sur la résistance, ou, plus exactement, sur le support d'une atmosphère existant à un état de densité hypothétique, que j'avais absolument fondé mon espérance de descendre sain et sauf. Après tout, si j'avais fait une conjecture absurde, je n'avais rien de mieux à attendre, comme dénoûment de mon aventure, que d'être pulvérisé contre la surface raboteuse du satellite. Et, en somme, j'avais toutes les raisons possibles d'avoir peur. La distance où j'étais de la lune était comparativement insignifiante, tandis que le labeur exigé par le condensateur n'était pas du tout diminué et que je ne découvrais aucun indice d'une intensité croissante dans l'atmosphère.

19 avril. — Ce matin, à ma grande joie, vers neuf heures, — me trouvant effroyablement près de la surface lunaire, et mes appréhensions étant excitées au dernier degré, — le piston du condensateur a donné des symptômes évidents d'une altération de l'atmosphère. À dix heures, j'avais des raisons de croire sa densité considérablement augmentée. À onze heures, l'appareil ne réclamait plus qu'un travail très minime ; et, à midi, je me hasardai, non sans quelque hésitation, à desserrer le tourniquet, et, voyant qu'il n'y avait à cela aucun inconvénient, j'ouvris décidément la chambre de caoutchouc, et je déshabillai la nacelle. Ainsi que j'aurais dû m'y attendre, une violente migraine accompagnée de spasmes fut la conséquence immédiate d'une expérience si précipitée et si pleine de dangers. Mais, comme ces inconvénients et d'autres encore relatifs à la respiration n'étaient pas assez grands pour mettre ma vie en péril, je me résignai à les endurer de mon mieux, d'autant plus que j'avais tout lieu d'espérer qu'ils disparaîtraient progressivement, chaque minute me rapprochant des couches plus denses de l'atmosphère lunaire.

Toutefois, ce rapprochement s'opérait avec une impétuosité excessive, et bientôt il me fut démontré — certitude fort alarmante — que, bien que très probablement je ne me fusse pas trompé en comptant sur une

atmosphère dont la densité devait être proportionnelle
au volume du satellite, cependant j'avais eu bien tort
de supposer que cette densité, même à la surface, serait
suffisante pour supporter l'immense poids contenu
dans la nacelle de mon ballon. Tel cependant *eût dû*
être le cas, exactement comme à la surface de la terre,
si vous supposez, sur l'une et sur l'autre planète, la
pesanteur réelle des corps en raison de la densité atmosphérique ; mais tel *n'était pas* le cas ; ma chute précipitée le démontrait suffisamment. Mais pourquoi ?
C'est ce qui ne pouvait s'expliquer qu'en tenant compte
de ces perturbations géologiques dont j'ai déjà posé
l'hypothèse.

En tout cas, je touchais presque à la planète, et je
tombais avec la plus terrible impétuosité. Aussi je ne
perdis pas une minute ; je jetai par-dessus bord tout
mon lest, puis mes barriques d'eau, puis mon appareil
condensateur et mon sac de caoutchouc, et enfin tous
les articles contenus dans la nacelle. Mais tout cela ne
servit à rien. Je tombais toujours avec une horrible rapidité, et je n'étais pas à plus d'un demi-mille de la surface. Comme expédient suprême, je me débarrassai de
mon paletot, de mon chapeau et de mes bottes ; je détachai du ballon la nacelle elle-même, qui n'était pas un
poids médiocre ; et, m'accrochant alors au filet avec
mes deux mains, j'eus à peine le temps d'observer que
tout le pays, aussi loin que mon œil pouvait atteindre,
était criblé d'habitations lilliputiennes, — avant de
tomber, comme une balle, au cœur même d'une cité
d'un aspect fantastique et au beau milieu d'une multitude de vilain petit peuple, dont pas un individu ne prononça une syllabe ni ne se donna le moindre mal pour
me prêter assistance. Ils se tenaient tous, les poings sur
les hanches, comme un tas d'idiots, grimaçant d'une
manière ridicule, et me regardant de travers, moi et mon
ballon. Je me détournai d'eux avec un superbe mépris ;
et, levant mes regards vers la terre que je venais de quitter, et dont je m'étais exilé pour toujours peut-être, je
l'aperçus sous la forme d'un vaste et sombre bouclier

de cuivre d'un diamètre de 2 degrés environ, fixe et immobile dans les cieux, et garni à l'un de ses bords d'un croissant d'or étincelant. On n'y pouvait découvrir aucune trace de mer ni de continent, et le tout était moucheté de taches variables et traversé par les zones tropicale et équatoriale, comme par des ceintures.

Ainsi, avec la permission de Vos Excellences, après une longue série d'angoisses, de dangers inouïs et de délivrances incomparables, j'étais enfin, dix-neuf jours après mon départ de Rotterdam, arrivé sain et sauf au terme de mon voyage, le plus extraordinaire, le plus important qui ait jamais été accompli, entrepris, ou même conçu par un citoyen quelconque de votre planète. Mais il me reste à raconter mes aventures. Car, en vérité, Vos Excellences concevront facilement qu'après une résidence de cinq ans sur une planète qui, déjà profondément intéressante par elle-même, l'est doublement encore par son intime parenté, en qualité de satellite, avec le monde habité par l'homme, je puisse entretenir avec le Collège national astronomique des correspondances secrètes d'une bien autre importance que les simples détails, si surprenants qu'ils soient, du voyage que j'ai effectué si heureusement.

Telle est, en somme, la question réelle. J'ai beaucoup, beaucoup de choses à dire, et ce serait pour moi un véritable plaisir de vous les communiquer. J'ai beaucoup à dire sur le climat de cette planète ; — sur ses étonnantes alternatives de froid et de chaud ; — sur cette clarté solaire qui dure quinze jours, implacable et brûlante, et sur cette température glaciale, plus que polaire, qui remplit l'autre quinzaine ; — sur une translation constante d'humidité qui s'opère par distillation, comme dans le vide, du point situé au-dessous du soleil jusqu'à celui qui en est le plus éloigné ; — sur la race même des habitants, sur leurs mœurs, leurs coutumes, leurs institutions politiques ; sur leur organisme particulier, leur laideur, leur privation d'oreilles, appendices superflus dans une atmosphère si étrangement modifiée ; conséquemment, sur leur ignorance de l'usage et des propriétés du langage ; sur la singulière méthode de communication qui remplace la parole ; — sur l'incompréhensible rapport qui unit chaque citoyen de la lune à un citoyen du globe terrestre, — rapport analogue et soumis à celui qui régit également les mouvements de la planète et du satellite, et par suite duquel les existences et les destinées des habitants de l'une sont enlacées aux existences et aux destinées des habitants de l'autre ; — et par-dessus tout, s'il plaît à Vos Excellences, par-dessus tout, sur les sombres et horribles mystères relégués dans les régions de l'autre hémisphère lunaire, régions qui, grâce à la concordance presque miraculeuse de la rotation du satellite sur son axe avec sa révolution sidérale autour de la terre, n'ont jamais tourné vers nous, et, Dieu merci, ne s'exposeront jamais à la curiosité des télescopes humains.

Voici tout ce que je voudrais raconter, — tout cela, et beaucoup plus encore. Mais, pour trancher la question, je réclame ma récompense. J'aspire à rentrer dans ma famille et mon chez moi ; et, comme prix de toute communication ultérieure de ma part, en considération de la lumière que je puis, s'il me plaît, jeter sur plusieurs branches importantes des sciences physiques et métaphysiques, je sollicite, par l'entremise de votre honorable corps, le pardon du crime dont je me suis rendu coupable en mettant à mort mes créanciers lorsque je quittai Rotterdam. Tel est donc l'objet de la présente lettre. Le porteur, qui est un habitant de la lune, que j'ai décidé à me servir de messager sur la terre, et à qui j'ai donné des instructions suffisantes, attendra le bon plaisir de Vos Excellences, et me rapportera le pardon demandé, s'il y a moyen de l'obtenir.

J'ai l'honneur d'être de Vos Excellences le très humble serviteur,

HANS PFAALL

En finissant la lecture de ce très étrange document, le professeur Rudabub, dans l'excès de sa surprise, laissa, dit-on, tomber sa pipe par terre, et Mynheer

Superbus Von Underduk, ayant ôté, essuyé et serré
dans sa poche ses besicles, s'oublia, lui et sa dignité,
au point de pirouetter trois fois sur son talon, dans la
quintessence de l'étonnement et de l'admiration.

On obtiendrait la grâce ; — cela ne pouvait pas faire
l'ombre d'un doute. Du moins, il en fit le serment, le
bon professeur Rudabub, il en fit le serment avec un
parfait juron, et telle fut décidément l'opinion de l'illustre Von Underduk, qui prit le bras de son collègue et
fit, sans prononcer une parole, la plus grande partie
de la route vers son domicile pour délibérer sur les
mesures urgentes. Cependant, arrivé à la porte de la
maison du bourgmestre, le professeur s'avisa de
suggérer que, le messager ayant jugé à propos de disparaître (terrifié sans doute jusqu'à la mort par la
physionomie sauvage des habitants de Rotterdam), le
pardon ne servirait pas à grand-chose, puisqu'il n'y
avait qu'un homme de la lune qui pût entreprendre un
voyage aussi lointain.

En face d'une observation aussi sensée, le bourgmestre se rendit, et l'affaire n'eut pas d'autres suites.
Cependant, il n'en fut pas de même des rumeurs et des
conjectures. La lettre, ayant été publiée, donna naissance à une foule d'opinions et de cancans. Quelques-
uns — des esprits par trop sages — poussèrent le
ridicule jusqu'à discréditer l'affaire et à la présenter
comme un pur *canard*. Mais je crois que le mot *canard*
est, pour cette espèce de gens, un terme général qu'ils
appliquent à toutes les matières qui passent leur intelligence. Je ne puis, quant à moi, comprendre sur quelle
base ils ont fondé une pareille accusation. Voyons ce
qu'ils disent :

Avant tout, — que certains farceurs de Rotterdam
ont de certaines antipathies spéciales contre certains
bourgmestres et astronomes.

Secundo, — qu'un petit nain bizarre, escamoteur de
son métier, dont les deux oreilles avaient été, pour quelque méfait, coupées au ras de la tête, avait depuis quel-

ques jours disparu de la ville de Bruges, qui est toute voisine.

Tertio, — que les gazettes collées tout autour du petit ballon étaient des gazettes de Hollande, et conséquemment n'avaient pas pu être fabriquées dans la lune. C'étaient des papiers sales, crasseux, — très crasseux ; et Gluck, l'imprimeur, pouvait jurer sur sa Bible qu'ils avaient été imprimés à Rotterdam.

Quarto, — que Hans Pfaall lui-même, le vilain ivrogne, et les trois fainéants personnages qu'il appelle ses créanciers, avaient été vus ensemble, deux ou trois jours auparavant tout au plus, dans un cabaret mal famé des faubourgs, juste comme ils revenaient, avec de l'argent plein leurs poches, d'une expédition d'outre-mer.

Et, en dernier lieu, — que c'est une opinion généralement reçue, ou qui doit l'être, que le Collège des Astronomes de la ville de Rotterdam, — aussi bien que tous autres collèges astronomiques de toutes autres parties de l'univers, sans parler des collèges et des astronomes en général, — n'est, pour n'en pas dire plus, ni meilleur, ni plus fort, ni plus éclairé qu'il n'est nécessaire.

MANUSCRIT TROUVÉ
DANS UNE BOUTEILLE

> Qui n'a plus qu'un moment à vivre
> N'a plus rien à dissimuler.
>
> QUINAULT. — *Atys.*

De mon pays et de ma famille, je n'ai pas grand-chose à dire. De mauvais procédés et l'accumulation des années m'ont rendu étranger à l'un et à l'autre. Mon patrimoine me fit bénéficier d'une éducation peu commune, et un tour contemplatif d'esprit me rendit apte à classer méthodiquement tout ce matériel d'instruction diligemment amassé par une étude précoce. Par-dessus tout, les ouvrages des philosophes allemands me procuraient de grandes délices ; cela ne venait pas d'une admiration mal avisée pour leur éloquente folie, mais du plaisir que, grâce à mes habitudes d'analyse rigoureuse, j'avais à surprendre leurs erreurs. On m'a souvent reproché l'aridité de mon génie ; un manque d'imagination m'a été imputé comme un crime, et le pyrrhonisme de mes opinions a fait de moi, en tout temps, un homme fameux. En réalité, une forte appétence pour la philosophie physique a, je le crains, imprégné mon esprit d'un des défauts les plus communs de ce siècle, — je veux dire de l'habitude de rapporter aux principes de cette science les circonstances même les moins susceptibles d'un pareil rapport. Par-dessus tout, personne n'était moins exposé que moi à se laisser entraîner hors de la sévère juridiction de la vérité par les feux follets de la superstition. J'ai jugé à propos de donner ce préambule, dans la crainte que l'incroyable récit que j'ai à faire ne soit considéré plutôt comme la frénésie d'une imagination indigeste que comme l'expérience positive d'un esprit pour lequel les rêveries de l'imagination ont été lettre morte et nullité.

Après plusieurs années dépensées dans un lointain voyage, je m'embarquai, en 18.., à Batavia, dans la riche et populeuse île de Java, pour une promenade dans l'archipel des îles de la Sonde. Je me mis en route, comme passager, — n'ayant pas d'autre mobile qu'une nerveuse instabilité qui me *hantait* comme un mauvais esprit.

Notre bâtiment était un bateau d'environ quatre cents tonneaux, doublé en cuivre et construit à Bombay en teck de Malabar. Il était chargé de coton, de laine et d'huiles des Laquedives. Nous avions aussi à bord du filin de cocotier, du sucre de palmier, de l'huile de beurre bouilli, des noix de coco, et quelques caisses d'opium. L'arrimage avait été mal fait, et le navire conséquemment donnait de la bande.

Nous mîmes sous voiles avec un souffle de vent, et, pendant plusieurs jours, nous restâmes le long de la côte orientale de Java, sans autre incident pour tromper la monotonie de notre route que la rencontre de quelques-uns des petits grabs de l'archipel où nous étions confinés.

Un soir, comme j'étais appuyé sur le bastingage de la dunette, j'observai un très singulier nuage, isolé, vers le nord-ouest. Il était remarquable autant par sa couleur que parce qu'il était le premier que nous eussions vu depuis notre départ de Batavia. Je le surveillai attentivement jusqu'au coucher du soleil ; alors, il se répandit tout d'un coup de l'est à l'ouest, cernant l'horizon d'une ceinture précise de vapeur, et apparaissant comme une longue ligne de côte très basse. Mon attention fut bientôt après attirée par l'aspect rouge et brun de la lune et le caractère particulier de la mer. Cette dernière subissait un changement rapide, et l'eau semblait plus transparente que d'habitude. Je pouvais distinctement voir le fond, et cependant, en jetant la sonde, je trouvai que nous étions sur quinze brasses. L'air était devenu intolérablement chaud et se chargeait d'exhalaisons spirales semblables à celles qui s'élèvent du fer chauffé. Avec la nuit, toute la brise tomba, et nous fûmes pris par un calme plus complet qu'il n'est possible de le concevoir. La flamme d'une bougie brûlait à l'arrière sans le mouvement le moins sensible, et un long cheveu tenu entre l'index et le pouce tombait droit et sans la moindre oscillation. Néanmoins, comme le capitaine disait qu'il n'apercevait aucun symptôme de danger, et comme nous dérivions vers la terre par le travers, il commanda de carguer les voiles et de filer l'ancre. On ne mit point de vigie de quart, et l'équipage, qui se composait principalement de Malais, se coucha délibérément sur le pont. Je descendis dans la chambre, — non sans le parfait pressentiment d'un malheur. En réalité, tous ces symptômes me donnaient à craindre un simoun [1]. Je parlai de mes craintes au capitaine ; mais il ne fit pas attention à ce que je lui disais, et me quitta sans daigner me faire une réponse. Mon malaise, toutefois, m'empêcha de dormir, et, vers minuit, je montai sur le pont. Comme je mettais le pied sur la dernière marche du capot d'échelle, je fus effrayé par un profond bourdonnement semblable à celui que produit l'évolution rapide d'une roue de moulin, et, avant que j'eusse pu en vérifier la cause, je sentis que le navire tremblait dans son centre. Presque aussitôt, un coup de mer nous jeta sur le côté, et, courant par-dessus nous, balaya tout le pont de l'avant à l'arrière.

L'extrême furie du coup de vent fit, en grande partie, le salut du navire. Quoiqu'il fût absolument engagé

1. Le *simoun* est un vent sec et chaud du désert, accompagné de tourbillons de sable.

dans l'eau, comme ses mâts s'en étaient allés par-dessus bord, il se releva lentement une minute après, et, vacillant quelques instants sous l'immense pression de la tempête, finalement il se redressa.

Par quel miracle échappai-je à la mort, il m'est impossible de le dire. Étourdi par le choc de l'eau, je me trouvai pris, quand je revins à moi, entre l'étambot [1] et le gouvernail. Ce fut à grand-peine que je me remis sur mes pieds, et, regardant vertigineusement autour de moi, je fus d'abord frappé de l'idée que nous étions sur des brisants, tant était effrayant, au delà de toute imagination, le tourbillon de cette mer énorme et écumante dans laquelle nous étions engouffrés. Au bout de quelques instants, j'entendis la voix d'un vieux Suédois qui s'était embarqué avec nous au moment où nous quittions le port. Je le hélai de toute ma force, et il vint en chancelant me rejoindre à l'arrière. Nous reconnûmes bientôt que nous étions les seuls survivants du sinistre. Tout ce qui était sur le pont, nous exceptés, avait été balayé par-dessus bord ; le capitaine et les matelots avaient péri pendant leur sommeil, car les cabines avaient été inondées par la mer. Sans auxiliaires, nous ne pouvions pas espérer de faire grand-chose pour la sécurité du navire, et nos tentatives furent d'abord paralysées par la croyance où nous étions que nous allions sombrer d'un moment à l'autre. Notre câble avait cassé comme un fil d'emballage au premier souffle de l'ouragan ; sans cela, nous eussions été engloutis instantanément. Nous fuyions devant la mer avec une vélocité effrayante, et l'eau nous faisait des brèches visibles. La charpente de notre arrière était excessivement endommagée, et, presque sous tous les rapports, nous avions essuyé de cruelles avaries ; mais, à notre grande joie, nous trouvâmes que les pompes n'étaient pas engorgées, et que notre chargement n'avait pas été très dérangé.

1. L'*étambot* est la pièce de bois formant la limite arrière de la coque du bateau.

La plus grande furie de la tempête était passée, et nous n'avions plus à craindre la violence du vent ; mais nous pensions avec terreur au cas de sa totale cessation, bien persuadés que, dans notre état d'avarie, nous ne pourrions pas résister à l'épouvantable houle qui s'ensuivrait ; mais cette très juste appréhension ne semblait pas si près de se vérifier. Pendant cinq nuits et cinq jours entiers, durant lesquels nous vécûmes de quelques morceaux de sucre de palmier tirés à grand-peine du gaillard d'avant, notre coque fila avec une vitesse incalculable devant des reprises de vent qui se succédaient rapidement, et qui, sans égaler la première violence du simoun, étaient cependant plus terribles qu'aucune tempête que j'eusse essuyée jusqu'alors. Pendant les quatre premiers jours, notre route, sauf de très légères variations, fut au sud-est quart de sud, et ainsi nous serions allés nous jeter sur la côte de la Nouvelle-Hollande [1].

Le cinquième jour, le froid devint extrême, quoique le vent eût tourné d'un point vers le nord. Le soleil se leva avec un éclat jaune et maladif, et se hissa à quelques degrés à peine au-dessus de l'horizon, sans projeter une lumière franche. Il n'y avait aucun nuage apparent, et cependant le vent fraîchissait, fraîchissait et soufflait avec des accès de furie. Vers midi, ou à peu près, autant que nous en pûmes juger, notre attention fut attirée de nouveau par la physionomie du soleil. Il n'émettait pas de lumière, à proprement parler, mais une espèce de feu sombre et triste, sans réflexion, comme si tous les rayons étaient polarisés. Juste avant de se plonger dans la mer grossissante, son feu central disparut soudainement comme s'il était brusquement éteint par une puissance inexplicable. Ce n'était plus qu'une roue pâle et couleur d'argent, quand il se précipita dans l'insondable Océan.

Nous attendîmes en vain l'arrivée du sixième jour ; — ce jour n'est pas encore arrivé pour moi, — pour

1. La Nouvelle-Hollande s'appelle aujourd'hui l'Australie.

le Suédois il n'est jamais arrivé. Nous fûmes dès lors ensevelis dans des ténèbres de poix, si bien que nous n'aurions pas vu un objet à vingt pas du navire. Nous fûmes enveloppés d'une nuit éternelle que ne tempérait même pas l'éclat phosphorique de la mer auquel nous étions accoutumés sous les tropiques. Nous observâmes aussi que, quoique la tempête continuât à faire rage sans accalmie, nous ne découvrions plus aucune apparence de ce ressac et de ces moutons qui nous avaient accompagnés jusque-là. Autour de nous, tout n'était qu'horreur, épaisse obscurité, un noir désert d'ébène liquide. Une terreur superstitieuse s'infiltrait par degrés dans l'esprit du vieux Suédois, et mon âme, quant à moi, était plongée dans une muette stupéfaction. Nous avions abandonné tout soin du navire, comme chose plus qu'inutile, et nous attachant de notre mieux au tronçon du mât de misaine, nous promenions nos regards avec amertume sur l'immensité de l'Océan. Nous n'avions aucun moyen de calculer le temps et nous ne pouvions former aucune conjecture sur notre situation. Nous étions néanmoins bien sûrs d'avoir été plus loin dans le sud qu'aucun des navigateurs précédents, et nous éprouvions un grand étonnement de ne pas rencontrer les obstacles ordinaires de glaces. Cependant, chaque minute menaçait d'être la dernière, — chaque vague se précipitait pour nous écraser. La houle surpassait tout ce que j'avais imaginé comme possible, et c'était un miracle de chaque instant que nous ne fussions pas engloutis. Mon camarade parlait de la légèreté de notre chargement, et me rappelait les excellentes qualités de notre bateau ; mais je ne pouvais m'empêcher d'éprouver l'absolu renoncement du désespoir, et je me préparais mélancoliquement à cette mort que rien, selon moi, ne pouvait différer au delà d'une heure, puisque, à chaque nœud que filait le navire, la houle de cette mer noire et prodigieuse devenait plus lugubrement effrayante. Parfois, à une hauteur plus grande que celle de l'albatros, la respiration nous manquait, et d'autres fois nous étions pris de vertige en descendant avec une horrible vélocité dans un enfer liquide où l'air devenait stagnant, et où aucun son ne pouvait troubler les sommeils du kraken [1].

Nous étions au fond d'un de ces abîmes, quand un cri soudain de mon compagnon éclata sinistrement dans la nuit.

— Voyez ! voyez ! me criait-il dans les oreilles ; Dieu tout-puissant ! Voyez ! voyez !

Comme il parlait, j'aperçus une lumière rouge, d'un éclat sombre et triste, qui flottait sur le versant du gouffre immense où nous étions ensevelis, et jetait à notre bord un reflet vacillant. En levant les yeux, je vis un spectacle qui glaça mon sang. À une hauteur terrifiante, juste au-dessus de nous et sur la crête même du précipice, planait un navire gigantesque, de quatre mille tonneaux peut-être. Quoique juché au sommet d'une vague qui avait bien cent fois sa hauteur, il paraissait d'une dimension beaucoup plus grande que celle d'aucun vaisseau de ligne ou de la Compagnie des Indes. Son énorme coque était d'un noir profond que ne tempérait aucun des ornements ordinaires d'un navire. Une simple rangée de canons s'allongeait de ses sabords ouverts et renvoyait, réfléchis par leurs surfaces polies, les feux d'innombrables fanaux de combat qui se balançaient dans le gréement. Mais ce qui nous inspira le plus d'horreur et d'étonnement, c'est qu'il marchait toutes voiles dehors, en dépit de cette mer surnaturelle et de cette tempête effrénée. D'abord, quand nous l'aperçûmes, nous ne pouvions voir que son avant, parce qu'il ne s'élevait que lentement du noir et horrible gouffre qu'il laissait derrière lui. Pendant un moment, — moment d'intense terreur, — il fit une pause sur ce sommet vertigineux, comme dans l'enivrement de sa propre élévation, — puis trembla, — s'inclina, — et enfin — glissa sur la pente.

En ce moment, je ne sais quel sang-froid soudain maîtrisa mon esprit. Me rejetant autant que possible

1. Le *kraken* est une voile complémentaire.

vers l'arrière, j'attendis sans trembler la catastrophe qui devait nous écraser. Notre propre navire, à la longue, ne luttait plus contre la mer et plongeait de l'avant. Le choc de la masse précipitée le frappa conséquemment dans cette partie de la charpente qui était déjà sous l'eau, et eut pour résultat inévitable de me lancer dans le gréement de l'étranger.

Comme je tombais, ce navire se souleva dans un temps d'arrêt, puis vira de bord ; et c'est, je présume, à la confusion qui s'ensuivit que je dus d'échapper à l'attention de l'équipage. Je n'eus pas grand-peine à me frayer un chemin, sans être vu, jusqu'à la principale écoutille, qui était en partie ouverte, et je trouvai bientôt une occasion propice pour me cacher dans la cale. Pourquoi fis-je ainsi ? je ne saurais trop le dire. Ce qui m'induisit à me cacher fut peut-être un sentiment vague de terreur qui s'était emparé tout d'abord de mon esprit à l'aspect des nouveaux navigateurs. Je ne me souciais pas de me confier à une race de gens qui, d'après le coup d'œil sommaire que j'avais jeté sur eux, m'avaient offert le caractère d'une indéfinissable étrangeté et tant de motifs de doute et d'appréhension. C'est pourquoi je jugeai à propos de m'arranger une cachette dans la cale. J'enlevai une partie du faux bordage, de manière à me ménager une retraite commode entre les énormes membrures du navire.

J'avais à peine achevé ma besogne qu'un bruit de pas dans la cale me contraignit d'en faire usage. Un homme passa à côté de ma cachette d'un pas faible et mal assuré. Je ne pus pas voir son visage, mais j'eus le loisir d'observer son aspect général. Il y avait en lui tout le caractère de la faiblesse et de la caducité. Ses genoux vacillaient sous la charge des années, et tout son être en tremblait. Il se parlait à lui-même, marmottait d'une voix basse et cassée quelques mots d'une langue que je ne pus pas comprendre, et farfouillait dans un coin où l'on avait empilé des instruments d'un aspect étrange et des cartes marines délabrées. Ses manières étaient un singulier mélange de la maussaderie d'une seconde enfance et de la dignité solennelle d'un dieu. À la longue, il remonta sur le pont, et je ne le vis plus.

....

Un sentiment pour lequel je ne trouve pas de mot a pris possession de mon âme, — une sensation qui n'admet pas d'analyse, qui n'a pas sa traduction dans les lexiques du passé, et pour laquelle je crains que l'avenir lui-même ne trouve pas de clef. — Pour un esprit constitué comme le mien, cette dernière considération est un vrai supplice. Jamais je ne pourrai, — je sens que je ne pourrai jamais être édifié relativement à la nature de mes idées. Toutefois, il n'est pas étonnant que ces idées soient indéfinissables, puisqu'elles sont puisées à des sources si entièrement neuves. Un nouveau sentiment — une nouvelle entité — est ajouté à mon âme.

....

Il y a bien longtemps que j'ai touché pour la première fois le pont de ce terrible navire, et les rayons de ma destinée vont, je crois, se concentrant et s'engloutissant dans un foyer. Incompréhensibles gens ! Enveloppés dans des méditations dont je ne puis deviner la nature, ils passent à côté de moi sans me remarquer. Me cacher est pure folie de ma part, car ce monde-là *ne veut pas voir*. Il n'y a qu'un instant, je passais juste sous les yeux du second ; peu de temps auparavant, je m'étais aventuré jusque dans la cabine du capitaine lui-même, et c'est là que je me suis procuré les moyens d'écrire ceci et tout ce qui précède. Je continuerai ce journal de temps en temps. Il est vrai que je ne puis trouver aucune occasion de le transmettre au monde ; pourtant, j'en veux faire l'essai. Au dernier moment j'enfermerai le manuscrit dans une bouteille, et je jetterai le tout à la mer.

....

Un incident est survenu qui m'a de nouveau donné lieu à réfléchir. De pareilles choses sont-elles l'opération d'un hasard indiscipliné ? Je m'étais faufilé sur le pont et m'étais étendu, sans attirer l'attention de personne, sur un amas d'enfléchures et de vieilles voiles, dans le fond de la yole. Tout en rêvant à la singularité de ma destinée, je barbouillais sans y penser, avec une brosse à goudron, les bords d'une bonnette [1] soigneusement pliée et posée à côté de moi sur un baril. La bonnette est maintenant tendue sur ses bouts-dehors, et les touches irréfléchies de la brosse figurent le mot DÉCOUVERTE.

J'ai fait récemment plusieurs observations sur la structure du vaisseau. Quoique bien armé, ce n'est pas, je crois, un vaisseau de guerre. Son gréement, sa structure, tout son équipement repoussent une supposition de cette nature. Ce qu'il n'est pas, je le perçois facilement ; mais ce qu'il est, je crains qu'il ne me soit impossible de le dire. Je ne sais comment cela se fait, mais, en examinant son étrange modèle et la singulière forme de ses espars [2], ses proportions colossales, cette prodigieuse collection de voiles, son avant sévèrement simple et son arrière d'un style suranné, il me semble parfois que la sensation d'objets qui ne me sont pas inconnus traverse mon esprit comme un éclair, et toujours à ces ombres flottantes de la mémoire est mêlé un inexplicable souvenir de vieilles légendes étrangères et de siècles très anciens.

....

J'ai bien regardé la charpente du navire. Elle est faite de matériaux qui me sont inconnus. Il y a dans le bois un caractère qui me frappe, comme le rendant, ce me semble, impropre à l'usage auquel il a été destiné. Je veux parler de son extrême porosité, considérée indépendamment des dégâts faits par les vers, qui sont une conséquence de la navigation dans ces mers, et de la pourriture résultant de la vieillesse. Peut-être trouvera-

1. Une *bonnette* est une voile complémentaire.
2. Les *espars* sont les pièces de bois de la mâture.

t-on mon observation quelque peu subtile, mais il me semble que ce bois aurait tout le caractère du chêne espagnol, si le chêne espagnol pouvait être dilaté par des moyens artificiels.

En relisant la phrase précédente, il me revient à l'esprit un curieux apophtegme [1] d'un vieux loup de mer hollandais.

— Cela est positif, disait-il toujours quand on exprimait quelque doute sur sa véracité, comme il est positif qu'il y a une mer où le navire lui-même grossit comme le corps vivant d'un marin.

....

Il y a environ une heure, je me suis senti la hardiesse de me glisser dans un groupe d'hommes de l'équipage. Ils n'ont pas eu l'air de faire attention à moi, et quoique je me tinsse juste au milieu d'eux, ils paraissaient n'avoir aucune conscience de ma présence. Comme celui que j'avais vu le premier dans la cale, ils portaient tous les signes d'une vieillesse chenue. Leurs genoux tremblaient de faiblesse ; leurs épaules étaient arquées par la décrépitude ; leur peau ratatinée frissonnait au vent ; leur voix était basse, chevrotante et cassée ; leurs yeux distillaient les larmes brillantes de la vieillesse, et leurs cheveux gris fuyaient terriblement dans la tempête. Autour d'eux, de chaque côté du pont, gisaient éparpillés des instruments mathématiques d'une structure très ancienne et tout à fait tombée en désuétude.

....

J'ai parlé un peu plus haut d'une bonnette qu'on avait installée. Depuis ce moment, le navire chassé par le vent n'a pas discontinué sa terrible course droit au sud, chargé de toute sa toile disponible depuis ses pommes de mâts jusqu'à ses bouts-dehors inférieurs, et plongeant ses bouts de vergues de perroquet dans le plus effrayant enfer liquide que jamais cervelle humaine

---

1. Un *apophtegme* est un énoncé concis et mémorable, une *sentence*.

ait pu concevoir. Je viens de quitter le pont, ne trouvant plus la place tenable ; cependant, l'équipage ne semble pas souffrir beaucoup. C'est pour moi le miracle des miracles qu'une si énorme masse ne soit pas engloutie tout de suite et pour toujours. Nous sommes condamnés, sans doute, à côtoyer éternellement le bord de l'éternité, sans jamais faire notre plongeon définitif dans le gouffre. Nous glissons avec la prestesse de l'hirondelle de mer sur des vagues mille fois plus effrayantes qu'aucune de celles que j'ai jamais vues ; et des ondes colossales élèvent leurs têtes au-dessus de nous comme des démons de l'abîme, mais comme des démons restreints aux simples menaces et auxquels il est défendu de détruire. Je suis porté à attribuer cette bonne chance perpétuelle à la seule cause naturelle qui puisse légitimer un pareil effet. Je suppose que le navire est soutenu par quelque fort courant ou remous sous-marin.

....

J'ai vu le capitaine face à face, et dans sa propre cabine ; mais, comme je m'y attendais, il n'a fait aucune attention à moi. Bien qu'il n'y ait rien dans sa physionomie générale qui révèle, pour l'œil du premier venu, quelque chose de supérieur ou d'inférieur à l'homme, toutefois l'étonnement que j'éprouvai à son aspect se mêlait d'un sentiment de respect et de terreur irrésistible. Il est à peu près de ma taille, c'est-à-dire de cinq pieds huit pouces environ. Il est bien proportionné, bien pris dans son ensemble ; mais cette constitution n'annonce ni vigueur particulière ni quoi que ce soit de remarquable. Mais c'est la singularité de l'expression qui règne sur sa face, — c'est l'intense, terrible, saisissante évidence de la vieillesse, si entière, si absolue, qui crée dans mon esprit un sentiment, — une sensation ineffable. Son front, quoique peu ridé, semble porter le sceau d'une myriade d'années. Ses cheveux gris sont des archives du passé, et ses yeux, plus gris encore, sont des sibylles de l'avenir. Le plancher de sa cabine était encombré d'étranges in-folio à fermoirs de fer, d'instruments de science usés et d'anciennes cartes d'un style complètement oublié. Sa tête était appuyée sur ses mains, et d'un œil ardent et inquiet il dévorait un papier que je pris pour une commission [1], et qui, en tout cas, portait une signature royale. Il se parlait à lui-même, — comme le premier matelot que j'avais aperçu dans la cale, — et marmottait d'une voix basse et chagrine quelques syllabes d'une langue étrangère ; et, bien que je fusse tout à côté de lui, il me semblait que sa voix arrivait à mon oreille de la distance d'un mille.

....

Le navire avec tout ce qu'il contient est imprégné de l'esprit des anciens âges. Les hommes de l'équipage glissent çà et là comme les ombres des siècles enterrés ; dans leurs yeux vit une pensée ardente et inquiète ; et quand, sur mon chemin, leurs mains tombent dans la lumière effarée des fanaux, j'éprouve quelque chose que je n'ai jamais éprouvé jusqu'à présent, quoique toute ma vie j'aie eu la folie des antiquités, et que je me sois baigné dans l'ombre des colonnes ruinées de Balbeck, de Tadmor et de Persépolis, tant qu'à la fin mon âme elle-même est devenue une ruine.

....

Quand je regarde autour de moi, je suis honteux de mes premières terreurs. Si la tempête qui nous a poursuivis jusqu'à présent me fait trembler, ne devrais-je pas être frappé d'horreur devant cette bataille du vent et de l'Océan dont les mots vulgaires : tourbillon et simoun ne peuvent pas donner la moindre idée ? Le navire est littéralement enfermé dans les ténèbres d'une éternelle nuit et dans un chaos d'eau qui n'écume plus ; mais, à une distance d'une lieue environ de chaque côté, nous pouvons apercevoir, indistinctement et par inter-

    1. Une *commission* désigne ici un ordre de mission ou un titre délivré par le roi.

valles, de prodigieux remparts de glace qui montent vers
le ciel désolé et ressemblent aux murailles de l'univers !
....

Comme je l'avais pensé, le navire est évidemment
dans un courant, — si l'on peut proprement appeler
aînsi une marée qui va mugissant et hurlant à travers
les blancheurs de la glace, et fait entendre du côté du
sud un tonnerre plus précipité que celui d'une cataracte
tombant à pic.
....

Concevoir l'horreur de mes sensations est, je crois,
chose absolument impossible ; cependant, la curiosité
de pénétrer les mystères de ces effroyables régions surplombe encore mon désespoir et suffit à me réconcilier avec le plus hideux aspect de la mort. Il est évident
que nous nous précipitons vers quelque entraînante
découverte, — quelque incommunicable secret dont la
connaissance implique la mort. Peut-être ce courant
nous conduit-il au pôle sud lui-même. Il faut avouer
que cette supposition, si étrange en apparence, a toute
probabilité pour elle.
....

L'équipage se promène sur le pont d'un pas tremblant et inquiet ; mais il y a dans toutes les physiono-
mies une expression qui ressemble plutôt à l'ardeur de
l'espérance qu'à l'apathie du désespoir.

Cependant nous avons toujours le vent arrière, et,
comme nous portons une masse de toile, le navire
s'enlève quelquefois en grand hors de la mer. Oh ! horreur sur horreur ! — la glace s'ouvre soudainement à
droite et à gauche, et nous tournons vertigineusement
dans d'immenses cercles concentriques, tout autour des
bords d'un gigantesque amphithéâtre, dont les murs
perdent leur sommet dans les ténèbres et l'espace. Mais
il ne me reste que peu de temps pour rêver à ma destinée ! Les cercles se rétrécissent rapidement, — nous
plongeons follement dans l'étreinte du tourbillon, —

et, à travers le mugissement, le beuglement et le détonnement de l'Océan et de la tempête, le navire tremble, — ô Dieu ! — il se dérobe... — il sombre* !

---

* Le *Manuscrit trouvé dans une bouteille* fut publié pour la première fois en 1831, et ce ne fut que bien des années plus tard que j'eus connaissance des cartes de Mercator, dans lesquelles on voit l'Océan se précipiter par quatre embouchures dans le gouffre polaire (au nord) et s'absorber dans les entrailles de la terre ; le pôle lui-même y est figuré par un rocher noir, s'élevant à une prodigieuse hauteur. (E.A.P.)

UNE DESCENTE DANS LE MAELSTRÖM

> Les voies de Dieu, dans la nature comme dans
> l'ordre de la Providence, ne sont point nos
> voies ; et les types que nous concevons n'ont
> aucune mesure commune avec la vastitude, la
> profondeur et l'incompréhensibilité de ses
> œuvres, qui contiennent en elles un *abîme plus
> profond que le puits de Démocrite.*
>
> Joseph GLANVILL.

Nous avions atteint le sommet du rocher le plus élevé.
Le vieux homme, pendant quelques minutes, sembla
trop épuisé pour parler.

— Il n'y a pas encore bien longtemps, — dit-il à la
fin — je vous aurais guidé par ici aussi bien que le plus
jeune de mes fils. Mais, il y a trois ans, il m'est arrivé
une aventure plus extraordinaire que n'en essuya jamais
un être mortel ou du moins telle que jamais homme
n'y a survécu pour la raconter, et les six mortelles
heures que j'ai endurées m'ont brisé le corps et l'âme.
Vous me croyez très vieux, mais je ne le suis pas. Il a
suffi du quart d'une journée pour blanchir ces cheveux
noirs comme du jais, affaiblir mes membres et déten-
dre mes nerfs au point de trembler après le moindre
effort et d'être effrayé par une ombre. Savez-vous bien
que je puis à peine, sans attraper le vertige, regarder
par-dessus ce petit promontoire.

Le petit promontoire sur le bord duquel il s'était si négligemment jeté pour se reposer, de façon que la partie la plus pesante de son corps surplombait, et qu'il n'était garanti d'une chute que par le point d'appui que prenait son coude sur l'arête extrême et glissante, — le petit promontoire s'élevait à quinze ou seize cents pieds environ d'un chaos de rochers situés au-dessous de nous, — immense précipice de granit luisant et noir. Pour rien au monde je n'aurais voulu me hasarder à six pieds du bord. Véritablement, j'étais si profondément agité par la situation périlleuse de mon compagnon que je me laissai tomber tout de mon long sur le sol, m'accrochant à quelques arbustes voisins, n'osant pas même lever les yeux vers le ciel. Je m'efforçais en vain de me débarrasser de l'idée que la fureur du vent mettait en danger la base même de la montagne. Il me fallut du temps pour me raisonner et trouver le courage de me mettre sur mon séant et de regarder au loin dans l'espace.

— Il vous faut prendre le dessus sur ces lubies-là, me dit le guide, car je vous ai amené ici pour vous faire voir à loisir le théâtre de l'événement dont je parlais tout à l'heure, et pour vous raconter toute l'histoire avec la scène même sous vos yeux.

« Nous sommes maintenant, reprit-il avec cette manière minutieuse qui le caractérisait, nous sommes maintenant sur la côte même de Norvège, au 68e degré de latitude, dans la province de Nortland et dans le lugubre district de Lofoden. La montagne dont nous occupons le sommet est Helseggen, la Nuageuse. Maintenant, levez-vous un peu ; accrochez-vous au gazon, si vous sentez venir le vertige, — c'est cela, — et regardez au delà de cette ceinture de vapeurs qui nous cache la mer à nos pieds. »

Je regardai vertigineusement, et je vis une vaste étendue de mer, dont la couleur d'encre me rappela tout d'abord le tableau du géographe Nubien et sa *Mer des Ténèbres*. C'était un panorama plus effroyablement désolé qu'il n'est donné à une imagination humaine de le concevoir. À droite et à gauche, aussi loin que l'œil pouvait atteindre, s'allongeaient, comme les remparts du monde, les lignes d'une falaise horriblement noire et surplombante, dont le caractère sombre était puissamment renforcé par le ressac qui montait jusque sur la crête blanche et lugubre, hurlant et mugissant éternellement. Juste en face du promontoire sur le sommet duquel nous étions placés, à une distance de cinq ou six milles en mer, on apercevait une île qui avait l'air déserte, ou plutôt on la devinait au moutonnement énorme des brisants dont elle était enveloppée. À deux milles environ plus près de la terre, se dressait un autre îlot plus petit, horriblement pierreux et stérile, et entouré de groupes interrompus de roches noires.

L'aspect de l'Océan, dans l'étendue comprise entre le rivage et l'île la plus éloignée, avait quelque chose d'extraordinaire. En ce moment même, il soufflait du côté de la terre une si forte brise qu'un brick, tout au large, était à la cape avec deux ris dans sa toile et que sa coque disparaissait quelquefois tout entière ; et pourtant il n'y avait rien qui ressemblât à une houle faite, mais seulement, et en dépit du vent, un clapotement d'eau bref, vif et tracassé dans tous les sens ; — très peu d'écume excepté dans le voisinage immédiat des rochers.

— L'île que vous voyez là-bas, reprit le vieux homme, est appelée par les Norvégiens Vurrgh. Celle qui est à moitié chemin est Moskoe. Celle qui est à un mille au nord est Ambaaren. Là-bas sont Islesen, Hotholm, Keildhelm, Suarven et Buckolm. Plus loin, — entre Moskoe et Vurrgh, — Otterholm, Flimen, Sandflesen et Stockholm. Tels sont les vrais noms de ces endroits ; — mais pourquoi ai-je jugé nécessaire de vous les nommer, je n'en sais rien, je n'y puis rien comprendre — pas plus que vous. — Entendez-vous quelque chose ? Voyez-vous quelque changement sur l'eau ?

Nous étions depuis dix minutes environ au haut de Helseggen, où nous étions montés en partant de l'in-

térieur de Lofoden, de sorte que nous n'avions pu apercevoir la mer que lorsqu'elle nous avait apparu tout
d'un coup du sommet le plus élevé. Pendant que le
vieux homme parlait, j'eus la perception d'un bruit très
fort et qui allait croissant, comme le mugissement d'un
immense troupeau de buffles dans une prairie d'Amérique ; et, au moment même, je vis ce que les marins
appellent le caractère *clapoteux* de la mer se changer
rapidement en un courant qui se faisait vers l'est. Pendant que je regardais, ce courant prit une prodigieuse
rapidité. Chaque instant ajoutait à sa vitesse, — à son
impétuosité déréglée. En cinq minutes, toute la mer,
jusqu'à Vurrgh, fut fouettée par une indomptable
furie ; mais c'était entre Moskoe et la côte que dominait principalement le vacarme. Là, le vaste lit des eaux,
sillonné et couturé par mille courants contraires, éclatait soudainement en convulsions frénétiques, — hale-
tant, bouillonnant, sifflant, pirouettant en gigantesques
et innombrables tourbillons, et tournoyant et se ruant
tout entier vers l'est avec une rapidité qui ne se manifeste que dans des chutes d'eau précipitées.

Au bout de quelques minutes, le tableau subit un
autre changement radical. La surface générale devint
un peu plus unie et les tourbillons disparurent un à un,
pendant que de prodigieuses bandes d'écume apparurent là où je n'en avais vu aucune jusqu'alors. Ces
bandes, à la longue, s'étendirent à une grande distance,
et, se combinant entre elles, elles adoptèrent le mouvement giratoire des tourbillons apaisés et semblèrent
former le germe d'un vortex [1] plus vaste. Soudainement, très soudainement, celui-ci apparut et prit une
existence distincte et définie, dans un cercle de plus d'un
mille de diamètre. Le bord du tourbillon était marqué
par une large ceinture d'écume lumineuse ; mais pas
une parcelle ne glissait dans la gueule du terrible entonnoir, dont l'intérieur, aussi loin que l'œil pouvait y
plonger, était fait d'un mur liquide, poli, brillant et

---

1. Le *vortex* est un tourbillon creux.

d'un noir de jais, faisant avec l'horizon un angle de 45 degrés environ, tournant sur lui-même sous l'influence d'un mouvement étourdissant, et projetant dans les airs une voix effrayante, moitié cri, moitié rugissement, telle que la puissante cataracte du Niagara elle-même, dans ses convulsions, n'en a jamais envoyé de pareille vers le ciel.

La montagne tremblait dans sa base même, et le roc remuait. Je me jetai à plat ventre, et, dans un excès d'agitation nerveuse, je m'accrochai au maigre gazon.

— Ceci, dis-je enfin au vieillard, ne peut pas être autre chose que le grand tourbillon du Maelström.

— On l'appelle quelquefois ainsi, dit-il ; mais nous autres Norvégiens, nous le nommons le Moskoe-Strom, de l'île de Moskoe, qui est située à moitié chemin.

Les descriptions ordinaires de ce tourbillon ne m'avaient nullement préparé à ce que je voyais. Celle de Jonas Ramus, qui est peut-être plus détaillée qu'aucune, ne donne pas la plus légère idée de la magnificence et de l'horreur du tableau, — ni de l'étrange et ravissante sensation de nouveauté qui confond le spectateur. Je ne sais pas précisément de quel point de vue ni à quelle heure l'a vu l'écrivain en question ; mais ce ne peut être ni du sommet de Helseggen ni pendant une tempête. Il y a néanmoins quelques passages de sa description qui peuvent être cités pour les détails, quoiqu'ils soient très insuffisants pour donner une impression du spectacle.

« Entre Lofoden et Moskoe, dit-il, la profondeur de l'eau est de trente-six à quarante brasses ; mais, de l'autre côté, du côté de Ver (il veut dire Vurrgh), cette profondeur diminue au point qu'un navire ne pourrait y chercher un passage sans courir le danger de se déchirer sur les roches, ce qui peut arriver par le temps le plus calme. Quand vient la marée, le courant se jette dans l'espace compris entre Lofoden et Moskoe avec une tumultueuse rapidité ; mais le rugissement de son terrible reflux est à peine égal par celui des plus hautes et des plus terribles cataractes ; le bruit se fait entendre à plusieurs lieues, et les tourbillons, ou tournants creux, sont d'une telle étendue et d'un telle profondeur que, si un navire entre dans la région de son attraction, il est inévitablement absorbé et entraîné au fond, et là déchiré en morceaux contre les rochers ; et, quand le courant se relâche, les débris sont rejetés à la surface. Mais ces intervalles de tranquillité n'ont lieu qu'entre le reflux et le flux, par un temps calme, et ne durent qu'un quart d'heure ; puis la violence du courant revient graduellement.

« Quand il bouillonne le plus et quand sa force est accrue par une tempête, il est dangereux d'en approcher, même d'un mille norvégien. Des barques, des yachts, des navires ont été entraînés pour n'y avoir pas pris garde avant de se trouver à portée de son attraction. Il arrive assez fréquemment que des baleines viennent trop près du courant et sont maîtrisées par sa violence ; et il est impossible de décrire leurs mugissements et leurs beuglements dans leur inutile effort pour se dégager.

« Une fois, un ours, essayant de passer à la nage le détroit entre Lofoden et Moskoe, fut saisi par le courant et emporté au fond ; il rugissait si effroyablement qu'on l'entendait du rivage. De vastes troncs de pins et sapins, engloutis par le courant, reparaissent brisés et déchirés, au point qu'on dirait qu'il leur a poussé des poils. Cela démontre clairement que le fond est fait de roches pointues sur lesquelles ils ont été roulés çà et là. Ce courant est réglé par le flux et le reflux de la mer, qui a constamment lieu de six en six heures. Dans l'année 1645, le dimanche de la Sexagésime, de fort grand matin, il se précipita avec un tel fracas et une telle impétuosité que des pierres se détachaient des maisons de la côte... »

En ce qui concerne la profondeur de l'eau, je ne comprends pas comment on a pu s'en assurer dans la proximité immédiate du tourbillon. Les *quarante brasses* doivent avoir trait seulement aux parties du canal qui sont tout près du rivage, soit de Moskoe,

soit de Lofoden. La profondeur au centre du Moskoe-
Strom doit être incommensurablement plus grande, et
il suffit, pour en acquérir la certitude, de jeter un coup
d'œil oblique dans l'abîme du tourbillon, quand on est
sur le sommet le plus élevé de Helseggen. En plongeant
mon regard du haut de ce pic dans le Phlégéthon [1]
hurlant, je ne pouvais m'empêcher de sourire de la simplicité avec laquelle le bon Jonas Ramus raconte comme
choses difficiles à croire ses anecdotes d'ours et de
baleines, car il me semblait que c'était chose évidente
de soi que le plus grand vaisseau de ligne possible arrivant dans le rayon de cette mortelle attraction devait
y résister aussi peu qu'une plume à un coup de vent
et disparaître tout en grand et tout d'un coup.

Les explications qu'on a données du phénomène, —
dont quelques-unes, je me le rappelle, me paraissaient
suffisamment plausibles à la lecture, — avaient maintenant un aspect très différent et très peu satisfaisant.
L'explication généralement reçue est que, comme les
trois petits tourbillons des îles de Féroé, celui-ci « n'a
pas d'autre cause que le choc des vagues montant et
retombant, au flux et reflux, le long d'un banc de
roches qui endigue les eaux et les rejette en cataracte ;
et qu'ainsi, plus la marée s'élève, plus la chute est profonde, et que le résultat naturel est un tourbillon ou
vortex, dont la prodigieuse puissance de succion est suffisamment démontrée par de moindres exemples ». Tels
sont les termes de l'*Encyclopédie britannique*. Kircher
et d'autres imaginent qu'au milieu du canal du Maelström est un abîme qui traverse le globe et aboutit dans
quelque région très éloignée ; — le golfe de Bothnie a
même été désigné une fois un peu légèrement. Cette
opinion assez puérile était celle à laquelle, pendant que
je contemplais le lieu, mon imagination donnait le plus
volontiers son assentiment ; et, comme j'en faisais part
au guide, je fus assez surpris de l'entendre me dire que
bien que telle fût l'opinion presque générale des Nor-

1. Le *Phlégéthon* est l'un des fleuves des Enfers.

végiens à ce sujet, ce n'était néanmoins pas la sienne. Quant à cette idée, il confessa qu'il était incapable de la comprendre, et je finis par être d'accord avec lui ; car pour concluante qu'elle soit sur le papier, elle devient absolument inintelligible et absurde à côté du tonnerre de l'abîme.

— Maintenant que vous avez bien vu le tourbillon, me dit le vieux homme, si vous voulez que nous nous glissions derrière cette roche, sous le vent, de manière qu'elle amortisse le vacarme de l'eau, je vous conterai une histoire qui vous convaincra que je dois en savoir quelque chose, du Moskoe-Strom !

Je me plaçai comme il le désirait, et il commença :

— Moi et mes deux frères, nous possédions autrefois un semaque gréé en goélette, de soixante et dix tonneaux à peu près, avec lequel nous pêchions habituellement parmi les îles au delà de Moskoe, près de Vurrgh. Tous les violents remous de mer donnent une bonne pêche, pourvu qu'on s'y prenne en temps opportun et qu'on ait le courage de tenter l'aventure ; mais, parmi tous les hommes de la côte de Lofoden, nous trois seuls, nous faisions notre métier ordinaire d'aller aux îles, comme je vous dis. Les pêcheries ordinaires sont beaucoup plus bas vers le sud. On y peut prendre du poisson à toute heure, sans courir grand risque, et, naturellement, ces endroits-là sont préférés ; mais les places de choix, par ici, entre les rochers, donnent non seulement le poisson de la plus belle qualité, mais aussi en bien plus grande abondance ; si bien que nous prenions souvent en un seul jour ce que les timides·dans le métier n'auraient pas pu attraper tous ensemble en une semaine. En somme, nous faisions de cela une espèce de spéculation désespérée, — le risque de la vie remplaçait le travail, et le courage tenait lieu de capital.

« Nous abritions notre semaque dans une anse à cinq milles sur la côte au-dessus de celle-ci ; et c'était notre habitude, par le beau temps, de profiter du répit de quinze minutes pour nous lancer à travers le canal principal du Moskoe-Strom, bien au-dessus du trou, et d'aller jeter l'ancre quelque part dans la proximité d'Otterholm ou de Sandflesen, où les remous ne sont pas aussi violents qu'ailleurs. Là, nous attendions ordinairement, pour lever l'ancre et retourner chez nous, à peu près jusqu'à l'heure de l'apaisement des eaux. Nous ne nous aventurions jamais dans cette expédition sans un bon vent largue pour aller et revenir, — un vent dont nous pouvions être sûrs pour notre retour, — et nous nous sommes rarement trompés sur ce point. Deux fois en six ans, nous avons été forcés de passer la nuit à l'ancre par suite d'un calme plat, ce qui est un cas bien rare dans ces parages ; et, une autre fois, nous sommes restés à terre près d'une semaine, affamés jusqu'à la mort, grâce à un coup de vent qui se mit à souffler peu de temps après notre arrivée et rendit le canal trop orageux pour songer à le traverser. Dans cette occasion, nous aurions été entraînés au large en dépit de tout (car les tourbillons nous ballottaient çà et là avec une telle violence qu'à la fin nous avions chassé sur notre ancre faussée), si nous n'avions dérivé dans un de ces innombrables courants qui se forment, ici aujourd'hui, et demain ailleurs, et qui nous conduisit sous le vent de Flimen, où, par bonheur, nous pûmes mouiller.

« Je ne vous dirai pas la vingtième partie des dangers que nous essuyâmes dans les pêcheries, — c'est un mauvais parage, même par le beau temps, — mais nous trouvions toujours le moyen de défier le Moskoe-Strom sans accident ; parfois pourtant le cœur me montait aux lèvres quand nous étions d'une minute en avance ou en retard sur l'accalmie. Quelquefois, le vent n'était pas aussi vif que nous l'espérions en mettant à la voile, et alors nous allions moins vite que nous ne l'aurions voulu, pendant que le courant rendait le semaque plus difficile à gouverner.

« Mon frère aîné avait un fils âgé de dix-huit ans, et j'avais pour mon compte deux grands garçons. Ils nous eussent été d'un grand secours dans de pareils cas, soit qu'ils eussent pris les avirons, soit qu'ils eussent pêché à l'arrière ; — mais, vraiment, bien que nous consentissions à risquer notre vie, nous n'avions pas le cœur de laisser ces jeunesses affronter le danger ; — car, tout bien considéré, c'était un horrible danger, c'est la pure vérité.

« Il y a maintenant trois ans moins quelques jours qu'arriva ce que je vais vous raconter. C'était le 10 juillet 18.., un jour que les gens de ce pays n'oublieront jamais, — car ce fut un jour où souffla la plus terrible tempête qui soit jamais tombée de la calotte des cieux. Cependant, toute la matinée et même fort avant dans l'après-midi, nous avions eu une jolie brise bien faite du sud-ouest, le soleil était superbe, si bien que le plus vieux loup de mer n'aurait pas pu prévoir ce qui allait arriver.

« Nous étions passés tous les trois, mes deux frères et moi, à travers les îles à deux heures de l'après-midi environ, et nous eûmes bientôt chargé le semaque de fort beau poisson, qui — nous l'avions remarqué tous trois — était plus abondant ce jour-là que nous ne l'avions jamais vu. Il était juste sept heures *à ma montre* quand nous levâmes l'ancre pour retourner chez nous, de manière à faire le plus dangereux du Strom dans l'intervalle des eaux tranquilles, que nous savions avoir lieu à huit heures.

« Nous partîmes avec une bonne brise à tribord, et pendant quelque temps, nous filâmes très rondement, sans songer le moins du monde au danger ; car, en réalité, nous ne voyions pas la moindre cause d'appréhension. Tout à coup nous fûmes masqués par une saute de vent qui venait de Helseggen. Cela était tout à fait extraordinaire, — c'était une chose qui ne nous était jamais arrivée, — et je commençais à être un peu inquiet, sans savoir exactement pourquoi. Nous fîmes arriver au vent, mais nous ne pûmes jamais fendre les remous, et j'étais sur le point de proposer de retourner au mouillage, quand, regardant à l'arrière, nous vîmes tout l'horizon enveloppé d'un nuage singulier, couleur de cuivre, qui montait avec la plus étonnante vélocité.

« En même temps, la brise qui nous avait pris en tête tomba, et, surpris alors par un calme plat, nous dérivâmes à la merci de tous les courants. Mais cet état de choses ne dura pas assez longtemps pour nous donner le temps d'y réfléchir. En moins d'une minute, la tempête était sur nous, — une minute après, le ciel était entièrement chargé, — et il devint soudainement si noir qu'avec les embruns qui nous sautaient aux yeux nous ne pouvions plus nous voir l'un l'autre à bord.

« Vouloir décrire un pareil coup de vent, ce serait folie. Le plus vieux marin de Norvège n'en a jamais essuyé de pareil. Nous avions amené toute la voile avant que le coup de vent nous surprît ; mais, dès la première rafale, nos deux mâts vinrent par-dessus bord, comme s'ils avaient été sciés par le pied, — le grand mât emportant avec lui mon plus jeune frère qui s'y était accroché par prudence.

« Notre bateau était bien le plus léger joujou qui eût jamais glissé sur la mer. Il avait un pont effleuré avec une seule petite écoutille à l'avant, et nous avions toujours eu pour habitude de la fermer solidement en traversant le Strom, bonne précaution dans une mer clapoteuse. Mais, dans cette circonstance présente, nous aurions sombré du premier coup, — car, pendant quelques instants, nous fûmes littéralement ensevelis sous l'eau. Comment mon frère aîné échappa-t-il à la mort ? je ne le puis dire, je n'ai jamais pu me l'expliquer. Pour ma part, à peine avais-je lâché la misaine que je m'étais jeté sur le pont à plat ventre, les pieds contre l'étroit plat-bord de l'avant, et les mains accrochées à un boulon, auprès du pied du mât de misaine. Le pur instinct m'avait fait agir ainsi, — c'était indubitablement ce que j'avais de mieux à faire, — car j'étais trop ahuri pour penser.

« Pendant quelques minutes, nous fûmes complètement inondés, comme je vous le disais, et, pendant tout ce temps, je retins ma respiration et me cramponnai à l'anneau. Quand je sentis que je ne pouvais pas rester ainsi plus longtemps sans être suffoqué, je me dressai

sur mes genoux, tenant toujours bon avec mes mains,
et je dégageai ma tête. Alors notre petit bateau donna
de lui-même une secousse, juste comme un chien qui
sort de l'eau, et se leva en partie au-dessus de la mer.
Je m'efforçai alors de secouer de mon mieux la stupeur qui m'avait envahi et de recouvrer suffisamment
mes esprits pour voir ce qu'il y avait à faire, quand je
sentis quelqu'un qui me saisissait le bras. C'était mon
frère aîné, et mon cœur en sauta de joie, car je le croyais
par-dessus bord ; — mais, un moment après, toute cette
joie se changea en horreur, quand, appliquant sa
bouche à mon oreille, il vociféra ce simple mot : *Le
Moskoe-Strom !*

« Personne ne saura jamais ce que furent en ce
moment mes pensées. Je frissonnai de la tête aux pieds,
comme pris du plus violent accès de fièvre. Je compre-
nais suffisamment ce qu'il entendait par ce seul mot,
— je savais bien ce qu'il voulait me faire entendre !
Avec le vent qui nous poussait maintenant, nous étions
destinés au tourbillon du Strom, et rien ne pouvait nous
sauver !

« Vous avez bien compris qu'en traversant le canal
de Strom nous faisions toujours notre route bien au-
dessus du tourbillon, même par le temps le plus calme,
et encore avions-nous bien soin d'attendre et d'épier
le répit de la marée ; mais, maintenant, nous courions
droit sur le gouffre lui-même, et avec une pareille tempête ! « À coup sûr, pensai-je, nous y serons juste au
moment de l'accalmie, il y a là encore un petit espoir. »
Mais, une minute après, je me maudissais d'avoir été
assez fou pour rêver d'une espérance quelconque. Je
voyais parfaitement que nous étions condamnés,
eussions-nous été un vaisseau de je ne sais combien de
canons !

« En ce moment, la première fureur de la tempête
était passée, ou peut-être ne la sentions-nous pas autant
parce que nous fuyions devant ; mais, en tout cas, la
mer, que le vent avait d'abord maîtrisée, plane et écu-
meuse, se dressait maintenant en véritables montagnes.

Un changement singulier avait eu lieu aussi dans le ciel. Autour de nous, dans toutes les directions, il était toujours noir comme de la poix, mais presque au-dessus de nous il s'était fait une ouverture circulaire, — un ciel clair, — clair comme je ne l'ai jamais vu, — d'un bleu brillant et foncé, — et à travers ce trou resplendissait la pleine lune avec un éclat que je ne lui avais jamais connu. Elle éclairait toutes choses autour de nous avec la plus grande netteté, — mais, grand Dieu ! quelle scène à éclairer !

« Je fis un ou deux efforts pour parler à mon frère ; mais le vacarme, sans que je pusse m'expliquer comment, était accru à un tel point que je ne pus lui faire entendre un seul mot, bien que je criasse dans son oreille de toute la force de mes poumons. Tout à coup il secoua la tête, devint pâle comme la mort et leva un de ses doigts comme pour me dire : *Écoute !*

« D'abord, je ne compris pas ce qu'il voulait dire, — mais bientôt une épouvantable pensée se fit jour en moi. Je tirai ma montre de mon gousset. Elle ne marchait pas. Je regardai le cadran au clair de lune, et je fondis en larmes en la jetant dans l'Océan. *Elle s'était arrêtée à sept heures ! Nous avions laissé passer le répit de la marée, et le tourbillon du Strom était dans sa pleine furie !*

« Quand un navire est bien construit, proprement équipé et pas trop chargé, les lames, par une grande brise, et quand il est au large, semblent toujours s'échapper de dessous sa quille, — ce qui paraît très étrange à un homme de terre, — et ce qu'on appelle, en langage de bord, chevaucher *(riding)*. Cela allait bien, tant que nous grimpions lestement sur la houle ; mais, actuellement, une mer gigantesque venait nous prendre, par notre arrière et nous enlevait avec elle, — haut, haut, — comme pour nous pousser jusqu'au ciel. Je n'aurais jamais cru qu'une lame pût monter si haut. Puis nous descendions en faisant une courbe, une glissade, un plongeon, qui me donnait la nausée et le vertige, comme si je tombais en rêve du haut d'une immense montagne. Mais, du haut de la lame, j'avais jeté un rapide coup d'œil autour de moi, — et ce seul coup d'œil avait suffi. Je vis exactement notre position en une seconde. Le tourbillon de Moskoe-Strom était à un quart de mille environ, droit devant nous, mais il ressemblait aussi peu au Moskoe-Strom de tous les jours que ce tourbillon que vous voyez maintenant ressemble à un remous de moulin. Si je n'avais pas su où nous étions et ce que nous avions à attendre, je n'aurais pas reconnu l'endroit. Tel que je le vis, je fermai involontairement les yeux d'horreur ; mes paupières se collèrent comme dans un spasme.

« Moins de deux minutes après, nous sentîmes tout à coup la vague s'apaiser, et nous fûmes enveloppés d'écume. Le bateau fit un brusque demi-tour par bâbord, et partit dans cette nouvelle direction comme la foudre. Au même instant, le rugissement de l'eau se perdit dans une espèce de clameur aiguë, — un son tel que vous pouvez le concevoir en imaginant les soupapes de plusieurs milliers de steamers lâchant à la fois leur vapeur. Nous étions alors dans la ceinture moutonneuse qui cercle toujours le tourbillon ; et je croyais naturellement qu'en une seconde nous allions plonger dans le gouffre, au fond duquel nous ne pouvions pas voir distinctement, en raison de la prodigieuse vélocité avec laquelle nous y étions entraînés. Le bateau ne semblait pas plonger dans l'eau, mais la raser, comme une bulle d'air qui voltige sur la surface de la lame. Nous avions le tourbillon à tribord, et à bâbord se dressait le vaste Océan que nous venions de quitter. Il s'élevait comme un mur gigantesque se tordant entre nous et l'horizon.

« Cela peut paraître étrange ; mais alors, quand nous fûmes dans la gueule même de l'abîme, je me sentis plus de sang-froid que quand nous en approchions. Ayant fait mon deuil de toute espérance, je fus délivré d'une grande partie de cette terreur qui m'avait d'abord écrasé. Je suppose que c'était le désespoir qui roidissait mes nerfs.

« Vous prendrez peut-être cela pour une fanfaronnade, mais ce que je vous dis est la vérité : je commençai à songer quelle magnifique chose c'était de mourir d'une pareille manière, et combien il était sot à moi de m'occuper d'un aussi vulgaire intérêt que ma conservation individuelle, en face d'une si prodigieuse manifestation de la puissance de Dieu. Je crois que je rougis de honte quand cette idée traversa mon esprit. Peu d'instants après, je fus possédé de la plus ardente curiosité relativement au tourbillon lui-même. Je sentis positivement le *désir* d'explorer ses profondeurs, même au prix du sacrifice que j'allais faire ; mon principal chagrin était de penser que je ne pourrais jamais raconter à mes vieux camarades les mystères que j'allais connaître. C'étaient là, sans doute, de singulières pensées pour occuper l'esprit d'un homme dans une pareille extrémité, — et j'ai souvent eu l'idée depuis lors que les évolutions du bateau autour du gouffre m'avaient un peu étourdi la tête.

« Il y eut une autre circonstance qui contribua à me rendre maître de moi-même ; ce fut la complète cessation du vent, qui ne pouvait plus nous atteindre dans notre situation actuelle : — car, comme vous pouvez en juger par vous-même, la ceinture d'écume est considérablement au-dessous du niveau général de l'Océan, et ce dernier nous dominait maintenant comme la crête d'une haute et noire montagne. Si vous ne vous êtes jamais trouvé en mer par une grosse tempête, vous ne pouvez vous faire une idée du trouble d'esprit occasionné par l'action simultanée du vent et des embruns. Cela vous aveugle, vous étourdit, vous étrangle et vous ôte toute faculté d'action ou de réflexion. Mais nous étions maintenant grandement soulagés de tous ces embarras, — comme ces misérables condamnés à mort, à qui on accorde dans leur prison quelques petites faveurs qu'on leur refusait tant que l'arrêt n'était pas prononcé.

« Combien de fois fîmes-nous le tour de cette ceinture il m'est impossible de le dire. Nous courûmes tout autour, pendant une heure à peu près ; nous volions plutôt que nous ne flottions, et nous nous rapprochions toujours de plus en plus du centre du tourbillon, et toujours plus près, toujours plus près de son épouvantable arête intérieure.

« Pendant tout ce temps, je n'avais pas lâché le boulon. Mon frère était à l'arrière, se tenant à une petite barrique vide, solidement attachée sous l'échauguette, derrière l'habitacle ; c'était le seul objet du bord qui n'eût pas été balayé quand le coup de temps nous avait surpris.

« Comme nous approchions de la margelle de ce puits mouvant, il lâcha le baril et tâcha de saisir l'anneau, que, dans l'agonie de sa terreur, il s'efforçait d'arracher de mes mains, et qui n'était pas assez large pour nous donner sûrement prise à tous deux. Je n'ai jamais éprouvé de douleur plus profonde que quand je le vis tenter une pareille action, — quoique je visse bien qu'alors il était insensé et que la pure frayeur en avait fait un fou furieux.

« Néanmoins, je ne cherchai pas à lui disputer la place. Je savais bien qu'il importait fort peu à qui appartiendrait l'anneau ; je lui laissai le boulon, et m'en allai au baril de l'arrière. Il n'y avait pas grande difficulté à opérer cette manœuvre ; car le semaque filait en rond avec assez d'aplomb et assez droit sur sa quille, poussé quelquefois çà et là par les immenses houles et les bouillonnements du tourbillon. À peine m'étais-je arrangé dans ma nouvelle position que nous donnâmes une violente embardée à tribord et que nous piquâmes la tête la première dans l'abîme. Je murmurai une rapide prière à Dieu, et je pensai que tout était fini.

« Comme je subissais l'effet douloureusement nauséabond de la descente, je m'étais instinctivement cramponné au baril avec plus d'énergie, et j'avais fermé les yeux. Pendant quelques secondes, je n'osai pas les ouvrir, — m'attendant à une destruction instantanée et m'étonnant de ne pas déjà en être aux angoisses suprêmes de l'immersion. Mais les secondes s'écou-

laient ; je vivais encore. La sensation de chute avait
cessé, et le mouvement du navire ressemblait beaucoup
à ce qu'il était déjà, quand nous étions pris dans la ceinture d'écume, à l'exception que maintenant nous don-
nions davantage de la bande. Je repris courage et regardai une fois encore le tableau.

« Jamais je n'oublierai les sensations d'effroi, d'horreur et d'admiration que j'éprouvai en jetant les yeux
autour de moi. Le bateau semblait suspendu comme
par magie, à mi-chemin de sa chute, sur la surface intérieure d'un entonnoir d'une vaste circonférence, d'une
profondeur prodigieuse, et dont les parois, admirablement polies, auraient pu être prises pour de l'ébène,
sans l'éblouissante vélocité avec laquelle elles pirouet-
taient et l'étincelante et horrible clarté qu'elles réper-
cutaient sous les rayons de la pleine lune, qui, de ce
trou circulaire que j'ai déjà décrit, ruisselaient en un
fleuve d'or et de splendeur le long des murs noirs et
pénétraient jusque dans les plus intimes profondeurs
de l'abîme.

« D'abord, j'étais trop troublé pour observer n'importe quoi avec quelque exactitude. L'explosion générale de cette magnificence terrifique était tout ce que
je pouvais voir. Néanmoins, quand je revins un peu à
moi, mon regard se dirigea instinctivement vers le fond.
Dans cette direction, je pouvais plonger ma vue sans
obstacle à cause de la situation de notre semaque qui
était suspendu sur la surface inclinée du gouffre ; il
courait toujours sur sa quille, c'est-à-dire que son pont
formait un plan parallèle à celui de l'eau, qui faisait
comme un talus incliné à plus de 45 degrés, de sorte
que nous avions l'air de nous soutenir sur notre côté.
Je ne pouvais m'empêcher de remarquer, toutefois, que
je n'avais guère plus de peine à me retenir des mains
et des pieds, dans cette situation, que si nous avions
été sur un plan horizontal ; et cela tenait, je suppose,
à la vélocité avec laquelle nous tournions.

« Les rayons de la lune semblaient chercher le fin
fond de l'immense gouffre ; cependant, je ne pouvais

rien distinguer nettement à cause d'un épais brouillard qui enveloppait toutes choses, et sur lequel planait un magnifique arc-en-ciel, semblable à ce pont étroit et vacillant que les musulmans affirment être le seul passage entre le Temps et l'Éternité. Ce brouillard ou cette écume était sans doute occasionné par le conflit des grands murs de l'entonnoir, quand ils se rencontraient et se brisaient au fond ; — quant au hurlement qui montait de ce brouillard vers le ciel, je n'essayerai pas de le décrire.

« Notre première glissade dans l'abîme, à partir de la ceinture d'écume, nous avait portés à une grande distance sur la pente ; mais postérieurement notre descente ne s'effectua pas aussi rapidement, à beaucoup près. Nous filions toujours, toujours circulairement, non plus avec un mouvement uniforme, mais avec des élans qui parfois ne nous projetaient qu'à une centaine de yards, et d'autres fois nous faisaient accomplir une évolution complète autour du tourbillon. À chaque tour, nous nous rapprochions du gouffre, lentement, il est vrai, mais d'une manière très sensible.

« Je regardai au large sur le vaste désert d'ébène qui nous portait, et je m'aperçus que notre barque n'était pas le seul objet qui fût tombé dans l'étreinte du tourbillon. Au-dessus et au-dessous de nous, on voyait des débris de navires, de gros morceaux de charpente, des troncs d'arbres, ainsi que bon nombre d'articles plus petits, tels que des pièces de mobilier, des malles brisées, des barils et des douves[1]. J'ai déjà décrit la curiosité surnaturelle qui s'était substituée à mes primitives terreurs. Il me sembla qu'elle augmentait à mesure que je me rapprochais de mon épouvantable destinée. Je commençai alors à épier avec un étrange intérêt les nombreux objets qui flottaient en notre compagnie. Il *fallait* que j'eusse le délire, — car je trouvais

---

1. Les douves, ici, sont des pièces de bois longitudinales assemblées pour former un tonneau.

même une sorte d'*amusement* à calculer les vitesses relatives de leur descente vers le tourbillon d'écume.

« — Ce sapin, me surpris-je une fois à dire, sera
certainement la première chose qui fera le terrible plongeon et qui disparaîtra ; — et je fus fort désappointé
de voir qu'un bâtiment de commerce hollandais avait
pris les devants et s'était engouffré le premier. À la longue, après avoir fait quelques conjectures de cette
nature, et m'être toujours trompé, — ce fait, — le fait
de mon invariable mécompte, — me jeta dans un ordre
de réflexions qui firent de nouveau trembler mes membres et battre mon cœur encore plus lourdement.

« Ce n'était pas une nouvelle terreur qui m'affectait
ainsi, mais l'aube d'une espérance bien plus émouvante.
Cette espérance surgissait en partie de la mémoire, en
partie de l'observation présente. Je me rappelai l'immense variété d'épaves qui jonchaient la côte de Lofoden, et qui avaient toutes été absorbées et revomies par
le Moskoe-Strom. Ces articles, pour la plus grande partie, étaient déchirés de la manière la plus extraordinaire,
— éraillés, écorchés, au point qu'ils avaient l'air d'être
tout garnis de pointes et d'esquilles. — Mais je me rappelais distinctement alors qu'il y en avait quelques-uns
qui n'étaient pas défigurés du tout. Je ne pouvais maintenant me rendre compte de cette différence qu'en supposant que les fragments écorchés fussent les seuls qui
eussent été complètement absorbés, — les autres étant
entrés dans le tourbillon à une période assez avancée
de la marée, ou, après y être entrés, étant, par une raison ou par une autre, descendus assez lentement pour
ne pas atteindre le fond avant le retour du flux ou du
reflux, — suivant le cas. Je concevais qu'il était possible, dans les deux cas, qu'ils eussent remonté, en tourbillonnant de nouveau jusqu'au niveau de l'Océan, sans
subir le sort de ceux qui avaient été entraînés de meilleure heure ou absorbés plus rapidement.

« Je fis aussi trois observations importantes : la première que, — règle générale, — plus les corps étaient
gros, plus leur descente était rapide ; — la seconde, que,

deux masses étant données, d'une égale étendue, l'une sphérique et l'autre de *n'importe quelle autre forme*, la supériorité de vitesse dans la descente était pour la sphère ; — la troisième, que, de deux masses d'un volume égal, l'une cylindrique, et l'autre de n'importe quelle autre forme, le cylindre était absorbé le plus lentement.

« Depuis ma délivrance, j'ai eu à ce sujet quelques conversations avec un vieux maître d'école du district ; et c'est de lui que j'ai appris l'usage des mots cylindre et sphère. Il m'a expliqué — mais j'ai oublié l'explication — que ce que j'avais observé était la conséquence naturelle de la forme des débris flottants, et il m'a démontré comment un cylindre, tournant dans un tourbillon, présentait plus de résistance à sa succion et était attiré avec plus de difficulté qu'un corps d'une autre forme quelconque et d'un volume égal*.

« Il y avait une circonstance saisissante qui donnait une grande force à ces observations, et me rendait anxieux de les vérifier : c'était qu'à chaque révolution nous passions devant un baril ou devant une vergue ou un mât de navire, et que la plupart de ces objets, nageant à notre niveau quand j'avais ouvert les yeux pour la première fois sur les merveilles du tourbillon, étaient maintenant situés bien au-dessus de nous et semblaient n'avoir guère bougé de leur position première.

« Je n'hésitai pas plus longtemps sur ce que j'avais à faire. Je résolus de m'attacher avec confiance à la barrique que je tenais toujours embrassée, de larguer le câble qui la retenait à la cage, et de me jeter avec à la mer. Je m'efforçai d'attirer par signes l'attention de mon frère sur les barils flottants auprès desquels nous passions, et je fis tout ce qui était en mon pouvoir pour lui faire comprendre ce que j'allais tenter. Je crus à la longue qu'il avait deviné mon dessein ; — mais, qu'il l'eût ou ne l'eût pas saisi, il secoua la tête avec désespoir et refusa de quitter sa place près du

---

* Archimède, *De occidentibus in fluido* (E.A.P.).

boulon. Il m'était impossible de m'emparer de lui ; la
conjoncture ne permettait pas de délai. Ainsi, avec une
amère angoisse, je l'abandonnai à sa destinée ; je
m'attachai moi-même à la barrique avec le câble qui
l'amarrait à l'échauguette, et, sans hésiter un moment
de plus, je me précipitai avec dans la mer.

« Le résultat fut précisément ce que j'espérais.
Comme c'est moi-même qui vous raconte cette histoire,
— comme vous voyez que j'ai échappé, — et comme
vous connaissez déjà le mode de salut que j'employai
et pouvez dès lors prévoir tout ce que j'aurais de plus
à vous dire, j'abrégerai mon récit et j'irai droit à la
conclusion.

« Il s'était écoulé une heure environ depuis que
j'avais quitté le bord du semaque, quand, étant descendu à une vaste distance au-dessous de moi, il fit coup
sur coup trois ou quatre tours précipités, et, emportant mon frère bien-aimé, piqua de l'avant décidément
et pour toujours dans le chaos d'écume. Le baril auquel
j'étais attaché nageait presque à moitié chemin de la
distance qui séparait le fond du gouffre de l'endroit où
je m'étais précipité par-dessus bord, quand un grand
changement eut lieu dans le caractère du tourbillon. La
pente des parois du vaste entonnoir se fit de moins en
moins escarpée. Les évolutions du tourbillon devinrent
graduellement de moins en moins rapides. Peu à peu
l'écume et l'arc-en-ciel disparurent, et le fond du gouffre sembla s'élever lentement.

« Le ciel était clair, le vent était tombé, et la pleine
lune se couchait radieusement à l'ouest, quand je me
retrouvai à la surface de l'Océan juste en vue de la côte
de Lofoden et au-dessus de l'endroit où *était* naguère
le tourbillon du Moskoe-Strom. C'était l'heure de
l'accalmie — mais la mer se soulevait toujours en
vagues énormes par suite de la tempête. Je fus porté
violemment dans le canal du Strom et jeté en quelques
minutes à la côte, parmi les pêcheries. Un bateau me
repêcha, — épuisé de fatigue ; — et, maintenant que
le danger avait disparu, le souvenir de ces horreurs

m'avait rendu muet. Ceux qui me tirèrent à bord étaient mes vieux camarades de mer et mes compagnons de chaque jour — mais ils ne me reconnaissaient pas plus qu'ils n'auraient reconnu un voyageur revenu du monde des esprits. Mes cheveux, qui, la veille, étaient d'un noir de corbeau, étaient aussi blancs que vous les voyez maintenant. Ils dirent aussi que toute l'expression de ma physionomie était changée. Je leur contai mon histoire, — ils ne voulurent pas y croire. — Je vous la raconte, à vous, maintenant, et j'ose à peine espérer que vous y ajouterez plus de foi que les plaisants pêcheurs de Lofoden. »

LA VÉRITÉ
SUR LE CAS DE M. VALDEMAR

Que le cas extraordinaire de M. Valdemar ait excité
une discussion, il n'y a certes pas lieu de s'en étonner.
C'eût été un miracle qu'il n'en fût pas ainsi, — particulièrement dans de telles circonstances. Le désir de
toutes les parties intéressées à tenir l'affaire secrète, au
moins pour le présent ou en attendant l'opportunité
d'une nouvelle investigation, et nos efforts pour y réussir ont laissé place à un récit tronqué ou exagéré qui
s'est propagé dans le public, et qui, présentant l'affaire
sous les couleurs les plus désagréablement fausses, est
naturellement devenu la source d'un grand discrédit.

Il est maintenant devenu nécessaire que je donne *les
faits*, autant du moins que je les comprends moi-même.
Succinctement les voici :

Mon attention, dans ces trois dernières années, avait
été à plusieurs reprises attirée vers le magnétisme ; et,
il y a environ neuf mois, cette pensée frappa presque
soudainement mon esprit que, dans la série des expériences faites jusqu'à présent, il y avait une très remarquable et très inexplicable lacune : — personne n'avait
encore été magnétisé *in articulo mortis*. Restait à savoir,
d'abord si dans un pareil état existait chez le patient
une réceptibilité quelconque de l'influx magnétique ;
en second lieu, si, dans le cas d'affirmative, elle était

atténuée ou augmentée par la circonstance ; troisième-
ment, jusqu'à quel point et pour combien de temps les
empiétements de la mort pouvaient être arrêtés par
l'opération. Il y avait d'autres points à vérifier, mais
ceux-ci excitaient le plus ma curiosité, — particulièrement le dernier, à cause du caractère immensément
grave de ses conséquences.

En cherchant autour de moi un sujet au moyen duquel je pusse éclairer ces points, je fus amené à jeter
les yeux sur mon ami, M. Ernest Valdemar, le compi-
lateur bien connu de la *Bibliotheca forensica*, et auteur
(sous le pseudonyme d'Issachar Marx) des traductions
polonaises de *Wallenstein* et de *Gargantua*. M. Valdemar, qui résidait généralement à Harlem (New York)
depuis l'année 1839, est ou était particulièrement remarquable par l'excessive maigreur de sa personne, — ses
membres inférieurs ressemblant beaucoup à ceux de
John Randolph, — et aussi par la blancheur de ses
favoris qui faisaient contraste avec sa chevelure noire,
que chacun prenait conséquemment pour une perruque.
Son tempérament était singulièrement nerveux et en faisait un excellent sujet pour les expériences magnétiques.
Dans deux ou trois occasions, je l'avais amené à dormir
sans grande difficulté ; mais je fus désappointé quant
aux autres résultats que sa constitution particulière
m'avait naturellement fait espérer. Sa volonté n'était
jamais positivement ni entièrement soumise à mon
influence, et relativement à la *clairvoyance* je ne réussis
à faire avec lui rien sur quoi l'on pût faire fond. J'avais
toujours attribué mon insuccès sur ces points au dérangement de sa santé. Quelques mois avant l'époque où
je fis sa connaissance, les médecins l'avaient déclaré
atteint d'une phtisie bien caractérisée. C'était à vrai dire
sa coutume de parler de sa fin prochaine avec beaucoup
de sang-froid, comme d'une chose qui ne pouvait être
ni évitée ni regrettée.

Quand ces idées, que j'exprimais tout à l'heure, me
vinrent pour la première fois, il était très naturel que
je pensasse à M. Valdemar. Je connaissais trop bien

la solide philosophie de l'homme pour redouter quelques scrupules de sa part, et il n'avait point de parents
en Amérique qui pussent plausiblement intervenir. Je
lui parlai franchement de la chose ; et, à ma grande
surprise, il parut y prendre un intérêt très vif. Je dis
à ma grande surprise, car, quoiqu'il eût toujours gra-
cieusement livré sa personne à mes expériences, il
n'avait jamais témoigné de sympathie pour mes études.
Sa maladie était de celles qui admettent un calcul exact
relativement à l'époque de leur *dénoûment* ; et il fut
finalement convenu entre nous qu'il m'enverrait chercher vingt-quatre heures avant le terme marqué par les
médecins pour sa mort.

Il y a maintenant sept mois passés que je reçus de
M. Valdemar le billet suivant :

« Mon cher P...,

« Vous pouvez aussi bien venir *maintenant*. D... et
F... s'accordent à dire que je n'irai pas, demain, au delà
de minuit ; et je crois qu'ils ont calculé juste, ou bien
peu s'en faut.

« VALDEMAR. »

Je recevais ce billet une demi-heure après qu'il m'était
écrit, et, en quinze minutes au plus, j'étais dans la
chambre du mourant. Je ne l'avais pas vu depuis dix
jours, et je fus effrayé de la terrible altération que ce
court intervalle avait produite en lui. Sa face était d'une
couleur de plomb ; les yeux étaient entièrement éteints,
et l'amaigrissement était si remarquable que les pom-
mettes avaient crevé la peau. L'expectoration était
excessive ; le pouls à peine sensible. Il conservait néanmoins d'une manière fort singulière toutes ses facultés
spirituelles et une certaine quantité de force physique.
Il parlait distinctement, — prenait sans aide quelques
drogues palliatives, — et, quand j'entrai dans la chambre, il était occupé à écrire quelques notes sur un
agenda. Il était soutenu dans son lit par des oreillers.
Les docteurs D... et F... lui donnaient leurs soins.

Après avoir serré la main de Valdemar, je pris ces messieurs à part et j'obtins un compte rendu minutieux de l'état du malade. Le poumon gauche était depuis dix-huit mois dans un état semi-osseux ou cartilagineux, et conséquemment tout à fait impropre à toute fonction vitale. Le droit, dans sa région supérieure, s'était aussi ossifié, sinon en totalité, du moins partiellement, pendant que la partie inférieure n'était plus qu'une masse de tubercules purulents, se pénétrant les uns les autres. Il existait plusieurs perforations profondes, et en un certain point il y avait adhérence permanente des côtes. Ces phénomènes du lobe droit étaient de date comparativement récente. L'ossification avait marché avec une rapidité très insolite — un mois auparavant on n'en découvrait encore aucun symptôme — et l'adhérence n'avait été remarquée que dans ces trois derniers jours. Indépendamment de la phtisie, on soupçonnait un anévrisme de l'aorte, mais sur ce point les symptômes d'ossification rendaient impossible tout diagnostic exact. L'opinion des deux médecins était que M. Valdemar mourrait le lendemain dimanche vers minuit. Nous étions au samedi, et il était sept heures du soir.

En quittant le chevet du moribond pour causer avec moi, les docteurs D... et F... lui avaient dit un suprême adieu. Ils n'avaient pas l'intention de revenir ; mais, à ma requête, ils consentirent à venir voir le patient vers dix heures de la nuit.

Quand ils furent partis, je causai librement avec M. Valdemar de sa mort prochaine, et plus particulièrement de l'expérience que nous nous étions proposée. Il se montra toujours plein de bon vouloir ; il témoigna même un vif désir de cette expérience et me pressa de commencer tout de suite. Deux domestiques, un homme et une femme, étaient là pour donner leurs soins ; mais je ne me sentis pas tout à fait libre de m'engager dans une tâche d'une telle gravité sans autres témoignages plus rassurants que ceux que pourraient produire ces gens-là en cas d'accident soudain. Je ren-

voyais donc l'opération à huit heures, quand l'arrivée
d'un étudiant en médecine, avec lequel j'étais un peu
lié, M. Théodore L..., me tira définitivement d'embarras. Primitivement j'avais résolu d'attendre les médecins ; mais je fus induit à commencer tout de suite,
d'abord par les sollicitations de M. Valdemar, en
second lieu par la conviction que je n'avais pas un
instant à perdre, car il s'en allait évidemment.

M. L... fut assez bon pour accéder au désir que
j'exprimai qu'il prît des notes de tout ce qui survien-
drait ; et c'est d'après son procès-verbal que je décalque
pour ainsi dire mon récit. Quand je n'ai pas condensé,
j'ai copié mot pour mot.

Il était environ huit heures moins cinq, quand, prenant la main du patient, je le priai de confirmer à
M. L..., aussi distinctement qu'il le pourrait, que c'était
son formel désir, à lui Valdemar, que je fisse une expérience magnétique sur lui, dans de telles conditions.

Il répliqua faiblement, mais très distinctement :
« Oui, je désire être magnétisé » ; ajoutant immédiatement après : « Je crains bien que vous n'ayez différé
trop longtemps. »

Pendant qu'il parlait, j'avais commencé les passes
que j'avais déjà reconnues les plus efficaces pour
l'endormir. Il fut évidemment influencé par le premier
mouvement de ma main qui traversa son front ; mais,
quoique je déployasse toute ma puissance, aucun autre
effet sensible ne se manifesta jusqu'à dix heures dix
minutes, quand les médecins D... et F... arrivèrent au
rendez-vous. Je leur expliquai en peu de mots mon dessein ; et, comme ils n'y faisaient aucune objection,
disant que le patient était déjà dans sa période d'agonie, je continuai sans hésitation, changeant toutefois
les passes latérales en passes longitudinales, et concentrant tout mon regard juste dans l'œil du moribond.

Pendant ce temps, son pouls devint imperceptible,
et sa respiration obstruée et marquant un intervalle
d'une demi-minute.

Cet état dura un quart d'heure, presque sans chan-

gement. A l'expiration de cette période, néanmoins, un
soupir naturel, quoique horriblement profond,
s'échappa du sein du moribond, et la respiration ron-
flante cessa, c'est-à-dire que son ronflement ne fut plus
sensible ; les intervalles n'étaient pas diminués. Les
extrémités du patient étaient d'un froid de glace.

A onze heures moins cinq minutes, j'aperçus des
symptômes non équivoques de l'influence magnétique.
Le vacillement vitreux de l'œil s'était changé en cette
expression pénible de regard *en dedans* qui ne se voit
jamais que dans les cas de somnambulisme et à laquelle
il est impossible de se méprendre ; avec quelques passes latérales rapides, je fis palpiter les paupières, comme
quand le sommeil nous prend, et, en insistant un peu,
je les fermai tout à fait. Ce n'était pas assez pour moi,
et je continuai mes exercices vigoureusement et avec
la plus intense projection de volonté jusqu'à ce que
j'eusse complètement paralysé les membres du dormeur,
après les avoir placés dans une position en apparence
commode. Les jambes étaient tout à fait allongées, les
bras à peu près étendus, et reposant sur le lit à une distance médiocre des reins. La tête était très légèrement
élevée.

Quand j'eus fait tout cela, il était minuit sonné, et
je priai ces messieurs d'examiner la situation de M. Valdemar. Après quelques expériences, ils reconnurent
qu'il était dans un état de catalepsie[1] magnétique
extraordinairement parfaite. La curiosité des deux
médecins était grandement excitée. Le docteur D...
résolut tout à coup de passer toute la nuit auprès du
patient, pendant que le docteur F... prit congé de nous
en promettant de revenir au petit jour ; M. L... et les
gardes-malades restèrent.

Nous laissâmes M. Valdemar absolument tranquille
jusqu'à trois heures du matin ; alors, je m'approchai

---

1. La *catalepsie* est un état pathologique dans lequel les membres
du sujet inconscient restent inertes, rigides et gardent la position qu'on
leur donne.

de lui et le trouvai exactement dans le même état que quand le docteur F... était parti, — c'est-à-dire qu'il était étendu dans la même position ; que le pouls était imperceptible, la respiration douce, à peine sensible — excepté par l'application d'un miroir aux lèvres, les yeux fermés naturellement, et les membres aussi rigides et aussi froids que du marbre. Toutefois, l'apparence générale n'était certainement pas celle de la mort.

En approchant de M. Valdemar, je fis une espèce de demi-effort pour déterminer son bras droit à suivre le mien dans les mouvements que je décrivais doucement çà et là au-dessus de sa personne. Autrefois, quand j'avais tenté ces expériences avec le patient, elles n'avaient jamais pleinement réussi, et assurément je n'espérais guère mieux réussir cette fois ; mais, à mon grand étonnement, son bras suivit très doucement, quoique les indiquant faiblement, toutes les directions que le mien lui assigna. Je me déterminai à essayer quelques mots de conversation.

— Monsieur Valdemar, dis-je, dormez-vous ?

Il ne répondit pas, mais j'aperçus un tremblement sur ses lèvres, et je fus obligé de répéter ma question une seconde et une troisième fois. À la troisième tout son être fut agité d'un léger frémissement ; les paupières se soulevèrent d'elles-mêmes comme pour dévoiler une ligne blanche du globe ; les lèvres remuèrent paresseusement et laissèrent échapper ces mots dans un murmure à peine intelligible :

— Oui ; je dors maintenant. Ne m'éveillez pas !...
— Laissez-moi mourir ainsi !

Je tâtai les membres et les trouvai toujours aussi rigides. Le bras droit, comme tout à l'heure, obéissait à la direction de ma main. Je questionnai de nouveau le somnambule.

— Vous sentez-vous toujours mal à la poitrine, monsieur Valdemar ?

La réponse ne fut pas immédiate ; elle fut encore moins accentuée que la première :

— Mal ? — non, — je meurs.

Je ne jugeai pas convenable de le tourmenter davantage pour le moment, et il ne se dit, il ne se fit rien de nouveau jusqu'à l'arrivée du docteur F..., qui précéda un peu le lever du soleil, et éprouva un étonnement sans bornes en trouvant le patient encore vivant. Après avoir tâté le pouls du somnambule et lui avoir appliqué un miroir sur les lèvres, il me pria de lui parler encore.

— Monsieur Valdemar, dormez-vous toujours ?

Comme précédemment, quelques minutes s'écoulèrent avant la réponse ; et, durant l'intervalle, le moribond sembla rallier toute son énergie pour parler. À ma question répétée pour la quatrième fois, il répondit très faiblement, presque inintelligiblement :

— Oui, toujours ; — je dors, — je meurs.

C'était alors l'opinion, ou plutôt le désir des médecins, qu'on permît à M. Valdemar de rester sans être troublé dans cet état actuel de calme apparent, jusqu'à ce que la mort survînt ; et cela devait avoir lieu, — on fut unanime là-dessus, — dans un délai de cinq minutes. Je résolus cependant de lui parler encore une fois, et je répétai simplement ma question précédente.

Pendant que je parlais, il se fit un changement marqué dans la physionomie du somnambule. Les yeux roulèrent dans leurs orbites, lentement découverts par les paupières qui remontaient ; la peau prit un ton général cadavéreux, ressemblant moins à du parchemin qu'à du papier blanc ; et les deux taches hectiques [1] circulaires, qui jusque-là étaient vigoureusement fixées dans le centre de chaque joue, *s'éteignirent* tout d'un coup. Je me sers de cette expression, parce que la soudaineté de leur disparition me fait penser à une bougie soufflée plutôt qu'à toute autre chose. La lèvre supérieure, en même temps, se tordit en remontant au dessus des dents que tout à l'heure elle couvrait entièrement, pendant que la mâchoire inférieure tombait avec une saccade qui put être entendue, laissant la bouche toute grande

---

1. En rapport avec la *fièvre hectique*, une fièvre continue et amaigrissante.

ouverte, et découvrant en plein la langue noire et bour-souflée. Je présume que tous les témoins étaient fami-liarisés avec les horreurs d'un lit de mort ; mais l'aspect de M. Valdemar en ce moment était tellement hideux, hideux au delà de toute conception, que ce fut une reculade générale loin de la région du lit.

Je sens maintenant que je suis arrivé à un point de mon récit où le lecteur révolté me refusera toute croyance. Cependant, mon devoir est de continuer.

Il n'y avait plus dans M. Valdemar le plus faible symptôme de vitalité : et, concluant qu'il était mort, nous le laissions aux soins des gardes-malades, quand un fort mouvement de vibration se manifesta dans la langue. Cela dura pendant une minute peut-être. À l'expiration de cette période, des mâchoires distendues et immobiles jaillit une voix, — une voix telle que ce serait folie d'essayer de la décrire. Il y a cependant deux ou trois épithètes qui pourraient lui être appliquées comme des à-peu-près : ainsi, je puis dire que le son était âpre, déchiré, caverneux ; mais le hideux total n'est pas définissable, par la raison que de pareils sons n'ont jamais hurlé dans l'oreille de l'humanité. Il y avait cependant deux particularités qui — je le pensai alors, et je le pense encore, — peuvent être justement prises comme caractéristiques de l'intonation, et qui sont propres à donner quelque idée de son étrangeté extra-terrestre. En premier lieu, la voix semblait par-venir à nos oreilles, — aux miennes du moins, — comme d'une très lointaine distance ou de quelque abîme souterrain. En second lieu, elle m'impressionna (je crains, en vérité, qu'il me soit impossible de me faire comprendre) de la même manière que les matières gluti-neuses ou gélatineuses affectent le sens de toucher.

J'ai parlé à la fois de son et de voix. Je veux dire que le son était d'une syllabisation distincte, et même terriblement, effroyablement distincte. M. Valdemar *parlait*, évidemment pour répondre à la question que je lui avais adressée quelques minutes auparavant. Je

lui avais demandé, on s'en souvient, s'il dormait toujours. Il disait maintenant :

— Oui, — non, — *j'ai dormi*, — et maintenant, —
maintenant, *je suis mort*.

Aucune des personnes présentes n'essaya de nier ni
même de réprimer l'indescriptible, la frissonnante horreur que ces quelques mots ainsi prononcés étaient si
bien faits pour créer. M. L..., l'étudiant, s'évanouit.
Les gardes-malades s'enfuirent immédiatement de la
chambre, et il fut impossible de les y ramener. Quant
à mes propres impressions, je ne prétends pas les rendre intelligibles pour le lecteur. Pendant près d'une
heure, nous nous occupâmes en silence (pas un mot ne
fut prononcé) à rappeler M. L... à la vie. Quand il fut
revenu à lui, nous reprîmes nos investigations sur l'état
de M. Valdemar.

Il était resté à tous égards tel que je l'ai décrit en
dernier lieu, à l'exception que le miroir ne donnait plus
aucun vestige de respiration. Une tentative de saignée
au bras resta sans succès. Je dois mentionner aussi que
ce membre n'était plus soumis à ma volonté. Je m'efforçai en vain de lui faire suivre la direction de ma main.
La seule indication réelle de l'influence magnétique se
manifestait maintenant dans le mouvement vibratoire
de la langue. Chaque fois que j'adressais une question
à M. Valdemar, il semblait qu'il fît un effort pour
répondre, mais que sa volition ne fût pas suffisamment
durable. Aux questions faites par une autre personne
que moi il paraissait absolument insensible, — quoique j'eusse tenté de mettre chaque membre de la société
en rapport magnétique avec lui. Je crois que j'ai maintenant relaté tout ce qui est nécessaire pour faire comprendre l'état du somnambule dans cette période. Nous
nous procurâmes d'autres infirmiers, et, à dix heures,
je sortis de la maison, en compagnie des deux médecins et de M. L...

Dans l'après-midi, nous revînmes tous voir le patient.
Son état était absolument le même. Nous eûmes alors
une discussion sur l'opportunité et la possibilité de

l'éveiller ; mais nous fûmes bientôt d'accord en ceci qu'il n'en pouvait résulter aucune utilité. Il était évident que jusque-là, la mort, ou ce que l'on définit habituellement par le mot *mort*, avait été arrêtée par l'opération magnétique. Il nous semblait clair à tous qu'éveiller M. Valdemar c'eût été simplement assurer sa minute suprême, ou au moins accélérer sa désorganisation.

Depuis lors, jusqu'à la fin de la semaine dernière, — *un intervalle de sept mois à peu près*, — nous nous réunîmes journellement dans la maison de M. Valdemar, accompagnés de médecins et d'autre amis. Pendant tout ce temps, le somnambule resta *exactement* tel que je l'ai décrit. La surveillance des infirmiers était continuelle.

Ce fut vendredi dernier que nous résolûmes finalement de faire l'expérience du réveil, ou du moins d'essayer de l'éveiller ; et c'est le résultat, déplorable peut-être, de cette dernière tentative, qui a donné naissance à tant de discussions dans les cercles privés, à tant de bruits dans lesquels je ne puis m'empêcher de voir le résultat d'une crédulité populaire injustifiable.

Pour arracher M. Valdemar à la catalepsie magnétique, je fis usage des passes accoutumées. Pendant quelque temps, elles furent sans résultat. Le premier symptôme de retour à la vie fut un abaissement partiel de l'iris. Nous observâmes comme un fait très remarquable que cette descente de l'iris était accompagnée de flux très abondant d'une liqueur jaunâtre (de dessous les paupières) d'une odeur âcre et fortement désagréable.

On me suggéra alors d'essayer d'influencer le bras du patient, comme par le passé. J'essayai, je ne pus. Le docteur F... exprima le désir que je lui adressasse une question. Je le fis de la manière suivante :

— Monsieur Valdemar, pouvez-vous nous expliquer quels sont maintenant vos sensations ou vos désirs ?

Il y eut un retour immédiat des cercles hectiques sur les joues ; la langue trembla ou plutôt roula violemment dans la bouche (quoique les mâchoires et les lèvres demeurassent toujours immobiles), et à la longue la même horrible voix que j'ai décrite fit éruption :

— Pour l'amour de Dieu ! — vite ! — vite ! — faites-moi dormir, — ou bien, vite ! éveillez-moi ! — vite ! *Je vous dis que je suis mort !*

J'étais totalement énervé, et pendant une minute, je restai indécis sur ce que j'avais à faire. Je fis d'abord un effort pour calmer le patient ; mais, cette totale vacance de ma volonté ne me permettant pas d'y réussir, je fis l'inverse et m'efforçai aussi vivement que possible de le réveiller. Je vis bientôt que cette tentative aurait un plein succès, — ou du moins je me figurai bientôt que mon succès serait complet, — et je suis sûr que chacun dans la chambre s'attendait au réveil du somnambule.

Quant à ce qui arriva en réalité, aucun être humain n'aurait jamais pu s'y attendre : c'est au delà de toute possibilité.

Comme je faisais rapidement les passes magnétiques à travers les cris de « Mort ! Mort ! » qui faisaient littéralement explosion sur la langue et non sur les lèvres du sujet, — tout son corps, — d'un seul coup, — dans l'espace d'une minute, et même moins, — se déroba, — s'émietta, — se *pourrit* absolument sous mes mains. Sur le lit, devant tous les témoins, gisait une masse dégoûtante et quasi liquide, — une abominable putréfaction.

RÉVÉLATION MAGNÉTIQUE

Bien que les ténèbres du doute enveloppent encore toute la théorie positive du magnétisme, ses foudroyants effets sont maintenant presque universellement admis. Ceux qui doutent de ces effets sont de purs douteurs de profession, une impuissante et peu honorable caste. Ce serait absolument perdre son temps aujourd'hui que de s'amuser à prouver que l'homme, par un pur exercice de sa volonté, peut impressionner suffisamment son semblable pour le jeter dans une condition anormale, dont les phénomènes ressemblent littéralement à ceux de la mort, ou du moins leur ressemblent plus qu'aucun des phénomènes produits dans une condition normale connue ; que, tout le temps que dure cet état, la personne ainsi influencée n'emploie qu'avec effort, et conséquemment avec peu d'aptitude, les organes extérieurs des sens, et que néanmoins elle perçoit, avec une perspicacité singulièrement subtile et par un canal mystérieux, des objets situés au delà de la portée des organes physiques ; que de plus, ses facultés intellectuelles s'exaltent et se fortifient d'une manière prodigieuse ; que ses sympathies avec la personne qui agit sur elle sont profondes ; et que finalement sa *susceptibilité* des impressions magnétiques, croît en proportion de leur fréquence, en même temps que les phénomènes particuliers obtenus s'étendent et se prononcent davantage et dans la même proportion.

Je dis qu'il serait superflu de démontrer ces faits divers, où est contenue la loi générale du magnétisme, et qui en sont les traits principaux. Je n'infligerai donc pas aujourd'hui à mes lecteurs une démonstration aussi parfaitement oiseuse. Mon dessein, quant à présent, est en vérité d'une tout autre nature. Je sens le besoin, en dépit de tout un monde de préjugés, de raconter, sans commentaires, mais dans tous ses détails, un très remarquable dialogue qui eut lieu entre un somnambule [1] et moi.

J'avais depuis longtemps l'habitude de magnétiser la personne en question, M. Vankirk, et la *susceptibilité* vive, l'exaltation du sens magnétique s'étaient déjà manifestées. Pendant plusieurs mois, M. Vankirk avait beaucoup souffert d'une phtisie avancée, dont les effets les plus cruels avaient été diminués par mes passes, et, dans la nuit du mercredi, 15 courant, je fus appelé à son chevet.

Le malade souffrait des douleurs vives dans la région du cœur et respirait avec une grande difficulté, ayant tous les symptômes ordinaires d'un asthme. Dans des spasmes semblables, il avait généralement trouvé du soulagement dans des applications de moutarde aux centres nerveux ; mais ce soir-là, il y avait eu recours en vain.

Quand j'entrai dans sa chambre, il me salua d'un gracieux sourire, et, quoiqu'il fût en proie à des douleurs physiques aiguës, il me parut absolument calme quant au moral.

— Je vous ai envoyé chercher cette nuit, dit-il, non pas tant pour m'administrer un soulagement physique que pour me satisfaire relativement à de certaines impressions psychiques qui m'ont récemment causé beaucoup d'anxiété et de surprise. Je n'ai pas besoin de vous dire combien j'ai été sceptique jusqu'à présent

---

1. Il s'agit là d'un faux-sens de Baudelaire, car Poe parle d'un dormeur éveillé, hypnotisé *(sleepwaker)* et non d'un somnambule *(sleepwalker)*.

sur le sujet de l'immortalité de l'âme. Je ne puis pas
vous nier que, dans cette âme que j'allais niant, a toujours existé comme un demi-sentiment assez vague de
sa propre existence. Mais ce demi-sentiment ne s'est
jamais élevé à l'état de conviction. De tout cela ma
raison n'avait rien à faire. Tous mes efforts pour établir
là-dessus une enquête logique n'ont abouti qu'à me
laisser plus sceptique qu'auparavant. Je me suis avisé
d'étudier Cousin ; je l'ai étudié dans ses propres ouvrages aussi bien que dans ses échos européens et américains. J'ai eu entre les mains, par exemple, le *Charles
Elwood* de Brownson [1]. Je l'ai lu avec une profonde
attention. Je l'ai trouvé logique d'un bout à l'autre ;
mais les portions qui ne sont pas de la pure logique sont
malheureusement les arguments primordiaux du héros
incrédule du livre. Dans son résumé, il me parut évident
que le raisonneur n'avait pas même réussi à se convaincre lui-même. La fin du livre a visiblement oublié le
commencement, comme Trinculo son gouvernement [2].
Bref, je ne fus pas longtemps à m'apercevoir que, si
l'homme doit être intellectuellement convaincu de sa
propre immortalité, il ne le sera jamais par les pures
abstractions qui ont été si longtemps la manie des mora-
listes anglais, français et allemands. Les abstractions
peuvent être un amusement et une gymnastique, mais
elles ne prennent pas possession de l'esprit. Tant que
nous serons sur cette terre, la philosophie, j'en suis
persuadé, nous sommera toujours en vain de considérer
les qualités comme des êtres. La volonté peut consentir,
— mais l'âme, — mais l'intellect, jamais.

« Je répète donc que j'ai seulement senti à moitié,
et que je n'ai jamais cru intellectuellement. Mais, dernièrement, il y eut en moi un certain renforcement de

1. Roman paru en 1840, dans lequel Brownson, un presbytérien
converti au catholicisme, développe une doctrine de la connaissance
intuitive de Dieu.
2. Trinculo est le bouffon de *La Tempête* de Shakespeare ; dans
une scène burlesque (III, 2) il s'imagine un moment vice-roi de l'île
où il fait naufrage, avant de suivre Stefano, le sommelier de l'ivrogne.

sentiment, qui prit une intensité assez grande pour ressembler à un acquiescement de la raison, au point que je trouve fort difficile de distinguer entre les deux. Je crois avoir le droit d'attribuer simplement cet effet à l'influence magnétique. Je ne saurais expliquer ma pensée que par une hypothèse, à savoir que l'exaltation magnétique me rend apte à concevoir un système de raisonnement qui dans mon existence anormale me convainc, mais qui, par une complète analogie avec le phénomène magnétique, ne s'étend pas, excepté par son *effet*, jusqu'à mon existence normale. Dans l'état somnambulique, il y a simultanéité et contemporanéité entre le raisonnement et la conclusion, entre la cause et son effet. Dans mon état naturel, la cause s'évanouissant, l'effet seul subsiste, et encore peut-être fort affaibli.

« Ces considérations m'ont induit à penser que l'on pourrait tirer quelques bons résultats d'une série de questions bien dirigées, proposées à mon intelligence dans l'état magnétique. Vous avez souvent observé la profonde connaissance de soi-même manifestée par le somnambule et la vaste science qu'il déploie sur tous les points relatifs à l'état magnétique. De cette connaissance de soi-même on pourrait tirer des instructions suffisantes pour la rédaction rationnelle d'un catéchisme. »

Naturellement, je consentis à faire cette expérience. Quelques passes plongèrent M. Vankirk dans le sommeil magnétique. Sa respiration devint immédiatement plus aisée, et il ne parut plus souffrir aucun malaise physique. La conversation suivante s'engagea. — *V* dans le dialogue représentera le somnambule, et *P*, ce sera moi.

P. Êtes-vous endormi ?

V. Oui, — non. Je voudrais bien dormir plus profondément.

P. (*après quelques nouvelles passes*). Dormez-vous bien maintenant ?

V. Oui.

P. Comment supposez-vous que finira votre maladie actuelle ?

V. (*après une longue hésitation et parlant comme avec effort*). J'en mourrai.

P. Cette idée de mort vous afflige-t-elle ?

V. (*avec vivacité*). Non, non !

P. Cette perspective vous réjouit-elle ?

V. Si j'étais éveillé, j'aimerais mourir. Mais maintenant il n'y a pas lieu de le désirer. L'état magnétique est assez près de la mort pour me contenter.

P. Je voudrais bien une explication un peu plus nette, monsieur Vankirk.

V. Je le voudrais bien aussi ; mais cela demande plus d'effort que je ne me sens capable d'en faire. Vous ne me questionnez pas convenablement.

P. Alors, que faut-il vous demander ?

V. Il faut que vous commenciez par le commencement.

P. Le commencement ! Mais où est-il, le commencement ?

V. Vous savez bien que le commencement est DIEU. (*Ceci fut dit sur un ton bas, ondoyant, et avec tous les signes de la plus profonde vénération.*)

P. Qu'est-ce que Dieu ?

V. (*hésitant quelques minutes*). Je ne puis pas le dire.

P. Dieu n'est-il pas un esprit ?

V. Quand j'étais éveillé, je savais ce que vous entendiez par esprit. Mais maintenant, cela ne me semble plus qu'un mot, — tel, par exemple, que vérité, beauté, — une qualité enfin.

P. Dieu n'est-il pas immatériel ?

V. Il n'y a pas d'immatérialité ; — c'est un simple mot. Ce qui n'est pas matière n'est pas, — à moins que les qualités ne soient des êtres.

P. Dieu est-il donc matériel ?

V. Non. (*Cette réponse m'abasourdit.*)

P. Alors, qu'est-il ?

V. (*après une longue pause, et en marmottant*). Je le vois, — je le vois, — mais c'est une chose très diffi-

cile à dire. (*Autre pause également longue*.) Il n'est pas
esprit, car il existe. Il n'est pas non plus matière, *comme
vous l'entendez*. Mais il y a des *gradations* de matière
dont l'homme n'a aucune connaissance, la plus dense
entraînant la plus subtile, la plus subtile pénétrant la
plus dense. L'atmosphère, par exemple, met en mouvement le principe électrique, pendant que le principe
électrique pénètre l'atmosphère. Ces *gradations* de
matière augmentent en raréfaction et en subtilité
jusqu'à ce que nous arrivions à une matière *imparticulée*, — sans molécules — indivisible, — *une* ; et ici
la loi d'impulsion et de pénétration est modifiée. La
matière suprême ou *imparticulée* non seulement pénètre
les êtres, mais met tous les êtres en mouvement — et
ainsi elle *est* tous les êtres en un, qui est elle-même.
Cette matière est Dieu. Ce que les hommes cherchent
à personnifier dans le mot *pensée*, c'est la matière en
mouvement.

P. Les métaphysiciens maintiennent que toute action
se réduit à mouvement et pensée, et que celle-ci est l'origine de celui-là.

V. Oui ; je vois maintenant la confusion d'idées. Le
mouvement est l'action de l'esprit, non de la pensée.
La matière imparticulée, ou Dieu, à l'état de repos, est,
autant que nous pouvons le concevoir, ce que les hommes appellent esprit. Et cette faculté d'automouvement
— équivalente en effet à la volonté humaine — est dans
la matière imparticulée le résultat de son unité et de son
omnipotence ; comment, je ne le sais pas, et maintenant je vois clairement que je ne le saurai jamais ; mais
la matière imparticulée, mise en mouvement par une
loi ou une qualité contenue en elle, est pensante.

P. Ne pouvez-vous pas me donner une idée plus précise de ce que vous entendez par matière imparticulée ?

V. Les matières dont l'homme a connaissance échappent aux sens, à mesure que l'on monte l'échelle. Nous
avons, par exemple, un métal, un morceau de bois, une
goutte d'eau, l'atmosphère, un gaz, le calorique, l'électricité, l'éther lumineux. Maintenant, nous appelons

toutes ces choses matière, et nous embrassons toute matière dans une définition générale ; mais, en dépit de tout ceci, il n'y a pas deux idées plus essentiellement distinctes que celle que nous attachons au métal et celle que nous attachons à l'éther lumineux. Si nous prenons ce dernier, nous sentons une presque irrésistible tentation de le classer avec l'esprit ou avec le néant. La seule considération qui nous retient est notre conception de sa constitution atomique. Et encore ici même, avons-nous besoin d'appeler à notre aide et de nous remémorer notre notion primitive de l'atome, c'est-à-dire de quelque chose possédant dans une infinie exiguïté la solidité, la tangibilité, la pesanteur. Supprimons l'idée de la constitution atomique, et il nous sera impossible de considérer l'éther comme une entité, ou au moins comme une matière. Faute d'un meilleur mot, nous pourrions l'appeler esprit. Maintenant, montons d'un degré au delà de l'éther lumineux, concevons une matière qui soit à l'éther, quant à la raréfaction, ce que l'éther est au métal, et nous arrivons enfin, en dépit de tous les dogmes de l'école, à une masse unique, — à une matière imparticulée. Car, bien que nous puissions admettre une infinie petitesse dans les atomes eux-mêmes, supposer une infinie petitesse dans les espaces qui les séparent est une absurdité. Il y aura un point, — il y aura un degré de raréfaction, où, si les atomes sont en nombre suffisant, les espaces s'évanouiront, et où la masse sera absolument une. Mais la considération de la constitution atomique étant maintenant mise de côté, la nature de cette masse glisse inévitablement dans notre conception de l'esprit. Il est clair, toutefois, qu'elle est tout aussi *matière* qu'auparavant. Le vrai est qu'il est aussi impossible de concevoir l'esprit que d'imaginer ce qui n'est pas. Quand nous nous flattons d'avoir enfin trouvé cette conception, nous avons simplement donné le change à notre intelligence par la considération de la matière infiniment raréfiée.

P. Il me semble qu'il y a une insurmontable objection à cette idée de cohésion absolue, — et c'est la très

faible résistance subie par les corps célestes dans leurs
révolutions à travers l'espace, — résistance qui existe
à un degré quelconque, cela est aujourd'hui démontré, — mais à un degré si faible qu'elle a échappé à la
sagacité de Newton lui-même. Nous savons que la résistance des corps est surtout en raison de leur densité.
L'absolue cohésion est l'absolue densité ; là où il n'y
a pas d'intervalles, il ne peut pas y avoir de passage.
Un éther absolument dense constituerait un obstacle
plus efficace à la marche d'une planète qu'un éther de
diamant ou de fer.

V. Vous m'avez fait cette objection avec une aisance
qui est à peu près en raison de son apparente irréfuta-
bilité. — Une étoile marche ; qu'importe que l'étoile
passe à travers l'éther ou l'éther à travers elle ? Il n'y
a pas d'erreur astronomique plus inexplicable que celle
qui concilie le retard connu des comètes avec l'idée de
leur passage à travers l'éther ; car, quelque raréfié
qu'on suppose l'éther, il fera toujours obstacle à toute
révolution sidérale, dans une période singulièrement
plus courte que ne l'ont admis tous ces astronomes qui
se sont appliqués à glisser sournoisement sur un point
qu'ils jugeaient insoluble. Le retard réel est d'ailleurs
à peu près égal à celui qui peut résulter du frottement
de l'éther dans son passage incessant à travers l'astre.
La force de retard est donc double, d'abord momentanée et complète en elle-même, et en second lieu infiniment croissante.

P. Mais dans tout cela, — dans cette identification
de la pure matière avec Dieu, n'y a-t-il rien d'irrespec-
tueux ? (*Je fus forcé de répéter cette question pour que
le somnambule pût complètement saisir ma pensée.*)

V. Pouvez-vous dire pourquoi la matière est moins
respectée que l'esprit ? Mais vous oubliez que la matière
dont je parle est, à tous égards et surtout relativement
à ses hautes propriétés, la véritable *intelligence* ou *esprit*
des écoles et en même temps la *matière* de ces mêmes
écoles. Dieu, avec tous les pouvoirs attribués à l'esprit,
n'est que la perfection de la matière.

P. Vous affirmez donc que la matière imparticulée en mouvement est pensée ?

V. En général, ce mouvement est la pensée universelle de l'esprit universel. Cette pensée crée. Toutes les choses créées ne sont que les pensées de Dieu.

P. Vous dites : en général.

V. Oui, l'esprit universel est Dieu ; pour les nouvelles individualités, la *matière* est nécessaire.

P. Mais vous parlez maintenant d'esprit et de matière comme les métaphysiciens.

V. Oui, pour éviter la confusion. Quand je dis esprit, j'entends la matière imparticulée ou suprême ; sous le nom de matière, je comprends toutes les autres espèces.

P. Vous disiez : pour les nouvelles individualités, la matière est nécessaire.

V. Oui, car l'esprit existant incorporellement, c'est Dieu. Pour créer des êtres individuels pensants, il était nécessaire d'incarner des portions de l'esprit divin. C'est ainsi que l'homme est individualisé ; dépouillé du vêtement corporel, il serait Dieu. Maintenant, le mouvement spécial des portions incarnées de la matière imparticulée, c'est la pensée de l'homme, comme le mouvement de l'ensemble est celle de Dieu.

P. Vous dites que, dépouillé de son corps, l'homme sera Dieu ?

V. (*après quelque hésitation*). Je n'ai pas pu dire cela, c'est une absurdité.

P. (*consultant ses notes*). Vous avez affirmé que, dépouillé du vêtement corporel, l'homme serait Dieu.

V. Et cela est vrai. L'homme ainsi dégagé serait Dieu, il serait désindividualisé ; mais il ne peut être ainsi dépouillé, — du moins il ne le sera jamais ; — autrement, il nous faudrait concevoir une action de Dieu revenant sur elle-même, une action futile et sans but. L'homme est une créature ; les créatures sont les pensées de Dieu, et c'est la nature d'une pensée d'être irrévocable.

P. Je ne comprends pas. Vous dites que l'homme ne pourra jamais rejeter son corps.

V. Je dis qu'il ne sera jamais sans corps.

P. Expliquez-vous.

V. Il y a deux corps : le rudimentaire et le complet, correspondant aux deux conditions de la chenille et du papillon. Ce que nous appelons mort n'est que la métamorphose douloureuse ; notre incarnation actuelle est progressive, préparatoire, temporaire ; notre incarnation future est parfaite, finale, immortelle. La vie finale est le but suprême.

P. Mais nous avons une notion palpable de la métamorphose de la chenille.

V. Nous, certainement, mais non la chenille. La matière dont notre corps rudimentaire est composé est à la portée des organes de ce même corps, ou, plus distinctement, nos organes rudimentaires sont appropriés à la matière dont est fait le corps rudimentaire, mais non à celle dont le corps suprême est composé. Le corps ultérieur ou suprême échappe donc à nos sens rudimentaires, et nous percevons seulement la coquille qui tombe en dépérissant et se détache de la forme intérieure, et non la forme intime elle-même ; mais cette forme intérieure, aussi bien que la coquille, est appréciable pour ceux qui ont déjà opéré la conquête de la vie ultérieure.

P. Vous avez dit souvent que l'état magnétique ressemblait singulièrement à la mort. Comment cela ?

V. Quand je dis qu'il ressemble à la mort, j'entends qu'il ressemble à la vie ultérieure, car, lorsque je suis magnétisé, les sens de ma vie rudimentaire sont en vacance, et je perçois les choses extérieures directement, sans organes, par un agent qui sera à mon service dans la vie ultérieure ou inorganique.

P. Inorganique ?

V. Oui. Les organes sont des mécanismes par lesquels l'individu est mis en rapport sensible avec certaines catégories et formes de la matière, à l'exclusion des autres catégories et des autres formes. Les organes de l'homme sont appropriés à sa condition rudimentaire, et à elle seule. Sa condition ultérieure, étant inorganique, est propre à une compréhension infinie de toutes choses, une seule exceptée, — qui est la nature de la volonté de Dieu, c'est-à-dire le mouvement de la matière imparticulée. Vous aurez une idée distincte du corps définitif en le concevant tout cervelle ; il n'est pas cela, mais une conception de cette nature vous rapprochera de l'idée de sa constitution réelle. Un corps lumineux communique une vibration à l'éther chargé de transmettre la lumière ; cette vibration en engendre de semblables dans la rétine, lesquelles en communiquent de semblables au nerf optique ; le nerf les traduit au cerveau, et le cerveau à la matière imparticulée qui le pénètre ; le mouvement de cette dernière est la pensée, et sa première vibration, c'était la perception. Tel est le mode par lequel l'esprit de la vie rudimentaire communique avec le monde extérieur, et ce monde extérieur est, dans la vie rudimentaire, limité par l'idiosyncrasie des organes. Mais, dans la vie ultérieure, inorganique, le monde extérieur communique avec le corps entier, — qui est d'une substance ayant quelque affinité avec le cerveau, comme je vous l'ai dit, — sans autre intervention que celle d'un éther infiniment plus subtil que l'éther lumineux ; et le corps tout entier vibre à l'unisson avec cet éther et met en mouvement la matière imparticulée dont il est pénétré. C'est donc à l'absence d'organes idiosyncrasiques qu'il faut attribuer la perception quasi illimitée de la vie ultérieure. Les organes sont des cages nécessaires où sont enfermés les êtres rudimentaires jusqu'à ce qu'ils soient garnis de toutes leurs plumes.

P. Vous parlez d'êtres rudimentaires, y a-t-il d'autres êtres rudimentaires pensants que l'homme ?

V. L'incalculable agglomération de matière subtile dans les nébuleuses, les planètes, les soleils et autres corps qui ne sont ni nébuleuses, ni soleils, ni planètes a pour unique destination de servir d'aliment aux organes idiosyncrasiques d'une infinité d'êtres rudimentaires ; mais, sans cette nécessité de la vie rudimentaire, acheminement à la vie définitive, de pareils mondes n'auraient pas existé ; chacun de ces mondes est occupé par une variété distincte de créatures organiques, rudimentaires, pensantes ; dans toutes, les organes varient avec les caractères généraux de l'habitacle. À la mort ou métamorphose, ces créatures, jouissant de la vie ultérieure, de l'immortalité, et connaissant tous les secrets, excepté l'*unique*, opèrent tous leurs actes et se meuvent dans tous les sens par un pur effet de leur volonté ; elles habitent non plus les étoiles qui nous paraissent les seuls mondes palpables et pour la commodité desquelles nous croyons stupidement que l'espace a été créé, mais l'espace lui-même, cet infini dont l'immensité véritablement substantielle absorbe les étoiles comme des ombres et pour l'œil des anges les efface comme des non-entités.

P. Vous dites que, sans la *nécessité* de la vie rudimentaire, les astres n'auraient pas été créés. Mais pourquoi cette nécessité ?

V. Dans la vie inorganique, aussi bien que généralement dans la matière inorganique, il n'y a rien qui puisse contredire l'action d'une loi simple, unique, qui est la Volition divine. La vie et la matière organiques, — complexes, substantielles et gouvernées par une loi multiple, — ont été constituées dans le but de créer un empêchement.

P. Mais encore, — où était la nécessité de créer cet empêchement ?

V. Le résultat de la loi inviolée est perfection, justice, bonheur négatif. Le résultat de la loi violée est imperfection, injustice, douleur positive. Grâce aux empêchements apportés par le nombre, la complexité ou la substantialité des lois de la vie et de la matière organiques, la violation de la loi devient jusqu'à un certain point praticable. Ainsi la douleur, qui est impossible dans la vie inorganique, est possible dans l'organique.

P. Mais en vue de quel résultat satisfaisant la possibilité de la douleur a-t-elle été créée ?

V. Toutes choses sont bonnes ou mauvaises par

comparaison. Une suffisante analyse démontrera que le plaisir, dans tous les cas, n'est que le contraste de la peine. Le plaisir positif est une pure idée. Pour être heureux jusqu'à un certain point, il faut que nous ayons souffert jusqu'au même point. Ne jamais souffrir serait équivalent à n'avoir jamais été heureux. Mais il est démontré que dans la vie inorganique la peine ne peut pas exister ; de là la nécessité de la peine dans la vie organique. La douleur de la vie primitive sur la terre est la seule base, la seule garantie du bonheur dans la vie ultérieure, dans le ciel.

P. Mais encore il y a une de vos expressions que je ne puis absolument pas comprendre : l'immensité véritablement *substantielle* de l'infini.

V. C'est probablement parce que vous n'avez pas une notion suffisamment générique de l'expression *substance* elle-même. Nous ne devons pas la considérer comme une qualité, mais comme un sentiment ; c'est la perception, dans les êtres pensants, de l'appropriation de la matière à leur organisation. Il y a bien des choses sur la Terre qui seraient néant pour les habitants de Vénus, bien des choses visibles et tangibles dans Vénus, dont nous sommes incompétents à apprécier l'existence. Mais, pour les êtres inorganiques, — pour les anges, — la totalité de la matière imparticulée est substance, c'est-à-dire que, pour eux, la totalité de ce que nous appelons espace est la plus véritable substantialité. Cependant, les astres, pris au point de vue matériel, échappent au sens angélique dans la même proportion que la matière imparticulée, prise au point de vue immatériel, échappe aux sens organiques.

Comme le somnambule, d'une voix faible, prononçait ces derniers mots, j'observai dans sa physionomie une singulière expression qui m'alarma un peu et me décida à le réveiller immédiatement. Je ne l'eus pas plus tôt fait qu'il tomba en arrière sur son oreiller et expira, avec un brillant sourire qui illuminait tous ses traits. Je remarquai que moins d'une minute après son corps avait l'immuable rigidité de la pierre ; son front était d'un froid de glace, tel sans doute je l'eusse trouvé après une longue pression de la main d'Azraël[1]. Le somnambule, pendant la dernière partie de son discours, m'avait-il donc parlé du fond de la région des ombres ?

1. *Azraël* est le nom de l'ange de la mort dans l'Islam.

SOUVENIRS DE M. AUGUSTE BEDLOE

Vers la fin de l'année 1827, pendant que je demeurais près de Charlottesville, dans la Virginie, je fis par hasard la connaissance de M. Auguste Bedloe. Ce jeune gentleman était remarquable à tous égards et excitait en moi une curiosité et un intérêt profonds. Je jugeai impossible de me rendre compte de son être tant physique que moral. Je ne pus obtenir sur sa famille aucun renseignement positif. D'où venait-il ? Je ne le sus jamais bien. Même relativement à son âge, quoique je l'aie appelé un jeune gentleman, il y avait quelque chose qui m'intriguait au suprême degré. Certainement il semblait jeune, et même il affectait de parler de sa jeunesse ; cependant, il y avait des moments où je n'aurais guère hésité à le supposer âgé d'une centaine d'années. Mais c'était surtout son extérieur qui avait un aspect tout à fait particulier. Il était singulièrement grand et mince ; — se voûtant beaucoup ; — les membres excessivement longs et émaciés ; — le front large et bas ; — une complexion absolument exsangue ; — sa bouche, large et flexible, et ses dents, quoique saines, plus irrégulières que je n'en vis jamais dans aucune bouche humaine. L'expression de son sourire, toutefois, n'était nullement désagréable, comme on pourrait le supposer ; mais elle n'avait aucune espèce de nuance. C'était une profonde mélancolie, une tristesse sans phases et sans intermittences. Ses yeux étaient d'une largeur anor-

male et ronds comme ceux d'un chat. Les pupilles elles-
mêmes subissaient une contraction et une dilatation
proportionnelles à l'accroissement et à la diminution
de la lumière, exactement comme on l'a observé dans
les races félines. Dans les moments d'excitation, les prunelles devenaient brillantes à un degré presque inconcevable et semblaient émettre des rayons lumineux d'un
éclat non réfléchi, mais intérieur, comme fait un
flambeau ou le soleil ; toutefois, dans leur condition
habituelle, elles étaient tellement ternes, inertes et nua-
geuses qu'elles faisaient penser aux yeux d'un corps
enterré depuis longtemps.

Ces particularités personnelles semblaient lui causer
beaucoup d'ennui, et il y faisait continuellement allusion dans un style semi-explicatif, semi-justificatif qui,
la première fois que je l'entendis, m'impressionna très
péniblement. Toutefois, je m'y accoutumai bientôt et
mon déplaisir se dissipa. Il semblait avoir l'intention
d'insinuer, plutôt que d'affirmer positivement, que
physiquement il n'avait pas toujours été ce qu'il était ;
qu'une longue série d'attaques névralgiques l'avait
réduit d'une condition de beauté personnelle non commune à celle que je voyais. Depuis plusieurs années,
il recevait les soins d'un médecin nommé Templeton,
— un vieux gentleman âgé de soixante-dix ans, peut-
être, — qu'il avait pour la première fois rencontré à
Saratoga et des soins duquel il tira dans ce temps, ou
crut tirer, un grand secours. Le résultat fut que Bedloe, qui était riche, fit un arrangement avec le docteur
Templeton, par lequel ce dernier, en échange d'une
généreuse rémunération annuelle, consentit à consacrer
exclusivement son temps et son expérience médicale à
soulager le malade.

Le docteur Templeton avait voyagé dans les jours
de sa jeunesse, et était devenu à Paris un des sectaires
les plus ardents des doctrines de Mesmer. C'était uniquement par le moyen des remèdes magnétiques qu'il
avait réussi à soulager les douleurs aiguës de son
malade ; et ce succès avait très naturellement inspiré

à ce dernier une certaine confiance dans les opinions qui servaient de base à ces remèdes. D'ailleurs, le docteur, comme tous les enthousiastes, avait travaillé de son mieux à faire de son pupille un parfait prosélyte, et finalement il réussit si bien qu'il décida le patient à se soumettre à de nombreuses expériences. Fréquemment répétées, elles amenèrent un résultat qui, depuis longtemps, est devenu assez commun pour n'attirer que peu ou point l'attention, mais qui, à l'époque dont je parle, s'était très rarement manifesté en Amérique. Je veux dire qu'entre le docteur Templeton et Bedloe s'était établi peu à peu un rapport magnétique très distinct et très fortement accentué. Je n'ai pas toutefois l'intention d'affirmer que ce rapport s'étendît au-delà des limites de la puissance somnifère ; mais cette puissance elle-même avait atteint une grande intensité. À la première tentative faite pour produire le sommeil magnétique, le disciple de Mesmer échoua complètement. À la cinquième ou sixième, il ne réussit que très imparfaitement, et après des efforts opiniâtres. Ce fut seulement à la douzième que le triomphe fut complet. Après celle-là, la volonté du patient succomba rapidement sous celle du médecin, si bien que, lorsque je fis pour la première fois leur connaissance, le sommeil arrivait presque instantanément par un pur acte de volition de l'opérateur, même quand le malade n'avait pas conscience de sa présence. C'est seulement maintenant, en l'an 1845, quand de semblables miracles ont été journellement attestés par des milliers d'hommes, que je me hasarde à citer cette apparente impossibilité comme un fait positif.

Le tempérament de Bedloe était au plus haut degré sensitif, excitable, enthousiaste. Son imagination, singulièrement vigoureuse et créatrice, tirait sans doute une force additionnelle de l'usage habituel de l'opium, qu'il consommait en grande quantité, et sans lequel l'existence lui eût été impossible. C'était son habitude d'en prendre une bonne dose immédiatement après son déjeuner, chaque matin, — ou plutôt immédiatement après une tasse de fort café, car il ne mangeait rien dans l'avant-midi, — et alors il partait seul, ou seulement accompagné d'un chien, pour une longue promenade à travers la chaîne de sauvages et lugubres hauteurs qui courent à l'ouest et au sud de Charlottesville, et qui sont décorées ici du nom de *Ragged Mountains**.

Par un jour sombre, chaud et brumeux, vers la fin de novembre, et durant l'étrange interrègne de saisons que nous appelons en Amérique l'été indien, M. Bedloe partit, suivant son habitude, pour les montagnes. Le jour s'écoula, et il ne revint pas.

Vers huit heures du soir, étant sérieusement alarmés par cette absence prolongée, nous allions nous mettre à sa recherche, quand il reparut inopinément, ni mieux ni plus mal portant, et plus animé que de coutume. Le récit qu'il fit de son expédition et des événements qui l'avaient retenu fut en vérité des plus singuliers :

— Vous vous rappelez, dit-il, qu'il était environ neuf heures du matin quand je quittai Charlottesville. Je dirigeai immédiatement mes pas vers la montagne et, vers dix heures, j'entrai dans une gorge qui était entièrement nouvelle pour moi. Je suivis toutes les sinuosités de cette passe avec beaucoup d'intérêt. — Le théâtre qui se présentait de tous côtés, quoique ne méritant peut-être pas l'appellation de sublime, portait en soi un caractère indescriptible, et pour moi délicieux, de lugubre désolation. La solitude semblait absolument vierge. Je ne pouvais m'empêcher de croire que les gazons verts et les roches grises que je foulais n'avaient jamais été foulés par un pied humain. L'entrée du ravin est si complètement cachée, et de fait inaccessible, excepté à travers une série d'accidents, qu'il n'était pas du tout impossible que je fusse en vérité le premier aventurier, — le premier et le seul qui eût jamais pénétré ces solitudes.

---

* *Ragged Mountains :* Montagnes déchirées ; une branche des *Montagnes bleues, Blue Ridge*, partie orientale des Alleghanys. (C.B.)

« L'épais et singulier brouillard ou fumée qui distingue l'été indien, et qui s'étendait alors pesamment sur tous les objets, approfondissait sans doute les impressions vagues que ces objets créaient en moi. Cette brume poétique était si dense que je ne pouvais jamais voir au-delà d'une douzaine de yards de ma route. Ce chemin était excessivement sinueux et, comme il était impossible de voir le soleil, j'avais perdu toute idée de la direction dans laquelle je marchais. Cependant, l'opium avait produit son effet accoutumé, qui est de revêtir tout le monde extérieur d'une intensité d'intérêt. Dans le tremblement d'une feuille, — dans la couleur d'un brin d'herbe, — dans la forme d'un trèfle, — dans le bourdonnement d'une abeille, — dans l'éclat d'une goutte de rosée, — dans le soupir du vent, — dans les vagues odeurs qui venaient de la forêt, — se produisait tout un monde d'inspirations, — une procession magnifique et bigarrée de pensées désordonnées et rapsodiques.

« Tout occupé par ces rêveries, je marchai plusieurs heures, durant lesquelles le brouillard s'épaissit autour de moi à un degré tel que je fus réduit à chercher mon chemin à tâtons. Et alors un indéfinissable malaise s'empara de moi. Je craignais d'avancer, de peur d'être précipité dans quelque abîme. Je me souvins aussi d'étranges histoires sur ces *Ragged Mountains*, et de races d'hommes bizarres et sauvages qui habitaient leurs bois et leurs cavernes. Mille pensées vagues me pressaient et me déconcertaient, — pensées que leur vague rendait encore plus douloureuses. Tout à coup mon attention fut arrêtée par un fort battement de tambour.

« Ma stupéfaction, naturellement, fut extrême. Un tambour, dans ces montagnes, était chose inconnue. Je n'aurais pas été plus surpris par le son de la trompette de l'Archange. Mais une nouvelle et bien plus extraordinaire cause d'intérêt et de perplexité se manifesta. J'entendais s'approcher un bruissement sauvage, un cliquetis, comme d'un trousseau de grosses clefs, —

et à l'instant même un homme à moitié nu, au visage basané, passa devant moi en poussant un cri aigu. Il passa si près de ma personne que je sentis le chaud de son haleine sur ma figure. Il tenait dans sa main un instrument composé d'une série d'anneaux de fer et les secouait vigoureusement en courant. À peine avait-il disparu dans le brouillard que, haletante derrière lui, la gueule ouverte et les yeux étincelants, s'élança une énorme bête. Je ne pouvais pas me méprendre sur son espèce : c'était une hyène.

« La vue de ce monstre soulagea plutôt qu'elle n'augmenta mes terreurs ; — car j'étais bien sûr maintenant que je rêvais, et je m'efforçai, je m'excitai moi-même à réveiller ma conscience. Je marchai délibérément et lestement en avant. Je me frottai les yeux. Je criai très haut. Je me pinçai les membres. Une petite source s'étant présentée à ma vue, je m'y arrêtai, et je m'y lavai les mains, la tête et le cou. Je crus sentir se dissiper les sensations équivoques qui m'avaient tourmenté jusque-là. Il me parut, quand je me relevai, que j'étais un nouvel homme, et je poursuivis fermement et complaisamment ma route inconnue.

« À la longue, tout à fait épuisé par l'exercice et par la lourdeur oppressive de l'atmosphère, je m'assis sous un arbre. En ce moment parut un faible rayon de soleil, et l'ombre des feuilles de l'arbre tomba sur le gazon, légèrement mais suffisamment définie. Pendant quelques minutes, je fixai cette ombre avec étonnement. Sa forme me comblait de stupeur. Je levai les yeux. L'arbre était un palmier.

« Je me levai précipitamment et dans un état d'agitation terrible, — car l'idée que je rêvais n'était plus désormais suffisante. Je vis, — je sentis que j'avais le parfait gouvernement de mes sens, — et ces sens apportaient maintenant à mon âme un monde de sensations nouvelles et singulières. La chaleur devint tout d'un coup intolérable. Une étrange odeur chargeait la brise. — Un murmure profond et continuel, comme celui qui s'élève d'une rivière abondante, mais coulant régu-

lièrement, vint à mes oreilles, entremêlé du bourdonnement particulier d'une multitude de voix humaines.

« Pendant que j'écoutais, avec un étonnement qu'il
est bien inutile de vous décrire, un fort et bref coup
de vent enleva, comme une baguette de magicien, le
brouillard qui chargeait la terre.

« Je me trouvai au pied d'une haute montagne dominant une vaste plaine, à travers laquelle coulait une
majestueuse rivière. Au bord de cette rivière s'élevait
une ville d'un aspect oriental, telle que nous en voyons
dans *Les Mille et Une Nuits*, mais d'un caractère encore
plus singulier qu'aucune de celles qui y sont décrites.
De ma position, qui était bien au-dessus du niveau de
la ville, je pouvais apercevoir tous ses recoins et tous
ses angles, comme s'ils eussent été dessinés sur une
carte. Les rues paraissaient innombrables et se croi-
saient irrégulièrement dans toutes les directions, mais
ressemblaient moins à des rues qu'à de longues allées
contournées, et fourmillaient littéralement d'habitants.
Les maisons étaient étrangement pittoresques. De chaque côté, c'était une véritable débauche de balcons, de
vérandas, de minarets, de niches et de tourelles fantastiquement découpées. Les bazars abondaient ; les plus
riches marchandises s'y déployaient avec une variété
et une profusion infinie : soies, mousselines, la plus
éblouissante coutellerie, diamants et bijoux des plus
magnifiques. À côté de ces choses, on voyait de tous
côtés des pavillons, des palanquins, des litières où se
trouvaient de magnifiques dames sévèrement voilées,
des éléphants fastueusement caparaçonnés, des idoles
grotesquement taillées, des tambours, des bannières et
des gongs, des lances, des casse-tête dorés et argentés.
Et parmi la foule, la clameur, la mêlée et la confusion
générales, parmi un million d'hommes noirs et jaunes,
en turban et en robe, avec la barbe flottante, circulait
une multitude innombrable de bœufs saintement enru-
bannés, pendant que des légions de singes malpropres
et sacrés grimpaient, jacassant et piaillant, après les corniches des mosquées, ou se suspendaient aux minarets

et aux tourelles. Des rues fourmillantes aux quais de
la rivière descendaient d'innombrables escaliers qui
conduisaient à des bains, pendant que la rivière elle-
même semblait avec peine se frayer un passage à travers les vastes flottes de bâtiments surchargés qui
tourmentaient sa surface en tous sens. Au-delà des murs
de la ville s'élevaient fréquemment en groupes majes-
tueux, le palmier et le cocotier, avec d'autres arbres
d'un grand âge, gigantesques et solennels ; et çà et là
on pouvait apercevoir un champ de riz, la hutte de
chaume d'un paysan, une citerne, un temple isolé, un
camp de gypsies, ou une gracieuse fille solitaire prenant sa route, avec une cruche sur sa tête, vers les bords
de la magnifique rivière.

« Maintenant, sans doute, vous direz que je rêvais ;
mais nullement. Ce que je voyais, — ce que j'entendais, — ce que je sentais, — ce que je pensais n'avait
rien en soi de l'idiosyncrasie non méconnaissable du
rêve. Tout se tenait logiquement et faisait corps.
D'abord, doutant si j'étais réellement éveillé, je me soumis à une série d'épreuves qui me convainquirent bien
vite, que je l'étais réellement. Or, quand quelqu'un
rêve, et que dans son rêve il soupçonne qu'il rêve, le
soupçon ne manque jamais de se confirmer et le dormeur
est presque immédiatement réveillé. Ainsi, Novalis[1]
ne se trompe pas en disant que *nous sommes près de
nous réveiller quand nous rêvons que nous nous rêvons.*
Si la vision s'était offerte à moi telle que je l'eusse soup-
çonnée d'être un rêve, alors elle eût pu être purement
un rêve ; mais, se présentant comme je l'ai dit, et sus-
pectée et vérifiée comme elle le fut, je suis forcé de la
classer parmi d'autres phénomènes.

— En cela, je n'affirme pas que vous ayez tort,
remarqua le docteur Templeton. Mais poursuivez. Vous
vous levâtes, et vous descendîtes dans la cité.

— Je me levai, continua Bedloe regardant le docteur

1. Friedrich, baron von Hardenberg, dit Novalis (1772-1801), est
un célèbre poète romantique allemand.

avec un air de profond étonnement ; je me levai, comme vous dîtes, et descendis dans la cité. Sur ma route, je tombai au milieu d'une immense populace qui encombrait chaque avenue, se dirigeant toute dans le même sens et montrant dans son action la plus violente animation. Très soudainement, et sous je ne sais quelle pression inconcevable, je me sentis profondément pénétré d'un intérêt personnel dans ce qui allait arriver. Je croyais sentir que j'avais un rôle important à jouer, sans comprendre exactement quel il était. Contre la foule qui m'environnait j'éprouvai toutefois un profond sentiment d'animosité. Je m'arrachai du milieu de cette cohue, et rapidement, par un chemin circulaire, j'arrivai à la ville, et j'y entrai. Elle était en proie au tumulte et à la plus violente discorde. Un petit détachement d'hommes ajustés moitié à l'indienne, moitié à l'européenne, et commandés par des gentlemen qui portaient un uniforme en partie anglais, soutenait un combat très inégal contre la populace fourmillante des avenues. Je rejoignis cette faible troupe, je me saisis des armes d'un officier tué, et je frappai au hasard avec la férocité nerveuse du désespoir. Nous fûmes bientôt écrasés par le nombre et contraints de chercher un refuge dans une espèce de kiosque. Nous nous y barricadâmes, et nous fûmes pour le moment en sûreté. Par une meurtrière, près du sommet du kiosque, j'aperçus une vaste foule dans une agitation furieuse, entourant et assaillant un beau palais qui dominait la rivière. Alors, par une fenêtre supérieure du palais, descendit un personnage d'une apparence efféminée, au moyen d'une corde faite avec les turbans de ses domestiques. Un bateau était tout près, dans lequel il s'échappa vers le bord opposé de la rivière.

« Et alors un nouvel objet prit possession de mon âme. J'adressai à mes compagnons quelques paroles précipitées, mais énergiques, et, ayant réussi à en rallier quelques-uns à mon dessein, je fis une sortie furieuse hors du kiosque. Nous nous précipitâmes sur la foule qui l'assiégeait. Ils s'enfuirent d'abord devant

nous. Ils se rallièrent, combattirent comme des enra-
gés, et firent une nouvelle retraite. Cependant, nous
avions été emportés loin du kiosque, et nous étions
perdus et embarrassés dans des rues étroites, étouffées
par de hautes maisons, dans le fond desquelles le soleil
n'avait jamais envoyé sa lumière. La populace se pres-
sait impétueusement sur nous, nous harcelait avec ses
lances, et nous accablait de ses volées de flèches. Ces
dernières étaient remarquables et ressemblaient en quelque sorte au kriss tortillé des Malais ; — imitant le
mouvement d'un serpent qui rampe, — longues et
noires, avec une pointe empoisonnée. L'une d'elles me
frappa à la tempe droite. Je pirouettai, je tombai. Un
mal instantané et terrible s'empara de moi. Je m'agi-
tai, — je m'efforçai de respirer, — je mourus.

— Vous ne vous obstinerez plus sans doute, dis-je
en souriant, à croire que toute votre aventure n'est pas
un rêve ? Êtes-vous décidé à soutenir que vous êtes
mort ?

Quand j'eus prononcé ces mots, je m'attendais à
quelque heureuse saillie de Bedloe, en manière de répli-
que ; mais, à mon grand étonnement, il hésita, trembla, devint terriblement pâle et garda le silence. Je levai
les yeux sur Templeton. Il se tenait droit et roide sur
sa chaise ; — ses dents claquaient et ses yeux s'élan-
çaient de leurs orbites.

— Continuez, dit-il enfin à Bedloe d'une voix rauque.

Pendant quelques minutes, poursuivit ce dernier, ma
seule impression, — ma seule sensation, — fut celle de
la nuit et du non-être, avec la conscience de la mort.
À la longue, il me sembla qu'une secousse violente et
soudaine comme l'électricité traversait mon âme. Avec
cette secousse vint le sens de l'élasticité et de la lumière.
Quant à cette dernière, je la sentis, je ne la vis pas. En
un instant, il me sembla que je m'élevais de terre ; mais
je ne possédais pas ma présence corporelle, visible,
audible, ou palpable. La foule s'était retirée. Le tumulte
avait cessé. La ville était comparativement calme. Au-
dessous de moi gisait mon corps, avec la flèche dans

ma tempe, toute la tête grandement enflée et défigurée. Mais toutes ces choses, je les sentis, — je ne les vis pas. Je ne pris d'intérêt à rien. Et même le cadavre me semblait un objet avec lequel je n'avais rien de commun. Je n'avais aucune volonté, mais il me sembla que j'étais mis en mouvement et que je m'envolais légèrement hors de l'enceinte de la ville par le même circuit que j'avais pris pour y entrer. Quand j'eus atteint, dans la montagne, l'endroit du ravin où j'avais rencontré l'hyène, j'éprouvai de nouveau un choc comme celui d'une pile galvanique ; le sentiment de la pesanteur, celui de substance rentrèrent en moi. Je redevins moi-même, mon propre individu, et je dirigeai vivement mes pas vers mon logis ; — mais le passé n'avait pas perdu l'énergie vivante de la réalité, — et maintenant encore je ne puis contraindre mon intelligence, même pour une minute, à considérer tout cela comme un songe.

— Ce n'en était pas un, dit Templeton, avec un air de profonde solennité ; mais il serait difficile de dire quel autre terme définirait le mieux le cas en question. Supposons que l'âme de l'homme moderne est sur le bord de quelques prodigieuses découvertes psychiques. Contentons-nous de cette hypothèse. Quant au reste, j'ai quelques éclaircissements à donner. Voici une peinture à l'aquarelle que je vous aurais déjà montrée si un indéfinissable sentiment d'horreur ne m'en avait pas empêché jusqu'à présent.

Nous regardâmes la peinture qu'il nous présentait. Je n'y vis aucun caractère bien extraordinaire ; mais son effet sur Bedloe fut prodigieux. À peine l'eut-il regardée qu'il faillit s'évanouir. Et cependant, ce n'était qu'un portrait à la miniature, un portrait merveilleusement fini, à vrai dire, de sa propre physionomie si originale. Du moins, telle fut ma pensée en la regardant.

— Vous apercevez la date de la peinture, dit Templeton ; elle est là, à peine visible, dans ce coin, — 1780. C'est dans cette année que cette peinture fut faite. C'est le portrait d'un ami défunt, — un M. Oldeb, — à qui je m'attachai très vivement à Calcutta, durant l'administration de Warren Hastings. Je n'avais alors que vingt ans. Quand je vous vis pour la première fois, monsieur Bedloe, à Saratoga, ce fut la miraculeuse similitude qui existait entre vous et le portrait qui me détermina à vous aborder, à rechercher votre amitié et à amener ces arrangements qui firent de moi votre compagnon perpétuel. En agissant ainsi, j'étais poussé en partie, et peut-être principalement, par les souvenirs pleins de regrets du défunt, mais d'une autre part aussi par une curiosité inquiète à votre endroit, et qui n'était pas dénuée d'une certaine terreur.

« Dans votre récit de la vision qui s'est présentée à vous dans les montagnes, vous avez décrit, avec le plus minutieux détail, la ville indienne de Bénarès, sur la Rivière-Sainte. Les rassemblements, les combats, le massacre, c'étaient les épisodes réels de l'insurrection de Cheyte-Sing, qui eut lieu en 1780, alors que Hastings courut les plus grands dangers pour sa vie. L'homme qui s'est échappé par la corde faite de turbans, c'était Cheyte-Sing lui-même. La troupe du kiosque était composée de cipayes et d'officiers anglais, Hastings à leur tête. Je faisais partie de cette troupe, et je fis tous mes efforts pour empêcher cette imprudente et fatale sortie de l'officier qui tomba dans la bagarre sous la flèche empoisonnée d'un Bengali. Cet officier était mon plus cher ami. C'était Oldeb. Vous verrez par ce manuscrit, — ici le narrateur produisit un livre de notes, dans lequel quelques pages paraissaient d'une date toute fraîche, — que, pendant que vous *pensiez* ces choses au milieu de la montagne, j'étais occupé ici, à la maison, à les *décrire* sur le papier. »

Une semaine environ après cette conversation, l'article suivant parut dans un journal de Charlottesville :

« C'est pour nous un devoir douloureux d'annoncer la mort de M. Auguste Bedlo, un gentleman que ses manières charmantes et ses nombreuses vertus avaient depuis longtemps rendu cher aux citoyens de Charlottesville.

» M. B., depuis quelques années, souffrait d'une

névralgie qui avait souvent menacé d'aboutir fatalement ; mais elle ne peut être regardée que comme la
cause indirecte de sa mort. La cause immédiate fut d'un
caractère singulier et spécial. Dans une excursion qu'il
fit dans les *Ragged Mountains*, il y a quelques jours,
il contracta un léger rhume avec de la fièvre, qui fut
suivi d'un grand mouvement du sang à la tête. Pour
le soulager, le docteur Templeton eut recours à la saignée locale. Des sangsues furent appliquées aux tempes.
Dans un délai effroyablement court, le malade mourut, et l'on s'aperçut que, dans le bocal qui contenait
les sangsues, avait été introduite par hasard une de ces
sangsues vermiculaires venimeuses qui se rencontrent
çà et là dans les étangs circonvoisins. Cette bête se fixa
d'elle-même sur une petite artère de la tempe droite.
Son extrême ressemblance avec la sangsue médicinale
fit que la méprise fut découverte trop tard.

» *N.-B.* — La sangsue venimeuse de Charlottesville
peut toujours se distinguer de la sangsue médicinale par
sa noirceur et spécialement par ses tortillements, ou
mouvements vermiculaires, qui ressemblent beaucoup
à ceux d'un serpent. »

Je me trouvais avec l'éditeur du journal en question,
et nous causions de ce singulier accident, quand il me
vint à l'idée de lui demander pourquoi l'on avait
imprimé le nom du défunt avec l'orthographe : *Bedlo*.

— Je présume, dis-je, que vous avez quelque autorité pour l'orthographier ainsi ; j'ai toujours cru que
le nom devait s'écrire avec un *e* à la fin.

— Autorité ? non, répliqua-t-il. C'est une simple
erreur du typographe. Le nom est Bedloe avec un *e* ;
c'est connu de tout le monde, et je ne l'ai jamais vu
écrit autrement.

— Il peut donc se faire, murmurai-je en moi-même,
comme je tournai sur mes talons, qu'une vérité soit plus
étrange que toutes les fictions ; — car qu'est-ce que
Bedlo sans *e*, si ce n'est Oldeb retourné ? Et cet homme
me dit que c'est une faute typographique !

MORELLA

> Lui-même, par lui-même, avec lui-même
> homogène éternel.
>
> PLATON.

Ce que j'éprouvais relativement à mon amie Morella était une profonde mais très singulière affection. Ayant fait sa connaissance par hasard, il y a nombre d'années, mon âme, dès notre première rencontre, brûla de feux qu'elle n'avait jamais connus ; — mais ces feux n'étaient point ceux d'Éros et ce fut pour mon esprit un amer tourment que la conviction croissante que je ne pourrais jamais définir leur caractère insolite, ni régulariser leur intensité errante. Cependant, nous nous convînmes, et la destinée nous fit nous unir à l'autel. Jamais je ne parlai de passion, jamais je ne songeai à l'amour. Néanmoins, elle fuyait la société, et, s'attachant à moi seul, elle me rendit heureux. Être étonné, c'est un bonheur ; — et rêver, n'est-ce pas un bonheur aussi ?

L'érudition de Morella était profonde. Comme j'espère le montrer, ses talents n'étaient pas d'un ordre secondaire ; la puissance de son esprit était gigantesque. Je le sentis, et dans mainte occasion, je devins son écolier. Toutefois, je m'aperçus bientôt que Morella, en raison de son éducation faite à Presbourg, étalait

devant moi bon nombre de ces écrits mystiques qui sont
généralement considérés comme l'écume de la première
littérature allemande. Ces livres, pour des raisons que
je ne pouvais concevoir, faisaient son étude constante
et favorite ; — et si avec le temps ils devinrent aussi
la mienne, il ne faut attribuer cela qu'à la simple mais
très efficace influence de l'habitude et de l'exemple.

En toutes ces choses, si je ne me trompe, ma raison
n'avait presque rien à faire. Mes convictions, ou je ne
me connais plus moi-même, n'étaient en aucune façon
basées sur l'idéal et on n'aurait pu découvrir, à moins
que je ne m'abuse grandement, aucune teinture du
mysticisme de mes lectures, soit dans mes actions, soit
dans mes pensées. Persuadé de cela, je m'abandonnai
aveuglément à la direction de ma femme, et j'entrai
avec un cœur imperturbé dans le labyrinthe de ses études. Et alors, — quand, me plongeant dans des pages
maudites, je sentais un esprit maudit qui s'allumait en
moi, — Morella venait, posant sa main froide sur la
mienne et ramassant dans les cendres d'une philosophie morte quelques graves et singulières paroles qui,
par leur sens bizarre, s'incrustaient dans ma mémoire.
Et alors, pendant des heures, je m'étendais, rêveur, à
son côté, et je me plongeais dans la musique de sa voix,
— jusqu'à ce que cette mélodie à la longue s'infectât
de terreur ; — et une ombre tombait sur mon âme, et
je devenais pâle, et je frissonnais intérieurement à ces
sons trop extraterrestres. Et ainsi, la jouissance s'éva-
nouissait soudainement dans l'horreur, et l'idéal du
beau devenait l'idéal de la hideur, comme la vallée de
Hinnom est devenue la Géhenne [1].

Il est inutile d'établir le caractère exact des problèmes
qui, jaillissant des volumes dont j'ai parlé, furent pendant longtemps presque le seul objet de conversation
entre Morella et moi. Les gens instruits dans ce que l'on
peut appeler la morale théologique les concevront facilement, et ceux qui sont illettrés n'y comprendraient

---

1. La *Géhenne* est l'Enfer, dans le langage biblique.

que peu de chose en tout cas. L'étrange panthéisme de
Fichte, la Palingénésie modifiée des Pythagoriciens, et,
par-dessus tout, la doctrine de l'*identité* telle qu'elle est
présentée par Schelling, étaient généralement les points
de discussion qui offraient le plus de charmes à l'imaginative Morella[1]. Cette identité, dite personnelle,
M. Locke, je crois, la fait judicieusement consister dans
la permanence de l'être rationnel. En tant que par personne nous entendons une essence pensante, douée de
raison, et en tant qu'il existe une conscience qui accom-
pagne toujours la pensée, c'est elle, — cette conscience,
— qui nous fait tous être ce que nous appelons *nous-
même*, — nous distinguant ainsi des autres êtres pensants, et nous donnant notre identité personnelle. Mais
le *principium individuationis*, — la notion de cette identité *qui, à la mort, est, ou n'est pas perdue à jamais*,
fut pour moi, en tout temps, un problème du plus
intense intérêt, non seulement à cause de la nature
inquiétante et embarrassante de ses conséquences, mais
aussi à cause de la façon singulière et agitée dont en
parlait Morella.

Mais, en vérité, le temps était maintenant arrivé où
le mystère de la nature de ma femme m'oppressait
comme un charme. Je ne pouvais plus supporter
l'attouchement de ses doigts pâles, ni le timbre profond
de sa parole musicale, ni l'éclat de ses yeux mélancoliques. Et elle savait tout cela, mais ne m'en faisait aucun
reproche ; elle semblait avoir conscience de ma faiblesse
ou de ma folie, et, tout en souriant, elle appelait cela
la Destinée. Elle semblait aussi avoir conscience de la
cause, à moi inconnue, de l'altération graduelle de mon
amitié ; mais elle ne me donnait aucune explication et
ne faisait aucune allusion à la nature de cette cause.
Morella toutefois n'était qu'une femme, et elle dépé-

1. La *palingénésie* est la croyance en la répétition cyclique des événements et des vies. Fichte (1762-1814) et Schelling (1775-1854) sont
deux philosophes allemands dont les théories ont été reprises par les
Romantiques allemands.

rissait journellement. À la longue, une tache pourpre
se fixa immuablement sur sa joue, et les veines bleues
de son front pâle devinrent proéminentes. Et ma nature
se fondait parfois en pitié ; mais, un moment après,
je rencontrais l'éclair de ses yeux chargés de pensées,
et alors mon âme se trouvait mal et éprouvait le vertige
de celui dont le regard a plongé dans quelque lugubre
et insondable abîme.

Dirai-je que j'aspirais, avec un désir intense et dévorant au moment de la mort de Morella ? Cela fut ainsi ;
mais le fragile esprit se cramponna à son habitacle
d'argile pendant bien des jours, bien des semaines et
bien des mois fastidieux, si bien qu'à la fin mes nerfs
torturés remportèrent la victoire sur ma raison ; et je
devins furieux de tous ces retards, et avec un cœur de
démon je maudis les jours, et les heures, et les minutes
amères qui semblaient s'allonger et s'allonger sans
cesse, à mesure que sa noble vie déclinait, comme les
ombres dans l'agonie du jour.

Mais, un soir d'automne, comme l'air dormait
immobile dans le ciel, Morella m'appela à son chevet.
Il y avait un voile de brume sur toute la terre, et un
chaud embrasement sur les eaux, et, à voir les splendeurs d'octobre dans le feuillage de la forêt, on eût dit
qu'un bel arc-en-ciel s'était laissé choir du firmament.

— Voici le jour des jours, dit-elle quand j'approchai,
le plus beau des jours pour vivre ou pour mourir. C'est
un beau jour pour les fils de la terre et de la vie, —
ah ! plus beau encore pour les filles du ciel et de la
mort !

Je baisai son front, et elle continua :

— Je vais mourir, cependant je vivrai.

— Morella !

— Ils n'ont jamais été, ces jours où il t'aurait été permis de m'aimer ; — mais celle que, dans la vie, tu
abhorras, dans la mort tu l'adoreras.

— Morella !

— Je répète que je vais mourir. Mais en moi est un
gage de cette affection — ah ! quelle mince affection !

— que tu as éprouvée pour moi, Morella. Et, quand mon esprit partira, l'enfant vivra, — ton enfant, mon enfant à moi, Morella. Mais tes jours seront des jours pleins de chagrin, — de ce chagrin qui est la plus durable des impressions, comme le cyprès est le plus vivace des arbres ; car les heures de ton bonheur sont passées, et la joie ne se cueille pas deux fois dans une vie, comme les roses de Pæstum deux fois dans une année. Tu ne joueras plus avec le temps le jeu de l'homme de Téos [1], le myrte et la vigne te seront choses inconnues, et partout sur la terre tu porteras avec toi ton suaire, comme le musulman de la Mecque.

— Morella ! m'écriai-je, Morella ! comment sais-tu cela ?

Mais elle retourna son visage sur l'oreiller ; un léger tremblement courut sur ses membres, elle mourut, et je n'entendis plus sa voix.

Cependant, comme elle l'avait prédit, son enfant, — auquel en mourant elle avait donné naissance, et qui ne respira qu'après que la mère eut cessé de respirer, — son enfant, une fille, vécut. Et elle grandit étrangement en taille et en intelligence, et devint la parfaite ressemblance de celle qui était partie, et je l'aimai d'un plus fervent amour que je ne me serais cru capable d'en éprouver pour aucune habitante de la terre.

Mais, avant qu'il fût longtemps, le ciel de cette pure affection s'assombrit, et la mélancolie, et l'horreur, et l'angoisse y défilèrent en nuages. J'ai dit que l'enfant grandit étrangement en taille et en intelligence. Étrange, en vérité, fut le rapide accroissement de la nature corporelle, — mais terribles, oh ! terribles furent les tumultueuses pensées qui s'amoncelèrent sur moi, pendant que je surveillais le développement de son être intellectuel. Pouvait-il en être autrement, quand je découvrais chaque jour dans les conceptions de l'enfant la puissance adulte et les facultés de la femme ? —

---

1. L'Homme de Téos, c'est Anacréon de Téos (VIᵉ s. av. J.-C.).

quand les leçons de l'expérience tombaient des lèvres
de l'enfance ? — quand je voyais à chaque instant la
sagesse et les passions de la maturité jaillir de cet œil
noir et méditatif ? Quand, dis-je, tout cela frappa mes
sens épouvantés, — quand il fut impossible à mon âme
de se le dissimuler plus longtemps, — à mes facultés
frissonnantes de repousser cette certitude, — y a-t-il
lieu de s'étonner que des soupçons d'une nature terrible et inquiétante se soient glissés dans mon esprit, ou
que mes pensées se soient reportées avec horreur vers
les contes étranges et les pénétrantes théories de la
défunte Morella ? J'arrachai à la curiosité du monde
un être que la destinée me commandait d'adorer, et,
dans la rigoureuse retraite de mon intérieur, je veillai
avec une anxiété mortelle sur tout ce qui concernait la
créature aimée.

Et comme les années se déroulaient, et comme
chaque jour je contemplais son saint, son doux, son
éloquent visage, et comme j'étudiais ses formes mûris-
santes, chaque jour je découvrais de nouveaux points
de ressemblance entre l'enfant et sa mère, la mélancolique et la morte. Et, d'instant en instant, ces ombres
de ressemblance s'épaississaient, toujours plus pleines,
plus définies, plus inquiétantes et plus affreusement terribles dans leur aspect. Car, que son sourire ressemblât au sourire de sa mère, je pouvais l'admettre ; mais
cette ressemblance était une *identité* qui me donnait le
frisson ; — que ses yeux ressemblassent à ceux de
Morella, je devais le supporter ; mais aussi ils pénétraient trop souvent dans les profondeurs de mon âme
avec l'étrange et intense pensée de Morella elle-même.
Et dans le contour de son front élevé, et dans les boucles de sa chevelure soyeuse, et dans ses doigts pâles
qui s'y plongeaient d'*habitude*, et dans le timbre grave
et musical de sa parole, et par-dessus tout, — oh !
par-dessus tout, — dans les phrases et les expressions
de la morte sur les lèvres de l'aimée, de la vivante, je
trouvais un aliment pour une horrible pensée dévorante,
— pour un ver qui ne voulait pas mourir.

Ainsi passèrent deux lustres[1] de sa vie, et toujours ma fille restait sans nom sur la terre. *Mon enfant* et *mon amour* étaient les appellations habituellement dictées par l'affection paternelle, et la sévère réclusion de son existence s'opposait à toute autre relation. Le nom de Morella était mort avec elle. De la mère, je n'avais jamais parlé à la fille ; — il m'était impossible d'en parler. En réalité, durant la brève période de son existence, cette dernière n'avait reçu aucune impression du monde extérieur, excepté celles qui avaient pu lui être fournies dans les étroites limites de sa retraite.

À la longue, cependant, la cérémonie du baptême s'offrit à mon esprit, dans cet état d'énervation et d'agitation, comme l'heureuse délivrance des terreurs de ma destinée. Et, aux fonts baptismaux, j'hésitai sur le choix d'un nom. Et une foule d'épithètes de sagesse et de beauté, de noms tirés des temps anciens et modernes de mon pays et des pays étrangers, vint se presser sur mes lèvres, et une multitude d'appellations charmantes de noblesse, de bonheur et de bonté.

Qui m'inspira donc alors d'agiter le souvenir de la morte enterrée ? Quel démon me poussa à soupirer un son dont le simple souvenir faisait toujours refluer mon sang par torrents des tempes au cœur ? Quel méchant esprit parla du fond des abîmes de mon âme, quand, sous ces voûtes obscures et dans le silence de la nuit, je chuchotai dans l'oreille du saint homme les syllabes « Morella » ? Quel être, plus que démon, convulsa les traits de mon enfant et les couvrit des teintes de la mort, quand, tressaillant à ce son à peine perceptible, elle tourna ses yeux limpides du sol vers le ciel, et, tombant prosternée sur les dalles noires de notre caveau de famille répondit : *Me voilà !*

Ces simples mots tombèrent distincts, froidement, tranquillement distincts, dans mon oreille, et, de là, comme du plomb fondu, roulèrent en sifflant dans ma cervelle. Les années, les années peuvent passer, mais

1. *Deux lustres*, c'est-à-dire deux fois cinq ans.

le souvenir de cet instant, — jamais ! Ah ! les fleurs et la vigne n'étaient pas choses inconnues pour moi ; — mais l'aconit et le cyprès m'ombragèrent nuit et jour. Et je perdis tout sentiment du temps et des lieux, et les étoiles de ma destinée disparurent du ciel, et dès lors la terre devint ténébreuse, et toutes les figures terrestres passèrent près de moi comme des ombres voltigeantes, et parmi elles je n'en voyais qu'une, — Morella ! Les vents du firmament ne soupiraient qu'un son à mes oreilles, et le clapotement de la mer murmurait incessamment : « Morella ! » Mais elle mourut, et de mes propres mains je la portai à sa tombe, et je ris d'un amer et long rire, quand, dans le caveau où je déposai la seconde, je ne découvris aucune trace de la première — Morella.

LIGEIA

> Et il y a là-dedans la volonté, qui ne meurt
> pas. Qui donc connaît les mystères de la volonté,
> ainsi que sa vigueur ! Car Dieu n'est qu'une
> grande volonté pénétrant toutes choses par
> l'intensité qui lui est propre. L'homme ne cède
> aux anges et ne se rend entièrement à la mort
> que par l'infirmité de sa pauvre volonté.
>
> Joseph GLANVILL.

Je ne puis pas me rappeler, sur mon âme, comment, quand, ni même où je fis pour la première fois connaissance avec lady Ligeia. De longues années se sont écoulées depuis lors, et une grande souffrance a affaibli ma mémoire. Ou peut-être ne puis-je plus *maintenant* me rappeler ces points, parce qu'en vérité le caractère de ma bien-aimée, sa rare instruction, son genre de beauté, si singulier et si placide, et la pénétrante et subjuguante éloquence de sa profonde parole musicale ont fait leur chemin dans mon cœur d'une manière si patiente, si constante, si furtive que je n'y ai pas pris garde et n'en ai pas eu conscience.

Cependant, je crois que je la rencontrai pour la première fois, et plusieurs fois depuis lors, dans une vaste et antique ville délabrée sur les bords du Rhin. Quant à sa famille, — très certainement elle m'en a parlé. Qu'elle fût d'une date excessivement ancienne, je n'en fais aucun doute. — Ligeia ! Ligeia ! — Plongé dans des études qui par leur nature sont plus propres que

toute autre à amortir les impressions du monde extérieur, — il me suffit de ce mot si doux, — Ligeia ! —
pour ramener devant les yeux de ma pensée l'image de
celle qui n'est plus. Et maintenant, pendant que j'écris,
il me revient, comme une lueur, que je n'ai *jamais su*
le nom de famille de celle qui fut mon amie et ma fiancée, qui devint mon compagnon d'études, et enfin
l'épouse de mon cœur. Était-ce par suite de quelque
injonction folâtre de ma Ligeia, — était-ce une preuve
de la force de mon affection que je ne pris aucun renseignement sur ce point ? Ou plutôt était-ce un caprice
à moi, — une offrande bizarre et romantique sur l'autel
du culte le plus passionné ? Je ne me rappelle le fait
que confusément ; — faut-il donc s'étonner si j'ai entièrement oublié les circonstances qui lui donnèrent naissance ou qui l'accompagnèrent ? Et, en vérité, si jamais
l'esprit de roman, — si jamais la pâle *Ashtophet* de
l'idolâtre Égypte, aux ailes ténébreuses, ont présidé,
comme on dit, aux mariages de sinistre augure, — très
sûrement ils ont présidé au mien.

Il est néanmoins un sujet très cher sur lequel ma
mémoire n'est pas en défaut, c'est la *personne* de
Ligeia. Elle était d'une grande taille, un peu mince, et
même dans les derniers jours très amaigrie. J'essayerais en vain de dépeindre la majesté, l'aisance tranquille
de sa démarche et l'incompréhensible légèreté, l'élasticité de son pas ; elle venait et s'en allait comme une
ombre. Je ne m'apercevais jamais de son entrée dans
mon cabinet de travail que par la chère musique de sa
voix douce et profonde, quand elle posait sa main de
marbre sur mon épaule. Quant à la beauté de la figure,
aucune femme ne l'a jamais égalée. C'était l'éclat d'un
rêve d'opium, une vision aérienne et ravissante, plus
étrangement céleste que les rêveries qui voltigeaient
dans les âmes assoupies des filles de Délos. Cependant,
ses traits n'étaient pas jetés dans ce moule régulier
qu'on nous a faussement enseigné à révérer dans les
ouvrages classiques du paganisme. « Il y a pas de
beauté exquise, dit lord Verulam, parlant avec justesse

de toutes les formes et de tous les genres de beauté, sans une certaine *étrangeté* dans les proportions. » Toutefois, bien que je visse que les traits de Ligeia n'étaient pas d'une régularité classique, quoique je sentisse que sa beauté était véritablement *exquise* et fortement pénétrée de cette *étrangeté*, je me suis efforcé en vain de découvrir cette irrégularité et de poursuivre jusqu'en son gîte ma perception de l'étrange. J'examinais le contour du front haut et pâle, — un front irréprochable, — combien ce mot est froid appliqué à une majesté aussi divine ! — la peau rivalisant avec le plus pur ivoire, la largeur imposante, le calme, la gracieuse proéminence des régions au-dessus des tempes, et puis cette chevelure d'un noir de corbeau, lustrée, luxuriante, naturellement bouclée et démontrant toute la force de l'expression homérique : *chevelure d'hyacinthe*. Je considérais les lignes délicates du nez, et nulle autre part que dans les gracieux médaillons hébraïques je n'avais contemplé une semblable perfection ; c'était ce même jet, cette même surface unie et superbe, cette même tendance presque imperceptible à l'aquilin, ces mêmes narines harmonieusement arrondies et révélant un esprit libre. Je regardais la charmante bouche ; c'était là qu'était le triomphe de toutes les choses célestes ; le tour glorieux de la lèvre supérieure, un peu courte, l'air doucement, voluptueusement reposé de l'inférieure, les fossettes qui se jouaient et la couleur qui parlait, les dents, réfléchissant comme une espèce d'éclair chaque rayon de la lumière bénie qui tombait sur elles dans ses sourires sereins et placides, mais toujours radieux et triomphants. J'analysais la forme du menton, et, là aussi, je trouvais la grâce dans la largeur, la douceur et la majesté, la plénitude et la spiritualité grecques, ce contour que le dieu Apollon ne révéla qu'en rêve à Cléomènes, fils de Cléomènes d'Athènes [1] ; et puis je regardais dans les grands yeux de Ligeia.

1. Cléomènes est un sculpteur athénien, à qui on attribue la Vénus dite *de Médicis* (Florence).

Pour les yeux, je ne trouve pas de modèles dans la plus lointaine antiquité. Peut-être bien était-ce dans les yeux de ma bien-aimée que se cachait le mystère dont parle lord Verulam : ils étaient, je crois, plus grands que les yeux ordinaires de l'humanité ; mieux fendus que les plus beaux yeux de gazelle de la tribu de la vallée de Nourjahad ; mais ce n'était que par intervalles, dans des moments d'excessive animation, que cette particularité devenait singulièrement frappante. Dans ces moments-là, sa beauté était — du moins, elle apparaissait telle à ma pensée enflammée — la beauté de la fabuleuse houri [1] des Turcs. Les prunelles étaient du noir le plus brillant et surplombées par des cils de jais très longs ; ses sourcils, d'un dessin légèrement irrégulier, avaient la même couleur ; toutefois, *l'étrangeté* que je trouvais dans les yeux était indépendante de leur forme, de leur couleur et de leur éclat, et devait décidément être attribuée à *l'expression*. Ah ! mot qui n'a pas de sens ! un pur son ! vaste latitude où se retranche toute notre ignorance du spirituel ! L'expression des yeux de Ligeia !... Combien de longues heures ai-je médité dessus ! combien de fois, durant toute une nuit d'été, me suis-je efforcé de les sonder ! Qu'était donc ce je ne sais quoi, ce quelque chose plus profond que le puits de Démocrite, qui gisait au fond des pupilles de ma bien-aimée ? Qu'était cela ?... J'étais possédé de la passion de le découvrir. Ces yeux ! ces larges, ces brillantes, ces divines prunelles ! elles étaient devenues pour moi les étoiles jumelles de Léda, et, moi, j'étais pour elles le plus fervent des astrologues.

Il n'y a pas de cas parmi les nombreuses et incompréhensibles anomalies de la science psychologique, qui soit plus saisissant, plus excitant que celui, — négligé, je crois, dans les écoles, — où, dans nos efforts pour ramener dans notre mémoire une chose oubliée depuis longtemps, nous nous trouvons souvent *sur le bord*

---

1. La *houri* est la femme divinement belle que le Coran promet, dans la vie future, au fidèle musulman.

même du souvenir, sans pouvoir toutefois nous souvenir. Et ainsi que de fois, dans mon ardente analyse
des yeux de Ligeia, ai-je senti s'approcher la complète
connaissance de leur expression ! — Je l'ai sentie
s'approcher, mais elle n'est pas devenue tout à fait
mienne, et à la longue elle a disparu entièrement ! Et,
étrange, oh ! le plus étrange des mystères ! J'ai trouvé
dans les objets les plus communs du monde une série
d'analogies pour cette expression. Je veux dire qu'après
l'époque où la beauté de Ligeia passa dans mon esprit
et s'y installa comme dans un reliquaire je puisai dans
plusieurs êtres du monde matériel une sensation analogue à celle qui se répandait sur moi, en moi, sous
l'influence de ses larges et lumineuses prunelles. Cependant, je n'en suis pas moins incapable de définir ce
sentiment, de l'analyser, ou même d'en avoir une perception nette. Je l'ai reconnu quelquefois, je le répète,
à l'aspect d'une vigne rapidement grandie, dans la
contemplation d'une phalène, d'un papillon, d'une
chrysalide, d'un courant d'eau précipité. Je l'ai trouvé
dans l'Océan, dans la chute d'un météore ; je l'ai senti
dans les regards de quelques personnes extraordinairement âgées. Il y a dans le ciel une ou deux étoiles,
plus particulièrement une étoile de sixième grandeur,
double et changeante, qu'on trouvera près de la grande
étoile de la Lyre, qui, vues au télescope, m'ont donné
un sentiment analogue. Je m'en suis senti rempli par
certains sons d'instruments à cordes, et quelquefois
aussi par des passages de mes lectures. Parmi d'innombrables exemples, je me rappelle fort bien quelque chose
dans un volume de Joseph Glanvill, qui, peut-être simplement à cause de sa bizarrerie, — qui sait ? — m'a
toujours inspiré le même sentiment. « Et il y a là-dedans
la volonté qui ne meurt pas. Qui donc connaît les mystères de la volonté, ainsi que sa vigueur ? car Dieu n'est
qu'une grande volonté pénétrant toutes choses par
l'intensité qui lui est propre ; l'homme ne cède aux
anges et ne se rend entièrement à la mort que par l'infirmité de sa pauvre volonté. »

Par la suite des temps et par des réflexions subsé-
quentes, je suis parvenu à déterminer un certain rapport éloigné entre ce passage du philosophe anglais et
une partie du caractère de Ligeia. Une *intensité* singulière dans la pensée, dans l'action, dans la parole était
peut-être en elle le résultat ou au moins l'indice de cette
gigantesque puissance de volition qui, durant nos longues relations, eût pu donner d'autres et plus positives
preuves de son existence. De toutes les femmes que j'ai
connues, elle, la toujours placide Ligeia, à l'extérieur
si calme, était la proie la plus déchirée par les tumultueux vautours de la cruelle passion. Et je ne pouvais
évaluer cette passion que par la miraculeuse expansion
de ces yeux qui me ravissaient et m'effrayaient en même
temps, par la mélodie presque magique, la modulation,
la netteté et la placidité de sa voix profonde, et par la
sauvage énergie des étranges paroles qu'elle prononçait habituellement, et dont l'effet était doublé par le
contraste de son débit.

J'ai parlé de l'instruction de Ligeia ; elle était immense, telle que jamais je n'en vis de pareille dans une
femme. Elle connaissait à fond les langues classiques,
et, aussi loin que s'étendaient mes propres connaissances dans les langues modernes de l'Europe, je ne l'ai
jamais prise en faute. Véritablement, sur n'importe quel
thème de l'érudition académique si vantée, si admirée,
uniquement à cause qu'elle est plus abstruse, ai-je
jamais trouvé Ligeia en faute ? Combien ce trait unique de la nature de ma femme, seulement dans cette
dernière période, avait frappé, subjugué mon attention ! J'ai dit que son instruction dépassait celle
d'aucune femme que j'eusse connue, — mais où est
l'homme qui a traversé avec succès tout le vaste champ
des sciences morales, physiques et mathématiques ? Je
ne vis pas alors ce que maintenant je perçois clairement,
que les connaissances de Ligeia étaient gigantesques,
étourdissantes ; cependant, j'avais une conscience suffisante de son infinie supériorité pour me résigner, avec
la confiance d'un écolier, à me laisser guider par elle

à travers le monde chaotique des investigations
métaphysiques dont je m'occupais avec ardeur dans les
premières années de notre mariage. Avec quel vaste
triomphe, avec quelles vives délices, avec quelle espérance éthéréenne sentais-je, — ma Ligeia penchée sur
moi au milieu d'études si peu frayées, si peu connues,
— s'élargir par degrés cette admirable perspective, cette
longue avenue, splendide et vierge, par laquelle je
devais enfin arriver au terme d'une sagesse trop précieuse et trop divine pour n'être pas interdite !

Aussi, avec quelle poignante douleur ne vis-je pas,
au bout de quelques années, mes espérances si bien fondées prendre leur vol et s'enfuir ! Sans Ligeia, je n'étais
qu'un enfant tâtonnant dans la nuit. Sa présence, ses
leçons pouvaient seules éclairer d'une lumière vivante
les mystères du transcendantalisme dans lesquels nous
nous étions plongés. Privée du lustre rayonnant de ses
yeux, toute cette littérature, ailée et dorée naguère,
devenait maussade, saturnienne et lourde comme le
plomb. Et maintenant, ces beaux yeux éclairaient de
plus en plus rarement les pages que je déchiffrais. Ligeia
tomba malade. Les étranges yeux flamboyèrent avec
un éclat trop splendide ; les pâles doigts prirent la couleur de la mort, la couleur de la cire transparente ; les
veines bleues de son grand front palpitèrent impétueusement au courant de la plus douce émotion : je vis
qu'il lui fallait mourir, et je luttai désespérément en
esprit avec l'affreux Azraël.

Et les efforts de cette femme passionnée furent, à
mon grand étonnement, encore plus énergiques que les
miens. Il y avait certes dans sa sérieuse nature de quoi
me faire croire que pour elle la mort viendrait sans son
monde de terreurs. Mais il n'en fut pas ainsi ; les mots
sont impuissants pour donner une idée de la férocité
de résistance qu'elle déploya dans sa lutte avec l'Ombre.
Je gémissais d'angoisse à ce lamentable spectacle.
J'aurais voulu la calmer, j'aurais voulu la raisonner ;
mais, dans l'intensité de son sauvage désir de vivre, —
de vivre, — de *rien* que vivre, — toute consolation et

toutes raisons eussent été le comble de la folie. Cependant, jusqu'au dernier moment, au milieu des tortures et des convulsions de son sauvage esprit, l'apparente placidité de sa conduite ne se démentit pas. Sa voix devenait plus douce, — devenait plus profonde, — mais je ne voulais pas m'appesantir sur le sens bizarre de ces mots prononcés avec tant de calme. Ma cervelle tournait quand je prêtais l'oreille en extase à cette mélodie surhumaine, à ces ambitions et à ces aspirations que l'humanité n'avait jamais connues jusqu'alors.

Qu'elle m'aimât, je n'en pouvais douter, et il m'était aisé de deviner que, dans une poitrine telle que la sienne, l'amour ne devait pas régner comme une passion ordinaire. Mais, dans la mort seulement, je compris toute la force et toute l'étendue de son affection. Pendant de longues heures, ma main dans la sienne, elle épanchait devant moi le trop-plein d'un cœur dont le dévouement plus que passionné montait jusqu'à l'idolâtrie. Comment avais-je mérité la béatitude d'entendre de pareils aveux ? Comment avais-je mérité d'être damné à ce point que ma bien-aimée me fût enlevée à l'heure où elle m'en octroyait la jouissance ? Mais il ne m'est pas permis de m'étendre sur ce sujet. Je dirai seulement que dans l'abandonnement plus que féminin de Ligeia à un amour, hélas ! non mérité, accordé tout à fait gratuitement, je reconnus enfin le principe de son ardent, de son sauvage regret de cette vie qui fuyait maintenant si rapidement. C'est cette ardeur désordonnée, cette véhémence dans son désir de la vie, — et de *rien* que la vie, — que je n'ai pas la puissance de décrire ; les mots me manqueraient pour l'exprimer.

Juste au milieu de la nuit pendant laquelle elle mourut, elle m'appela avec autorité auprès d'elle, et me fit répéter certains vers composés par elle peu de jours auparavant. Je lui obéis. Ces vers, les voici :

Voyez ! c'est nuit de gala
Depuis ces dernières années désolées !
Une multitude d'anges, ailés, ornés
De voiles, et noyés dans les larmes,
Est assise dans un théâtre, pour voir
Un drame d'espérance et de craintes,
Pendant que l'orchestre soupire par intervalles
La musique des sphères.

Des mimes, faits à l'image du Dieu très-haut,
Marmottent et marmonnent tout bas
Et voltigent de côté et d'autre ;
Pauvres poupées qui vont et viennent
Au commandement des vastes êtres sans forme
Qui transportent la scène çà et là,
Secouant de leurs ailes de condor
L'invisible Malheur !

Ce drame bigarré ! oh ! à coup sûr,
Il ne sera pas oublié,
Avec son Fantôme éternellement pourchassé
Par une foule qui ne peut pas le saisir,
À travers un cercle qui toujours retourne
Sur lui-même, exactement au même point !
Et beaucoup de Folie, et encore plus de Péché
Et d'Horreur font l'âme de l'intrigue !

Mais voyez, à travers la cohue des mimes,
Une forme rampante fait son entrée !
Une chose rouge de sang qui vient en se tordant
De la partie solitaire de la scène !
Elle se tord ! elle se tord ! — Avec des angoisses
                                        [mortelles
Les mimes deviennent sa pâture,
Et les séraphins sanglotent en voyant les dents
                                        [du ver
Mâcher des caillots de sang humain.

> *Toutes les lumières s'éteignent — toutes —,*
> *[toutes !*
> *Et sur chaque forme frissonnante,*
> *Le rideau, vaste drap mortuaire,*
> *Descend avec la violence d'une tempête,*
> *— Et les anges, tous pâles et blêmes,*
> *Se levant et se dévoilant, affirment*
> *Que ce drame est une tragédie qui s'appelle*
> *[l'Homme,*
> *Et dont le héros est le ver conquérant.*

— Ô Dieu ! cria presque Ligeia, se dressant sur ses pieds et étendant ses bras vers le ciel dans un mouvement spasmodique, comme je finissais de réciter ces vers, ô Dieu ! ô Père céleste ! — ces choses s'accompliront-elles irrémissiblement ? — Ce conquérant ne sera-t-il jamais vaincu ? — Ne sommes-nous pas une partie et une parcelle de Toi ? Qui donc connaît les mystères de la volonté ainsi que sa vigueur ? L'homme ne cède aux anges et ne se rend *entièrement à la mort* que par l'infirmité de sa pauvre volonté.

Et alors, comme épuisée par l'émotion, elle laissa retomber ses bras blancs, et retourna solennellement à son lit de mort. Et, comme elle soupirait ses derniers soupirs, il s'y mêla sur ses lèvres comme un murmure indistinct. Je tendis l'oreille, et je reconnus de nouveau la conclusion du passage de Glanvill : *L'homme ne cède aux anges et ne se rend entièrement à la mort que par l'infirmité de sa pauvre volonté.*

Elle mourut ; et moi, anéanti, pulvérisé par la douleur, je ne pus pas supporter plus longtemps l'affreuse désolation de ma demeure dans cette sombre cité délabrée au bord du Rhin. Je ne manquais pas de ce que le monde appelle la fortune. Ligeia m'en avait apporté plus, beaucoup plus que n'en comporte la destinée ordinaire des mortels. Aussi, après quelques mois perdus dans un vagabondage fastidieux et sans but, je me jetai dans une espèce de retraite dont je fis l'acquisition, — une abbaye dont je ne veux pas dire le nom, — dans une des parties les plus incultes et les moins fréquentes de la belle Angleterre. La sombre et triste grandeur du bâtiment, l'aspect presque sauvage du domaine, les mélancoliques et vénérables souvenirs qui s'y rattachaient étaient à l'unisson du sentiment de complet abandon qui m'avait exilé dans cette lointaine et solitaire région. Cependant, tout en laissant à l'extérieur de l'abbaye son caractère primitif presque intact et le verdoyant délabrement qui tapissait ses murs, je me mis avec une perversité enfantine, et peut-être avec une faible espérance de distraire mes chagrins, à déployer au-dedans des magnificences plus que royales. Je m'étais, depuis l'enfance, pénétré d'un grand goût pour ces folies, et maintenant elles me revenaient comme un radotage de la douleur. Hélas ! je sens qu'on aurait pu découvrir un commencement de folie dans ces splendides et fantastiques draperies, dans ces solennelles sculptures égyptiennes, dans ces corniches et ces ameublements bizarres, dans les extravagantes arabesques de ces tapis tout fleuris d'or ! J'étais devenu un esclave de l'opium, il me tenait dans ses liens, — et tous mes travaux et mes plans avaient pris la couleur de mes rêves. Mais je ne m'arrêterai pas au détail de ces absurdités. Je parlerai seulement de cette chambre, maudite à jamais, où dans un moment d'aliénation mentale je conduisis à l'autel et pris pour épouse, — après l'inoubliable Ligeia ! — lady Rowena Trevanion de Tremaine, à la blonde chevelure et aux yeux bleus.

Il n'est pas un détail d'architecture ou de la décoration de cette chambre nuptiale qui ne soit maintenant présent à mes yeux. Où donc la hautaine famille de la fiancée avait-elle l'esprit, quand, mue par la soif de l'or, elle permit à une fille si tendrement chérie de passer le seuil d'un appartement décoré de cette étrange façon ? J'ai dit que je me rappelais minutieusement les détails de cette chambre, bien que ma triste mémoire perde souvent des choses d'une rare importance ; et pourtant il n'y avait pas dans ce luxe fantastique de système ou d'harmonie qui pût s'imposer au souvenir.

La chambre faisait partie d'une haute tour de cette abbaye, fortifiée comme un château ; elle était d'une forme pentagone et d'une grande dimension. Tout le côté sud du pentagone était occupé par une fenêtre unique, faite d'une immense glace de Venise, d'un seul morceau et d'une couleur sombre, de sorte que les rayons du soleil ou de la lune qui la traversaient jetaient sur les objets intérieurs une lumière sinistre. Au-dessus de cette énorme fenêtre se prolongeait le treillis d'une vieille vigne qui grimpait sur les murs massifs de la tour. Le plafond, de chêne presque noir, était excessivement élevé, façonné en voûte et curieusement sillonné d'ornements des plus bizarres et des plus fantastiques, d'un style semi-gothique, semi-druidique. Au fond de cette voûte mélancolique, au centre même, était suspendue, par une seule chaîne d'or faite de longs anneaux, une vaste lampe de même métal en forme d'encensoir, conçue dans le goût sarrasin et brodée de perforations capricieuses, à travers lesquelles on voyait courir et se tortiller avec la vitalité d'un serpent les lueurs continues d'un feu versicolore.

Quelques rares ottomanes et des candélabres d'une forme orientale occupaient différents endroits, et le lit aussi, — le lit nuptial, — était dans le style indien, — bas, sculpté en bois d'ébène massif, et surmonté d'un baldaquin qui avait l'air d'un drap mortuaire. À chacun des angles de la chambre se dressait un gigantesque sarcophage de granit noir, tiré des tombes des rois en face de Louqsor, avec son antique couvercle chargé de sculptures immémoriales. Mais c'était dans la tenture de l'appartement, hélas ! qu'éclatait la fantaisie capitale. Les murs, prodigieusement hauts, — au delà même de toute proportion, — étaient tendus du haut jusqu'en bas d'une tapisserie lourde et d'apparence massive qui tombait pas vastes nappes, — tapisserie faite avec la même matière qui avait été employée pour le tapis du parquet, les ottomanes, le lit d'ébène, le baldaquin du lit et les somptueux rideaux qui cachaient en partie la fenêtre. Cette matière était un tissu d'or des plus riches, tacheté, par intervalles réguliers, de figures arabesques, d'un pied de diamètre environ, qui enlevaient sur le fond leurs dessins d'un noir de jais. Mais ces figures ne participaient du caractère arabesque que quand on les examinait à un seul point de vue. Par un procédé aujourd'hui fort commun, et dont on retrouve la trace dans la plus lointaine antiquité, elles étaient faites de manière à changer d'aspect. Pour une personne qui entrait dans la chambre, elles avaient l'air de simples monstruosités ; mais, à mesure qu'on avançait, ce caractère disparaissait graduellement, et, pas à pas, le visiteur changeant de place se voyait entouré d'une procession continue de formes affreuses, comme celles qui sont nées de la superstition du Nord, ou celles qui se dressent dans les sommeils coupables des moines. L'effet fantasmagorique était grandement accru par l'introduction artificielle d'un fort courant d'air continu derrière la tenture, — qui donnait au tout une hideuse et inquiétante animation.

Telle était la demeure, telle était la chambre nuptiale où je passai avec la dame de Tremaine les heures impies du premier mois de notre mariage, — et je les passai sans trop d'inquiétude.

Que ma femme redoutât mon humeur farouche, qu'elle m'évitât, qu'elle ne m'aimât que très médiocrement, — je ne pouvais pas me le dissimuler ; mais cela me faisait presque plaisir. Je la haïssais d'une haine qui appartient moins à l'homme qu'au démon. Ma mémoire se retournait, — oh ! avec quelle intensité de regret ! — vers Ligeia, l'aimée, l'auguste, la belle, la morte. Je faisais des orgies de souvenirs, je me délectais dans sa pureté, dans sa sagesse, dans sa haute nature éthéréenne, dans son amour passionné, idolâtrique. Maintenant, mon esprit brûlait pleinement et largement d'une flamme plus ardente que n'avait été la sienne. Dans l'enthousiasme de mes rêves opiacés, — car j'étais habituellement sous l'empire du poison, — je criais son nom à haute voix durant le silence de la nuit, et, le jour, dans les retraites ombreuses des

vallées, comme si, par l'énergie sauvage, la passion
solennelle, l'ardeur dévorante de ma passion pour la
défunte je pouvais la ressusciter dans les sentiers de cette
vie qu'elle avait abandonnée ; pour *toujours* ? était-
ce vraiment *possible* ?

Au commencement du second mois de notre mariage,
lady Rowena fut attaquée d'un mal soudain dont elle
ne se releva que lentement. La fièvre qui la consumait
rendait ses nuits pénibles, et, dans l'inquiétude d'un
demi-sommeil, elle parlait de sons et de mouvements
qui se produisaient çà et là dans la chambre de la tour,
et que je ne pouvais vraiment attribuer qu'au dérangement de ses idées ou peut-être aux influences fantas-
magoriques de la chambre. À la longue, elle entra en
convalescence, et finalement elle se rétablit.

Toutefois, il ne s'était écoulé qu'un laps de temps
fort court quand une nouvelle attaque plus violente la
rejeta sur son lit de douleur, et, depuis cet accès, sa
constitution, qui avait toujours été faible, ne put jamais
se relever complètement. Sa maladie montra, dès cette
époque, un caractère alarmant et des rechutes plus alar-
mantes encore, qui défiaient toute la science et tous les
efforts de ses médecins. À mesure qu'augmentait ce mal
chronique qui, dès lors sans doute, s'était trop bien
emparé de sa constitution pour en être arraché par des
mains humaines, je ne pouvais m'empêcher de remarquer une irritation nerveuse croissante dans son tempérament et une excitabilité telle que les causes les plus
vulgaires lui étaient des sujets de peur. Elle parla
encore, et plus souvent alors, avec plus d'opiniâtreté,
des bruits, — des légers bruits, — et des mouvements
insolites dans les rideaux, dont elle avait, disait-elle,
déjà souffert.

Une nuit, — vers la fin de septembre, — elle attira
mon attention sur ce sujet désolant avec une énergie
plus vive que de coutume. Elle venait justement de se
réveiller d'un sommeil agité, et j'avais épié, avec un sentiment moitié d'anxiété moitié de vague terreur, le jeu
de sa physionomie amaigrie. J'étais assis au chevet du

lit d'ébène, sur un des divans indiens. Elle se dressa à
moitié, et me parla à voix basse, dans un chuchotement
anxieux, de sons qu'elle venait d'entendre, mais que
je ne pouvais pas entendre, — de mouvements qu'elle
venait d'apercevoir, mais que je ne pouvais apercevoir.
Le vent courait activement derrière les tapisseries, et
je m'appliquai à lui démontrer — ce que, je le confesse,
je ne pouvais pas croire entièrement, — que ces soupirs à peine articulés et ces changements presque insen-
sibles dans les figures du mur n'étaient que les effets
naturels du courant d'air habituel. Mais une pâleur
mortelle qui inonda sa face me prouva que mes efforts
pour la rassurer seraient inutiles. Elle semblait s'évanouir, et je n'avais pas de domestiques à ma portée.
Je me souvins de l'endroit où avait été déposé un flacon
de vin léger ordonné par les médecins, et je traversai
vivement la chambre pour me le procurer. Mais, comme
je passais sous la lumière de la lampe, deux circonstances d'une nature saisissante attirèrent mon attention.
J'avais senti que quelque chose de palpable, quoique
invisible, avait frôlé légèrement ma personne, et je vis
sur le tapis d'or, au centre même du riche rayonnement
projeté par l'encensoir, une ombre, — une ombre faible, indéfinie, d'un aspect angélique, — telle qu'on peut
se figurer l'ombre d'une Ombre. Mais, comme j'étais
en proie à une dose exagérée d'opium, je ne fis que peu
d'attention à ces choses, et je n'en parlai point à
Rowena.

Je trouvai le vin, je traversai de nouveau la chambre, et je remplis un verre que je portai aux lèvres de
ma femme défaillante. Cependant, elle était un peu
remise, et elle prit le verre elle-même, pendant que je
me laissais tomber sur l'ottomane, les yeux fixés sur
sa personne.

Ce fut alors que j'entendis distinctement un léger
bruit de pas sur le tapis et près du lit ; et, une seconde
après, comme Rowena allait porter le vin à ses lèvres,
je vis, — je puis l'avoir rêvé, — je vis tomber dans le
verre, comme de quelque source invisible suspendue

dans l'atmosphère de la chambre, trois ou quatre grosses gouttes d'un fluide brillant et couleur de rubis. Si je le vis, — Rowena ne le vit pas. Elle avala le vin sans hésitation, et je me gardai bien de lui parler d'une circonstance que je devais, après tout, regarder comme la suggestion d'une imagination surexcitée, et dont tout, les terreurs de ma femme, l'opium et l'heure, augmentait l'activité morbide.

Cependant, je ne puis pas me dissimuler qu'immédiatement après la chute des gouttes rouges un rapide changement — en mal — s'opéra dans la maladie de ma femme ; si bien que, la troisième nuit, les mains de ses serviteurs la préparaient pour la tombe, et que j'étais assis seul, son corps enveloppé dans le suaire, dans cette chambre fantastique qui avait reçu la jeune épouse. — D'étranges visions, engendrées par l'opium, voltigeaient autour de moi comme des ombres. Je promenais un œil inquiet sur les sarcophages, dans les coins de la chambre, sur les figures mobiles de la tenture et sur les lueurs vermiculaires et changeantes de la lampe du plafond. Mes yeux tombèrent alors, — comme je cherchais à me rappeler les circonstances d'une nuit précédente, — sur le même point du cercle lumineux, là où j'avais vu les traces légères d'une ombre. Mais elle n'y était plus ; et, respirant avec plus de liberté, je tournai mes regards vers la pâle et rigide figure allongée sur le lit. Alors, je sentis fondre sur moi mille souvenirs de Ligeia, — je sentis refluer vers mon cœur, avec la tumultueuse violence d'une marée, toute cette ineffable douleur que j'avais sentie quand je l'avais vue, *elle* aussi, dans son suaire. — La nuit avançait, et toujours, — le cœur plein des pensées les plus amères dont *elle* était l'objet, *elle*, mon unique, mon suprême amour, — je restais les yeux fixés sur le corps de Rowena.

Il pouvait bien être minuit, peut-être plus tôt, peut-être plus tard, car je n'avais pas pris garde au temps, quand un sanglot, très bas, très léger, mais très distinct, me tira en sursaut de ma rêverie. Je *sentis* qu'il venait

du lit d'ébène, — du lit de mort. Je tendis l'oreille, dans
une angoisse de terreur superstitieuse, mais le bruit ne
se répéta pas. Je forçai mes yeux à découvrir un mouvement quelconque dans le corps, mais je n'en aperçus pas le moindre. Cependant, il était impossible que
je me fusse trompé. J'avais entendu le bruit, faible à
la vérité, et mon esprit était bien éveillé en moi. Je main-
tins résolument et opiniâtrement mon attention clouée
au cadavre. Quelques minutes s'écoulèrent sans aucun
incident qui pût jeter un peu de jour sur ce mystère.
À la longue, il devint évident qu'une coloration légère,
très faible, à peine sensible, était montée aux joues et
avait filtré le long des petites veines déprimées des paupières. Sous la pression d'une horreur et d'une terreur
inexplicables, pour lesquelles le langage de l'humanité
n'a pas d'expression suffisamment énergique, je sentis les pulsations de mon cœur s'arrêter et mes membres se roidir sur place.

Cependant, le sentiment du devoir me rendit finalement mon sang-froid. Je ne pouvais pas douter plus
longtemps que nous n'eussions fait prématurément nos
apprêts funèbres ; — Rowena vivait encore. Il était
nécessaire de pratiquer immédiatement quelques tentatives ; mais la tour était tout à fait séparée de la partie de l'abbaye habitée par les domestiques, — il n'y
en avait aucun à portée de la voix, — je n'avais aucun
moyen de les appeler à mon aide, à moins de quitter
la chambre pendant quelques minutes, — et, quant à
cela, je ne pouvais m'y hasarder. Je m'efforçai donc
de rappeler à moi seul et de fixer l'âme voltigeante.
Mais, au bout d'un laps de temps très court, il y eut
une rechute évidente ; la couleur disparut de la joue
et de la paupière, laissant une pâleur plus que marmo-
réenne ; les lèvres se serrèrent doublement et se recro-
quevillèrent dans l'expression spectrale de la mort ; une
froideur et une viscosité répulsives se répandirent rapidement sur toute la surface du corps, et la complète
rigidité cadavérique survint immédiatement. Je retombai en frissonnant sur le lit de repos d'où j'avais été

arraché si soudainement, et je m'abandonnai de nouveau à mes rêves, à mes contemplations passionnées
de Ligeia.

Une heure s'écoula ainsi, quand — était-ce, grand
Dieu ! possible ? — j'eus de nouveau la perception
d'un bruit vague qui partait de la région du lit. J'écou-
tai, au comble de l'horreur. Le son se fit entendre de
nouveau, c'était un soupir. Je me précipitai vers le
corps, je vis, — je vis distinctement un tremblement
sur les lèvres. Une minute après, elles se relâchaient,
découvrant une ligne brillante de dents de nacre. La
stupéfaction lutta alors dans mon esprit avec la profonde terreur qui jusque-là l'avait dominé. Je sentis que
ma vue s'obscurcissait, que ma raison s'enfuyait : et
ce ne fut que par un violent effort que je trouvai à la
longue le courage de me roidir à la tâche que le devoir
m'imposait de nouveau. Il y avait maintenant une car-
nation imparfaite sur le front, la joue et la gorge ; une
chaleur sensible pénétrait tout le corps ; et même une
légère pulsation remuait imperceptiblement la région
du cœur.

Ma femme *vivait* ; et, avec un redoublement
d'ardeur, je me mis en devoir de la ressusciter. Je fric-
tionnai et je bassinai les tempes et les mains, et j'usai
de tous les procédés que l'expérience et de nombreuses
lectures médicales pouvaient me suggérer. Mais ce fut
en vain. Soudainement, la couleur disparut, la pulsation cessa, l'expression de mort revint aux lèvres, et,
un instant après, tout le corps reprenait sa froideur de
glace, son ton livide, sa rigidité complète, son contour
amorti, et toute la hideuse caractéristique de ce qui a
habité la tombe pendant plusieurs jours.

Et puis je retombai dans mes rêves de Ligeia, — et
de nouveau — s'étonnera-t-on que je frissonne en écrivant ces lignes ? — *de nouveau* un sanglot étouffé vint
à mon oreille de la région du lit d'ébène. Mais à quoi
bon détailler minutieusement les ineffables horreurs de
cette nuit ? Raconterai-je combien de fois, coup sur
coup, presque jusqu'au petit jour, se répéta ce hideux

drame de ressuscitation ; que chaque effrayante rechute
se changeait en une mort plus rigide et plus irrémé-
diable ; que chaque nouvelle agonie ressemblait à une
lutte contre quelque invisible adversaire, et que chaque
lutte était suivie de je ne sais quelle étrange altération
dans la physionomie du corps ? Je me hâte d'en finir.

La plus grande partie de la terrible nuit était passée,
et celle qui était morte remua de nouveau, — et cette
fois-ci, plus énergiquement que jamais quoique se
réveillant d'une mort plus effrayante et plus irrépara-
ble. J'avais depuis longtemps cessé tout effort et tout
mouvement et je restais cloué sur l'ottomane, désespérément englouti dans un tourbillon d'émotions vio-
lentes, dont la moins terrible peut-être, la moins dévorante, était un suprême effroi. Le corps, je le répète,
remuait, et, maintenant plus activement qu'il n'avait
fait jusque-là. Les couleurs de la vie montaient à la face
avec une énergie singulière, — les membres se relâchaient, — et, sauf que les paupières restaient toujours
lourdement fermées, et que les bandeaux et les draperies funèbres communiquaient encore à la figure leur
caractère sépulcral, j'aurais rêvé que Rowena avait
entièrement secoué les chaînes de la Mort. Mais si, dès
lors, je n'acceptai pas entièrement cette idée, je ne pus
pas douter plus longtemps, quand, se levant du lit, —
et vacillant, — d'un pas faible, — les yeux fermés, —
à la manière d'une personne égarée dans un rêve, —
l'être qui était enveloppé du suaire s'avança audacieu-
sement et palpablement dans le milieu de la chambre.

Je ne tremblai pas, — je ne bougeai pas, — car une
foule de pensées inexprimables, causées par l'air, la stature, l'allure du fantôme, se ruèrent à l'improviste dans
mon cerveau, et me paralysèrent, — me pétrifièrent.
Je ne bougeais pas, je contemplais l'apparition. C'était
dans mes pensées un désordre fou, un tumulte inapai-
sable. Était-ce bien la *vivante* Rowena que j'avais en
face de moi ? *cela* pouvait-il être vraiment Rowena, —
lady Rowena Trevanion de Tremaine, à la chevelure
blonde, aux yeux bleus ? Pourquoi, oui, *pourquoi* en

doutais-je ? — Le lourd bandeau oppressait la bouche ;
— pourquoi donc cela n'eût-il pas été la bouche respi-
rante de la dame de Tremaine ? — Et les joues ? — oui,
c'étaient bien là les roses du midi de sa vie ; — oui,
ce pouvait être les belles joues de la vivante lady de
Tremaine. — Et le menton, avec les fossettes de la
santé, ne pouvait-il pas être le sien ? Mais *avait-elle
donc grandi depuis sa maladie ?* Quel inexprimable
délire s'empara de moi à cette idée ! D'un bond, j'étais
à ses pieds ! Elle se retira à mon contact, et elle dégagea
sa tête de l'horrible suaire qui l'enveloppait ; et alors
déborda dans l'atmosphère fouettée de la chambre une
masse énorme de longs cheveux désordonnés ; *ils
étaient plus noirs que les ailes de minuit, l'heure au plumage de corbeau !* Et alors je vis la figure qui se tenait
devant moi ouvrir lentement, lentement *les yeux*.

— Enfin, les voilà donc ! criai-je d'une voix retentissante ; pourrais-je jamais m'y tromper ? — Voilà
bien les yeux adorablement fendus, les yeux noirs, les
yeux étranges de mon amour perdu, — de lady, — de
LADY LIGEIA !

METZENGERSTEIN

Pestis eram vivus, — moriens tua mors ero.

MARTIN LUTHER.

L'horreur et la fatalité se sont donné carrière dans tous les siècles. A quoi bon mettre une date à l'histoire que j'ai à raconter ? Qu'il me suffise de dire qu'à l'époque dont je parle existait dans le centre de la Hongrie une croyance secrète, mais bien établie, aux doctrines de la métempsycose. De ces doctrines elles-mêmes, de leur fausseté ou de leur probabilité, — je ne dirai rien. J'affirme, toutefois, qu'une bonne partie de notre incrédulité *vient*, — comme dit La Bruyère, qui attribue tout notre malheur à cette cause unique — *de ne pouvoir être seuls* [1].

Mais il y avait quelques points dans la superstition hongroise qui tendaient fortement à l'absurde. Les Hongrois différaient très essentiellement de leurs autorités d'Orient. Par exemple, — *l'âme*, à ce qu'ils croyaient, — je cite les termes d'un subtil et intelligent

1. Mercier, dans *L'An deux mil quatre cent quarante*, soutient sérieusement les doctrines de la métempsycose, et J. d'Israéli dit qu'*il n'y a pas de système aussi simple et qui répugne moins à l'intelligence*. Le colonel Ethan Allen, le *Green Mountain Boa*, passe aussi pour avoir été un sérieux métempsycosiste (E.A.P.). La citation est en fait de Pascal et non de La Bruyère.

Parisien, — *ne demeure qu'une seule fois dans un corps sensible. Ainsi un cheval, un chien, un homme même, ne sont que la ressemblance illusoire de ces êtres**.

Les familles Berlifitzing et Metzengerstein avaient été en discorde pendant des siècles. Jamais on ne vit deux maisons aussi illustres réciproquement aigries par une inimitié aussi mortelle. Cette haine pouvait tirer son origine des paroles d'une ancienne prophétie : — *Un grand nom tombera d'une chute terrible, quand, comme le cavalier sur son cheval* [1], *la mortalité de Metzengerstein triomphera de l'immortalité de Berlifitzing*.

Certes, les termes n'avaient que peu ou point de sens. Mais des causes plus vulgaires ont donné naissance — et cela, sans remonter bien haut, — à des conséquences également grosses d'événements. En outre, les deux maisons, qui étaient voisines, avaient longtemps exercé une influence rivale dans les affaires d'un gouvernement tumultueux. De plus, des voisins aussi rapprochés sont rarement amis ; et, du haut de leurs terrasses massives, les habitants du château Berlifitzing pouvaient plonger leurs regards dans les fenêtres mêmes du palais Metzengerstein. Enfin, le déploiement d'une magnificence plus que féodale était peu fait pour calmer les sentiments irritables des Berlifitzing, moins anciens et moins riches. Y a-t-il donc lieu de s'étonner que les termes de cette prédiction, bien que tout à fait saugrenus, aient si bien créé et entretenu la discorde entre deux familles déjà prédisposées aux querelles par toutes les instigations d'une jalousie héréditaire ? La prophétie semblait impliquer, — si elle impliquait quelque chose, — un triomphe final du côté de la maison déjà plus

---

* J'ignore quel est l'auteur de ce texte bizarre et obscur ; cependant, je me suis permis de le rectifier légèrement, en l'adaptant au sens moral du récit. Poe cite quelquefois de mémoire et incorrectement. Le sens, après tout, me semble se rapprocher de l'opinion attribuée au père Kircher, — que les animaux sont des Esprits enfermés. (C.B.)

1. Contresens de Baudelaire. Poe écrit : « comme le cavalier de son cheval » *(over his horse)*.

puissante, et naturellement vivait dans la mémoire de la plus faible et de la moins influente, et la remplissait d'une aigre animosité.

Wilhelm, comte Berlifitzing, bien qu'il fût d'une haute origine, n'était, à l'époque de ce récit, qu'un vieux radoteur infirme, et n'avait rien de remarquable, si ce n'est une antipathie invétérée et folle contre la famille de son rival, et une passion si vive pour les chevaux et la chasse que rien, ni ses infirmités physiques, ni son grand âge, ni l'affaiblissement de son esprit, ne pouvait l'empêcher de prendre journellement sa part des dangers de cet exercice. De l'autre côté, Frédérick, baron Metzengerstein, n'était pas encore majeur. Son père, le ministre G..., était mort jeune. Sa mère, Mme Marie, le suivit bientôt. Frédérick était à cette époque dans sa dix-huitième année. Dans une ville, dix-huit ans ne sont pas une longue période de temps ; mais dans une solitude, dans une aussi magnifique solitude que cette vieille seigneurie, le pendule vibre avec une plus profonde et plus significative solennité.

Par suite de certaines circonstances résultant de l'administration de son père, le jeune baron, aussitôt après la mort de celui-ci, entra en possession de ses vastes domaines. Rarement on avait vu un noble de Hongrie posséder un tel patrimoine. Ses châteaux étaient innombrables. Le plus splendide et le plus vaste était le palais Metzengerstein. La ligne frontière de ses domaines n'avait jamais été clairement définie ; mais son parc principal embrassait un circuit de cinquante milles.

L'avènement d'un propriétaire si jeune, et d'un caractère si bien connu, à une fortune si incomparable laissait peu de place aux conjectures relativement à sa ligne probable de conduite. Et, en vérité, dans l'espace de trois jours, la conduite de l'héritier fit pâlir le renom d'Hérode et dépassa magnifiquement les espérances de ses plus enthousiastes admirateurs. De honteuses débauches, de flagrantes perfidies, des atrocités inouïes

firent bientôt comprendre à ses vassaux tremblants que
rien, — ni soumission servile de leur part, ni scrupules
de conscience de la sienne, — ne leur garantirait désormais de sécurité contre les griffes sans remords de ce
petit Caligula. Vers la nuit du quatrième jour, on
s'aperçut que le feu avait pris aux écuries du château
Berlifitzing, et l'opinion unanime du voisinage ajouta
le crime d'incendie à la liste déjà horrible des délits et
des atrocités du baron.

Quant au jeune gentilhomme, pendant le tumulte
occasionné par cet accident, il se tenait, en apparence,
plongé dans une méditation, au haut du palais de
famille des Metzengerstein, dans un vaste appartement
solitaire. La tenture de tapisserie, riche, quoique fanée,
qui pendait mélancoliquement aux murs, représentait
les figures fantastiques et majestueuses de mille ancêtres illustres. Ici des prêtres richement vêtus d'hermine,
des dignitaires pontificaux, siégeaient familièrement
avec l'autocrate et le souverain, opposaient leur *veto*
aux caprices d'un roi temporel, ou contenaient avec le
fiat de la toute-puissance papale le sceptre rebelle du
Grand Ennemi, prince des ténèbres. Là, les sombres
et grandes figures des princes Metzengerstein — leurs
musculeux chevaux de guerre piétinant sur les cadavres
des ennemis tombés — ébranlaient les nerfs les plus fermes par leur forte expression ; et ici, à leur tour, volup-
tueuses et blanches comme des cygnes, les images des
dames des anciens jours flottaient au loin dans les
méandres d'une danse fantastique aux accents d'une
mélodie imaginaire.

Mais, pendant que le baron prêtait l'oreille ou affectait de prêter l'oreille au vacarme toujours croissant des
écuries de Berlifitzing, — et peut-être méditait quelque
trait nouveau, quelque trait décidé d'audace, — ses
yeux se tournèrent machinalement vers l'image d'un
cheval énorme, d'une couleur hors nature, et représenté
dans la tapisserie comme appartenant à un ancêtre sarrasin de la famille de son rival. Le cheval se tenait sur
le premier plan du tableau, — immobile comme une

statue, — pendant qu'un peu plus loin, derrière lui, son cavalier déconfit mourait sous le poignard d'un Metzengerstein.

Sur la lèvre de Frédérick surgit une expression diabolique, comme s'il s'apercevait de la direction que son regard avait prise involontairement. Cependant, il ne détourna pas les yeux. Bien loin de là, il ne pouvait d'aucune façon avoir raison de l'anxiété accablante qui semblait tomber sur ses sens comme un drap mortuaire. Il conciliait difficilement ses sensations incohérentes comme celles des rêves avec la certitude d'être éveillé. Plus il contemplait, plus absorbant devenait le charme, — plus il lui paraissait impossible d'arracher son regard à la fascination de cette tapisserie. Mais le tumulte du dehors devenant soudainement plus violent, il fit enfin un effort, comme à regret, et tourna son attention vers une explosion de lumière rouge, projetée en plein des écuries enflammées sur les fenêtres de l'appartement.

L'action toutefois ne fut que momentanée ; son regard retourna machinalement au mur. À son grand étonnement la tête du gigantesque coursier — chose horrible ! — avait pendant ce temps changé de position. Le cou de l'animal, d'abord incliné comme par la compassion vers le corps terrassé de son seigneur, était maintenant étendu, roide et dans toute sa longueur, dans la direction du baron. Les yeux, tout à l'heure invisibles, contenaient maintenant une expression énergique et humaine, et ils brillaient d'un rouge ardent et extraordinaire ; et les lèvres distendues de ce cheval à la physionomie enragée laissaient pleinement percevoir ses dents sépulcrales et dégoûtantes.

Stupéfié par la terreur, le jeune seigneur gagna la porte en chancelant. Comme il l'ouvrait, un éclat de lumière rouge jaillit au loin dans la salle, qui dessina nettement son reflet sur la tapisserie frissonnante ; et, comme le baron hésitait un instant sur le seuil, il tressaillit en voyant que ce reflet prenait la position exacte et remplissait précisément le contour de l'implacable et triomphant meurtrier du Berlifitzing sarrasin.

Pour alléger ses esprits affaissés, le baron Frédérick chercha précipitamment le plein air. À la porte principale du palais, il rencontra trois écuyers. Ceux-ci, avec beaucoup de difficulté et au grand péril de leur vie, comprimaient les bonds convulsifs d'un cheval gigantesque couleur de feu.

— À qui ce cheval ? Où l'avez-vous trouvé ? demanda le jeune homme d'une voix querelleuse et rauque, reconnaissant immédiatement que le mystérieux coursier de la tapisserie était le parfait pendant du furieux animal qu'il avait devant lui.

— C'est votre propriété, monseigneur, répliqua l'un des écuyers, du moins il n'est réclamé par aucun autre propriétaire. Nous l'avons pris comme il s'échappait, tout fumant et écumant de rage, des écuries brûlantes du château Berlifitzing. Supposant qu'il appartenait au haras des chevaux étrangers du vieux comte, nous l'avons ramené comme épave. Mais les domestiques désavouent tout droit sur la bête ; ce qui est étrange, puisqu'il porte des traces évidentes du feu, qui prouvent qu'il l'a échappé belle.

— Les lettres W. V. B. sont également marquées au fer très distinctement sur son front, interrompit un second écuyer, je supposais donc qu'elles étaient les initiales de Whilhelm von Berlifitzing, mais tout le monde au château affirme positivement n'avoir aucune connaissance du cheval.

— Extrêmement singulier ! dit le jeune baron, avec un air rêveur et comme n'ayant aucune conscience du sens de ses paroles. C'est, comme vous dites, un remarquable cheval, — un prodigieux cheval ! bien qu'il soit, comme vous le remarquez avec justesse, d'un caractère ombrageux et intraitable ; allons ! qu'il soit à moi, je le veux bien, ajouta-t-il après une pause ; peut-être un cavalier tel que Frédérick de Metzengerstein pourra-t-il dompter le diable même des écuries de Berlifitzing.

— Vous vous trompez, monseigneur ; le cheval, comme nous vous l'avons dit, je crois, n'appartient pas aux écuries du comte. Si tel eût été le cas, nous connais-

sons trop bien notre devoir pour l'amener en présence
d'une noble personne de votre famille.

— C'est vrai ! observa le baron sèchement.

Et, à ce moment, un jeune valet de chambre arriva
du palais, le teint échauffé et à pas précipités. Il chu-
chota à l'oreille de son maître l'histoire de la disparition soudaine d'un morceau de la tapisserie, dans une
chambre qu'il désigna, entrant alors dans des détails
d'un caractère minutieux et circonstancié ; mais,
comme tout cela fut communiqué d'une voix très basse,
pas un mot ne transpira qui pût satisfaire la curiosité
excitée des écuyers.

Le jeune Frédérick, pendant l'entretien, semblait
agité d'émotions variées. Néanmoins, il recouvra bientôt son calme, et une expression de méchanceté décidée était déjà fixée sur sa physionomie quand il donna
des ordres péremptoires pour que l'appartement en
question fût immédiatement condamné et la clef remise
entre ses mains propres.

— Avez-vous appris la mort déplorable de Berlifitzing, le vieux chasseur ? dit au baron un de ses vassaux, après le départ du page, pendant que l'énorme
coursier que le gentilhomme venait d'adopter comme
sien s'élançait et bondissait avec une furie redoublée
à travers la longue avenue qui s'étendait du palais aux
écuries de Metzengerstein.

— Non, dit le baron se tournant brusquement vers
celui qui parlait ; mort ! dis-tu ?

— C'est la pure vérité, monseigneur ; et je présume
que, pour un seigneur de votre nom, ce n'est pas un
renseignement trop désagréable.

Un rapide sourire jaillit sur la physionomie du baron.

— Comment est-il mort ?

— Dans ses efforts imprudents pour sauver la partie préférée de son haras de chasse, il a péri misérablement dans les flammes.

— En... vé... ri... té... ! exclama le baron, comme
impressionné lentement et graduellement par quelque
évidence mystérieuse.

— En vérité, répéta la vassal.

— Horrible ! dit le jeune homme avec beaucoup de calme. Et il rentra tranquillement dans le palais.

À partir de cette époque, une altération marquée eut lieu dans la conduite extérieure du jeune débauché, baron Frédérick von Metzengerstein. Véritablement, sa conduite désappointait toutes les espérances et déroutait les intrigues de plus d'une mère. Ses habitudes et ses manières tranchèrent de plus en plus et, moins que jamais, n'offrirent d'analogie sympathique quelconque avec celle de l'aristocratie du voisinage. On ne le voyait jamais au-delà des limites de son propre domaine, et, dans le vaste monde social, il était absolument sans compagnon, — à moins que ce grand cheval impétueux, hors nature, couleur de feu, qu'il monta continuellement à partir de cette époque, n'eût en réalité quelque droit mystérieux au titre d'ami.

Néanmoins, de nombreuses invitations de la part du voisinage lui arrivaient périodiquement. — « Le baron honorera-t-il notre fête de sa présence ? » — « Le baron se joindra-t-il à nous pour une chasse au sanglier ? » — « Metzengerstein ne chasse pas », — « Metzengerstein n'ira pas », — telles étaient ses hautaines et laconiques réponses.

Ces insultes répétées ne pouvaient pas être endurées par une noblesse impérieuse. De telles invitations devinrent moins cordiales, — moins fréquentes ; — avec le temps elles cessèrent tout à fait. On entendit la veuve de l'infortuné comte de Berlifitzing exprimer le vœu « que le baron fût au logis quand il désirerait n'y pas être, puisqu'il dédaignait la compagnie de ses égaux ; et qu'il fût à cheval quand il voudrait n'y pas être, puisqu'il leur préférait la société d'un cheval ». Ceci à coup sûr n'était que l'explosion niaise d'une pique héréditaire et prouvait que nos paroles deviennent singulièrement absurdes quand nous voulons leur donner une forme extraordinairement énergique.

Les gens charitables, néanmoins, attribuaient le changement de manières du jeune gentilhomme au chagrin naturel d'un fils privé prématurément de ses parents, — oubliant toutefois son atroce et insouciante conduite durant les jours qui suivirent immédiatement cette perte. Il y en eut quelques-uns qui accusèrent simplement en lui une idée exagérée de son importance et de sa dignité. D'autres, à leur tour (et parmi ceux-là peut être cité le médecin de la famille), parlèrent sans hésiter d'une mélancolie morbide et d'un mal héréditaire ; cependant, des insinuations plus ténébreuses, d'une nature plus équivoque, couraient parmi la multitude.

En réalité, l'attachement pervers du baron pour sa monture de récente acquisition, — attachement qui semblait prendre une nouvelle force dans chaque nouvel exemple que l'animal donnait de ses féroces et démoniaques inclinations, — devint à la longue, aux yeux de tous les gens raisonnables, une tendresse horrible et contre nature. Dans l'éblouissement du midi, — aux heures profondes de la nuit, — malade ou bien portant, — dans le calme ou dans la tempête, — le jeune Metzengerstein semblait cloué à la selle du cheval colossal dont les intraitables audaces s'accordaient si bien avec son propre caractère.

Il y avait de plus des circonstances qui, rapprochées des événements récents, donnaient un caractère surnaturel et monstrueux à la manie du cavalier et aux capacités de la bête. L'espace qu'elle franchissait d'un seul saut avait été soigneusement mesuré, et se trouva dépasser d'une différence stupéfiante les conjectures les plus larges et les plus exagérées. Le baron, en outre, ne se servait pour l'animal d'aucun *nom* particulier, quoique tous les chevaux de son haras fussent distingués par des appellations caractéristiques. Ce cheval-ci avait son écurie à une certaine distance des autres ; et, quant au pansement et à tout le service nécessaire, nul, excepté le propriétaire en personne, ne s'était risqué à remplir ces fonctions, ni même à entrer dans l'enclos où s'élevait son écurie particulière. On observa aussi que, quoique les trois palefreniers qui s'étaient emparés du coursier, quand il fuyait l'incendie de Berli-

fitzing, eussent réussi à arrêter sa course à l'aide d'une
chaîne à nœud coulant, cependant aucun des trois ne
pouvait affirmer avec certitude que, durant cette dangereuse lutte, ou à aucun moment depuis lors, il eût
jamais posé la main sur le corps de la bête. Des preuves d'intelligence particulière dans la conduite d'un
noble cheval plein d'ardeur ne suffiraient certainement
pas à exciter une attention déraisonnable ; mais il y
avait ici certaines circonstances qui eussent violenté les
esprits les plus sceptiques et les plus flegmatiques ; et
l'on disait que parfois l'animal avait fait reculer d'horreur la foule curieuse devant la profonde et frappante
signification de sa marque, — que parfois le jeune Metzengerstein était devenu pâle et s'était dérobé devant
l'expression soudaine de son œil sérieux et quasi
humain.

Parmi toute la domesticité du baron, il ne se trouva
néanmoins personne pour douter de la ferveur extraordinaire d'affection qu'excitaient dans le jeune gentilhomme les qualités brillantes de son cheval ; personne,
excepté du moins un insignifiant petit page malvenu,
dont on rencontrait partout l'offusquante laideur, et
dont les opinions avaient aussi peu d'importance qu'il
est possible. Il avait l'effronterie d'affirmer, — si toutefois ses idées valent la peine d'être mentionnées, —
que son maître ne s'était jamais mis en selle sans un
inexplicable et presque imperceptible frisson, et qu'au
retour de chacune de ses longues et habituelles promenades, une expression de triomphante méchanceté faus-
sait tous les muscles de sa face.

Pendant une nuit de tempête, Metzengerstein, sortant d'un lourd sommeil, descendit comme un maniaque de sa chambre, et, montant à cheval en toute hâte,
s'élança en bondissant à travers le labyrinthe de la forêt.

Un événement aussi commun ne pouvait pas attirer
particulièrement l'attention ; mais son retour fut
attendu avec une intense anxiété par tous ses domestiques, quand après quelques heures d'absence, les prodigieux et magnifiques bâtiments du palais de Metzen-

gerstein se mirent à craqueter et à trembler jusque dans leurs fondements, sous l'action d'un feu immense et immaîtrisable, — une masse épaisse et livide.

Comme les flammes, quand on les aperçut pour la première fois, avaient déjà fait un si terrible progrès que tous les efforts pour sauver une portion quelconque des bâtiments eussent été évidemment inutiles, toute la population du voisinage se tenait paresseusement à l'entour, dans une stupéfaction silencieuse, sinon apathique. Mais un objet terrible et nouveau fixa bientôt l'attention de la multitude, et démontra combien est plus intense l'intérêt excité dans les sentiments d'une foule par la contemplation d'une agonie humaine que celui qui est créé par les plus effrayants spectacles de la matière inanimée.

Sur la longue avenue de vieux chênes qui commençait à la forêt et aboutissait à l'entrée principale du palais Metzengerstein, un coursier, portant un cavalier décoiffé et en désordre, se faisait voir bondissant avec une impétuosité qui défiait le démon de la tempête lui-même.

Le cavalier n'était évidemment pas le maître de cette course effrénée. L'angoisse de sa physionomie, les efforts convulsifs de tout son être rendaient témoignage d'une lutte surhumaine ; mais aucun son, excepté un cri unique, ne s'échappa de ses lèvres lacérées, qu'il mordait d'outre en outre dans l'intensité de sa terreur. En un instant, le choc des sabots retentit avec un bruit aigu et perçant, plus haut que le mugissement des flammes et le glapissement du vent ; — un instant encore, et, franchissant d'un seul bond la grande porte et le fossé, le coursier s'élança sur les escaliers branlants du palais et disparut avec son cavalier dans le tourbillon de ce feu chaotique.

La furie de la tempête s'apaisa tout à coup et un calme absolu prit solennellement sa place. Une flamme blanche enveloppait toujours le bâtiment comme un suaire, et, ruisselant au loin dans l'atmosphère tranquille, dardait une lumière d'un éclat surnaturel, pendant qu'un nuage de fumée s'abattait pesamment sur les bâtiments sous la forme distincte d'un gigantesque *cheval*.

DOSSIER HISTORIQUE ET LITTÉRAIRE

REPÈRES HISTORIQUES

LA VIE D'EDGAR ALLAN POE

1809   (19 janvier) : Naissance à Boston ; il est le fils de deux acteurs, Elisabeth Arnold, d'origine londonienne, et David Poe, d'origine irlandaise.

1810   Pendant une tournée à New York, David Poe disparaît définitivement.

1811   Elisabeth, sa mère, meurt à Richmond d'une pneumonie tuberculeuse.
Edgar est recueilli par le couple Allan : Frances et John, riche négociant d'origine écossaise.

1815   Le couple Allan, accompagné d'Edgar, arrive en Angleterre où John Allan veut créer une succursale.

1816   École de Mlle Dubourg, près de Chelsea.

1817   Pensionnaire au Manor House, école pour enfants riches près de Londres.

1820   La famille rentre en Amérique, après l'échec commercial de John Allan à Londres.

1823   Un héritage providentiel permet à John Allan de se renflouer, alors que ses affaires allaient mal. Edgar fréquente l'école de William Burke et tombe amoureux de Jane Stanard, mère d'un ami.

1824   Mort de Jane Stanard.

fin 1824-début 1825 : Amoureux d'Elmira Royster.

1826   Entre autres afin d'être éloigné d'Elmira Royster, Edgar est envoyé à l'université de Virginie (Charlottesville).

En décembre, John Allan, qui refuse de payer ses dettes, vient le retirer de l'Université où il n'est resté que 8 mois.

1827   Edgar refuse de se soumettre à l'ultimatum de John Allan et quitte la maison. Il va à Boston et il parvient à faire publier anonymement *Tamerlan* et quelques poèmes plus courts. Engagement dans un régiment d'artillerie.

1828   John Allan refuse de donner son accord pour qu'Edgar résilie son contrat avec l'armée.

1829   (28 février) Frances Allan meurt à Richmond. Il arrive trop tard pour la voir une dernière fois. En avril, il parvient à se libérer de l'armée et, en attendant d'être admis à l'Académie militaire de West Point, il est accueilli à Baltimore par sa tante, Maria Clemm. Parution, peu retentissante, d'*Al Aaraaf, Tamerlan et autres poèmes*.

1830   Entre à West Point. John Allan, qui s'est remarié, lui refuse toujours de l'argent.

1831   Il se fait volontairement exclure de West Point. Parution d'un nouveau recueil de poèmes. Il trouve encore refuge auprès de Maria Clemm à Baltimore. Il n'obtient pas de prix au concours de nouvelles organisé par *The Philadelphia Saturday Courier*, mais cinq de ses récits, dont *Metzengerstein*, sont publiés dans la presse. Mort de son frère aîné Henry, tuberculeux.

1832   Brève idylle avec une voisine, Mary Devereaux.

1833   Avec *Manuscrit trouvé dans une bouteille*, obtient le 1er prix du concours organisé par le *Baltimore Saturday Visiter*.

1834   Mort de John Allan, qui n'a jamais adopté légalement Edgar, mais seulement religieusement, et qui lègue ses biens à ses jumeaux illégitimes. Grande misère de la famille recueillie par Maria Clemm. Edgar veut épouser sa cousine Virginia qui n'a que 12 ans.

1835   Il fait paraître 4 nouvelles, dont *L'Aventure sans pareille d'un certain Hans Pfaall*, qui remporte un grand succès, dans la revue de Richmond, *Southern Literary Messenger*. Début de sa collaboration comme critique littéraire à ce périodique. Il s'installe à Richmond.

1836 (16 mai) Il épouse Virginia Clemm.

1837 Il quitte le *Southern Literary Messenger*. Installation à New York. Contrat pour l'édition des *Aventures de Gordon Pym*.

1838 Déménagement à Philadelphie.

1839 Accusé de plagiat pour son *Manuel de conchyliologie*. Engagé comme rédacteur en chef adjoint au *Gentleman's Magazine*. Projette la création de sa propre revue.

1840 Le *Gentleman's Magazine* change de propriétaire et devient le *Graham's Magazine*, auquel Poe continue de collaborer.

1841 Il voudrait obtenir un poste à l'administration des douanes.

1842 Virginia se rompt un vaisseau sanguin en chantant. Il rencontre Dickens venu à Philadelphie. Griswold le remplace au poste de rédacteur du *Graham's Magazine*. Fugue chez Mary Devereaux.

1843 Il n'est pas présenté au Président Tyler, n'obtient pas le poste de fonctionnaire convoité et ne peut pas créer la revue qu'il veut fonder. Il remporte le 1er prix du concours organisé par le *Dollar Newspaper* avec *Le Scarabée d'or*, qui connaît un gros succès.

1844 Edgar et Virginia sont à New York. Succès du canular publié dans le *New York Sun* (*Le Canard au ballon*). Maria Clemm parvient à faire engager Poe au *New York Mirror* comme secrétaire de rédaction.

1845 Entre au *Broadway Journal*. Célébrité soudaine grâce au poème *Le Corbeau* paru dans le *New York Mirror*. Obsession du plagiat et attaques contre Longfellow. Passion pour Frances Sargent Osgood. Scandale lors de la conférence donnée au Lyceum de Boston. Il devient le propriétaire du *Broadway Journal*.

1846 Faillite du *Broadway Journal*. La famille s'installe à Fordham, près de New York. Fin des relations avec Frances Sargent Osgood. Appels dans la presse à la charité publique en faveur des Poe.

1847 (30 janvier) Mort de Virginia (tuberculose). Edgar soigné par Maria Clemm et Marie-Louise Shew, à laquelle il déclare sa passion et qui rompt rapidement avec lui.

1848   Il propose le mariage à Sarah Helen Whitman. Amour
       pour Annie Richmond. La veille du mariage prévu,
       il rompt avec Sarah Helen Whitman. Parution
       d'*Eureka*, qui est un échec.

1849   Il part pour le Sud. Il retrouve Elmira Shelton (née
       Royster), devenue une veuve pieuse et la demande en
       mariage. Il part pour Philadelphie où il doit corriger
       les vers d'une poétesse. Le 3 octobre, on le découvre
       prostré dans une rue de Baltimore : il a sans doute été
       enivré par un gang électoral. Le 7 octobre, il meurt
       à l'hôpital de Baltimore [1].

1871   Mort de Maria Clemm.

---

1. Dans *le Détective volé* (R. Réouven, Denoël, 1988), l'auteur
envoie Sherlock Holmes enquêter sur la mort de Poe !

L'AMÉRIQUE DANS LAQUELLE POE A VÉCU

1809	James Madison président de l'Union.
1810	L'Union compte 7 millions d'habitants et 18 États.
1811-1813	Révoltes indiennes.
1812-1815	Seconde guerre d'Indépendance.
1813	Réélection de James Madison.
1817	James Monroe président.
1823	Doctrine de Monroe (« l'Amérique aux Américains »).
1825	John Quincy Adams président.
1826	Pour permettre la colonisation de l'Ouest, les Indiens sont transférés à l'ouest du Mississippi.
1828	Élection d'Andrew Jackson.
1831	Mouvement abolitionniste au Nord.
1832	Réélection de Jackson.
1833	Premiers trade-unions.
1836	Bataille de Fort-Alamo entre Texans et Mexicains.
1836	Élection de Martin Van Buren.
1837	Nombreuses faillites bancaires.
1840	Élection de William Henry Harrison ; l'Union compte 17 millions d'habitants et 27 États.
1841	John Tyler, vice-président, remplace Harrison, mort après un mois de présidence.

1845   Polk président.

1846-1848   Guerre contre le Mexique.

1848   Traité avec le Mexique, qui cède le Texas, le
            Nouveau-Mexique et la Californie ; élection de
            Zachary Tyler.

1849   Ruée vers l'or en Californie ; Fillmore élu
            président.

1850   24 millions d'habitants et 32 États.

QUELQUES ŒUVRES LITTÉRAIRES PUBLIÉES DU VIVANT D'EDGAR ALLAN POE

1812   Byron : *Childe Harold*.

1814   Walter Scott : *Waverley*.

1816   E.T.A. Hoffmann : *Les Élixirs du diable*.

1817   Byron : *Manfred*.

1818   Mary Shelley : *Frankenstein*.
       Walter Scott : *Ivanhoe*.
       Schopenhauer : *Le Monde comme volonté et représentation*.
       Irving : *Esquisses*.

1820   Charles Robert Maturin : *Melmoth*.
       Charles Nodier : *Smarra ou les Démons de la nuit*.

1824   Irving : *Contes d'un voyageur*.

1826   Fenimore Cooper : *Le Dernier des Mohicans*.

1828   Nathaniel Hawthorne : *Fanshawe*.

1830   Stendhal : *Le Rouge et le Noir*.

1834   David Crockett : *Life of Davy Crockett*.
       Bulwer-Lytton : *Les Derniers Jours de Pompéi*.

1836   Dickens : *Les Aventures de M. Pickwick*.
       Musset : *Confessions d'un enfant du siècle*.

1837   Nathaniel Hawthorne : *Contes racontés deux fois*.
       Dickens : *Olivier Twist*.
       Balzac : *César Birotteau*.

1839   Stendhal : *La Chartreuse de Parme*.
       Henry W. Longfellow : *Les Voix de la nuit*.

1842   Eugène Sue : *Les Mystères de Paris*.

1844   Alexandre Dumas : *Les Trois Mousquetaires*.
       Eugène Sue : *Le Juif errant*.

1845   Prosper Mérimée : *Carmen*.

1846   Herman Melville : *Typee*.
       Thackeray : *La Foire aux vanités*.
       Balzac : *La Cousine Bette*.
       George Sand : *La Mare au diable*.
       Dostoïevski : *Les Pauvres Gens*.

1847   Charlotte Brontë : *Jane Eyre*.
       Longfellow : *Evangeline*.

1848   Emily Brontë : *Les Hauts de Hurlevent*.
       Lewis Carroll : *Alice au pays des merveilles*.

1849   Dickens : *David Copperfield*.

LA PUBLICATION DES NOUVELLES
ET DE LEUR TRADUCTION PAR BAUDELAIRE

Double Assassinat dans la rue Morgue : parue sous le titre *The Murders in the Rue Morgue*, dans *Graham's Magazine*, avril 1841, insérée dans *Prose Romance*, 1843, et *Tales*, 1845. La traduction a été publiée dans *Le Pays*, 25 et 26 février, 1, 2, 3, 5, 6 et 7 mars 1855.

La Lettre volée : parue sous le titre *The Purloined Letter*, dans *The Gift*, autumn 1844, insérée dans *Tales*, 1845. La traduction a été publiée dans *Le Pays*, 7, 8, 12 et 14 mars 1855.

Le Scarabée d'or : parue sous le titre *The Golden Bug*, dans le *Dollar Newspaper* de Philadelphie, 21 et 28 juin 1843, insérée dans *Tales*, 1845. La traduction a été publiée directement dans *Histoires extraordinaires*, 1856.

Le Canard au ballon : parue dans le *New York Sun* du 13 avril 1844, reprise sous le titre *The Balloon Hoax* dans l'édition Griswold (1850). La traduction a été publiée dans *Le Pays*, 31 janvier, 2 et 3 février 1855.

Aventure sans pareille d'un certain Hans Pfaall : parue sous le titre *Hans Phaal. A Tale*, dans le *Southern Literary Messenger*, juin 1835, et reprise dans *Tales of the Grotesque and Arabesque*, 1840. Le titre actuel (*The Unparalleled Adventure of One Hans Pfaall*) vient de l'édition Griswold, 1850. La traduction a été publiée dans *Le Pays*, 14 mars au 20 avril 1855.

Manuscrit trouvé dans une bouteille : parue sous le titre *Ms Found in a Bottle*, dans le *Baltimore Saturday Visiter*, 19 octobre 1833, reprise dans *Tales of the Grotesque and Arabesque*, 1840. La traduction a été publiée dans *Le Pays*, 21 et 22 janvier 1855.

338   HISTOIRES EXTRAORDINAIRES

Une descente dans le Maelström : parue sous le titre *A Descent into the Maelstrom*, dans *Graham's Magazine*, mai 1841, et insérée dans *Tales*, 1845. La traduction a été publiée dans *Le Pays*, les 5, 6 et 7 février 1855.

La Vérité sur le cas de M. Valdemar : parue sous le titre *Facts of Mr Valdemar's Case*, dans *American Review*, déc. 1845, et sous le titre *The Facts in the Case of Mr Valdemar*, dans le *Broadway Journal*, 20 déc. 1845. La traduction a été publiée sous le titre *Mort ou Vivant ? Cas de M. Valdemar*, dans *Le Pays* du 26 sept. 1854 et dans *Le Figaro* du 10 avril 1856.

Révélation magnétique : parue sous le titre *Mesmeric Revelation*, dans *Columbian Lady's and Gentleman's Magazine*, août 1844 et insérée dans *Tales*, 1845. La traduction a été publiée dans *La Liberté de penser*, 15 juillet 1848, et dans *Le Pays*, 30 juillet 1854.

Les Souvenirs de M. Auguste Bedloe : parue sous le titre *A Tale of the Ragged Mountains*, dans *Godey's Lady's Book*, avril 1844, et le *Broadway Journal*, 29 novembre 1855. La traduction a été publiée sous le titre *Une aventure dans les montagnes Rocheuses*, dans *L'Illustration* du 11 déc. 1852, puis sous le titre *Une aventure dans les montagnes Rugueuses*, dans *Le Pays* des 25 et 26 juillet 1854.

Morella : parue sous le titre *Morella* dans le *Southern Literary Messenger*, avril 1855, insérée dans *Tales of the Grotesque and Arabesque*, 1840. La traduction a été publiée dans *Paris*, 14 et 15 nov. 1853 et dans *Le Pays*, 18 sept. 1854.

Ligeia : parue sous le titre *Ligeia* dans *American Museum of Science, Literature and the Arts*, sept. 1838, insérée dans *Tales of the Grotesque and Arabesque*, 1840. La traduction a été publiée dans *Le Pays*, les 3 et 5 février 1855.

Metzengerstein : parue sous le titre *Metzengerstein* dans le *Saturday Courier* de Philadelphie, 14 janv. 1832, et sous le titre *Metzengerstein. A Tale in Imitation of the German*, dans le *Southern Literary Messenger*, janv. 1836, puis insérée dans les *Tales of the Grotesque and Arabesque*, 1840. La traduction a été publiée dans *Le Pays*, 17 septembre 1854.

LES RECUEILS

De son vivant, Poe a publié les recueils suivants :

Tales of the Grotesque and Arabesque, 2 vol., Philadelphie, Lea and Blanchard, 1840.

The Prose Romances of E.A. Poe, Philadelphie, W.-H. Graham, 1843.
Tales, New York, Wiley and Putnam, 1845.
Tales, Londres, Wiley and Putnam, 1845.

R.-W. Griswold, l'exécuteur testamentaire de Poe, a complété le recueil de 1845 pour en faire le volume 1 des 2 volumes des *Œuvres* en 1850.

Charles Baudelaire a sélectionné certaines nouvelles dans le volume 1 de l'édition Griswold. Ses traductions ont été regroupées par lui en trois recueils distincts :
Histoires extraordinaires, Paris, Michel Lévy, 1856, 2ᵉ et 3ᵉ éd. 1857, 4ᵉ éd. 1862, 5ᵉ éd. 1864.
Nouvelles Histoires extraordinaires, Paris, Michel Lévy, 1857, 2ᵉ éd. 1858, 3ᵉ éd. 1862, 4ᵉ éd. 1865.
Histoires grotesques et sérieuses, Paris, Michel Lévy, 1865.

COMMENTAIRES DE L'AUTEUR

IMAGES ET EXPRESSION

*Quels qu'aient été ses problèmes affectifs, psychologiques et même psychanalytiques — et l'on admettra qu'ils étaient nombreux et importants —, E.A. Poe ne se percevait pas comme... un malade transcrivant ses symptômes. Grâce à cet extrait de notes publiées dans divers journaux (*Marginalia*), on peut découvrir en lui un écrivain conscient, qui décrit précisément le rapport qu'il entretient avec les images que l'on qualifie aujourd'hui de fantastiques.*

Pour ma part je n'ai jamais eu une pensée que je n'aie pu l'exprimer en mots, sans la rendre plus nette que je ne l'avais conçue ; comme je l'ai fait observer tout à l'heure, la pensée est rendue plus logique par l'effort vers son expression écrite.

Il y a cependant une classe d'*imaginations* (*fancies*) d'une exquise délicatesse qui ne sont *point* des pensées, et auxquelles *jusqu'à présent* j'ai trouvé absolument impossible d'adapter le langage. J'emploie ce mot *fancies* au hasard, et simplement parce que je suis obligé d'employer *quelque* mot ; mais l'idée communément attachée à ce terme n'est pas même grossièrement applicable aux ombres d'ombres dont il s'agit. Elles me semblent plutôt psychiques qu'intellectuelles. Elles se produisent à l'âme (hélas ! combien rarement), dans les seules périodes de la plus profonde paix, lorsque la santé du corps et de l'esprit est dans sa perfection et seulement à ces points de la durée où les confins du monde de la veille se fondent avec ceux du monde des rêves.

Je ne suis visité de ces images que lorsque je suis sur la lisière même du sommeil, et avec la conscience de m'y trouver. Je me suis convaincu que cette condition n'existe que pendant un *élément* inappréciable de durée et ce rien toutefois est peuplé d'une multitude de ces ombres d'ombres ; tandis que ma pensée complète *(absolute)* exige au contraire une *durée* finie. Ces *fancies* apportent avec elles une extase délicieuse, aussi éloignée des plus grandes délices qui se trouvent dans le monde de la veille ou dans celui des rêves que le paradis de la théologie nordique est distant de son enfer.

Je regarde ces visions, même au moment qu'elles naissent, avec une sorte de religieuse crainte qui tempère ou apaise en quelque mesure l'extase dans laquelle elles me plongent, je les regarde ainsi, car j'ai le sentiment (qui lui-même fait partie de cette extase même) que cette extase est en soi d'un caractère qui transcende la nature humaine, qu'elle est une échappée sur un monde qui est au-delà de l'esprit ; et j'arrive à cette conclusion — si ce terme est applicable à une perception instantanée — que le délice éprouvé n'a pour essence que l'absolu de sa nouveauté.

Je dis l'absolu, car dans ces *fancies* (que l'on me permette maintenant de les appeler impressions psychiques) il n'y a véritablement rien qui ressemble même approximativement aux impressions ordinaires. Tout se passe comme si les cinq sens étaient substitués par cinq myriades d'autres sens que ne possède pas la vie mortelle.

Or ma foi dans le pouvoir des mots est si entière que certains jours j'ai cru possible de *(embody)* fixer jusqu'à l'évanescence de ces intuitions que je viens d'essayer de décrire.

D'abord, dans les expériences que j'ai faites dans ce sens, je me suis avancé assez loin pour provoquer à mon gré (à condition que je me trouve en bon état de santé morale et physique) la production de ces effets. C'est-à-dire que je puis maintenant (à moins que je ne sois malade) être sûr que cette production aura lieu si je le veux, dans un de ces instants que j'ai décrits, tandis que récemment encore je n'étais jamais sûr de l'obtenir, même dans les circonstances les plus favorables. Je veux dire simplement que je puis maintenant être sûr, quand toutes les circonstances sont favorables, de l'exercice de cette faculté ; et je me sens même le pouvoir de le provoquer ou de le contraindre à se produire. Les circonstances favorables cependant ne sont pas fréquentes, sinon j'aurais déjà contraint les cieux à descendre sur la terre.

En second lieu, je me suis avancé assez loin dans mes expériences pour savoir me maintenir à ce point dont je parle (ce point limite entre la veille et le sommeil), pour ne pas choir de ce *point frontière* dans le domaine du sommeil.

Ce n'est pas que je puisse prolonger cet état — ce n'est pas que je puisse faire de ce point quelque chose de plus qu'un point — mais je puis à volonté rebondir de ce point dans l'état de veille ; et aussi transporter le point lui-même dans le royaume de la mémoire, transporter les impressions qu'il comporte, ou plus exactement le souvenir de ces impressions, dans un état où (quoique encore pour un temps très court) je puis les examiner avec l'œil de l'analyste.

Pour ces raisons, c'est-à-dire parce que je suis devenu capable d'accomplir ceci, je ne désespère pas du tout d'incorporer dans des mots quelque chose au moins de ces *fancies*, assez pour évoquer aux intellects d'une certaine classe une vague idée de leur nature.

Entendez-moi. Je ne veux pas qu'on croie que j'attribue à moi seul la perception de ces *fancies* ou impressions psychiques et que je les refuse au reste des mortels. Sur ce point il est tout à fait impossible que je puisse avoir une opinion. Mais rien ne peut être plus certain qu'une notation même imparfaite de ces impressions exciterait un intérêt universel par la nouveauté suprême de leur contenu et des suggestions qui en dérivent. En un mot si j'écrivais jamais un morceau sur ce sujet, le monde serait contraint de reconnaître qu'enfin j'ai fait une œuvre originale.

Marginalia, trad. Paul Valéry, in *Commerce*, hiver 1927.

CRÉATION DIVINE ET CRÉATION HUMAINE

À Maria Clemm, le 7 juillet 1849, Poe écrivait : « Je n'ai pas de désir de vivre, puisque j'ai fait Eureka. *Je ne pourrais accomplir rien de plus. » Certains ont vu dans* Eureka *une élucubration pseudo-scientifique, d'autres une géniale anticipation scientifique. On y trouve en tout cas ces quelques lignes, qui indiquent clairement où Poe situait la rivalité, chère aux Romantiques, entre l'écrivain et Dieu.*

Grâce à toutes ces considérations, nous n'avons aucune peine à comprendre l'absolue exactitude de l'*appropriation* divine. La densité respective des étoiles augmente, naturellement, à mesure que leur condensation diminue : la condensation et l'hétérogénéité marchent de pair ; et par cette dernière, qui est l'indice de la première, nous pouvons estimer le développement vital et spirituel. Ainsi, par la densité des globes, nous obtenons la mesure dans laquelle leurs destinées sont remplies. À mesure qu'augmente la densité et que s'accomplissent les intentions divines, à mesure que diminue ce qui reste à accomplir, nous voyons augmenter, dans la même proportion, la vitesse qui précipite les choses vers la Fin. Et ainsi l'esprit philosophique comprendra sans peine que les intentions divines, dans la constitution des étoiles, avancent mathématiquement vers leur accomplissement ; il comprendra plus encore ; il donnera à ce progrès une expression mathématique ; il affirmera que ce progrès est en proportion inverse des carrés des distances où toutes les choses créées se trouvent relativement à ce qui est à la fois le point de départ et le but de leur création.

Non seulement cette appropriation de Dieu est mathématiquement exacte, mais il y a en elle une estampille divine, qui la distingue de tous les ouvrages de construction purement humaine. Je veux parler de la complète *réciprocité* d'appropriation. Ainsi dans les constructions humaines une cause particulière engendre un effet particulier ; une intention particulière amène un résultat particulier ; mais c'est tout ; nous ne voyons pas de réciprocité. L'effet ne réagit pas sur la cause ; l'intention ne change pas son rapport avec l'objet. Dans les combinaisons de Dieu, l'objet est tour à tour dessein ou objet, selon la façon dont il nous plaît de le regarder, et nous pouvons prendre en tout temps une cause pour un effet, et réciproquement, de sorte que nous ne pouvons jamais, d'une manière absolue, distinguer l'un de l'autre.

Prenons un exemple. Dans les climats polaires, la machine humaine, pour maintenir sa chaleur animale, et pour la combustion dans le système capillaire, réclame une abondante provision de nourriture fortement azotée, telle que l'huile de poisson. D'autre part, nous voyons que dans les climats polaires l'huile des nombreux phoques et baleines est presque la seule nourriture que la nature fournisse à l'homme. Et maintenant dirons-nous que l'huile est mise à la portée de l'homme parce qu'elle est impérieusement réclamée, ou dirons-nous qu'elle est la seule chose réclamée parce qu'elle est la seule qu'il puisse obtenir ? Il est impossible de décider la question. Il y a là une absolue *réciprocité d'appropriation*.

Le plaisir que nous tirons de toute manifestation du génie humain est en raison du plus ou moins de *ressemblance* avec cette espèce de réciprocité. Ainsi, dans la construction du plan d'une fiction littéraire, nous devrions nous efforcer d'arranger les incidents de telle façon qu'il fût impossible de déterminer si un quelconque d'entre eux dépend d'un autre quelconque ou lui sert d'appui. Prise dans ce sens, *la perfection du plan* est, dans la réalité, dans la pratique, impossible à atteindre, simplement parce que la construction dont il s'agit est l'œuvre d'une intelligence finie. Les plans de Dieu sont parfaits. L'Univers est un plan de Dieu.

Eureka, trad. Charles Baudelaire.

LE RÉCIT BREF

Conformément à l'horizon de création de son époque, Poe accordait une valeur suprême à la poésie. Mais il tenta d'imposer en seconde place dans la hiérarchie littéraire le récit bref, qu'on appellera conte ou nouvelle, contre ce rival qui déjà séduisait le public et par conséquent les auteurs, à savoir le roman. Il faut se souvenir que ce dernier bénéficiait lui aussi de l'essor de la presse, qui le publiait en feuilleton.

Les deux textes suivants illustrent cet effort de Poe. Le premier est extrait d'un article que l'écrivain américain consacra à l'un des rares compatriotes qu'il respectait, Nathaniel Hawthorne, et l'autre est une note tirée des Marginalia.

1) Le conte proprement dit offre à l'exercice du plus haut génie le plus beau des vastes domaines de la prose pure et simple. Si l'on me sommait de dire dans quel emploi idéal ce génie déploierait au mieux ses ressources, je répondrais sans hésiter « dans la composition d'un poème rimé n'excédant pas en longueur ce que l'on peut couvrir en une heure de lecture ». C'est seulement dans cette limite que l'ordre de poésie le plus noble peut exister. J'ai traité de ceci ailleurs, et il suffit de répéter ici que l'expression « un long poème » est en soi contradictoire. Un poème doit stimuler à un degré intense. La stimulation est son domaine, son essentialité. Sa valeur est en rapport direct avec son (exaltante) stimulation. Mais toute stimulation est, par nécessité psychique, éphémère. Elle ne peut être soutenue à travers tout un grand poème. Au bout d'une heure de lecture au maximum, elle flanche et disparaît ; et alors, le poème, en fait, n'en est plus un. On admire, mais on se lasse du *Paradis perdu* ; car, *inévitablement*, les platitudes se suivent, à intervalle régulier (dépres-

sions entre les vagues de stimulation), jusqu'à ce que, le poème
(qui, bien considéré, n'est qu'une succession de brefs poèmes) ayant été conduit jusqu'à sa conclusion, nous découvrions la somme de notre plaisir et celle de notre déplaisir
à peu de chose près égales. L'effet absolu, ultime ou global
de toute épopée, quelle qu'elle soit, est pour ces raisons nul.
L'Iliade, sous forme d'épopée, n'a d'existence qu'imaginaire ;
si toutefois l'on admet sa réalité, tout ce que je puis dire c'est
qu'elle est fondée sur un sens primitif de l'art. Quant à l'épopée moderne, le mieux qu'on puisse en dire c'est qu'elle ressemble trait pour trait à un enfant d'aventure. Le temps est
proche où l'on recevra ces propositions comme allant de soi,
entre-temps le fait qu'elles soient généralement dénoncées
comme fausses ne les atteindra pas essentiellement dans leur
nature de vérités.

D'un autre côté, un poème *trop* bref pourra produire une
impression aiguë ou vive, mais jamais profonde ni durable.
Sans une certaine continuité, sans une certaine durée ou répétition de l'action, l'âme est rarement sensibilisée à l'effet. Il
faut la régularité de la goutte d'eau tombant sur le rocher.
Il faut la pression appuyée du sceau sur la cire. De Béranger
a écrit des choses brillantes, fortes, agissant sur l'esprit, mais
la plupart n'ont point cette masse qui donne l'*élan* et, pareilles à des plumes de la fantaisie, elles n'ont été entraînées haut
que pour se perdre, sifflées au vent qui les emporte. Il est
bien vrai que la brièveté peut dégénérer jusqu'à l'épigram-
matisme, mais ce danger n'empêche point l'extrême longueur
d'être la faute impardonnable.

Si pourtant l'on me demandait de désigner le genre de composition qui, après le genre de poème que je viens de décrire,
serait le mieux capable de satisfaire les exigences et de servir
les desseins du génie ambitieux, lui offrirait le champ d'action
le plus avantageux et la plus belle occasion de se mettre en
valeur, je citerais sans hésiter le bref conte en prose. Nous
excluons, bien sûr, l'histoire, la philosophie et autres matières du même genre. Je dis *bien sûr*, n'en déplaise aux vieilles
barbes. Ces graves sujets seront, jusqu'à la fin des temps,
le mieux mis en lumière par ce qu'un public averti, dégoûté
des mornes opuscules, est tombé d'accord pour considérer
comme le *talent*. Le roman ordinaire est inacceptable, à cause
de sa longueur, pour des raisons analogues à celles qui rendent la longueur inacceptable dans le poème. Comme le
roman ne peut être lu d'une traite, il ne peut bénéficier de

l'avantage immense de la *totalité*. Les préoccupations quotidiennes intervenant durant les pauses dans la lecture modifient, contrarient et annulent les impressions recherchées. Mais la simple interruption de la lecture serait à elle seule capable de détruire la véritable unité. Dans le conte bref, cependant, l'absence d'interruption permet à l'auteur de mettre intégralement son dessein à exécution. Pendant l'heure que dure la lecture, l'âme du lecteur demeure sous la coupe de l'écrivain.

Un artiste habile construit un conte. Il ne façonne point ses idées pour qu'elles s'accordent avec ses épisodes, mais après avoir soigneusement conçu le type d'*effet unique* à produire, il inventera alors des épisodes, combinera des événements, les commentera sur un certain ton, subordonnant tout à la volonté de parvenir à l'effet préconçu. Si sa toute première phrase ne tend pas à amener cet effet, c'est qu'alors, dès le tout premier pas, il a fait un faux pas. Dans toute l'œuvre, il ne devrait pas y avoir de mot dont la tendance, de façon directe ou indirecte, soit étrangère au dessein préétabli. Et par ce moyen, avec ce soin et cette habileté, un tableau, à la fin, est peint qui laisse dans l'esprit de qui le contemple avec un art semblable une impression de satisfaction la plus totale. L'idée du conte, sa thèse, s'est trouvée présentée intacte parce qu'imperturbée — chose absolument indispensable et cependant tout à fait hors de portée dans le roman.

L'Art du conte. Nathaniel Hawthorne,
trad. Cl. Richard et J.-M. Maguin.

2) Dans le conte proprement dit, où il n'y a pas de place pour la présentation détaillée des personnages ou pour une grande profusion et une grande variété de péripéties, la simple *construction* est, bien entendu, une exigence beaucoup plus impérative que dans le roman. Dans celui-ci, une intrigue défectueuse peut échapper à l'attention, mais ce n'est jamais le cas pour le conte. La plupart de nos conteurs négligent toutefois cette distinction. Ils paraissent commencer leur histoire sans savoir comment ils vont terminer : et dans l'ensemble les dénouements, comme autant de gouvernements de Trinculo, paraissent avoir oublié les débuts.

Marginalia, trad. Cl. Richard et J.-M. Maguin.

INTENTIONS

A. *Dès 1833, Poe tenta de publier un recueil de ses nouvelles. On a retrouvé dans ses papiers un texte liminaire destiné visiblement à ce recueil, dont il souligne le caractère parodique. Selon les spécialistes, parmi les nouvelles traduites par Baudelaire sous le titre* Histoires extraordinaires, *auraient sans doute appartenu à ce recueil du* Club de l'In-Folio : Metzengerstein, Manuscrit trouvé dans une bouteille, *et peut-être aussi* Morella.

LE CLUB DE L'IN-FOLIO

> Machiavélique est la machination
> imperceptible à maintes olfactions.

> SAMUEL BUTLER

J'ai le regret de dire que le Club de l'In-Folio est une clique d'imbéciles, ni plus ni moins. À mon avis, ses membres sont aussi laids qu'ils sont stupides. Je crois aussi qu'ils ont le ferme dessein d'abolir la littérature, de subvertir la presse et de renverser le gouvernement des noms et des pronoms. Ce sont là des opinions personnelles que je prends la liberté de rendre publiques.

Pourtant, lorsqu'il y a environ une semaine, je devins membre de cette association diabolique, personne n'aurait pu entretenir à son égard des sentiments d'admiration et de respect plus profonds que les miens. La raison de cette évolution dans mes sentiments apparaîtra sans équivoque dans la suite de mon récit. Entre-temps, je me justifierai et je défendrai la dignité des Lettres.

En me reportant aux minutes, je découvre que le Club de

l'In-Folio fut créé le … de l'an … J'aime commencer par le commencement et j'ai un faible pour les dates. L'une des clauses de la constitution adoptée alors spécifiait qu'il était interdit aux membres de ne pas être pleins d'esprit et d'érudition : les desseins avoués de la confédération étaient « d'éduquer la société et de distraire les membres du Club ».

Une réunion mensuelle chez l'un des membres de l'association répond au second de ces buts : chacun est tenu d'y présenter « un bref conte en prose » de sa main. Chaque morceau ainsi composé est lu par son auteur pendant que la compagnie rassemblée pour dîner déguste un verre de vin. Il s'ensuit, bien évidemment, une chaude rivalité, d'autant plus que l'auteur du « clou de la soirée » est nommé président du Club *protem*, fonction à laquelle s'attachent de nombreuses dignités, fort peu de dépenses et qui dure jusqu'à ce que son titulaire en soit dépossédé par l'auteur d'un *morceau* supérieur. En revanche, le père du conte jugé le moins méritoire est tenu de fournir la chère et les vins lors de la réunion suivante de la société. C'est là une méthode excellente qui permet à l'occasion d'adjoindre un nouveau membre à ce corps, en remplacement d'un infortuné qui, se dérobant à ses devoirs lors de deux ou trois festins successifs, décline par là même et « l'honneur suprême » et celui d'appartenir à l'association. Le nombre des membres du Club est limité à onze. Il est inutile d'exposer les nombreuses et bonnes raisons de ce choix : toute personne réfléchie les percevra sans effort. Parmi ces raisons néanmoins, est le fait que, le premier avril de l'an trois cent cinquante avant le déluge, la légende rapporte qu'il y avait très exactement onze taches sur le soleil. On voit que, dans cette présentation rapide de la société, je suis parvenu à brider mon indignation et à parler avec une sincérité et une générosité inhabituelles. L'*exposé* que j'ai l'intention de faire sera suffisamment éloquent quand j'aurai relaté un incident des débats du Club qui eurent lieu dans la soirée de mardi dernier, jour où je fis mes *débuts* comme membre de ce corps en remplacement de l'Honorable Auguste Forfait Déclaré, démissionnaire.

Trad. Cl. Richard et J.-M. Maguin.

B. *Autre préface, celle du premier des deux volumes du recueil, publié, celui-là, en 1840. Parmi les* Histoires extraordinaires *traduites par Baudelaire, seuls figuraient dans ces* Contes grotesques et arabesques *les quelques récits suivants :* Aventure sans pareille d'un certain Hans Pfaall, Manuscrit trouvé dans une bouteille, Morella, Ligeia *et* Metzengerstein.

PRÉFACE
DES
CONTES GROTESQUES ET ARABESQUES

Les épithètes « grotesque » et « arabesque » se trouveront indiquer avec une précision suffisante la teneur générale des contes publiés ici. Mais, du fait que, sur une période de deux ou trois années, j'ai écrit vingt-cinq nouvelles dont le caractère d'ensemble peut se définir par ces mots, de ce fait on ne saurait inférer en toute justice — et en tout état de cause on ne peut véritablement le faire — que j'éprouve, pour ce genre d'écrits, un goût irrépressible ou même en vérité un goût particulier ou un simple penchant. Il se peut que j'aie écrit dans la perspective de cette réédition en recueil et que, par conséquent, j'aie souhaité préserver, dans une certaine mesure, une certaine unité d'ensemble. Je parle ici de ces choses parce que je suis porté à croire que c'est cette prédominance de l'« arabesque » dans mes contes sérieux qui a conduit un ou deux critiques à me taxer, en toute bienveillance, de ce qu'ils se plurent à nommer « germanisme » et mélancolie. L'accusation est de mauvais goût, et ses fondements n'ont pas été examinés avec suffisamment de soin. Admettons pour l'instant que les « morceaux de fantaisie » ici donnés *soient* germaniques ou que sais-je. Eh bien le germanisme est, pour l'heure, « la veine ». Demain je serai peut-être tout sauf germanique de même que, hier, j'étais tout autre chose. Ces divers morceaux font pourtant un livre. Mes amis feraient preuve d'autant de sagesse en reprochant à un astronome d'avoir trop d'astronomie ou à un moraliste d'accorder trop de place à la morale. Mais le fait est qu'à une seule exception près, il n'est pas une seule de ces histoires où le lecteur averti reconnaîtrait les traits distinctifs de cette sorte de pseudo-horreur que l'on nous enseigne à nommer germanique pour la simple raison que quelques noms secondaires de la littérature allemande en sont venus à se confondre avec ses sottises. Si, dans maintes de mes productions, la terreur a été le thème, je soutiens que cette terreur n'est pas d'Allemagne mais de l'âme — que j'ai déduit cette terreur de ses seules sources légitimes et ne l'ai poussée qu'à ses seuls résultats légitimes.

L'ouvrage contient un ou deux articles (conçus et rédigés dans l'esprit d'extravagance le plus pur) pour lesquels je ne sollicite pas d'attention sérieuse et dont je ne dirai plus rien. Mais pour le reste, je ne saurai, en toute conscience, solliciter l'indulgence en invoquant un travail hâtif. Je pense qu'il sied de dire, par conséquent, que si j'ai péché, je l'ai fait en toute délibération. Ces brefs morceaux sont, dans leur majorité, le fruit d'un propos mûri et d'une élaboration des plus soigneuses.

Trad. Cl. Richard et J.-M. Maguin.

DESCRIPTION

*Dans L'*Aristidean *d'octobre 1845, parut un article dont on suppose qu'il était de Poe lui-même. Nous en avons extrait la description des nouvelles traduites dans les* Histoires extraordinaires.

Le premier conte du livre de Monsieur Poe est intitulé *Le Scarabée d'or*. Si nous ne nous abusons pas, il fut écrit, il y a quelques années, pour un concours littéraire richement doté — et il obtint le prix. À sa parution, il fit grand bruit et eut plus de lecteurs que tout autre conte américain, antérieur ou postérieur. L'intention manifeste de l'auteur était d'écrire un conte populaire : il prit pour thème l'argent et la découverte d'un trésor, le plus populaire des sujets. Il s'efforçait ainsi de mettre en forme ses idées sur la perfection de l'intrigue qu'il définit ainsi : quelque chose où l'on ne peut rien déplacer ni supprimer sans détruire l'ensemble — quelque chose où l'on est incapable de *déterminer* en aucun point si un élément de détail est déterminant ou déterminé par rapport à tout autre élément de détail. Nous déclarons qu'il a pleinement réussi dans son entreprise de perfection. Ce qui définit ce morceau est d'ailleurs un trait original : le scarabée qui fournit le titre de l'histoire n'est utilisé que comme moyen de mystification, car le rapport apparent qu'il a avec le sujet n'est jamais réel. Le but est d'inciter le lecteur à croire à quelque intervention surnaturelle et de le laisser dans l'erreur jusqu'au dernier moment. L'ingéniosité de cette histoire est inégalable. C'est peut-être la plus *ingénieuse* des histoires qu'à écrites Monsieur Poe ; mais elle n'est pas comparable au *Cœur Révélateur* et tout particulièrement à

Ligeia (la plus extraordinaire de ses compositions, dans son genre) en ce qui concerne les plus hauts domaines, notamment celui de l'invention, dans l'acceptation précise de ce terme. Les personnages sont bien campés. Les qualités de réflexion et l'obstination dans les recherches, fondées sur une conviction obtenue par Legrand à l'issue de durs labeurs, sont décrites avec beaucoup de fidélité. Le portrait du nègre est parfait. Il est peint avec rigueur : aucun trait n'est accentué ou déformé. La plupart des portraits de ce genre sont des caricatures.

Les matériaux qui servent à la construction du *Scarabée d'or* sont, en apparence, de l'espèce la plus simple. L'utilisation parfaite qui en est faite consiste dans la façon de les organiser autour de l'idée maîtresse et dans le rapport nécessaire qui s'établit entre les détails et l'ensemble (n'oublions pas la définition de l'intrigue selon Monsieur Poe telle que nous l'avons donnée plus haut). La solution du mystère est le passage le plus curieux du conte ; c'est un splendide spécimen d'analyse et nous préférons renvoyer le lecteur au livre lui-même. [...]

Révélation magnétique qui vient ensuite a suscité de nombreuses discussions. Un grand nombre de mesméristes le prennent pour parole d'Évangile. Quelques Swedenborgiens de Philadelphie firent savoir à Poe qu'après avoir entretenu quelques doutes, ils furent, en dernière analyse, convaincus de sa véracité. Malgré l'air de *vraisemblance* du morceau lui-même, c'était à périr de rire. Bien évidemment, le conte n'a d'autre but que de servir de véhicule aux idées de l'auteur sur la divinité, l'immatérialité, l'esprit philosophique, idées qu'il semble tenir pour justes tout comme le Professeur Bush. L'auteur concentre et simplifie admirablement sa manière. Elle pourrait aisément remplir les pages d'un gros in-octavo. [...]

Une descente dans le Maelström vaut surtout par la hardiesse du sujet — sujet dont personne n'avait jamais rêvé — et par la netteté des descriptions.

Trad. Cl. Richard.

INTERTEXTUALITÉ

Selon leur culture, les lecteurs des nouvelles de Poe ont fait les rapprochements les plus divers avec de nombreux textes d'innombrables écrivains. Dans le cas de Metzengerstein, *Poe lui-même nous a mis sur une piste, puisque, lors de la publication du récit dans le* Southern Literary Messenger *de janvier 1836, il avait ajouté en sous-titre :* Un conte imité des Allemands. *Le thème de la faute héréditaire et celui de l'action diabolique font penser aux récits d'E.T.A. Hoffmann et en particulier à son roman intitulé* Les Élixirs du diable. *Mais il existe aussi un conte d'Hoffmann dont* Metzengerstein *paraît bien proche, il s'agit du* Majorat, *dont nous reproduisons un extrait, qui se situe à peu près au milieu du récit.*

Par une nuit orageuse de l'automne de 1760, tous les domestiques du château de R... sitten furent éveillés par un bruit terrible ; on eût dit que le vaste édifice s'était écroulé de fond en comble. En un clin d'œil, tout le monde fut sur pied, et des flambeaux furent allumés. Une anxiété mortelle peinte sur sa figure blême, l'intendant, hors d'haleine, arriva muni de ses clefs. Mais quel fut l'étonnement profond de chacun, lorsqu'en parcourant les appartements et les corridors au milieu d'un silence lugubre, que rendait plus effrayant encore le craquement des serrures péniblement actionnées et l'écho terrifiant des pas, on ne découvrit nulle part la moindre trace de destruction !

Alors le vieil intendant, frappé d'un sombre pressentiment, monta à la grande Salle des Chevaliers près de laquelle, dans une pièce attenante, avait l'habitude de reposer le baron Roderich de R... après s'être livré à ses observations astronomiques. Entre la porte de cette pièce et celle d'un autre cabinet, il y en avait une troisième qui conduisait directement, par un passage étroit, au faîte de la tour consacrée à ces expériences. Mais à peine Daniel, c'était le nom de l'intendant, eut-il ouvert cette porte, que des décombres et des pierres furent projetés contre lui par l'impétuosité du vent qui sifflait affreusement. Daniel, terrifié, fit un bond en arrière, laissa échapper son chandelier qui se fracassa sur le sol et dont les bougies s'éteignirent : « Ah ! grand Dieu ! le baron a péri là, misérablement écrasé ! »

Au même moment, on entendit des sanglots qui provenaient de la petite chambre à coucher du baron, et Daniel, y entrant, trouva les autres domestiques pressés autour du corps de leur maître. Il était assis dans un grand fauteuil richement orné, entièrement vêtu d'un magnifique costume ; son visage, nullement décomposé, portait l'empreinte d'une gravité calme, comme s'il était en train de se reposer après un travail important : mais c'était le repos de la mort !

Lorsqu'il fit jour, on s'aperçut que le dôme de la tour s'était écroulé à l'intérieur ; les grosses pierres anguleuses avaient défoncé le plafond et le parquet du cabinet d'observations, et les grosses poutres, entraînées par elles et alourdies par l'effet de la chute, avaient arraché la voûte inférieure, renversé une partie du mur d'appui et de l'étroit couloir ; de sorte qu'on ne pouvait faire un pas au-delà de la porte de la grande salle sans risquer de tomber dans un précipice d'environ quatre-vingts pieds de profondeur.

Le vieux baron avait prévu le jour et l'heure de sa mort, et il en avait fait part à ses fils. C'est ainsi qu'arriva, le lendemain, le baron Wolfgang de R..., fils aîné du défunt, et par conséquent titulaire du majorat. Ne mettant nullement en doute les pressentiments de son vieux père, il avait quitté Vienne, où il séjournait passagèrement, aussitôt qu'il avait reçu la lettre fatale, et s'était mis en route aussi vite que possible pour R...sitten. L'intendant avait fait tapisser de noir la grande salle, et avait fait placer le vieux baron dans les habits où on l'avait trouvé le jour de sa mort, sur un splendide lit de parade, entouré de cierges allumés dans de hauts chandeliers en argent.

Wolfgang monta l'escalier en silence, entra dans la salle et s'approcha tout près du corps de son père. Là, les bras croisés sur la poitrine et fronçant le sourcil, il arrêta sur le visage blême un regard fixe et sombre. On eût dit une statue ; pas une larme ne venait mouiller ses yeux. À la fin, il étendit son bras droit vers le corps d'un mouvement presque convulsif, et murmura d'une voix sourde : « Était-ce pour obéir aux astres que tu as fait le malheur d'un fils que tu aimais ? » Puis, rejetant ses mains en arrière, et reculant d'un pas, le baron, levant les yeux au ciel, dit tout bas, d'une voix presque attendrie : « Pàuvre vieillard déçu ! le temps de la folie et des sottes illusions est maintenant passé ! Maintenant tu peux te convaincre que les humbles destinées d'ici-bas n'ont rien de commun avec ce qui est au-delà des astres. Y a-t-il une puissance, une volonté qui résiste au trépas ? »

Le baron garda le silence encore quelques instants, puis il s'écria : « Non ! ce bonheur terrestre dont tu as voulu me priver, ton opiniâtreté ne m'en ravira pas une once ! » En disant cela, il arracha de sa poche un papier plié, et, le tenant entre deux doigts, l'approcha d'un des cierges qui étaient près du corps. Le papier, saisi par la flamme, s'embrasa rapidement ; mais aux reflets tremblants qui se jouaient sur le visage du mort, on eût cru voir ses muscles s'agiter, et il sembla que le vieux baron articulait des paroles muettes, au point que les domestiques, qui se tenaient debout à quelque distance, furent tous frappés d'épouvante et d'horreur. Le baron acheva tranquillement ce qu'il avait entrepris, ayant soin de piétiner jusqu'au plus petit morceau du papier enflammé qui tombait par terre. Ensuite il jeta encore une fois un sombre regard sur son père et sortit de la salle d'un pas rapide.

Le lendemain, Daniel apprit au baron comment la tour avait été détruite ; après une relation verbeuse et détaillée de la nuit où était mort le vieux seigneur, il finit par exposer qu'il serait urgent de faire immédiatement réparer la tour, qui pouvait, en continuant à s'écrouler, gravement endommager, sinon détruire totalement le château. Mais le baron, se tournant alors vers le vieux domestique, s'écria, les yeux enflammés de colère : « Faire réparer la tour ?... Jamais ! Ne comprends-tu pas, vieillard, ajouta-t-il plus modérément, que cette tour ne pouvait s'écrouler ainsi sans quelque secret motif ? N'est-il pas probable que mon père avait résolu de détruire ce lieu, témoin de ses recherches astronomiques et de ses sorcelleries, et qu'il avait su prendre certaines mesures pour que le dôme pût s'écrouler quand il le voudrait, de manière à démolir l'intérieur de la tour ? Mais que m'importe tout cela et même que tout le château s'écroule ? Cela m'est bien égal. Pensez-vous donc que je veuille séjourner ici, dans un pareil nid de hiboux ? Non, non ! celui de nos aïeux qui a judicieusement posé dans la riante vallée les fondations d'un nouveau château m'a donné un digne exemple, et je prétends le suivre.

— Ainsi, dit Daniel à demi-voix, les vieux et fidèles serviteurs de ce manoir seront obligés de le quitter le bâton de voyage à la main ?

— Il va sans dire, répondit le baron, que je ne prendrai pas à mon service des vieillards inhabiles et impotents ; mais je ne veux délaisser personne. Gagné sans travail, le pain que je vous assurerai aura un goût agréable.

— Moi ? s'écria le vieillard douloureusement ému, moi, l'intendant de la maison, mis hors de service ! »

À ces mots, le baron, qui avait tourné le dos à Daniel, et qui était près de sortir de la salle, revint subitement sur ses pas, et, devenu pourpre de colère, menaçant le vieux domestique de son poing fermé, il cria d'une voix terrible : « Vieux coquin hypocrite ! Toi qui t'adonnais là-haut avec mon père à ces odieux sortilèges, toi qui te couchais tel un vampire contre son cœur, et qui as peut-être même abusé criminellement de la folie de ce vieillard pour lui suggérer les fatales résolutions qui ont failli amener ma ruine !... je devrais te chasser ainsi qu'un vieux chien galeux ! »

Le vieux Daniel, saisi de frayeur à ces terrifiantes paroles, s'était laissé tomber à genoux tout près du baron, ce qui explique sans doute que ce dernier, projetant à ces derniers mots son pied droit en avant, frappa le vieillard dans la poitrine, si rudement que celui-ci tomba à la renverse en jetant un cri étouffé. Le baron n'y avait mis sans doute aucune intention, car il arrive souvent que la colère imprime au corps une impulsion mécanique et fasse concorder les gestes avec la pensée. Quoi qu'il en soit, Daniel se releva avec peine ; proférant des cris étranges, semblables aux gémissements d'une bête blessée à mort, il lança au baron un regard perçant où luisaient la rage et le désespoir et laissa sur le parquet, sans y toucher, la bourse pleine que celui-ci lui avait jetée en s'en allant.

Cependant ceux des plus proches parents de la famille qui habitaient dans le voisinage s'étaient rendus au château. Le vieux baron fut inhumé en grande pompe dans le caveau de famille édifié dans la chapelle de R...sitten ; après le départ de tous ces hôtes, le nouveau propriétaire du majorat sembla délivré de son humeur sombre et parut se réjouir de son nouvel état.

D'après E.T.A. Hoffmann, *Contes fantastiques*, t. 2, trad. Ed. Degeorge, M. Laval, A. Béguin, A. Espiau de La Maestre, Paris, Bibl. Marabout, 1979.

RÉCEPTION

BAUDELAIRE
ET LES *HISTOIRES EXTRAORDINAIRES*

*En fonction de sa propre attente et de celle du public fran-
çais auquel il s'adressait, mais aussi parce qu'il ne disposait
que des renseignements fournis par Griswold, Baudelaire
donna des nouvelles de Poe et de Poe lui-même une image
jugée aujourd'hui largement inexacte, mais qui orienta la lecture des Français jusqu'à une période très récente. Nous
reproduisons dans la Préface qu'il écrivit pour la première
édition des* Histoires extraordinaires *en 1856 ce qu'il disait
de celles-ci.*

Des ouvrages de ce singulier génie, j'ai peu de chose à dire ;
le public fera voir ce qu'il en pense. Il me serait difficile, peut-
être, mais non pas impossible, de débrouiller sa méthode,
d'expliquer son procédé, surtout dans la partie de ses œuvres
dont le principal effet gît dans une analyse bien ménagée. Je
pourrais introduire le lecteur dans les mystères de sa fabrica-
tion, m'étendre longuement sur cette portion de génie américain qui le fait se réjouir d'une difficulté vaincue, d'une
énigme expliquée, d'un tour de force réussi, — qui le pousse
à se jouer avec une volupté enfantine et presque perverse dans
le monde des probabilités et des conjectures, et à créer des
canards auxquels son art subtil a donné une vie vraisemblable. Personne ne niera que Poe ne soit un jongleur merveilleux, et je sais qu'il donnait surtout son estime à une autre
partie de ses œuvres. J'ai quelques remarques plus importantes à faire, d'ailleurs très brèves.

Ce n'est pas par ses miracles matériels, qui pourtant ont fait sa renommée, qu'il lui sera donné de conquérir l'admiration des gens qui pensent, c'est par son amour du Beau, par sa connaissance des conditions harmoniques de la beauté, par sa poésie profonde et plaintive, ouvragée, néanmoins, transparente et correcte comme un bijou de cristal, — par son admirable style, pur et bizarre, — serré comme les mailles d'une armure, — complaisant et minutieux, — et dont la plus légère intention sert à pousser doucement le lecteur vers un but voulu, — et enfin surtout par ce génie tout spécial, par ce tempérament unique qui lui a permis de peindre et d'expliquer, d'une manière impeccable, saisissante, terrible, l'*exception dans l'ordre moral*. — Diderot, pour prendre un exemple entre cent, est un auteur sanguin ; Poe est l'écrivain des nerfs, et même de quelque chose de plus, — et le meilleur que je connaisse.

Chez lui, toute entrée en matière est attirante sans violence, comme un tourbillon. Sa solennité surprend et tient l'esprit en éveil. On sent tout d'abord qu'il s'agit de quelque chose de grave. Et lentement, peu à peu, se déroule une histoire dont tout l'intérêt repose sur une imperceptible déviation de l'intellect, sur une hypothèse audacieuse, sur un dosage imprudent de la Nature dans l'amalgame des facultés. Le lecteur, lié par le vertige, est contraint de suivre l'auteur dans ses entraînantes déductions.

Aucun homme, je le répète, n'a raconté avec plus de magie les *exceptions* de la vie humaine et de la nature ; — les ardeurs de curiosité de la convalescence ; — les fins de saisons chargées de splendeurs énervantes, les temps chauds, humides et brumeux où le vent du sud amollit et détend les nerfs comme les cordes d'un instrument, où les yeux se remplissent de larmes qui ne viennent pas du cœur ; — l'hallucination laissant d'abord place au doute, bientôt convaincue et raisonneuse comme un livre ; — l'absurde s'installant dans l'intelligence et la gouvernant avec une épouvantable logique ; — l'hystérie usurpant la place de la volonté, la contradiction établie entre les nerfs et l'esprit, et l'homme désaccordé au point d'exprimer la douleur par le rire. Il analyse ce qu'il y a de plus fugitif, il soupèse l'impondérable et décrit, avec cette manière minutieuse et scientifique dont les effets sont terribles, tout cet imaginaire qui flotte autour de l'homme nerveux et le conduit à mal.

L'ardeur même avec laquelle il se jette dans le grotesque

pour l'amour du grotesque et dans l'horrible pour l'amour
de l'horrible, me sert à vérifier la sincérité de son œuvre et
l'accord de l'homme avec le poëte. — J'ai déjà remarqué que,
chez plusieurs hommes, cette ardeur était souvent le résultat
d'une vaste énergie vitale inoccupée, quelquefois d'une opi-
niâtre chasteté et aussi d'une profonde sensibilité refoulée.
La volupté surnaturelle que l'homme peut éprouver à voir
couler son propre sang, les mouvements soudains, violents,
inutiles, les grands cris jetés en l'air, sans que l'esprit ait com-
mandé au gosier, sont des phénomènes à ranger dans le même
ordre.

Au sein de cette littérature où l'air est raréfié, l'esprit peut
éprouver cette vague angoisse, cette peur prompte aux larmes et ce malaise du cœur qui habitent les lieux immenses
et singuliers. Mais l'admiration est la plus forte, et d'ailleurs
l'art est si grand ! Les fonds et les accessoires y sont appropriés au sentiment des personnages. Solitude de la nature ou
agitation des villes, tout y est décrit nerveusement et fantastiquement. Comme notre Eugène Delacroix, qui a élevé son
art à la hauteur de la grande poésie, Edgar Poe aime à agiter
ses figures sur des fonds violâtres et verdâtres où se révèlent
la phosphorescence de la pourriture et la senteur de l'orage.
La nature dite inanimée participe de la nature des êtres
vivants, et, comme eux, frissonne d'un frisson surnaturel et
galvanique. L'espace est approfondi par l'opium ; l'opium
y donne un sens magique à toutes les teintes, et fait vibrer
tous les bruits avec une plus significative sonorité. Quelquefois, des échappées magnifiques, gorgées de lumière et de couleur, s'ouvrent soudainement dans ses paysages, et l'on voit
apparaître au fond de leurs horizons des villes orientales et
des architectures, vaporisées par la distance, où le soleil jette
des pluies d'or.

Les personnages de Poe, ou plutôt le personnage de Poe,
l'homme aux facultés suraiguës, l'homme aux nerfs relâchés,
l'homme dont la volonté ardente et patiente jette un défi aux
difficultés, celui dont le regard est tendu avec la roideur d'une
épée sur des objets qui grandissent à mesure qu'il les regarde,
— c'est Poe lui-même. — Et ses femmes, toutes lumineuses
et malades, mourant de maux bizarres et parlant avec une
voix qui ressemble à une musique, c'est encore lui ; ou du
moins, par leurs aspirations étranges, par leur savoir, par leur
mélancolie inguérissable, elles participent fortement de la
nature de leur créateur. Quant à sa femme idéale, à sa Tita-

nide, elle se révèle sous différents portraits éparpillés dans ses poésies trop peu nombreuses, portraits, ou plutôt manières de sentir la beauté, que le tempérament de l'auteur rapproche et confond dans une unité vague mais sensible, et où vit plus délicatement peut-être qu'ailleurs cet amour insatiable du Beau, qui est son grand titre, c'est-à-dire le résumé de ses titres à l'affection et au respect des poëtes.

Nous rassemblons sous le titre : *Histoires extraordinaires*, divers contes choisis dans l'œuvre général de Poe. Cet œuvre se compose d'un nombre considérable de Nouvelles, d'une quantité non moins forte d'articles critiques et d'articles divers, d'un poëme philosophique *(Eureka)*, de poésies et d'un roman purement humain *(la Relation d'Arthur Gordon Pym)*. Si je trouve encore, comme je l'espère, l'occasion de parler de ce poëte, je donnerai l'analyse de ses opinions philosophiques et littéraires, ainsi que généralement des œuvres dont la traduction complète aurait peu de chances de succès auprès d'un public qui préfère de beaucoup l'amusement et l'émotion à la plus importante vérité philosophique.

Charles Baudelaire, *Edgar Poe, sa vie et ses œuvres* (1856).

LA RÉCEPTION
PAR LES CONTEMPORAINS DE BAUDELAIRE

A. *Il s'agit d'abord d'un extrait de l'article publié dans* La Revue des Deux Mondes, *en 1856, après la parution de la première édition des* Histoires extraordinaires *traduites par Baudelaire.*

Seulement, il faut le constater, la logique de M. Poe a un caractère beaucoup plus précis, beaucoup plus tenace que celle de Louis Lambert ou de Séraphîtüs, l'hermaphrodite angélique. Elle ne se paie pas de grands mots nuageux, de formules impénétrables dans leur concision affectée. Les principes une fois posés, elle dévie bien rarement, et toujours claire, toujours intelligible, elle s'empare du lecteur malgré qu'il en ait.

Le moment est venu de redescendre sur terre et de suivre, sur un terrain moins favorable aux pièges de style, aux illusions, aux prestiges de l'art, cette logique inexorable.

Dans *Le Scarabée d'or (the Golden Bug),* nous pourrions voir toutes les facultés conjecturales de l'homme aux prises avec un *chiffre*, en apparence impénétrable, à l'intelligence duquel est attachée la possession d'un riche trésor, enfoui jadis par un pirate. Ici le raisonnement joue le rôle d'un talisman qui peut vous enrichir en quelques heures. Plus loin, dans la *Descente au Maelström*, M. Poe nous racontera comment une observation bien faite, un argument bien suivi tira sain et sauf, du fond du gouffre norwégien, un malheureux pêcheur entraîné dans ce dévorant tourbillon. Nous n'affirmerons pas que la vraisemblance vulgaire soit ici tout-à-fait respectée, ni qu'une théorie de la pesanteur ait jamais pu être improvisée par un grossier paysan dans une situation qui semble exclure tout exercice des facultés mentales, — celle d'un homme emporté au branle d'un dragon de vent ; — mais si tout ce qui est rigoureusement, strictement possible, est concevable, à titre d'exception, par l'esprit humain, on peut admettre que l'extrême péril développe chez un homme à qui la certitude de la mort a rendu tout son sang-froid, une lucidité particulière de l'intellect, une miraculeuse puissance d'observation, et cela suffit pour que ce conte vous captive comme l'*Anacandaïa* de Lewis ou le roman de *Frankenstein*, l'un et l'autre assurément très peu vraisemblables.

Voici qui est plus facile à croire. Un jeune homme s'est adonné de bonne heure aux mathématiques transcendantes et surtout à cette branche des sciences exactes qu'à raison de ses procédés rétrogressifs on appelle l'analyse. Tous les genres de calcul lui sont familiers. Il est de la première force à tous les jeux où le succès dépend de l'exacte appréciation des chances. — Soit dit en passant, M. Poe, les envisageant sous ce rapport, met le *whist* bien au-dessus des échecs et donne à ce sujet une théorie complète. — Le jeune homme dont nous parlons, né de parents nobles, mais réduit à une misère extrême, vit dans un misérable taudis parisien, absorbé par une perpétuelle contemplation de la pensée humaine, de ses facultés, du développement qu'elles peuvent recevoir. Plaisirs, affaires, préoccupations ambitieuses, pensées mercenaires, ne peuvent le distraire un moment de cette glorieuse tâche. Le jour lui est devenu odieux comme une condition défavorable à la clairvoyance intérieure. Il ferme ses fenêtres dès l'aurore, et dans une vaste chambre que deux flambeaux éclairent à peine, il aime à rester seul durant des journées entières, lisant, écrivant, rêvant surtout, et par tous les moyens, par toutes les épreuves possibles, il discipline, il fortifie, il exerce son intelligence, déjà puissante. Aussi quelques années de ce régime l'ont investi d'une merveilleuse force conjecturale. Il se vante de pouvoir, au besoin, lire dans la pensée de ses interlocuteurs, « si bien fermées que soient les fenêtres de leurs âmes ». Quand il s'amuse à donner des échantillons de cette faculté à part, ses yeux fixes, sa voix complètement altérée, ses traits contractés par l'effort, lui donnent l'apparence d'une sibylle sur le trépied. Il semble alors que son être se dédouble, et qu'un second lui-même interroge le premier, contraint malgré lui à répondre.

Lire dans la pensée d'un homme qui se tait à côté de lui

n'est qu'un jeu pour ce singulier personnage, capable, si on l'en défie, de remonter à toutes les origines de cette pensée, et de retrouver une à une toutes les associations successives qui l'ont produite, fût-elle d'ailleurs la plus indifférente du monde.

« Vous avez raison, il est trop petit pour son emploi : il conviendrait mieux au théâtre des *Variétés*, dit-il tout à coup au compagnon habituel de ses promenades nocturnes. » Celui-ci de s'étonner, car il n'avait pas ouvert la bouche, et cependant cette phrase, jetée à travers ses pensées, répondait exactement à celle qui venait de l'occuper. Il songeait en effet à un acteur tragique dont la taille convenait peu à la majesté de ses rôles.

« Voyons, ne pensez-vous point à Chantilly, ce nain des rois de théâtre ? C'est le fruitier de tout à l'heure qui vous l'avait mis en tête.

— Quel fruitier ? je n'en ai pas vu.

— Celui qui vous a heurté avec son panier de pommes. Ceci vous surprend, je le vois ; mais vous en serez moins étonné quand je vous aurai fait parcourir, à reculons, toute la série de vos méditations depuis le moment où je vous ai adressé la parole jusqu'à celui où ce marchand de pommes vous a froissé en passant. En voici le sommaire par têtes de chapitre : Chantilly, le docteur Nichols, Épicure, la stéréotomie, le pavé des rues, le fruitier. »

Puis, de point en point, et sans en omettre une seule, il lui démontre le rapport nécessaire de ces idées si incohérentes. Poussé par le fruitier, le promeneur a donné contre un tas de pierres et s'est légèrement meurtri le pied. Ceci l'a conduit à méditer malgré lui sur les inconvénients du pavage. Un essai de pavage en bois (qualifié de stéréotomie) a frappé dans ce moment ses regards, et, récemment occupé des théories d'Épicure sur la cohésion atomistique, il a dû songer à certaine discussion qu'il a soutenue récemment sur les doctrines cosmogoniques de ce philosophe remises en question à propos d'un système des nébuleuses. Songeant aux nébuleuses, il a machinalement levé les yeux sur la constellation Orion. De celle-ci, comment arriver à l'acteur Chantilly ? Par une voie très simple : un petit journal, raillant la veille ce savetier devenu tragédien, avait appliqué ce vers latin :

Perdidit antiquum littera prima sonum,

au changement de nom qu'avait rendu nécessaire une si

complète métamorphose. Or, ce vers, dans l'origine, fut appliqué à la constellation Orion dont le premier nom était Urion.

E.D. Forgues, *Revue des Deux-Mondes*, XVI, 15 octobre 1856.

B. *En 1858, Barbey d'Aurevilly consacra un bref article à Poe dans* Le Réveil. *Le voici reproduit intégralement :*

Sous toutes les formes que l'art — cette comédie qu'on se joue à soi-même — cherche à varier, mais qu'en définitive il ne varie point, Edgar Poe, l'auteur des *Histoires extraordinaires*, ne fut jamais, en tous ses ouvrages, que le paraboliste acharné de l'enfer qu'il avait dans le cœur, car l'Amérique n'était pour lui qu'un effroyable cauchemar spirituel, dont il sentait le vide et qui le tuait.

Au milieu des intérêts haletants de ce pays de la matière, Edgar Poe, ce Robinson de la poésie, perdu, naufragé dans ce vaste désert d'hommes, rêvait éveillé, tout en délibérant sur la dose d'opium à prendre pour avoir au moins de vrais rêves, d'honnêtes mensonges, une supportable irréalité ; et toute l'énergie de son talent, comme sa vie, s'absorba dans une analyse enragée, et qu'il recommençait toujours, des tortures de sa solitude. Évidemment, s'il avait été un autre homme, il aurait pu combler, avec des affections fortes ou des vertus domestiques, cette solitude qui a fait pis que de dévorer son génie, car elle l'a dépravé. Seulement, pour cela, il lui eût fallu le bénéfice et le soutien d'une éducation morale quelconque, et l'on se demande avec pitié ce que fut la sienne, à lui, le fils d'une actrice et de l'*aventure*, dans une société qui a trouvé, un beau matin, les Mormons, au fond de ses mœurs !

On se le demande, sans pouvoir y répondre. Le biographe d'Edgar Poe ne le dit pas, et peut-être ne s'en soucie guère ; mais le silence de sa notice sur l'éducation morale, nécessaire même au génie pour qu'il soit vraiment le génie, genre d'éducation qui manque sans doute à Edgar Poe, et d'un autre côté, le peu que tiennent le cœur humain et ses sentiments dans l'ensemble des œuvres de ce singulier poète et de ce singulier conteur, renseignent suffisamment, — n'est-il pas vrai ? — sur la moralité sensible ou réfléchie d'un homme qui, après tout, avec une organisation superbe, ne fut accessible qu'à des émotions inférieures, et dont la pensée, dans les plus compliquées de ses inventions, n'a jamais que deux mouvements convulsifs — la curiosité et la peur.

Est-ce donc la peine d'avoir tant de facultés en puissance ? La curiosité et la peur ? Quoi ! dans ces *Histoires extraordinaires*, qui le sont bien moins par le fond des choses que par le procédé d'art du conteur, sur lequel nous reviendrons, et qui est, à la vérité, extraordinaire, il n'y a rien de plus élevé, de plus profond et de plus beau, en sentiment humain, que la curiosité et la peur, — ces deux choses vulgaires ! — La curiosité de l'incertain qui veut savoir et qui rôde toujours sur la limite de deux mondes, le naturel et le surnaturel, s'éloignant de l'un pour frapper incessamment à la porte de l'autre, qu'elle n'ouvrira jamais, car elle n'en a pas la clef ; et la peur, terreur blême de ce surnaturel qui attire, et qui effraye autant qu'il attire ; car, depuis Pascal peut-être, il n'y eut jamais de génie plus épouvanté, plus livré aux affres de l'effroi et à ses mortelles agonies, que le génie pathétique d'Edgar Poe !

Le Réveil, 15 mai 1858. IV, p. 339.

LA RÉCEPTION PAR JULES VERNE

En 1864, Jules Verne[1] *présenta aux lecteurs du* Musée des familles *l'œuvre d'E. A. Poe. Il résuma consciencieusement les nouvelles de l'écrivain américain, sur lesquelles il porta à chaque fois quelques brefs jugements :*

— à propos de *Double Assassinat dans la rue Morgue* : « Voilà cette étrange histoire et sa véridique explication. On voit quelles merveilleuses qualités de l'auteur elle a mises en relief. Elle a un tel air de vérité, qu'on croit lire parfois un acte d'accusation pris tout entier à la *Gazette des tribunaux*. »

— à propos de *La Lettre volée* : « Cette nouvelle est charmante et pleine d'intérêt. M. Victorien Sardou en a tiré une pièce délicieuse, *Les Pattes de mouche*, dont vous avez certainement entendu parler, et qui a été l'un des grands succès du Gymnase. »

— à propos du *Scarabée d'or* : « À mon sens, c'est la plus remarquable de toutes ces histoires extraordinaires, celle dans laquelle se trouve révélé au suprême degré le genre littéraire dit maintenant *genre Poe*. »

— à propos du *Canard au ballon* et d'*Aventure sans pareille...* : « La nouvelle est courte et reproduit les incidents du voyage avec plus d'étrangeté que de vérité. Je lui préfère l'histoire intitulée *Aventure sans pareille d'un certain Hans Pfaall* (...). Seulement, je me hâterai de vous dire que, là aussi, les lois les plus élémentaires de la mécanique sont intrépide-

---

1. On se souvient que *Le Sphinx des glaces* (1897) se présente comme la suite des *Aventures d'Arthur Gordon Pym* (1837).

ment transgressées ; cela m'a toujours paru étonnant de la part de Poe, qui, par quelques inventions, aurait pu rendre son récit plus vraisemblable. »

En conclusion, Jules Verne écrivait :

Voilà donc le résumé des principales œuvres du romancier américain ; ai-je été trop loin en les donnant pour étranges et surnaturelles ? N'a-t-il pas réellement créé une forme nouvelle dans la littérature, forme provenant de la sensibilité de son cerveau *excessif,* pour employer un de ses mots.

En laissant de côté l'incompréhensible, ce qu'il faut admirer dans les ouvrages de Poe, c'est la nouveauté des situations, la discussion de faits peu connus, l'observation des facultés maladives de l'homme, le choix de ses sujets, la personnalité toujours étrange de ses héros, leur tempérament maladif et nerveux, leur manière de s'exprimer par interjections bizarres. Et cependant, au milieu de ces impossibilités, existe parfois une vraisemblance qui s'empare de la crédulité du lecteur.

Qu'il me soit permis maintenant d'attirer l'attention sur le côté matérialiste de ces histoires ; on n'y sent jamais l'intervention providentielle ; Poe ne semble pas l'admettre, et prétend tout expliquer par les lois physiques, qu'il invente même au besoin ; on ne sent pas en lui cette foi que devrait lui donner l'incessante contemplation du surnaturel. Il fait du fantastique *à froid,* si je puis m'exprimer ainsi, et ce malheureux est encore un apôtre du matérialisme ; mais j'imagine que c'est moins la faute de son tempérament que l'influence de la société purement pratique et industrielle des États-Unis ; il a écrit, pensé, rêvé en Américain, en homme positif ; cette tendance constatée, admirons ses œuvres.

Par ces histoires extraordinaires, on peut juger de la surexcitation incessante dans laquelle vivait Edgar Poe ; malheureusement sa nature ne lui suffisait pas, et ses excès lui donnèrent *l'épouvantable maladie de l'alcool* qu'il a si bien nommée et dont il est mort.

Jules Verne, *Œuvres complètes,*
éd. Rencontres, Lausanne, 1967-1971, XXXIII, p. 489.

LECTURES RÉCENTES
DE QUELQUES NOUVELLES

A. LECTURE DE *LA LETTRE VOLÉE*
PAR JACQUES LACAN

En 1955, le psychanalyste Jacques Lacan consacra son séminaire à La Lettre volée. *De cette lecture devenue depuis célèbre, nous avons extrait les quelques lignes suivantes, dans lesquelles Jacques Lacan critique la traduction du titre même de la nouvelle par Baudelaire :*

Il n'en reste pas moins que Baudelaire, malgré sa dévotion, a trahi Poe en traduisant par « la lettre volée » son titre qui est : *the purloined letter*, c'est-à-dire qui use d'un mot assez rare pour qu'il nous soit plus facile d'en définir l'étymologie que l'emploi.

To purloin, nous dit le dictionnaire d'Oxford, est un mot anglo-français, c'est-à-dire composé du préfixe *pur-* qu'on retrouve dans *purpose*, propos, *purchase*, provision, *purport*, portée, et du mot de l'ancien français : loing, loigner, longé. Nous reconnaîtrons dans le premier élément le latin *pro* en tant qu'il se distingue d'*ante* par ce qu'il suppose d'un arrière en avant de quoi il se porte, éventuellement pour le garantir, voire pour s'en porter garant (alors qu'*ante* s'en va au-devant de ce qui vient à sa rencontre). Pour le second, vieux mot français ; *loigner,* verbe de l'attribut de lieu *au loing* (ou encore *longé*), il ne veut pas dire au loin, mais au long de ; il s'agit donc de *mettre de côté*, ou, pour recourir à une locution familière qui joue sur les deux sens, de : *mettre à gauche*.

C'est ainsi que nous nous trouvons confirmé dans notre

détour par l'objet même qui nous y entraîne : car c'est bel et bien la *lettre détournée* qui nous occupe, celle dont le trajet a été *prolongé* (c'est littéralement le mot anglais), ou pour recourir au vocabulaire postal, la *lettre en souffrance*.

Voici donc *simple and odd*, comme on nous l'annonce dès la première page, réduite à sa plus simple expression la singularité de la lettre, qui comme le titre l'indique, est le *sujet véritable* du conte : puisqu'elle peut subir un détour, c'est qu'elle a un trajet *qui lui est propre*. Trait où s'affirme ici son incidence de signifiant. Car nous avons appris à concevoir que le signifiant ne se maintient que dans un déplacement comparable à celui de nos bandes d'annonces lumineuses ou des mémoires rotatives de nos machines-à-penser-comme-les-hommes, ceci en raison de son fonctionnement alternant en son principe, lequel exige qu'il quitte sa place, quitte à y faire retour circulairement.

                    Jacques Lacan, *Écrits,* Paris, Le Seuil,
        Collection « Le Champ freudien » 1966, p. 29.

B. LECTURE DE *LA LETTRE VOLÉE*
PAR JACQUES DERRIDA

Vingt ans plus tard, Jacques Derrida, trouvant la lecture de Jacques Lacan trop univoque, en proposa une autre, qui prétendait être plus attentive au texte lui-même et à ses duplications. Nous en avons isolé l'analyse qui suit :

Mais au Ministre qui « connaît fort bien mon écriture », Dupin fait un coup signé de frère ou de confrère, jumeau ou cadet ou aîné (Atrée/Thyeste). Cette identification rivale et duplice des frères, loin d'entrer dans l'espace symbolique du triangle familial (le premier, le second ou le suivant), l'emporte sans fin dans un labyrinthe de doubles sans originaux, de *fac similé* sans lettre authentique et indivisible, de contrefaçons sans façon, imprimant à la lettre volée une indirection incorrigible.

Le texte intitulé « la Lettre volée » (s') imprime (dans) ces effets d'indirection. Je n'en ai indiqué que les plus voyants pour commencer à en déverrouiller la lecture : le jeu des doubles, la divisibilité sans terme, les renvois textuels de *fac similé* en *fac similé*, l'encadrement des cadres, la supplémentarité interminable des guillemets, l'insertion de *la Lettre volée* dans une lettre volée commençant avant elle, à travers les récits de récits du *Double assassinat*, les coupures de journaux du *Mystère de Marie Roget (a sequel to « The murders in the rue Morgue »)*. La mise en abîme du titre surtout : *la Lettre volée*, c'est le texte, le texte dans un texte (la lettre volée comme trilogie). Le titre est le titre du texte, il nomme le texte, il se nomme et s'inclut donc en feignant de nommer un objet décrit dans le texte. *La Lettre volée* opère comme un texte qui se dérobe à toute destination assignable et produit, induit plutôt en se déduisant, cet inassignable au moment précis où il narre l'arrivée d'une lettre. Il feint de vouloir-dire et de laisser penser qu'« une lettre arrive toujours à destination », authentique, intacte et indivise, au moment et au lieu où la feinte, écrite avant la lettre, s'écarte d'elle-même. Pour faire de côté un saut de plus.

Qui signe ? Dupin veut absolument signer. Et de fait le narrateur après l'avoir fait ou laissé parler, lui laisse le dernier mot, le dernier mot de la dernière des trois nouvelles. Semble-t-il. Je ne le remarque pas pour mettre à son tour le narrateur, encore moins l'auteur, en position d'analyste qui sait se taire. Peut-être n'y a-t-il pas ici, mesuré à la carrure de cette scène d'écriture, d'enclos possible pour une situation analytique. Peut-être n'y a-t-il pas d'analyste ici possible, du moins dans la situation de la psychanalyse en X... Seulement quatre rois, donc quatre reines, quatre préfets de police, quatre ministres, quatre analystes — Dupin, quatre narrateurs, quatre lecteurs, quatre rois, etc., tous plus lucides et plus niais les uns que les autres, plus puissants et plus démunis.

Jacques Derrida, « Le facteur de la vérité »,
Poétique, 22, 1975, p. 238.

C. LECTURE DU *SCARABÉE D'OR*
PAR JEAN RICARDOU

En guise de contribution à un ouvrage collectif du groupe Tel Quel, publié en 1968, Jean Ricardou s'est attaché à mettre à jour la « signification secrète » du Scarabée d'or, *l'histoire de « ce legs d'un crâne à écriture ». Voici la conclusion de son étude :*

Souvenons-nous maintenant de la manière dont Jupiter, selon ses étranges dires, a attrapé le scarabée :

I cotch him vid a piece ob *paper* dat I found. I rap him up in de *paper* and stuff a piece of *it* in he mouff.

Tout sphinx demandant qui, environné de papier, est censé en consommer, recevrait aussitôt en réponse : l'écriture. Cette indication, Baudelaire s'est plu à l'accroître, semble-t-il, en multipliant, jusqu'à l'extraordinaire on l'a vu, les occurrences du mot papier :

Je pris un morceau de papier ; j'empoignai le scarabée dans le papier ; je l'enveloppai donc dans ce papier, avec un petit bout de papier dans la bouche.

Nous avions signalé que le texte permettait au scarabée la convocation de l'Égypte antique, nous comprenons à présent que c'est comme pays des hiéroglyphes.

Qu'il nous soit enfin permis d'inscrire la curieuse fable avec laquelle, maints indices nous l'assurent, *le Scarabée* ne cesse de jouer :

Un riche [1] laboureur [2], sentant sa mort [3] prochaine
Fit venir ses enfants, leur parla sans témoins,
« Gardez-vous, leur dit-il, de vendre l'héritage
    Que nous ont laissé nos parents [4].
    Un trésor [5] est caché dedans.
Je ne sais pas l'endroit [6], mais un peu de courage [7]

Vous le fera trouver, vous en viendrez à bout.
Remuez votre champ dès qu'on aura fait l'oût.
Creusez, fouillez, bêchez, ne laissez nulle place
    Où la main ne passe et repasse. »
Le père mort, les fils vous retournent le champ [8],
Deçà, delà [9], partout ; si bien qu'au bout de l'an
    Il en rapporta davantage.
D'argent, point de caché. Mais le père fut sage
    De leur montrer, avant sa mort,
    Que le travail est un trésor.

Nombreux sont les rapports ; bornons-nous aux plus lisibles :
(1) « il avait été riche », (2) va et vient du labour : va et vient
ouest est, (3) tête de mort, (4) la ville de ses aïeux, (5) le trésor,
(6) la cachette énigmatique, (7) ténacité de Legrand, (8) fouilles, (9) les deux trous. Par le jeu d'une méprise provisoire, la
fable consiste à déposséder « trésor » de son sens propre en
l'investissant de la dimension substitutive de « travail ». Pourquoi interromprait-on ce mouvement de la lecture et, par une
prompte trahison, se contenterait-on, maintenant, pour « travail », d'un sens figé ? C'est un bien curieux labeur qu'est allé
choisir La Fontaine. Obligeant le *bœuf à tourner*, au bout du
sillon, pour avancer en sens inverse, nul doute que ce labou-
rage, au cours duquel le trésor change de sens, ne désigne
le *boustrophédon*, cette écriture dont les lignes s'inscrivent,
alternativement, en un sens puis l'autre. À l'opposé de toute
jouissance d'un capital, c'est à écrire, donc, au contraire, très
précisément, que nous invite *le Laboureur et ses enfants*.

Produit de ce détour, tel sens figuré permet alors de com-
battre la diversion exercée par le trésor, comme sens propre,
en le texte de Poe. Loin d'être, ainsi qu'il paraissait, preuve
d'une orthodoxie, l'or est sommé, par le travail du texte, à
jouer le rôle d'une métaphore : celle par laquelle, en le lieu
le plus adverse, en somme avec la « belle encre d'or » de *la
poussière de Soleils*, l'écriture se trouve désignée. Nul savoir
dont on pourrait se rendre propriétaire n'est ainsi permis par
le texte. Formation qui se conteste à mesure, le sens subit une
circulation permanente, attestée, s'il désigne l'écriture, ce
mouvement qui l'instaure et le contredit.

Jean Ricardou, « L'or du scarabée », in Tel Quel,
Théorie d'ensemble, Paris, Le Seuil, 1968, pp. 381-383
et in *Pour une théorie du nouveau roman*,
Paris, Le Seuil, 1971, pp. 56-58.

D. LECTURE DE *LIGEIA* PAR D.-H. LAWRENCE

Les Anglo-Saxons ont longtemps tenu en piètre estime l'œuvre de Poe. En 1922, l'écrivain D.H. Lawrence lui consacre une étude, encore sévère : « Le *Double assassinat dans la rue Morgue et Le Scarabée d'or sont des contes mécaniques où l'intérêt réside dans un enchaînement subtil de cause et d'effet. L'intérêt est plus scientifique qu'artistique, c'est une étude sur les réactions psychologiques.* » Mais Ligeia *trouve grâce à ses yeux, et nous reproduisons partiellement l'analyse qu'il en proposait :*

C'est l'histoire d'un amour, poussé jusqu'à ses dernières limites, mais un tel amour n'est, entre les amants, que la lutte de deux volontés. L'amour devient lutte entre les volontés. Lequel des deux sera le premier détruit ? Lequel résistera le plus longtemps ?

Ligeia est une femme de l'ancienne mode. Sa volonté est encore de se soumettre. Elle désire se soumettre au vampire qu'est la conscience de son mari. Jusqu'à la mort.

« Elle était de haute taille, assez mince, et, en ses derniers jours, amaigrie même. Je tenterais vainement de décrire la majesté, l'aisance paisible de son maintien, et la légèreté incompréhensible, l'élasticité de son pas. Elle venait et s'éloignait comme une ombre. Je n'étais jamais informé de son entrée en mon cabinet de travail que par la chère musique de sa douce voix profonde, au moment où elle posait sur mon épaule sa main de marbre. »

Poe a été très admiré pour son style. Mais les louanges ne me semblent pas toujours méritées. « Sa main de marbre »

et « l'élasticité de sa démarche » évoquent plutôt des cheminées et des ressorts de chaises, qu'une créature humaine !

Mais Ligeia ne fut jamais tout à fait une créature humaine
pour lui. Elle était l'instrument dont il tirait ses sensations
les plus extrêmes. Sa *machine à plaisir*, comme l'on dit.

Le style de Poe a toujours cette qualité mécanique, comme
sa poésie a toujours un rythme mécanique. Il ne voit jamais
rien en termes de vie, mais toujours en termes de matière —
bijoux, marbre, etc., ou scientifiquement, en termes de force.
Et toutes ses cadences sont mécaniquement voulues. C'est là
ce qu'on appelle « avoir un style ».

Tout ce qu'il demande de Ligeia est de se laisser analyser.
Il veut connaître toutes les parties qui la composent, la
connaître entièrement. Elle est semblable, pour lui, à quelque sel chimique qu'il lui faut analyser dans les éprouvettes
de son cerveau, et, l'analyse étant finie — È finita la com-
media !

Bien sûr, il faut être suffisamment intéressé par l'être qu'on
aime pour désirer savoir beaucoup de choses de lui, ou d'elle.
Mais essayer de *connaître* un être humain, c'est vouloir le
vider de sa vie. Surtout lorsqu'il s'agit de la femme qu'on
aime.

L'instinct le plus sacré nous apprend qu'il faut qu'elle
demeure inconnue. On la connaît obscurément, par le battement du sang. Vouloir la *connaître* mentalement, c'est vouloir la tuer. Méfiez-vous de l'homme qui veut *découvrir ce
que vous êtes*. Hommes, méfiez-vous mille fois plus de celle
qui veut vous connaître ou vous prendre.

Tentation démoniaque — vampirisme. Telle est cette
connaissance.

L'homme a un si terrible besoin d'éclaircir le mystère de
la vie et de son individualité *avec son cerveau*. C'est comme
l'analyse du protoplasme. On ne peut analyser qu'une matière
morte pour en connaître les composantes. C'est un procédé
qui suppose la mort. Gardez la *connaissance* pour un monde
de matière, de force et de fonction. Elle n'a rien à voir avec
l'*être*.

Mais Poe voulait savoir — voulait savoir d'où provenait
cette *étrangeté* dans les yeux de Ligeia. Elle aurait pu lui dire
qu'elle était due à l'horreur de ce sondage, à l'horreur d'être
vampirisée par sa conscience. Mais elle voulait être vampirisée, elle voulait être sondée, être *connue*. Elle paya.

De nos jours, c'est généralement l'homme qui veut être vampirisé, *compris.*

Edgar Allan la sonda de plus en plus profondément. Souvent il fut sur le point de saisir — mais elle était morte avant qu'il ne l'eût fait. Et c'est toujours ainsi.

Alors il décida que la clé de cette étrangeté résidait dans le mystère de la volonté. « Et la volonté est là, qui ne meurt pas. »

Ligeia avait une « gigantesque volonté ». « L'intensité de pensée, d'action, de parole, était sans doute chez elle le résultat ou, du moins, l'indice de cette gigantesque volonté qui, au cours de nos longues relations, ne sut point donner de preuves plus manifestes de son existence. »

J'aurais cru que sa longue soumission était une preuve assez « manifeste ».

« De toutes les femmes que j'ai connues, la toujours placide Ligeia, apparemment si calme, fut la plus livrée aux tumultueux vautours d'une âpre passion. Et de cette passion, je ne pouvais me faire une idée que par cette miraculeuse dilatation de ses yeux, qui tout à la fois me ravissait et m'épouvantait — par la mélodie presque magique, modulée, distincte et placide de sa voix profonde — et par la farouche énergie (rendue doublement impressionnante par contraste avec sa manière de s'exprimer) des étranges paroles qu'elle prononçait d'ordinaire. »

Pauvre Poe ! Il avait capturé un oiseau de même plumage que lui. Une de ces terribles créatures de désir, dont le désir cherche toujours plus loin. Jusqu'à la folie et la mort. « Les vautours d'âpre passion », en effet ! Des condors. Mais, ayant reconnu que la clé était dans sa gigantesque volonté, il aurait dû comprendre que cette manière d'aimer, ce désir, cette connaissance était une lutte de volontés. Mais Ligeia, fidèle à la grande tradition de l'amour féminin, demeurait, par sa volonté, soumise, réceptive. Elle est le corps passif livré aux recherches de l'analyse, jusqu'à la mort.

D.H. Lawrence,
Études sur la littérature classique américaine,
trad. Th. Aubray, Le Seuil, 1945, pp. 90-93.

BIBLIOGRAPHIE

Les deux éditions de référence sont les suivantes :

E.A. POE, *Œuvres en prose*, trad. de Ch. Baudelaire, éd. par Y.-G. Le Dantec, Paris, Gallimard, coll. La Pléiade, 1951.

E.A. POE, *Contes. Essais. Poèmes*, trad. de Baudelaire et Mallarmé, de J.-M. Maguin et Cl. Richard, éd. par Cl. Richard, Paris, Robert Laffont, coll. Bouquins, 1989.

Il existe une biographie récente :

Claude Delarue, *Edgar Allan Poe. Scènes de la vie d'un écrivain*, Paris, Balland, 1984.

On mentionnera enfin les principales études critiques publiées en français :

BONAPARTE Marie, *Edgar Allan Poe. Étude psychanalytique*, 2 vol., Paris, Denoël et Steele, 1933 et 3 vol., Paris, P.U.F., 1958.

CABAU Jacques, *Edgar Poe par lui-même*, Paris, Le Seuil, 1960.

DERRIDA Jacques, « Le facteur de la vérité », *Poétique*, 21, 1975, pp. 96-147.

FORCLAZ Roger, *Le Monde d'Edgar Allan Poe*, Berne, Francfort, Peter Lang, 1974.

LACAN Jacques, « Séminaire sur *La lettre volée* », in *Écrits*, Paris, Le Seuil, Coll. Le champ freudien, 1966, pp. 11-61.

LAWRENCE D.H., *Études sur la littérature classique américaine*, trad. Th. Aubray, Paris, Le Seuil, 1945.

RICARDOU Jean, « L'or du scarabée », in Collectif Tel Quel, *Théorie d'ensemble*, Paris, Le Seuil, 1968, pp. 365-383.

L'Herne, « Edgar Allan Poe », cahier dirigé par Cl. Richard, 1974.

FILMOGRAPHIE

- À partir du *Scarabée d'or* :
  - *Le Scarabée d'or*, Fr., 1911, par Henri Desfontaines.
  - *Manfish, Calypso*, U.S.A., 1956, par William Lee Wilder, avec J. Bromfield, V. Jory, Lon Chaney, Barbara Nichols, Tessa Prendergast (N.B. : s'inspire aussi du *Cœur révélateur*).

- À partir de *Metzengerstein* :
  - *Histoires extraordinaires*, Fr. It., 1968. Roger Vadim réalisa l'adaptation de *Metzengerstein* (avec Jane Fonda et Peter Fonda), Louis Malle celle de *William Wilson*, et Federico Fellini celle d'*Il ne faut jamais parier avec le Diable*.

- À partir de *Double assassinat dans la rue Morgue* :
  - *Murders in the Rue Morgue,* U.S.A., 1914, Sol A. Rosenberg.
  - *Murders in the Rue Morgue*, U.S.A., 1932, Robert Florey, avec Bela Lugosi.
  - *Phantom of the Rue Morgue*, U.S.A., 1954, Roy Del Ruth, avec Claude Dauphin, Karl Malden, Steve Forrest, Patricia Medina.
  - *Murders in the Rue Morgue*, U.S.A., 1971, Gordon Hessler, avec Jason Robards, Michaël Dunn et Lilli Palmer.
  - *Double Crime de la Rue Morgue*, T.V., Fr., 1971, Jacques Nahum, avec Georges Descrières et Daniel Gélin.

- À partir de *Morella,* de *La Vérité sur le cas de M. Valdemar* (et du *Chat Noir*) :
  - *Tales of Terror*, U.S.A., 1962, Roger William Corman, avec Vincent Price et Peter Lorre.
  - *The Tomb of Ligeia*, U.S.A., 1965, Roger William Corman, avec Vincent Price et Elizabeth Shepherd.

TABLE DES MATIÈRES

Cet ouvrage a été composé par
TÉLÉ-COMPO – 61290 BIZOU

Imprimé en France
par Maury-Eurolivres S.A. – 45300 Manchecourt
Dépôt légal janvier 1990 – N° d'imprimeur : 94/04/M 3888

POCKET – 12, avenue d'Italie, 75627 Paris Cedex 13
Tél. 44.16.05.00

OUVRAGES
DE LA COLLECTION
« LIRE ET VOIR LES CLASSIQUES »

HONORÉ DE BALZAC
Les Chouans
Le Colonel Chabert
Eugénie Grandet
La Femme de trente ans
Histoire des treize
Illusions perdues
Le Lys dans la vallée
La Peau de chagrin
Le Père Goriot
Splendeurs et misères des
courtisanes
Une Ténébreuse Affaire
La Rabouilleuse
Le Médecin de campagne/Le
Curé de village (mars 1994)
Le Cousin Pons (avril 1994)
La Cousine Bette (avril 1994)

JULES BARBEY D'AUREVILLY
Les Diaboliques

CHARLES BAUDELAIRE
Les Fleurs du mal

BEAUMARCHAIS
Le Barbier de Séville/Le Mariage
de Figaro/La Mère coupable

CHARLOTTE BRONTË
Jane Eyre

PIERRE CORNEILLE
Le Cid
Horace

ALPHONSE DAUDET
Contes du lundi
Les Lettres de mon moulin
Le Petit Chose

DENIS DIDEROT
Jacques le Fataliste

GUSTAVE FLAUBERT
L'Éducation sentimentale
Madame Bovary
Trois Contes

THÉOPHILE GAUTIER
Le Capitaine Fracasse
Le Roman de la momie

MAURICE GENEVOIX
Le Roman de Renard

HOMÈRE
Odyssée

VICTOR HUGO
Les Contemplations
Les Misérables (trois tomes)
Notre-Dame de Paris
Quatrevingt-treize

CHODERLOS DE LACLOS
Les Liaisons dangereuses

MADAME DE LA FAYETTE
La Princesse de Clèves

JEAN DE LA FONTAINE
Fables

LAUTRÉAMONT
Les Chants de Maldoror/Poésies

EUGÈNE LE ROY
Jacquou Le Croquant

JACK LONDON
Croc-Blanc

MACHIAVEL
Le Prince

GUY DE MAUPASSANT
Bel-Ami
Boule de Suif et autres récits de
guerre
Contes de la bécasse et autres
contes de chasseurs
Fort comme la mort
Le Horla
La Maison Tellier et autres
histoires de femmes galantes
Pierre et Jean
Le Rosier de Madame Husson et
autres contes roses
Une Vie
La Petite Roque et autres récits
noirs